WORLD OF WARCRAFT®

魔兽世界

吉安娜·普罗德摩尔
战争之潮

［美］克里斯蒂·高登 / 著　　江流 / 译

新星出版社 NEW STAR PRESS

谨以此书献给我亲爱的父亲，詹姆斯·R.高登(1920—2011)。
一位步入圣光的真正的圣骑士。我爱你，父亲。

——克里斯蒂·高登

我们所需要的不是莹莹灯火，而是熊熊烈焰；不是和风细雨，而是千钧雷霆。我们需要暴风，需要骤雨，需要地动山摇！

——弗雷德里克·道格拉斯

北门

西门

酒馆

广场

训练场

铁匠铺

吉安娜之塔

驻留
大本营

塞拉摩港

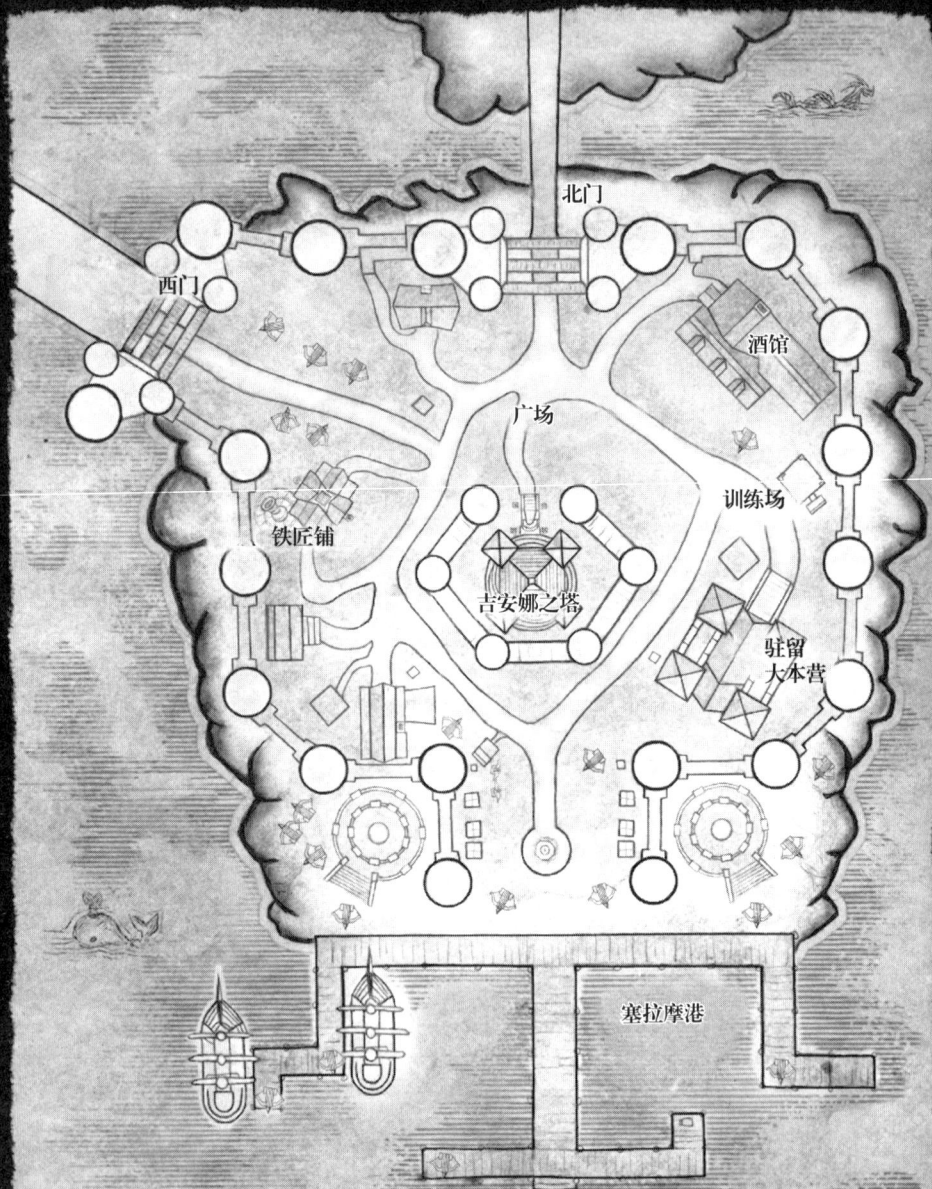

塞拉摩
⚓ THERAMORE

第 1 章

近黄昏，午后时温暖和煦的光线，现在已经转变成阴冷的蓝色与紫色。霜雪有如利刃，旋转着随风扬起，散布于整个考达拉的上空。其他的生灵们都颤抖着、瑟缩着，护住自己的双眼，用皮毛、羽翼，或是斗篷紧紧包裹住自己的身躯，唯有那头巨大的蓝龙，依旧以舒缓的节奏摆动着双翼，不因风雪而停。事实上，他飞上天空，就是为了体会那种被风霜雨雪撕咬的感受，希望这能让他的思绪得以理清，灵魂得到安抚——尽管，一切也许都只是徒劳。

以龙族的寿命而言，卡雷苟斯依旧年轻，但却已经见证了他的族群颠沛流离的命运。在他看来，蓝龙们所承受的苦难实在是太多了。他们已经两次失去了作为挚爱领袖的守护巨龙玛里苟斯——先是数千年迷失心智的疯狂，而后是终归于寂的死亡。这真是一种让人辛酸的讽刺，作为艾泽拉斯世界的智者与奥术守护者的蓝龙一族，是最向往

1

平静与秩序的族群，却在这样的混乱面前显得最束手无策。

然而即使身处这样的动荡之中，蓝龙们依然坚守着心中的本性。也正因为如此，他们最终否定了玛里苟斯之子、已故的阿瑞苟斯的强硬路线，而选择了卡雷苟斯提出的更为温和与愉悦的道路。这被证明是一个明智的选择。事实上，阿瑞苟斯并不想成为一名尽职的守护者，他已经在暗地里背叛了蓝龙一族。他向邪恶而疯狂的巨龙死亡之翼作出许诺，一旦得到蓝龙们的宣誓效忠，就会把自己的族人拱手奉上。幸而，在最后的时刻，蓝龙与红龙、绿龙、青铜龙，以及一名与众不同的兽人联手打败了这只巨大的怪物——死亡之翼。一切阴谋也就此宣告破灭。

天色一点一点变得更加昏暗，卡雷苟斯的身影仍旧在天空之中穿行，下方的雪花开始折射出淡紫色。他知道，那场胜利，那场战斗，让龙族也付出了巨大的牺牲。想要击败死亡之翼，就要汇聚一切可能的力量，所以当战斗结束之时，尽管阿莱克丝塔萨、伊瑟拉、诺兹多姆、卡雷苟斯都幸存了下来，但是他们守护巨龙的力量却已经消耗殆尽——全部都灌注到了最终时刻的全力一击之中。"守护巨龙"从此不复存在，尽管曾经肩负此名的巨龙们并未逝去。他们正是为此而生，完成使命，然后功成身退。

然而在这背后，还有一个不是那么直接的影响。一直以来，蓝龙军团都对自己的职责有着明确的认识。可是现在，当他们为之而生的时刻终于来临，当他们完成自己的使命之后，龙群的存在还剩下什么意义呢？许多蓝龙已经离去。其中一些在离开之前来到魔枢寻求他的祝福——尽管已经失去守护巨龙的力量，卡雷苟斯仍然还是他们的领袖。他们向他讲述了心中的不安，以及寻找容身之处的愿望——走出去，看看这个世界是否还有什么地方，能让他们的能力发挥作用。而另一些，则只是悄悄地离去，今天还能见着，明天就再也寻不到踪影。留下来的蓝龙们有的变得越来越焦躁，有的则陷入了深深的萎靡之中。

卡雷苟斯埋首向下，旋转着一个俯冲，任寒风掠过自己的鳞片，然后张开双翼捕捉上升的气流，再一次陷入了郁郁忧思之中。

长久以来，即使是在玛里苟斯迷失心智的时候，蓝龙一族依然也能把握住自己的方向。但是现在，何去何从不仅成了龙群心中挥之不去的迷思，也是时常窃窃私语的话题。卡雷苟斯甚至忍不住怀疑自己是不是辜负了龙群，或者让一头疯狂的守护巨龙来领导他们反而更好？答案当然是否定的，可是……可是……

他紧闭双眼，不因这利刃般的霜雪，只为心中的苦痛。

——他们曾真心拥戴我，而我也满怀信心。可如今，当暮光审判已经被阻止，摆在我们面前的只有无尽长夜，我又能带领他们走向何方？

他感到深深的孤独。担任蓝龙之首，是卡雷苟斯一生中最出乎自己预想的抉择，因为他从不认为自己是一只有代表性的蓝龙。双翼未停，沮丧与忧心也越来越多，直到他终于想起，这世界上至少还有一只龙最能理解他的存在。于是他轻盈地转动着自己巨大的身躯，俯身向右，拍打着翅膀转回魔枢的方向。

他知道在哪儿可以找到她。

克莉苟萨——玛里苟斯的女儿、阿瑞苟斯的同胞妹妹，这时正以人类的形态端坐在一个环绕魔枢的闪闪发光的浮空平台上。她的身上只穿着一件宽松的长衣，墨蓝色的头发自然垂下，背靠着一棵点缀平台的银色光树。在她的上方，蓝龙守卫们一如往常地盘旋着，尽管威

3

胁已经不在，但巡逻从未止歇。克莉苟萨如身在事外一般，并不为他们所动。她的目光柔和而迷离，像是陷入了沉思。而究竟是什么占据着她的思绪，卡雷苟斯并不知晓。

当他靠近的时候，她转过头来。认出他的身影之后，她微微一笑。他降落在平台上，显现出蓝发半精灵的形态，于是她笑意更浓，将手伸向他。他亲昵地一吻，然后在她身旁坐下，舒展双腿，若无其事地把双臂枕在脑后。

"卡雷，"她温柔地说，"为什么会想到来我的冥思之地？"

"冥思之地，你是说这里么？"

"对我来说，是的。魔枢是我的家，所以我不愿离它太远，但一个人待在里面又太过孤独。"她转过身来面对着他，"所以我时常到这里来，整理我的思绪。而你看起来似乎也想做同样的事情。"

卡雷苟斯叹了口气，这个一直被他当做妹妹的好朋友有着敏锐的感知，他强撑着伪装出的随性被轻易地识破。"我刚去飞了一会儿。"他说。

"你飞不出你的职责，也飞不出你的愁绪。"克莉苟萨伸手握住他的手臂，温柔地说，"你是龙群之首，卡雷，你的领导对我们非常重要。若是换做阿瑞苟斯，只会给龙群和世界带来毁灭。"

卡雷苟斯眉头紧锁，想起了不久之前同为守护巨龙的伊瑟拉让他们看到的幻象。那是一个被称作暮光审判的时刻，一个艾泽拉斯所有生命全都消亡的时刻。天空、海洋、陆地的一切生灵，从花草虫豸到兽人、精灵和人类，无一能够幸免。甚至于强大的守护巨龙，也都分别被他们自己独一无二的能力所杀。而死亡之翼也随着艾泽拉斯的废墟一同消亡，只留下一具被刺穿在龙眠神殿塔尖的尸体，犹如一座怪诞的奖杯。即便是现在，回想起伊瑟拉解说幻象时轻柔但却哽咽的声音，卡雷苟斯依旧会不寒而栗。

"若是阿瑞苟斯担任首领，恐怕的确会带来灾难。"卡雷苟斯同意她的观点，但不是全部。

克莉苟萨用自己蓝色的双眸望着他的眼睛，像是在探寻着什么。"亲爱的卡雷，"她说，"你总是有些……与众不同。"

尽管心情阴郁，卡雷苟斯依旧有着幽默的一面。他扭曲着自己英俊的半精灵脸庞，做出一个愚蠢的鬼脸，逗得克莉苟萨扑哧笑了出来。

"看到没？"他说，"与众不同并不见得就是好事。"

"但这就是你的本性，也是龙群选择你的原因。"

卡雷苟斯收起鬼脸，忧郁地看着她。"但是，我亲爱的克莉苟萨，"他语调忧伤，"如果现在再来一次选举，你觉得龙群还会选我么？"

真诚永远是克莉苟萨最想保留的本性之一。她看着他，想要组织出一段真实，却又能宽慰他的话语，可惜最终并没有成功。卡雷苟斯更感消沉，如果连这个妹妹般的挚友也不能给他鼓励，那他的担忧恐怕就要成为现实了。

"我想……"

卡雷苟斯也许再也无法得知她的想法，因为一阵可怕的声音突然传来，打断了他们的对话——这是蓝龙痛苦而绝望的呼喊。十多头蓝龙从魔枢中拥出，慌乱地翻飞着。其中一头蓝龙发现了卡雷苟斯，离群直冲了过来。卡雷苟斯站起身，脸上全无血色。克莉苟萨在他身后，惊讶而不安地捂着嘴。

"卡雷苟斯大人！"纳里苟斯叫喊道，"我们完了！全完了！"

"冷静下来，我的朋友。慢慢说，到底发生了什么？"卡雷苟斯安抚着他，但是看着纳里苟斯眼里的焦躁与恐惧，自己的心里不由得也紧张了起来。要知道，蓝龙的心态通常都是安静平和的，纳里苟斯尤其如此，即便是在卡雷苟斯和阿瑞苟斯竞争守护巨龙之位的那个紧张时刻，他也表现出过人的豁达。如果连他都变得惊慌失措，那一定是发生了什么极其严重的事情。

"聚焦之虹！它不见了！"

"不见了？什么意思？"

"它被偷走了！"

卡雷苟斯瞪大眼睛看着他，一时间只觉心惊胆寒，头脑发晕。聚焦之虹不仅是一件蕴含巨大奥术能量的法器，同时也是蓝龙一族的至宝。远在已经没有人可以忆起的年代，它便已经为蓝龙所有。和许多同类的宝物一样，它只是纯粹的力量，行善或是为恶，都只取决于使用者的心意。而这并非纸上谈兵。在过去，就已经曾有人用它来引导艾泽拉斯的奥术能量，使一个绝不该存在的可怕魔物降临于世。

想想看吧，现在它已经从蓝龙手中丢失了，而得到它的人将会用这能量……

"这就是为什么我们必须要转移它。"卡雷苟斯喃喃地说。就在前两天，为了避免出现这样的局面，卡雷苟斯才刚向另外几头蓝龙提议，把聚焦之虹从永恒之眼转移到某个隐秘之处。他还记得自己当时提出的观点："我们的许多秘密已经为人所知，并且每一天都有更多的秘密随离群者而去。迟早总会有人壮胆来犯。要知道，魔枢曾被侵入，聚焦之虹也曾被黑暗驱使。我们必须更加注意安全。如果全艾泽拉斯都知道魔枢持有这件宝物，那么总有一天，它必定会再度面临危险。"

而这一天来得如此之快，远超出了卡雷苟斯的预期。蓝龙们原本的计划，是由一支小队带着聚焦之虹去往考达拉西岸之外的冰封之海，将其藏在一块魔法加持的寒冰之中。卡雷苟斯曾认为这是绝对安全的——这样不起眼的冰块，在大海中几乎无穷无尽。

现在他拼命想让自己冷静下来。"是什么让你觉得它是被偷走了？"他问道，并在心中暗暗地祈祷。诸神啊，但愿这只是一场误会。

"我们和维拉苟斯小队的人失去了联系，而聚焦之虹也不在它该在的地方。"

在过去的千百年中，一些蓝龙花费了大量的时间和聚焦之虹待在一起，因而和这件宝物产生了某种共鸣。卡雷苟斯便让他们来感应这次任务的进度。在这个时候，聚焦之虹本该已经被沉入海底安全地藏匿起来，而护送它的队伍也早该返回。事情或许还有别的可能，不那么凶险的可能，但卡雷苟斯已经化为龙形，朝着魔枢疾速飞去，克莉苟萨和纳里苟斯紧随其后。

因为尽管说不上为什么，但是他知道"其他的可能"不过是不切实际的希望。此时距他当上蓝龙一族的首领以及守护巨龙不过才几个月的时光，而两件最为严重的灾难就都降临到了蓝龙军团的头上。

很快，卡雷苟斯就降落到魔枢阴冷深邃的内殿之中，但摆在他面前的完全是一片混乱。

似乎所有的蓝龙都在齐声吵嚷着。他们形如巨蜥的身体每一行每一列都在发出恐惧与愤怒的声音，但更让卡雷苟斯担心的反而是那些呆坐在角落里闷不吭声的巨龙。他们之中有多少会留下来，又有多少会离去呢？他想，他们现在苦恼的，恐怕是自己没有在灾难来临前出走吧。

"大家安静下来。"卡雷苟斯以巨龙的形态发号着施令，但只有少数几头蓝龙停了下来，其余的依旧在彼此吵闹着。

"怎么会发生这样的事？"

"我们应该多派人手，我早说过我们应该多派人手！"

"这从一开始就是个愚蠢的决定！如果把它留在这里，我们每时每刻都能盯住它！"

卡雷苟斯将自己的尾巴往地上猛然一击。"肃静！"他大喝一声，话音在内殿中久久回响。

龙群这才停止了交谈，转过头来看着自己的首领。卡雷苟斯注意到，龙群中的一些眼神里仍旧怀着希望，只盼这不过是一场误会，而他将会使这一切回到正轨；另一些则以阴冷恶毒的目光盯着他，显然正因为这动乱而怪罪于他。

直到所有的注意力都集中到他身上，卡雷苟斯这才开口说道："不要自乱阵脚，让我们先来搞清楚事情的真相。蓝龙军团不会因为不确实的消息就被吓住。"

一些蓝龙羞愧地低下头，微微低垂着耳朵。其他蓝龙则依然故我——卡雷苟斯将会跟他们秋后算账，但现在必须先查明真相。

"是我最先感应到的。"说话的是特拉苟斯，留在魔枢的蓝龙中最年长的一头。过去，他曾是卡雷苟斯的对手阿瑞苟斯的支持者，但是自从阿瑞苟斯阴谋败露，身败而亡之后，特拉苟斯就和大多数蓝龙一起保持着对卡雷苟斯的忠诚，即使是在其失去守护巨龙之力以后。

"你是我们家园长久以来坚定的守护者，特拉苟斯，我们所有人都欠你一份感激。"卡雷苟斯的声音里饱含敬意，"你感应到了什么？"

"他们前进的路线并不是笔直的。"特拉苟斯说道。卡雷苟斯点了点头。要是几头蓝龙一起带着一件物品笔直地往目的地飞去，那就太容易被人发现了，所以他们选择了以人类的形态步行前进。尽管这样一来路途迂折，行程缓慢，但是可以避开相当一部分敌人的注意。而且，如果他们真的遭到来自地面的攻击，只要一眨眼的工夫就可以现出巨龙的形态。对于那些鬼鬼祟祟只打算伏击过往商队的盗贼来说，找上五头巨龙简直是自寻死路。

但是……

"我知道沿路的每一处曲折蜿蜒。"特拉苟斯继续说道,"我、亚拉苟萨,还有巴纳苟斯,我们三人沿着路线跟随在护送小队的后面,就在不到一小时之前,一切都还算顺利。"

他苍老而沙哑的声音在最后竟然颤抖了起来。卡雷苟斯紧盯着他,同时感觉到自己的肩膀被克莉苟萨用头轻轻碰了一下,像是在传递着温暖的鼓励。

"然后发生了什么?"

"然后他们停了下来。在这之前,他们片刻也没有停过。之后过了一会儿,聚焦之虹再次开始移动,但却不是朝着西方,不是朝着冰封之海……而是用远比之前更快的速度奔向西南而去。"

"他们当时是在哪儿停下的?"

"在海岸边上,但是现在聚焦之虹已经远在南方了。"特拉苟斯悲恸地说,"它离我越远,我和它之间的感应就越微弱。"

卡雷苟斯转向克莉苟萨,说道:"带几条龙跟你去岸边。小心一些,看看究竟发生了什么。"

她点了点头,然后叫上了亚拉苟萨与巴纳苟斯。片刻之后,他们一同张开双翼腾空而起,向着魔枢之外飞去。从空中过去的话,这是很近一段距离,他们应该很快就能回来。

但愿如此。

"噢,不!"克莉苟萨在心中暗自喊道。眼前是一片战斗之后的狼藉,而敌人已经毫无踪影。她徘徊着,想要找出潜伏的凶手,但最终一无所获。

她收起双翼，缓缓降落到地面，悲伤地弯下修长的颈项。

这里曾是一片无垠的雪原，简单、纯净而又清澈。访客们只能看到漫天白雪与偶现其间的褐色岩石。冰冷而饥饿的海浪一次又一次不停地袭来，在岸边洗刷出一片黄沙。

可是现在，落雪已被染成猩红。银白的冻原上现出一道巨大的黑色裂痕，就如同被闪电轰击过一般。巨大的石块或是被从地面上掘起，或是被从崖壁上敲落，然后被远远地掷到各处，其中一些还带着干涸的血迹。克莉苟萨和她的同伴们在空气中闻到了恶魔活动之后挥之不去的恶臭、鲜血的铜腥味，还有大量魔法使用后难以名状的气息。

这里还有更多普通武器使用后的痕迹。克莉苟萨锐利的眼睛注意到了地面上长矛划过的痕迹，以及散落各处深埋至尾羽的箭矢。

"短命种！"巴纳苟斯咆哮道。克莉苟萨心中一阵酸楚，没有像往常一样责怪他说出如此蔑称。他是对的，虽然现在还不能具体分辨出是哪一个凡人种族，更不用说他们隶属于哪一个派别，效忠于谁。

克莉苟萨化为人形，将一缕墨蓝色的长发别在耳后，满怀尊敬地从死去的同胞身旁走过。五头巨龙离巢而出，护卫聚焦之虹；五头巨龙悲逝于此，为职责付出了生命。温厚而睿智的乌拉苟斯最为年长，是这支队伍的领袖。卢拉苟斯和卢拉苟萨是同胞兄妹，变成人形也是一对人类双胞胎的样子。此刻他们双双殒命，以同样的姿态倒在一起，咽喉上都插着一支利箭——直到死，两人也和生前一般亲近。当克莉苟萨把视线转向佩拉苟萨的时候，她的双眼里已满是泪水。克莉苟萨只能通过那娇小的身躯来辨认佩拉苟萨。她一直是蓝龙之中个子最小的，虽然年轻（以龙族的寿命而言），但却有着过人的奥术天分。而杀死她的人用的也是魔法，将她整个身体烧得面目全非。

卢鲁苟斯或许是抵抗最为顽强的一个。他的遗体在远离伏击点的地方被发现，全身满是炙灼与霜冻的痕迹。他的半个身子浸在水中，肩膀和腿上插满了没至尾羽的箭矢，却一直没有放弃战斗。克莉苟萨相信，即便是卢鲁苟斯的头颅被敌人用利剑一击斩落之后，他也还挣扎着做出了最后的反击。

人类形态的巴纳苟斯来到她的身后，伸出手温柔地搭在她的手臂上。而她也立刻用手盖住他的手掌，彼此相互安慰。

"我对短命种所知甚少，"巴纳苟斯说，"我在这里看到了各种武器以及魔法使用过的痕迹，有恶魔法术，也有奥术。"

"任何种族都有可能。"克莉苟萨说道。

"那么我们或许就该把他们全部杀光！"巴纳苟斯说道。他的声音因悲恸而沙哑，蓝色的双眼中眼泪盈眶，已然变得通红。他深爱着小佩拉苟萨，等她到了合适的年龄之后就会与之结为伴侣，可现在……

"不！"克莉苟萨厉声说道，"只有不理智的人才会有这样的情绪。巴纳苟斯，我知道你其实是明白的。就如同佩拉苟萨一直都相信的那样，并不是'所有'的年轻种族都抱有敌意，也并不是'所有'的龙族都以屠戮年轻种族为乐。我们都明白这次袭击为何发生，不是因为有人憎恨我们的族人，而是因为有人要想占有聚焦之虹，为其所用。"

"五头巨龙，"亚拉苟萨长舒了一口气，"五位同胞，五名最强的战士，究竟是谁能够强大到这种程度？"

"这，"克莉苟萨说道，"正是我们必须要查明的。巴纳苟斯，把这个噩耗带回魔枢。亚拉苟萨和我留在这儿……照看我们死去的同胞。"

她希望他能远离此处，不再陷入更深的苦痛，但是巴纳苟斯摇了摇头，说道："她原本是要成为我的伴侣，就由我……来照看她，以及其他同胞吧。你是卡雷苟斯大人最亲近的人，最好是由你去告诉他这个消息，快去吧。"

"如你所愿。"克莉苟萨柔声地回应道。她朝着死去的蓝龙们看了最后一眼——他们残破的尸体永远停留在了被大多数蓝龙鄙夷的人类形态之下。然后她更加悲伤地闭上双眼，扬起双翼腾空而起，翻身直朝着魔枢飞去。她脑海中关注的不再是死者，而是那些凶手。是谁强大到能够完成这样的伏击？夺取聚焦之虹后真正的目的又是什么？

一切都还是谜团，唯一能够确定的是，他们最担心的事情已经发生在了护送小队身上。克莉苟萨只能寄希望于在她离开的时间里，卡雷苟斯已经掌握到了更多情报。

卡雷苟斯知道，随着时间一分一秒地流逝，聚焦之虹也朝着南方越走越远，要想追踪它也就越来越难。与其他蓝龙相比，卡雷苟斯有一个优势：尽管已经不再是守护巨龙，但他仍然还是蓝龙一族的首领。他与蓝龙军团之间的羁绊，以及他曾经拥有的力量，似乎加深了他与聚焦之虹之间的联系。当特拉苟斯说就快要丢失目标的时候，卡雷苟斯紧紧地闭上了双眼，然后深吸了几口气，也参与到了感应法器的行列。他在脑海中绘制出目标的形象，然后集中精力去感应，去搜寻……

"现在的位置是……北风苔原？"他闭着眼睛向特拉苟斯问道。

"对，对，它在那儿，现在朝着……"特拉苟斯的话音戛然而止，变成了一声短暂刺耳的尖叫，"它不见了！"

"不，还没，"卡雷苟斯说道，"我还能感应到它。"

蓝龙们都松了一口气。就在这时，一位女性的声音轻轻说道："他们都被杀了，卡雷苟斯。无一幸存。"

他睁开双眼，无力地注视着克莉苟萨讲述他们一行三人所见到的一切。"甚至无法确认究竟是人类、精灵、兽人，还是地精所为？"当她说完之后，卡雷苟斯问道，"没有遗留的战旗吗？或是特制的箭镞或箭羽？"

她摇了摇头。"地上散落着各式各样毫无线索的旗帜。融雪已经消去了脚印。他们聪明地避开了会留下痕迹的沙地，也没有在石头上留下可供追踪的血迹。我们所知道的是，卡雷苟斯，他们知道运送法器的路线，并且十分强大，能杀死五头巨龙然后带着聚焦之虹安然离开。不管到底是谁，他们都非常清楚自己是在做些什么。"

说到最后一句时，她的声音低了下来。卡雷苟斯朝她点点头。"或许的确如此，但我们也不遑多让。"他以一种自己都不相信的笃定语气说道，"我能够感应到聚焦之虹大致的行进方向。我会追上去，把它夺回来。"

"你是我们的领袖，卡雷苟斯。"克莉苟萨说，"我们需要你留在这里。"

"不，你们不需要。"他摇了摇头，平静地说，"正因为我是你们的领袖，所以我必须去。是时候承认我们面临的困境和龙群心中的感受了。我们的许多族人都已经离群而去，走向外面广阔的世界。我们曾经清楚自己需要扮演的角色，现在却心怀迷茫。聚焦之虹是我们最为珍贵的宝物，它既是一件工具又是一种象征，如今却被人窃走，只留下因此殒命的善良蓝龙。我的工作是引导和保护你们，而我……没能做到。"

承认这一点让他心中刺痛。"至少在这件事上，我失败了，或许还有别的。你们并不需要我留在这里和大家一起担心和忧虑，却把找回宝物的危险任务丢给别人。这是我的任务——只有完成它，我才算得上是一个真正的领导者和守护者。"

龙群面面相觑，却无人反对。他们都知道这是正确的决断。他的一字一句都是认真的：今天的一切他难逃其咎；找回法器他责无旁贷。但是还有一点卡雷苟斯没有说出来，那就是他自己想要远行。与在这里假装坚定地领导龙群相比，现在的他更情愿和那些年轻的种族相处。他与克莉苟萨眼神交错，而她似乎也体会到了这内心深处的情感，并且表示支持。

"克莉苟萨，玛里苟斯之女，"他说，"请聆听众人的谏言，汇集龙群的智慧，在我离开之时代行领导之责。"

"没有人能够真正代替你，我的朋友，但我会尽力而为。"克莉苟萨温柔地回应道，"如果还有谁能在这广阔世界中寻回丢失的聚焦之虹，那一定就是你——我们之中最为了解艾泽拉斯的一员。"

再也用不着多说什么了。四下的静默中，卡雷苟斯孤身跃起，随即隐没在飘落着雪花的冰冷天空。一个声音在他耳边轻语着：这边，这边。像是在温柔地为他指引方向。克莉苟萨说她认为他比其他任何蓝龙都更为了解艾泽拉斯世界，但愿如她所言。

第 2 章

恩·血蹄带着一小队随从走进奥格瑞玛的时候，脸上看起来满是不安。作为已故的牛头人酋长凯恩·血蹄的唯一血脉，贝恩直到最近才接替了这个父亲一直担当的职位。父亲在世的时候深受族人敬爱，他也从未有过继位的意图。而在父亲身故之后，他最终带着谦卑与哀悼之心，扛起了这份责任。也就是从那时起，世界再也不是从前的模样。

在父亲被谋害的那个夜晚，贝恩的人生仿佛完全破碎了一般。老凯恩在一场名为生死之战的决斗仪式中身败而亡。他的对手，新任的部落大酋长加尔鲁什·地狱咆哮原本想要一场公平的对决，但有的人却并不希望如此。恐怖图腾氏族的萨满玛加萨对凯恩怀恨已久，早就想取而代之。她在加尔鲁什的战斧血吼上涂满了毒药，而非平常使用的膏油。于是，高尚的凯恩因背叛而逝去。

为了让牛头人一族完全臣服，玛加萨公然开出价码，希望获得加尔鲁什的支持，但加尔鲁什始终将自己置身在这场争斗之外。最终，贝恩击败了谋逆者，将那些拒绝效忠于他的牛头人和玛加萨一同驱逐。此后，他也亲自向加尔鲁什宣誓效忠。这样做的理由有两点：因为他的父亲希望如此；也因为只有这样做，才能让自己的人民得到安全。

从那之后，贝恩·血蹄再也没有去过奥格瑞玛。他不想待在那里。而此刻，他更是发自肺腑地希望自己能够远离此处。

但是现在，加尔鲁什已经传召了部落各族的首领。贝恩既已承诺支持格罗姆·地狱咆哮之子，就必须履约而来。其他人也同样如此，否则就有招致战争的风险。

贝恩和他的随从们骑着科多兽穿过雄伟的城门。不止一个牛头人晃动着耳朵，注目于他们头顶上那些高耸的脚手架和庞大的吊塔。奥格瑞玛的建筑向来与雷霆崖那种田园风光截然不同，现在更是变得彻底的军事化了。极目之处，尽是隐约可见的铸铁高楼：漆黑、厚重、而又森严，取代了过去简陋的木制棚屋。"为了避免又一场火灾"，这是官方的说法。然而贝恩知道，这一切还为了重现部落往昔的荣光，为了提醒每一个人，即便是在经历过大地的裂变带来的混乱、死亡之翼带来的恐慌之后，兽人，乃至于部落本身依旧威严犹存，不容侵犯。但对贝恩来说，这些狰狞的改变并不象征着力量。这座"新"奥格瑞玛所象征的是征服、镇压与支配。它坚硬的金属棱角让人感到威胁而不是安心。他在这里并没有感到安全。除了兽人之外，恐怕没有谁会在这里感到安全。

甚至于从萨尔创建这座城市开始就一直在智慧谷的格罗玛什要塞，也被加尔鲁什搬到了力量谷。贝恩认为，两种截然不同的作风正好反映出了两位大酋长本性的差异。当牛头人的队伍到达要塞之时，他们遇上了一群身着鲜红与亮金盛装的血精灵。他们的领袖洛瑟玛·塞隆将浅金色长发束在头顶，下巴上留着一小簇胡须。他与贝恩目光相交时冷淡地点了点头，于是贝恩也还以致意。

"贝恩，我的朋友！"一个爽朗但却虚情假意的声音传来。贝恩目光向右，接着往下。一个样貌奸猾的胖地精戴着顶满目疮痍的礼帽，叼着雪茄朝他使劲儿招手。

"您一定就是贸易亲王贾斯特·加里维克斯。"贝恩说。

"是我，就是我。"那地精显得格外热情，龇牙咧嘴地给了他一个带着野性的笑容，"今天来到这儿真高兴呀，你也是一样吧。这可是我第一次正式拜访加尔鲁什大酋长的王廷！"

"我可不会称之为王廷。"贝恩说道。

"差不多，差不多啦。今个儿真是高兴。你们最近都在莫高雷忙些啥呢？"

贝恩注视着这个地精。有些人挺讨厌地精，但贝恩并非如此。实际上，他还欠着棘齿城的地精首领加兹鲁维很大一份人情。在玛加萨攻打雷霆崖的时候，加兹鲁维给了贝恩莫大的帮助。他提供了飞艇、装备和士兵，而且只收了一点点钱（以地精的标准而言）。贝恩只是单纯地不想理会面前这个地精。而且就他所知，没有人喜欢这个家伙，哪怕是加里维克斯自己手下的人。

"我们正在重建雷霆崖，同时反击那些入侵我们领地的野猪人。联盟最近摧毁了陶拉祖营地，于是我们也在那里建起了一座巨门，以免他们继续深入。"贝恩说道。

"噢，这可真是遗憾。当然，也有值得庆贺的地方嘛！"加里维克斯笑着说，"不管怎么样，祝你们好运！"

"呃……谢谢。"贝恩答道。尽管个子矮小，地精们却敏捷地在人群中左右穿插，抢在其他部落种族前面最先冲进了格罗玛什要塞。贝恩扑扇着耳朵叹了口气，他从科多兽身上翻身跳下，把缰绳递给等候在旁的一名兽人，也步入了要塞。

这座要塞的姿态，一如"新"奥格瑞玛城中的其他事物，冷漠而铁血，就连部落大酋长的王座也是如此。在萨尔领导的时期，恶魔玛诺洛斯的颅骨和铠甲被挂在要塞门口的一桩大树干上公开展示。这头强大的恶魔曾经用自己的血液使兽人堕落腐化，但最终还是被格罗姆·地狱咆哮的舍命一击杀死。然而加尔鲁什上任以后，就将这些铭刻着父亲辉煌胜利的器物取走，用于装饰自己的王座。曾经是萨尔为部落精神所树立的象征，现在变成了个人的私藏。他甚至将恶魔獠牙的一部分做成了一件肩甲。从此每当看到加尔鲁什的时候，贝恩都会不屑地稍微垂下耳朵。

"贝恩。"一个粗犷的嗓音传来。贝恩随即转身，同时感受到了自离开雷霆崖以来的第一次欣慰。

"伊崔格。"贝恩热情地拥抱了面前的老兽人。当年萨尔身边的顾问现在似乎只剩下这位可敬的老兵了。在过去的日子里，伊崔格将忠诚与才能都交付给了萨尔，任其差遣。当萨尔卸任时又在其请求下留了下来，继续辅佐加尔鲁什。加尔鲁什还没有编出什么理由来赶走伊崔格，这让贝恩心中略感宽慰。要知道，正是伊崔格第一个发现加尔鲁什的武器血吼被人涂了毒药，也正是伊崔格告诉年轻的大酋长，他受人利用，以不名誉的方式杀害了凯恩。贝恩向来尊敬这名正直的老兽人，而这一事件使得他们从此建立起更为深厚的羁绊。

贝恩眯起棕色的双眼，注视着伊崔格的表情，并以牛头人所能发出的最小音量向他问道："我猜您并不赞同今天会议的主题吧？"

伊崔格露出一张苦瓜脸，说道："许多人都跟我持有一样的想法，但是这又有什么用呢？"他拍了拍这位年轻领袖的手臂，然后退到一旁，示意贝恩应该落席在大酋长王座的左侧。这是牛头人一族一贯的位置，至少现在加尔鲁什还没有公然降低牛头人在部落的地位。贝恩注意到，现在是洛瑟玛坐在加尔鲁什的右侧，紧邻着血精灵金红色海洋的是绿皮肤的地精们。希尔瓦娜斯和她的被遗忘者们坐在兽人的正对面，沃金和他的巨魔则坐在贝恩的左侧。而有幸出席的兽人大多数都来自库卡隆卫士——大酋长的近侍卫队，他们围在会场周围，肃穆地站成一圈。

贝恩回想起父亲曾对他讲过在奥格瑞玛举行的这类会议。在这样的部落集会中，既有争议与讨论，也有盛宴、笑颜和狂欢。然而现在，贝恩却看不到任何准备了餐宴的迹象，这实在是……贝恩一边想着，一边面无表情地从腰带上解下水袋豪饮了一口。幸好他们自己随身携带了凉水，否则的话，待在这个烈日之下的沙漠城市里，这座钢铁要塞又在不断吸收热量，牛头人们恐怕早就瘫倒在地了。

时间一点一点过去，聚集在此的各族首领和他们的随从们逐渐变得焦躁不安起来。一些低声的嘟囔开始从被遗忘者人群中传来。在贝恩看来，尽管这些被遗忘者经常把"耐心点"挂在嘴边，但他们自己却不见得都有这样的品质。他敏锐的耳朵听到希尔瓦娜斯低声地耳语了几句后，被遗忘者们的窃窃私语才总算停了下来。

这时，一名身穿库卡隆制服的兽人走上前来。他的一只手上只剩三根指头，一道铁青色的疤痕曲折地划过整张脸庞，一直伸展到喉头。他的脸上和手臂上都涂绘着如鲜血一般的红色战漆。但是，让贝恩眯着眼睛仔细打量的却并不是上面这些特征，而是他鲜红涂饰之下原本的兽人肤色。

暗灰色。

这意味着两件事情：第一，这名兽人来自黑石氏族，一个恶名在外的氏族；第二，他曾多年不见天日，深藏在黑石山脉之中，效忠于萨尔的敌人。

父亲曾经用可怕的语调对他讲述过的那些名字，现在都在脑海中浮现了出来。毁灭者·黑手，昔日的部落酋长，同时也是暗影议会的秘密成员。而暗影议会，就是最早在兽人中将萨满训练为术士的黑暗组织。这个兽人的儿子名为达尔雷德，通常被叫做雷德，多年来一直藏匿在黑石塔的深处，领导黑石兽人与萨尔作对。在谈到这些暗灰色皮肤的兽人时，萨尔很少使用尊敬的口气。他们数量众多，值得尊敬的却寥寥无几。而现在，这位显然久经沙场的老兵居然有幸来主持开幕仪式，甚至位列库卡隆卫士之前，这让贝恩对接下来将会发生的事情深感不安。

老兵傲慢地做了个手势，便有数名绿色皮肤的兽人踏步上前。他们手里拿着华美装饰的长长的奇美拉角，用整齐划一的动作将号角举到唇边，深吸一口气，全力地吹了起来。悠长雄浑的声音在房间里久久回荡。即便是在当前的形势下，这一切也让贝恩感觉自己的灵魂正被感召。当回响逐渐沉寂，号角手们又默默退回暗处。

然后黑石兽人终于开口了，他沉重而嘶哑的声音直穿过整个房间："你们的领袖，伟大的加尔鲁什·地狱咆哮驾到！向他致以最高的敬意！"他用那只健全的手在厚实的胸膛上重重一擂，转身面向格罗玛什要塞的入口。

加尔鲁什整个棕色的身体上都布满了文身，就连下巴也绘上了黑色的战纹。他袒露着胸膛，肩膀上戴着钉刺装饰的巨大的玛诺洛斯之牙。腰带上是一个可怖的骷髅头，象征着现在已经被用来装饰王座的那头恶魔。他手握父亲留下的传奇武器血吼，朝着人群高高举起，欢呼声顿时汹涌而来。他站在那里，沉浸其中，好一会之后才放下斧头，开始正题。

"我在此欢迎你们，"他张开双臂，呈包罗之势，"你们都是部落忠实的成员。你们的大酋长召唤你们，而你们也如约前来！"

就像被驯服的狼群一样？贝恩在心里想着，忍不住皱了皱眉头。萨尔从来不跟他的人民这样说话。

加尔鲁什继续道："在我接任大酋长之位后发生了许多事情，我们的世界、我们的生活都在面临挑战，但我们是部落，我们誓不屈服。我们不会让任何东西击垮我们的精神！"

他再一次举起血吼，大厅里的兽人们高声咆哮着回应他。部落的其他成员，包括贝恩也参与了进来。这表示着他们对所属的、强大的部落的支持。加尔鲁什说得很对，所有自认为是部落一员的人，都不会让自己的精神被击垮——不管是面对一个支离破碎的世界、一头疯狂的守护巨龙，还是别的任何苦难。

哪怕是父亲的遇害。

加尔鲁什粗犷地大笑着，露出一段獠牙，同时一边点头一边走向他的王座。然后他举起手，示意所有人保持安静。"你们没有让我失望。"他说，"你们都是各族最优秀的代表——领袖们、将军们。这也是我召你们至此的原因。"

他坐到王座之上，同时挥手示意所有人坐下。"有一个长久以来的威胁，一直都在挑战我们的底线。对于它我们曾有一个错误的观念，认为一时的退让无损于强大的部落，但是我已经说过，并且在这里还要重申：任何退让，都是一种耻辱！任何伤害，都要以牙还牙！我们不会再忍受了！"

贝恩不由得捏了一把冷汗。他想起了先前询问伊崔格时对方的反应。在加尔鲁什下令集结部落各族首领的时候，贝恩就已经大致猜到了几分，但他一直都希望是自己搞错了。

兽人继续着他的演讲。"我们肩负必达之使命。我们将会像铁蹄踏碎虫豸般碾过面前的障碍。是的，这个'障碍'就是那些入侵我们领地的联盟虫子。我们已经忍受他们太久了，事实上，对于他们的所作所为，哪怕片刻也是太久！他们已经牢牢掌控着东部王国，却还胆敢蠕动着来到卡利姆多，来到我们的领土，我们的家园！"

贝恩痛苦地紧闭了一下双眼。

"他们的到来，就是为了掠夺资源。他们的存在，就是对这片土地的玷污！他们削弱了我们，使我们变得软弱，使我们止步于此，使我们未能得到原本应有的荣光！然而我心中始终深信，我们的命运绝不该是这样低下头颅向联盟乞求和平！支配这片土地是我们不容侵犯的权利，卡利姆多属于我们，而我们言出必践！"

库卡隆卫士、黑石兽人，以及他们身边的兽人们都大声呼喊了起来，对加尔鲁什激昂的演说表示赞同。不管怎样，至少绝大部分兽人如此。一些其他种族的部落成员将库卡隆当做榜样，也激动地吼叫了起来。但是贝恩注意到，还是有许多人并不热衷于武力与战争。在牛头人的席位上，就只有少数几人在跺着蹄子鼓掌。其余的，包括贝恩自己，都依然端坐着。对于最近的事态发展，牛头人并非未被伤及。在贫瘠之地，联盟由于错误的情报，误以为牛头人正在策划一场袭击，于是从北方城堡出动大军将整个陶拉祖营地都夷为了平地。现在，废墟里已经只剩强盗出没其中。许多牛头人在这场战斗中丧生，幸存者有的逃到了世仇哨站，组织着对北方城堡发起零星攻击；另一些则逃去了乌纳菲营地寻求庇护。

遭受攻击之后，贝恩立即采取了能够确保人民安全的措施。通往莫高雷的大路过去一直畅通无阻，但是现在已经建起了一座巨门，联盟的军队再没有机会从这里侵入。大多数牛头人因此安心下来，放弃了复仇的念头，但也有部分人恨意刻骨，不能释怀。贝恩没法责备他们。他向来反对铁腕统治，人民都是因为真心拥戴，以及对他父亲的尊敬而追随于他。牛头人的部族向来彼此坦诚。那些不认可贝恩决断的人，比如恐怖图腾氏族，比如留在世仇哨站攻击联盟的复仇者，都会被要求离开雷霆崖，但除此以外不用承担其他任何后果。

欢呼声终于消停了下来。加尔鲁什继续他的演说，贝恩的思绪也被拉了回来。

"为此，我将带领部落去完成一项能使我们回到正轨的任务。"他停顿了一下，目光扫过人群，刻意营造出一种凝重的氛围，"北方城堡，就是我们的第一个目标。大军之下，地图上将不会再有它的名字！而一旦收复失地，我们就将凭此之势，直取塞拉摩！"

贝恩下意识地站了起来，而且站起来的还不止他一人。好战者们的欢呼声此起彼伏，但紧接着而来的就是抗议的呼喊。

"大酋长！吉安娜女士可不是三岁小孩！"一道声音响起，听起来是被遗忘者，"她从不主动挑起事端，但要是真惹到她，我们所有人都会深陷一场大战，一场恐怕还没有准备好的恶战！"

"她一向表现得处事得当！即便是在原本可以使用武力或阴谋的时候！"贝恩大喊，"她还多次调停争端。她和萨尔酋长的合作挽救了无数生命！毫无理由地攻打她的领地不会给部落带来任何荣耀！而且极其愚蠢！"

人群中传来了一阵附和的低语。其他的联盟领袖大多不受部落待见，但唯独吉安娜女士，一直都有许多人对她心怀敬重。周围的声音让贝恩略感欣慰，但加尔鲁什接下来的话又让他再次陷入绝望。

"首先，"加尔鲁什厉声道，"萨尔已经将执掌部落的大权交给了我。他会怎么做，怎么想，现在都已经无关紧要。记住！你们所有人都已经宣誓效忠于我——加尔鲁什·地狱咆哮，部落的大酋长。我的决定才是你们应该要关心的。而那些还没有了解整个计划就开始质疑我的人，给我闭上嘴，听下去！"

人群安静了下来，但并不是所有人都回到了座位上。

"你们的反应就好像认为最终的目的仅仅只是征服塞拉摩？现在我告诉你们，这只是个开始！我所说的，不单是要让人类在卡利姆多无法立足，还包括那些更加强大、昌盛的暗夜精灵。我们将摧毁他们的城市，掠夺他们的资源，让他们哭喊着逃往东部大陆去！"

"把他们全部赶走？"沃金显得有点不敢置信，用他的巨魔口音说道，"他们在这块土地上待得比我们还久，如果我们这样做，联盟就会像蜜蜂看到蜂蜜一样向我们扑来。你这是在给他们提供开战的借口，而这正是他们一直都在寻找的。"

加尔鲁什缓缓将身子转过来，对着这位暗矛巨魔的首领。贝恩不禁打了个寒战。自从老凯恩死后，沃金就成了对加尔鲁什最直言不讳的人，两位领导人因此心生罅隙。加尔鲁什下令让暗矛巨魔搬进奥格瑞玛的贫民区，受辱的沃金也就索性带着所有族人一起离开了这座城市。现在，只有当以部落的名义发起传召时，暗矛部族的首领才会前来。

"我已经厌烦了灰谷的战事，此消彼长，来回拉锯，自打我们踏足这个世界以来就没个消停。而更让我厌恶的是，有的人竟然还看不清楚应该做什么，必须做什么！"加尔鲁什咆哮着。贝恩知道，他仍在为上次败于瓦里安之手而耿耿于怀，"暗夜精灵以仁爱和睿智自居，但我们不过砍了一点树林来建一处容身之所，他们就冲出来痛下杀手。他们在这里生活得够久了，是时候给他们制造一点儿痛苦的回忆了。

这就是为什么塞拉摩至关重要，明白了吗？"加尔鲁什看着面前的人群，就像是看着一群小孩一样，"我们摧毁了塞拉摩，也就切断了联盟增援的可能。然后，让暗夜精灵们洗干净屁股等着吧。"

"大酋长！"这是一个女性的声音，一个曾经冰冷而动听的声音。希尔瓦娜斯·风行者，生前是高等精灵的游侠将军，现在则是被遗忘者的首领。她站了起来，用泛着光芒的眼睛凝视着加尔鲁什。"这样一来联盟的确无法增派援军，至少短时间内不行，但他们会转而把怒火倾泻在东部王国的部落成员身上——被遗忘者，以及辛多雷。"

她近乎哀求地看着血精灵的首领洛瑟玛，但他始终无动于衷。"瓦里安会率军来到我们的边界，然后无情碾过。"这话是对加尔鲁什说的，但她的目光还是落在洛瑟玛身上。贝恩能够体会这种感受：在最需要支持的时候，原本应该与你共同进退的人却一直置身事外。

"大酋长！我能说句话么？"说话的是伊崔格。在公开场合，他还是对自己的领袖表现出了足够的尊重。

"我已经听过你的想法了，我的顾问。"加尔鲁什说。

"但我们还没有。"贝恩表示，"伊崔格是萨尔的顾问，我父亲的好友，在我们当中很少有人像他这样了解联盟。我想您一定不会介意我们听听这位睿智长者的想法吧。"

加尔鲁什投向贝恩的目光仿佛能使岩石熔化，而贝恩以假装出的温顺姿态回应他。最终，兽人还是向伊崔格点了点头。"说吧。"他只吐出了这两个字。

"的确，部落已经从大地的裂变带来的破坏中恢复了许多。"伊崔格开始说道，"这都是在您的领导之下，大酋长加尔鲁什。您是对的，这个称号属于您，专行独断之权属于您，但是，责任也同样归属于您。想一想您的决定会带来什么结果吧。"

"暗夜精灵从此覆灭，联盟再不敢挑起事端，而卡利姆多将完全归属于部落。这就是结果，长者。"加尔鲁什的话语毫无敬意，或者说几乎就是蔑视。贝恩注意到，那些全神贯注聆听伊崔格的兽人里，有好几个都因大酋长的语调而皱了皱眉头。

伊崔格摇了摇头。"不，"他说，"这只是个美好的想法。你希望部落能获得这片大陆的统治权，而且你很可能真的会付诸行动，但这也就等于向全世界所有军队宣战。部落和联盟都会陷入滔天战火，生灵将被屠戮，资源将被耗竭。这样的代价难道我们还没有受够么？"那些仔细聆听伊崔格话语的兽人开始点头表示认可。贝恩认出其中一人是奥格瑞玛的商贩，然而令人吃惊的是，这里面竟然还有一名兽人守卫——尽管并非来自库卡隆卫士。

"代价？"一个略显尖锐的声音说道，"我可没从大酋长的话中听到什么'代价'，伊崔格朋友。"是的，说话的就是贸易亲王加里维克斯。他站着，但是并不是每个人都能看出他是站着的，人们只看到他那顶高高的帽子随着话语上下起伏，"我所听到的，可是跟每个人休戚相关的切身利益。为什么不去扩张，赶走敌人同时夺取他们的资源呢？如果处置得当，战争可是桩大好生意。"

贝恩已经受够了。这个贪婪、自私的地精拿敌我双方都会在战场抛洒的热血来戏说利益。贝恩感觉自己的理智正在被愤怒侵蚀着。

"加尔鲁什！"贝恩说，"这里没有谁能说我不爱部落。也没有谁能说我不尊重你的权威。"

加尔鲁什没有说话。他清楚地知道在贝恩需要帮助的时候，自己并没有施以援手。即便如此，牛头人依然尊他为大酋长，而贝恩甚至还救过他的性命。兽人没有打算让贝恩闭嘴，至少现在没有。

"我了解这位女士，而你却不然。她不知疲倦地为和平奔走，她深知我们并非怪兽，而是和联盟成员一样有血有肉的生命。"贝恩锋利的目光扫过人群，那些平日里热衷于恶意贬低联盟种族的煽动者现在都知趣地闭上了嘴，"在我的族人遭遇危难的时候，在部落成员都未能施以援手的时候，是她给了我帮助和庇护。她不应受到这样的背叛，这……"

"贝恩·血蹄！"加尔鲁什咆哮着上前，他和牛头人酋长之间的距离现在只剩下最后几步。贝恩远比他高大，但加尔鲁什丝毫无惧，"如果你不想重蹈你父亲的覆辙，我劝你管好自己的舌头！"

"你是说遭受背叛而被人以不名誉的方式杀死？"贝恩毫不退让地反击。

加尔鲁什怒吼了起来。大德鲁伊哈缪尔·符文图腾和伊崔格同时上前，但另一个身影抢先插到了贝恩和加尔鲁什之间——那名黑石兽人。他并没有碰面前的牛头人，但是贝恩已经感受到那堆积的怒火正在翻腾。灰皮兽人的双眼闪着锋芒，但眼中的寒意并没有让怒火冷却，反而使其更加旺盛。贝恩如坐针毡，这兽人究竟是谁？

"马尔考罗克，"加尔鲁什叫住了他，"退下。"

黑皮兽人岿然不动，一时间静如永恒。贝恩不想发生冲突，不能在这里，不能是现在。攻击加尔鲁什，或是这个显然负责护卫他的灰皮战士，都只会进一步激怒年轻的大酋长，使其更加一意孤行。最终，马尔考罗克从鼻子里重重地呼出一口气，然后轻蔑一哼，按照他被吩咐的那样退下了。

加尔鲁什走上前来，抬头看着贝恩。

"和平的时刻已经过去！战争的序幕早就该被拉开！联盟军队无端入侵你的领土，使你的人民饱受苦难。原本应该是你们——牛头人第一个站出来支持反击，至少是支持摧毁掉北方城堡！你说吉安娜·普罗德摩尔帮助过你，那你现在是想要忠于她，忠于屠杀你族人的联盟……还是忠于伟大的部落和我？"

贝恩深吸了一口气，然后缓缓从鼻孔中呼出。他低下头，凑到加尔鲁什面前不到寸许的地方，用只有他们两人能听到的声音说："如果我要背叛部落和你，那我早就做了，加尔鲁什·地狱咆哮。如果我说什么你都不信，那至少记住这一点。"

转瞬之间，贝恩似乎看到加尔鲁什棕色的脸上闪过了一丝羞愧的表情，但紧接着他又恢复怒容，转身朝向聚集的人群。

"这是你们大酋长的意志。"加尔鲁什直截了当地说，"计划是这样的，先拿下北方城堡，然后一路南下直取塞拉摩，再然后就是赶走暗夜精灵，夺取他们的一切！至于联盟的报复，"他朝着希尔瓦娜斯看了一眼，"放心吧，很快就会处理的。我很感激你们对计划的服从，但我对伟大的部落还有更高的期望。现在，回到各自的领地去做好准备吧，很快你们就会得到进一步指示。为了部落！"

充满热情的欢呼声此起彼伏，填满了整个要塞。贝恩也心不由衷地参与了进去。的确，单就加尔鲁什计划中的危险与鲁莽就足够予以谴责，但更为可怕的是，这一切完全是建立在背叛和仇恨之上，大地母亲绝不会祝福这样的行为。

加尔鲁什最后一次将血吼举起，来回挥舞着，让风呼啸着穿过斧身的孔洞，声如龙吟。那个叫做马尔考罗克的黑石兽人就站在他身后，甚至比伊崔格和库卡隆卫士还要靠得更近。最后，当他终于放下斧头，示意一切结束的时候，围在会场周围的兽人卫兵们都"啪"地齐声立正，然后跟随着他们的首领走出要塞。

人群开始散去。贝恩看到那个蓝皮红发的巨魔首领正向他走来，于是放慢了脚步。

"你摊上事儿了。"沃金开门见山地说。

"是的，我刚才的做法……不太理智。"

"是的，不理智。所以我保持沉默，我得为族人着想。"

"我理解。"贝恩没有责怪沃金。巨魔们住得离奥格瑞玛太近，要是惹怒了加尔鲁什，后果恐怕非常严重。他朝着巨魔瞥了一眼，"但我知道你心里是怎么想的。"

沃金叹了口气，面带忧郁地点了点头。"我族之路，并不光明。"

"给我说说，你知道这个马尔考罗克的底细吗？"

巨魔皱了皱眉头。"他是个黑石兽人，一直都在黑石山中为雷德做事。据说他至今都不喜欢杜隆塔尔的阳光。"

"跟我怀疑的差不多。"贝恩说。

"他坦白了自己在雷德手下所犯的罪行，并乞求宽恕。加尔鲁什赦免了他，以及其他所有愿意宣誓效忠的人。现在，大酋长有了一条尖牙利齿的忠犬来护卫自己。"

"但是，这种家伙的话能相信么？"

沃金微微一笑。"也有人会说，怎么能信任恐怖图腾呢？但你还是让宣誓效忠的人都留在了雷霆崖。"

贝恩想起了塔拉克尔，一头曾效力于玛加萨的黑色公牛。他率众攻打贝恩，但最后又为了自己和家人向贝恩乞求宽恕。如今塔拉克尔已经证明了自己一诺千金、忠诚可靠，其他被宽恕的人也同样如此。但是，不管怎么说，贝恩还是不能把黑石兽人等同于恐怖图腾来看待。

"也许我先入为主了，"贝恩说道，"我总觉得牛头人比兽人更可靠些。"

"最近以来，"沃金放低声调，以免被旁人听到，"我也是这样认为的。"

加尔鲁什正在室外等候着某人，对那些想向他表忠心的人来说，这可是个不可多得的好机会。一名女性地精跪在他的面前，嘴里念念有词，直到马尔考罗克对他说："他来了。"

加尔鲁什抬起头，看到了洛瑟玛的身影。"带他过来。"他打断了地精的话，摸着她的头顶说，"我接受你的誓言。"然后打发她离开。这时马尔考罗克也将血精灵首领带了过来。

"您想要见我，大酋长？"洛瑟玛低下他束着浅金色长发的头颅，以示敬意。

"是的。"加尔鲁什边说边带着他走开几步，以便能够私下交谈。马尔考罗克抱着他粗壮的灰色手臂站在两人前方，防止他们被旁人干扰。"在各族的首领中，除开为了金钱可以丢下节操的加里维克斯，只有你从未质疑你们的大酋长。即便是在希尔瓦娜斯试图利用你的同情心时，你也毫不动摇。我非常欣赏这一点，血精灵。你的忠诚深受我重视。"

"在我和我的人民孤立无助的时候，是部落敞开怀抱接纳了我们。"洛瑟玛回答道，"我不会忘记这一点。我的忠诚，血精灵一族的忠诚，都永远属于部落。"

加尔鲁什有些不安地注意到洛瑟玛在最后一个词时略微加强了语气。他立即强调道："我是部落的大酋长。洛瑟玛，你应该明白，吾即部落。"

"是的，您是部落的大酋长。"洛瑟玛轻松地表示赞成，"我的忠诚您无须怀疑。现在我的人民正急着赶回家园，为即将到来的战争做好准备。"

"当然，"加尔鲁什说，"你可以走了。"

洛瑟玛并没有说什么不妥的话，但当加尔鲁什注视着血精灵如金红海洋般的队伍穿过奥格瑞玛的城门时，心中的不安并未消退。

　　"这个家伙得好好盯着。"他对马尔考罗克说。

　　"他们全都得好好盯着。"黑石兽人答道。

第 3 章

66 我认识那件脏斗篷。"安度因笑嘻嘻地说道。

吉安娜·普罗德摩尔女士回以微笑。将她和这个所谓的侄子
紧紧联系在一起的并非亲缘关系，而是其他一些特别的情感。
此时，他们正通过吉安娜小心藏匿在书柜后的一面魔镜进行交谈。当
魔镜的咒语被念出时，镜中原有的倒影就消失不见，然后转变成一
面连接彼此间的窗户。这是传送术的一种变化——一种原本是用来
让施法者在各地传来传去的法术。

曾经有一次安度因毫无征兆地发动咒语，正好看到吉安娜刚从一
次秘密会面中归来。安度因是个聪明的小伙子，立即就猜到了对方一
定是曾经的部落酋长萨尔。于是这件事在他们两人之间便不再是秘密。

"我从来都骗不了你。"吉安娜说，"你在德莱尼人那儿过得如
何？"其实不用安度因说话，她就可以猜到大部分回答。安度因的成
长不仅仅只是生理上的成长，即便镜子把他渲染成了蓝色，她也能看

到他的表情越发坚定，眼神越发深邃。

"真是神奇，吉安娜阿姨。"安度因说，"世界在飞速地变化着，我很想马上投身其中，但我知道我必须待在这里。如今我几乎每天都在学习新的东西。帮不上任何忙让我非常难受，但是……"

"确保你的未来是别人的使命，是许多人正在为之努力的使命。"吉安娜说道，"而你的使命，正是做好你刚才所说的一切。继续学习吧，你是对的，你需要待在那里。"

他把重心从一只脚移到另一只，看上去瞬间稚嫩了不少。"我知道，"他叹息着，"我很明白。只是……有时候真的很难。"

"总有一天你会怀念现在这些简单、安静的生活。"吉安娜说。她的思绪一时间回到了过去，那时候她被父亲和兄长宠爱着，庇护着。尽管生在一个军事化的家庭，但她还是被要求每天和导师待在一起，学习各种知识和女士的礼仪。当时的她对于此种生活表现得十分叛逆，可是现在想起来，这些回忆却像花瓣一般甜蜜可口。

安度因翻了个白眼，佯装恼怒地调侃她道："代我向萨尔问好。"

"你太过分了。"吉安娜回答道，但责怪他的同时自己也笑了。她拉起斗篷上的兜帽，盖住自己金色的长发，"保重，安度因。我很高兴知道你的近况。"

"我会的，吉安娜阿姨。你自己小心。"他的脸旋即消失。吉安娜系斗篷的动作也随之停住。你自己小心……他的确长大了。

同以往很多次一样，吉安娜独自出发，没有被任何人察觉。她划着小艇，驶向西南方狂潮湾中的一座小小岛屿。偶尔有污壳龙虾人发出令人烦扰的咯咯咔咔声，但除此以外一路都还算平静。

吉安娜在会面地点停下，但是萨尔的身影并未出现，这让她感到有些不安。这段时间发生了太多事情：萨尔将部落首领的位置让给了加尔鲁什；一头燃烧着疯狂和憎恨的堕落巨龙在艾泽拉斯横冲直撞，又被人做掉。世界像一只裂了壳的鸡蛋般支离破碎，再也无法恢复往昔的模样……

风拂过她的脸庞，兜帽随之而落，尽管她之前绑得那么仔细。斗篷在她纤细的身后翻腾，突然吉安娜笑了。风很温暖，有苹果花的香味，在她反应过来之前，风已经像一只温柔的大手将她带离小艇。她并没有挣扎，因为她知道自己非常安全。风环抱着她，最后她落在了岸上，就像被拾起的时候一样，毫发无损，从头到脚都没有沾到哪怕一滴水珠。

他从一块巨石之后的藏匿处走出，吉安娜这才意识到她依旧没有习惯他的新形象。萨尔——杜隆坦之子——并没有穿着盔甲，而是以简单的长袍代之。红色的大念珠环绕在颈间，长着黑发的大脑袋上戴着一顶普通的遮帽，破破烂烂的长袍下隐约现出强壮的绿色胸膛，同时他的手臂也露在外面。他现在已经不再是酋长了，而是一名正式的萨满，只剩那柄绑在背上的毁灭之锤还有几分旧日的影子。

他伸出双手，吉安娜轻轻握住。

"普罗德摩尔女士，"他说道，同时眼神也在表示着欢迎，"好久不见。"

"确实，"她对此表示同意，"也许已经太久了，萨尔。"

"我现在叫做古伊尔。"他轻轻地提醒道。她点了点头，有些失望。

"我道歉，应该是古伊尔。"她环视四周，"伊崔格在哪儿？"

"他是部落酋长的顾问，待在大酋长的身边。"古伊尔说，"现在的我已不再是酋长，而是大地之环的领袖，不过我也只是在卑微地履行职责，并不比其他任何一名成员伟大。"

她嘴上挂着一抹饶有意味的浅笑。"在很多人眼中，你都不仅仅只是一名萨满，"她说道，"我就是其中一个。还是说你与四头守护巨龙一同打败死亡之翼的传言仅仅只是故事而已？"

"那是我的荣幸，卑微的荣幸。"古伊尔说。这话如果从其他任何人口中说出来，都不过是虚伪的客套，但出自古伊尔之口，吉安娜便能感觉到它的真挚。"我接替了大地守护者之位，而这是巨龙军团与各族勇者共同努力的结果。杀死那头巨大怪物的荣耀属于众人。"

她注视着他的眼睛。"这么说来，你对你的所有决定都感到满意？"

"是的。"他说，"如果我没离开部落加入大地之环，就无法为那些要求我承担的职责做好准备。"

她想到了安度因和他的训练，那些训练让他远离他的家族和爱人。"世界在飞速地变化着，我很想马上投身其中，但我知道我必须待在这里。如今我几乎每天都在学习新的东西……"

她还告诉安度因，他需要待在那里。如今古伊尔也说出了同样的话，她没法否认的话。没有恐惧，没有毁灭，没有死亡之翼与暮光教徒，那样的世界当然要好得多，可是……

"世事难两全，就好像你的知识和能力，都是付出了代价才换来的，古伊尔。"她说道，"在你离开之后，你留下的兽人已经对这个世界造成了太多伤害。奥格瑞玛和灰谷的事都已经传到了我的耳朵里，想必你也一样。"

他之前的神色一直都非常平静，直到此时才开始变得有些不安。"这些，我当然都有听说。"

"但，你依旧袖手旁观？"

"我有其他的使命，"古伊尔说，"我想你也知道我为之努力的结果，一个巨大的威胁已经被……"

"古伊尔，我知道，但那都已经过去了。如今加尔鲁什正试图在联盟与部落之间挑起争端，一些原本不该存在的争端。如果你不希望当众削弱他的地位，这我可以理解，但你总归要做点什么来阻止战争吧？我们或许可以组织一场首领会议，邀请贝恩加入——这位慈厚的牛头人完全不待见加尔鲁什的野心。我也还可以找瓦里安谈谈，从最近的情况看，他应该是可以争取到的。每一个人都敬重你，古伊尔，即使在联盟中也是如此。你用行动赢得了尊重，而加尔鲁什的作为，只会让他众叛亲离。"

吉安娜指了指自己的斗篷，那件怀抱着她乘风落岸的斗篷。"作为萨满，你可以驾驭风火。而如今风波已起，战火将燃，你可有看到，那些将因加尔鲁什而亡的无辜生灵？"

"我知道加尔鲁什的所作所为，"古伊尔说道，"但我也知道联盟做过什么。有无辜者，是的，但即使是你，也不能将如今的紧张局面全部归咎于加尔鲁什。并非所有袭击都是由部落发起的。在我看来，联盟也没有真切地谋求和平。"

他的声音依旧平静，但却带着警告的口吻。吉安娜皱起了眉头，并不是因为古伊尔的语气，而是因为他口中的事实。"我知道，"她面色沉重，沮丧地跌坐到一块突起的岩石上，"很多时候我都觉得根本没有人在乎我的想法。唯一一个对促成持久和平感兴趣的人是安度因·乌瑞恩，但他才十四岁。"

"想要关心这个世界，永远都不会太早。"

"但如果想要贡献任何力量，他还是太年轻。"吉安娜说，"我拖着身躯在泥潭中前行，想要让人听到我的呼喊。但举步尚且为艰，声音又如何传给对岸。想要成为一名外交家，想要做出一些实实在在的成效，但是当对方已经不打算讲道理时，这又谈何容易。我像是一只荒野中的乌鸦，所有的哀鸣都不过是白费唇舌。"

她被自己话语中的坦白与疲惫吓到了。为何要说出这样的话？吉安娜这才意识到她已经没有人可以倾诉了。安度因把她当成榜样，所以无法向他解释有时候自己究竟多沮丧。而瓦里安，以及大多数的联盟领袖几乎在每一次辩论中都会跟她抬杠。只有萨尔——古伊尔，似乎还能理解她，即使此时他看上去不太愿意承认让位于加尔鲁什是个愚蠢的决定。

吉安娜低头凝视着自己的双手，内心的想法脱口而出："世界已经变了，古伊尔。事情变了，人也变了。"

"是的，一切都和过去不一样了。"古伊尔平静地说道，"但这就是事物的天性，抛下过去的模样，长成新的姿态。就像种子最后会变成大树，蓓蕾结出果实……"

"这些我都明白。"吉安娜打断他的话语，"但你知道什么不会变吗？憎恨不会变，对权力的渴求不会变。人们一旦萌生了利己的念头，就会不达目的誓不罢休。如果前方的道路与他们想要的相悖，欲望就会蒙蔽双眼。如此一来，任何关于理性、关于和平的言论，在欲望面前都会变得一文不值。"

"也许你是对的，"古伊尔抬起眉毛，不置可否地说，"每个人都要选择自己的道路。如果前路险阻，或许你可以换个方向试试。"

吉安娜目瞪口呆地看着他。"世界已经这般支离破碎，你还要再任由这片大陆上的居民互相残杀吗？"

她停顿了一会儿，补充道："正如你一直以来所做的一样。"这样说并不公平，古伊尔一直以来都并非只是隔岸观火。他已经为艾泽拉斯付出良多，但是……或许是自己气量太小，吉安娜仍然觉得像是古伊尔辜负了她的期望一般。她扯了扯自己那件沾染了污渍的斗篷，将

37

身体紧紧裹住，然后突然意识到这似乎是一个充满防御意味的动作。她叹了口气，有意地松了松肩膀。古伊尔也坐到了她所在的那块岩石上，安静地待在她身旁。

"你必须选择一条你认为正确的道路，吉安娜。"他说。微风轻轻吹动着他的胡须辫，他一边说着一边看向远处，"但我不能替你做这个抉择，谁也不能……"

他说得对。过去曾有那么一段时间，自己总是可以针对局势做出正确的抉择，哪怕是非常苦痛的抉择。在父亲与部落征战时弃她而去；在阿尔萨斯煽动净化斯坦索姆时决然离开。这些都曾是她生命中重要的转折，可如今……

"世事如此无常，古伊尔，前所未有的无常。"

他点点头。"的确。"

她回过头打量着他。他很多方面都变了，不仅仅是衣着、姓名，抑或是举止，还有……"上一次我赴你之约，是为了见证一对伴侣。"她说，"那么，阿格娜待你如何？"

他蓝色的眼眸顿时变得柔和起来。"她待我很好，"他说，"她接受了我的一切，这就是对我最好的尊重。"

"我觉得你也很尊重她。"吉安娜说，"跟我说说她吧，我一直没什么机会与她打交道。"

古伊尔疑惑地看了她一眼，仿佛在好奇她为什么想要知道这些，随后淡淡地耸了耸肩。

"她是一名玛格汉，生于德拉诺，长于德拉诺。那里的人民从未被任何恶魔的血液腐蚀，这也是为什么她有着纯正兽人的棕色皮肤。艾泽拉斯对她来说是个全新的世界，但她热爱着这片大陆。她同我一样，也是一名萨满，正全身心地为这个世界疗伤。同时，"他平静地继续道，"也在治疗我。"

"你……需要被治疗吗？"吉安娜问道。

"我们都需要，无论我们是否觉察得到。"古伊尔回答道，"即使没有过任何生理创伤，只要我们活着，就会承受伤痛。如果你的伴侣能够以你最真实的样子来看待你，完完全全毫无保留……那么，这就算得上天赐予的礼物了，吉安娜·普罗德摩尔。这是一个每天都会让我振作、让我新生的礼物，一个需要好好对待的礼物。它让我变得完整……让我感怀世界，心无迷惘。"

他将一只绿色大手轻轻放在了她的肩膀上。"我真心希望你也能有这样天赐的缘分，也能真切体会我的感触，我亲爱的朋友。我希望你能快乐，也希望你的人生完满，目标清晰。"

"我的人生很完整，我也很清楚我的目标。"

他露出獠牙咧嘴笑着说："就像我说的，只有你自己才能为前路做出抉择，但我还是想以过来人的身份说一句：无论你将踏上何种旅程，无论你前方的道路将是怎样，若身旁有人相伴，便会幸福许多。"

吉安娜想起了凯尔萨斯·逐日者和阿尔萨斯·米奈希尔，内心感到一丝异样的苦涩。他们两个人都曾经如此光明动人，他们两人也都曾深爱过她。其中一位她尊敬并且仰慕，而另一位，她也报以深情。但这两人都最终屈服于天性中软弱的一面，被黑暗的力量感召俘获。想到这儿，她苦涩地笑了。

"在选择伴侣方面，可能我算不上高明，"她强压住心中的不快与挫败感，伸出自己那双苍白纤细的小手，放在他的手上，"但在选择朋友上，我会更加明智。"

他们沉坐良久。

第 4 章

当吉安娜结束与萨尔的会面，驾船回到塞拉摩时，天空开始下起雨来。尽管这冷雨让人觉得遍体生寒，但她却乐得如此，毕竟谁也不会在这种鬼天气里出门闲晃。她在码头绑好小艇，走过湿滑的木板，在密不透风的雨幕掩护下，神不知鬼不觉地走到了高塔下用魔法遮蔽的秘密入口处。转瞬间，她已经回到舒适的房间里。她打着哆嗦，低吟出一个咒语，弹了下指头点燃炉火，又用咒语烘干了自己的衣服，叠好了斗篷。

她泡了壶茶，挑了些点心，把它们放到一个小桌上，自己则安坐在壁炉旁，思考着萨尔的话语。他看起来如此的……满足、平静，但他怎么能这样？在很大程度上，他背弃了自己的人民，将领导权交到加尔鲁什手中，这就使得战争不可避免。要是安度因能再长大几岁该有多好，他将成为一个宝贵的盟友。但是韶华易逝，吉安娜立刻为希望安度因快点长大的想法而感到愧疚。

但是萨尔……古伊尔（她适应这个新名字还需要点时间）已经结婚。这对于部落来说意味着什么？也许他想把自己的子女培养成领导人？也许他会在阿格娜给他生下孩子后重新披上部落的战袍？

"给我留茶点了吗，女士？"这是一个女孩子声音，轻快而充满朝气。

吉安娜笑了，不过并没有转过身来。她思考得太过入神，而没有听到传送法术特有的嗡鸣声。"金迪，你随时可以自己做出点心来的。"

暖和的炉火旁，她的学徒开心地笑着跳上了吉安娜对面的椅子，又伸手拿了一杯茶和一块之前提到的点心。"我只能做出学徒点心，您做的可是宗师点心，比我可强多了。"

"你就快掌握制作巧克力屑的技巧了，"吉安娜面无表情地说道，"不过你的苹果条一直做得不错。"

"您这么想我很高兴。"金迪·火花说道。即使是对于侏儒来说，她也算是格外活泼了。一头蓬亮的粉色头发在脑后扎成马尾，怎么看也不像是已经二十二岁的成年人——不过实际上，以侏儒的寿命来说，这也就是一个小女孩的年纪。这样一个活泼的小家伙，看起来好像给块棉花糖就能打发走似的，可如果有谁能仔细观察她那双蓝色的大眼睛的话，就会发现与那天真的脸蛋儿毫不相称的精明和智慧。吉安娜几个月前刚收她为学徒，不过，其实她当时也没有什么选择的余地。

从魔枢战争至今，罗宁一直是肯瑞托的领导者。在大地的裂变发生之后不久，他就邀约吉安娜过来见面聊聊。碰头的地点选在紫色大厅，一个就她所知只有法师传送门能才能到达的地方。而那时的罗宁看起来比以往任何时候都要忧虑。他倒了两杯起泡的达拉然葡萄酒，然后坐下来目不转睛地盯着她。

"罗宁，"吉安娜轻轻地问道，那甜美的佳酿她一口都没碰过，"怎么了？发生了什么？”

“呃……让我们瞧瞧，”他回答道，“死亡之翼被人做掉了，黑海岸沉到了海底……”

“我说的是你。”

他为自己的冷幽默微微一笑。“我没事，吉安娜，不过……呃，我有些担忧，想跟你聊聊。”

她扁了扁嘴，双眉之间挤出一点皱纹，放下酒杯说道：“我？为什么是我？我不是六人议会的成员，甚至已经不再是肯瑞托的成员。”是的，她曾经是这里的一员，曾经与导师安东尼达斯亲密共事，但是在第三次战争之后，当残存的肯瑞托成员重整旗鼓时，这一切对她来说已经物是人非了。

“这正是我找上你的原因。”他说道，“吉安娜，我们已经经历了太多。我们都太忙于……呃，忙于战斗，忙于策划和发动战争，以至于忘记了另外一个更为重要的东西——责任。”

吉安娜给了他一个茫然的微笑。“击败玛里苟斯，拯救这个如入虎口的小白兔一般的世界，这在我看来比什么都重要。”

“是的，”他点点头，“但培养下一代也同样重要。”

“这跟我有什么关系呢……噢，”她突然意识到了什么，坚决地摇了摇满头的金发，“罗宁，我愿意帮忙，但是我不能来达拉然。在塞拉摩有我肩负的职责，即便联盟和部落都在大地的裂变中元气大伤，但还有许多……”

他抬手打断了她的话。“你误会了。”他说，“我没打算让你留在紫罗兰城堡。这里的法师够多了，但是在世界其他地方却太少了。”

“哦，”她再次说道，“你……希望我带一个学徒？”

“是的，如果你愿意尽这份责任的话。这里有一位非常特别的年轻女士，我希望你能考虑一下。她天赋出众，而且对达拉然和铁炉堡以外的世界充满了强烈的好奇心。我想你们俩肯定会非常契合的。"

这时吉安娜明白了。她窝进舒适的紫色靠垫上，伸手拿起酒杯，抿了一口然后说道："我猜，她还是一个擅长打小报告的人吧。"

"瞧你这话说的，普罗德摩尔女士。我们只是不希望像你这么强大而有影响力的魔法师冷冷清清地独自待在塞拉摩罢了。"

"老实说，我很奇怪你早没派个眼线过来。"

他做出一副可怜兮兮的表情。"这里乱七八糟的事情太多了，"他说，"这倒不是说我们不相信你。我们仅仅只是想要确保……呃……你懂的。"

"我向组织保证，绝对不会随便打开什么类似黑暗之门的东西。"吉安娜抬起手嘲弄似的发誓说。

这让他笑了，但是立即又恢复了严肃。他按住吉安娜的手，身子前倾过来。"你能理解的，对吧？"

"我懂。"吉安娜说道。她确实可以理解。曾经，她每天忧心的仅仅只是生存下去而已。那时候不管在什么地方，只要是法师，只要没主动和玛里苟斯结盟，就通通被视为蓝龙军团的敌人。现在，随着世界的崩裂，旧日的盟友也分崩离析。而吉安娜不仅是一名强大的魔法师，也是一名受人尊敬的外交家。这意味着，谁都希望能跟她确认一下盟友关系，如果能顺便再安排个眼线什么的，就再好不过了。

不知为何，许多久远的回忆在脑海里浮现了起来。曾经，有一个老人在被她死皮赖脸地纠缠以后，终于答应收她为徒。那个睿智的、黑白分明的、情愿以生命守护世界的老头；那个在魔法道路上启蒙了她，塑造了她的老头；那个……叫做安东尼达斯的老头。突然之间，吉安娜心中燃起了想要给这个世界一些回报的想法。她非常清楚自己是一名强大的法师，恰好这话题正被谈及。这或许是个不错的主意——将自己所学传授给他人。不用加入肯瑞托，就能帮助他人像自己一样领悟并运用魔法。世事无常，这些日子尤其如此。再加上她发现自己其实有点怀念安度因偶尔出现的时候。也许一个年轻人可以让这个老旧潮湿的地方焕发生机。

"你知道吗，"她说，"我想起了一个死缠着安东尼达斯，想让他收自己为徒的任性女孩。"

"据我所知，她被培养得非常出色。据说她现在已经是艾泽拉斯最好的法师。"

"据说的事情太多了。"

"请告诉我，你会教导她。"罗宁真心诚意地说道，话语中没有丁点儿其他意思。

"我觉得这是个不错的提议。"她严肃地回应道。

"你会喜欢她的。"罗宁说，他的表情变得顽皮起来，"她对你来说将会是个考验。"

吉安娜记得，金迪还曾经和蓓恩对峙过。想到蓓恩对这个侏儒女孩的反应，吉安娜好不容易才止住笑意。蓓恩是一名暗夜精灵战士，从海加尔之战时就被指派到吉安娜身边。不管是不是真的需要，这名女士都坚定地履行着贴身侍卫的职责，除非吉安娜安排她去执行更为隐秘的任务。吉安娜时常告诉蓓恩，她随时都可以离开这里回到自己的族人身边，而蓓恩通常都会耸耸肩回答道："泰兰德女士从来没有正式解除我的职责。"然后便不再多说。吉安娜并不能完全理解暗夜精灵这种顽固与莫名的忠诚，但她对此心存感激。

有一次，吉安娜正在有条不紊地收拾着摆放试剂的橱柜，为字迹模糊的药剂换上新标签，把失去效用的试剂放到一边以便处理，金迪则坐在一边学习。塞拉摩的椅子是为人类设计的，金迪坐在上面只能双腿悬空。她一面翻着一本几乎和她一样大的大典籍，一面来回荡着双腿品茶。蓓恩当时正在擦拭她的长剑。吉安娜用眼角的余光看到蓓恩总是时不时地瞅小侏儒一眼，而且每一次都在变得更加火大。

最后蓓恩终于爆发了。"金迪，你总是喜欢这么活蹦乱跳的吗？"

金迪合上书，把一根小手指当做书签夹在书里，然后思考着这个问题。过了一会儿，她说："人们总是把我当成小孩，这常常让我失去有所作为的机会。我发现，这还真是件令人沮丧的事。所以，不，我不喜欢活蹦乱跳。"

蓓恩点点头。"喔，好吧。"说完就继续去忙自己的事情了。吉安娜则赶紧找了个理由离开，以免当场大笑。

撇开下意识的活泼好动这点，金迪倒确实给了吉安娜很大的考验。这个小侏儒比吉安娜见过的任何人都更为精力充沛，她的问题更是没完没了。起初倒还有趣，但久了以后就开始让人感到厌烦。然后有一天，吉安娜突然意识到自己真的已经成为了一名导师，而她的学徒正一步步成长为她的骄傲。罗宁并没有夸大其词，他应该真是把肯瑞托最好的学生交给了她。

吉安娜同时负有法师和领导者两个身份，而金迪对于后者的好奇一点都不比前者少。有时候，吉安娜也很想和小侏儒聊聊她与古伊尔的秘密会面。金迪看起来是那种能理解吉安娜的想法的人，但这当然不行。吉安娜虽然很喜欢这个女孩，但最终，金迪仍不得不把她所知道的一切汇报给肯瑞托。面对安度因时犯过的错误让她学会了要做万全准备，到目前为止，她确信金迪对秘密会面的事情仍旧一无所知。

"罗宁大师最近还好吗？"吉安娜问。

"啊，他很好，还让我代他问候你来着，"金迪回答道，"他看上去被一些事情困扰着。"她想了想，停下来又咬了一口点心。

"我们是魔法师，金迪。"吉安娜苦笑着说道，"心烦意乱、苦瓜脸，这些都是我们的正常状态。"

"这倒是真的！"金迪快活地说，然后伸手弹了弹点心屑，"不过说起来，我这次回去实在是太仓促了点儿。"

"你有好好陪父母吗？"金迪的父亲温德尔肩负重任，每天晚上用他的魔杖点亮达拉然的所有街灯。据金迪说，他挺喜欢这工作，而且他同时还出售这种点灯魔杖，让有兴趣的人也都能自己体验个一两次。她的母亲——贾克西——则经常做一些烘烤甜点放到高等精灵艾蜜的摊子上去出售，这位侏儒做的红色松软蛋糕远近闻名。这也是金迪对自己做的糕点如此沮丧的原因。因为身在"糕点世家"的她，做出来的东西竟然是这样的……不够水准。

"我陪了！"

"那你还想吃点心啊？"吉安娜调戏着小侏儒。

金迪耸耸肩，说："这怎么说呢，我天生就是个吃货。"她回答问题时乐观豁达的心态正如吉安娜所料，但很明显，有些什么东西一直在困扰着小侏儒。吉安娜把餐盘放到了桌上。

"金迪，我知道你是签过卖身契的肯瑞托小卧底，但同时也是我的学徒，如果你觉得让我做你的导师有什么问题的话……"

金迪瞪大了她的蓝眼睛。"您？哦，吉安娜女士，这完全不是您的问题，只不过……我感觉达拉然里有点不对劲。你能从周围的气氛中感觉出来，而罗宁大师的举动也没法让人安下心来。"

吉安娜有点吃惊。并不是所有魔法师都能像金迪这样，利用第六感察觉到"不对劲"的征兆。吉安娜自己在一定程度上也有这种能力，虽然并不是每次都能捕捉到那种难以形容的征兆，可一旦有了感觉，她就会保持关注。而金迪，她才只有二十二岁。

吉安娜带着一副'我看好你'的表情笑了。"罗宁大师说得很对，你确实很有天赋。"

金迪有点害羞地脸红了。

"好了，别多想，要是真出了什么事，我们很快就会得到消息的。"吉安娜说道，"另外，我给你那本书看完了吗？"

金迪叹了口气。"《论卡利姆多生态圈下造食术取代烹饪术弊多利少的深层原因》？"

"对，就是这本。"

"我看完了，不过……"金迪踌躇着，不敢看吉安娜的眼睛。

"怎么了？"

"好吧……我想现在第四十三页上多了一片霜糖的痕迹。"

夜幕降临奥格瑞玛。温度逐渐降了下来，但远不到能让人感到凉爽的程度。被烤硬的沙地上一片荒芜，依旧储存着白天吸收的太阳热量，而那些新建成的巨大金属建筑同样如此。从气候的角度来说，奥格瑞玛与杜隆塔尔的所有东西一样，根本就不打算让人感到舒服。它过去很糟，而以后……将会更糟。

但这却正合马尔考罗克的心意。

他发现了杜隆塔尔这种令人不爽的燥热，就如同黑石山深处一样。这样很好。在兽人过去的经历中，最好的事情莫过于远离了那些温柔安宁之地，比如他们的故乡德拉诺上的纳格兰。这里是一个能够考验韧性，磨炼意志的地方。日子过得太舒服绝非什么好事，而马尔考罗克的工作之一就是确保兽人们不要过得太舒服。

在最近的集会上，有些兽人就表现得太舒服自在，太过于相信自己的想法了。他们公开表示对加尔鲁什·地狱咆哮的不满和反对。那可是部落的大酋长！兽人一族的首领！这种嚣张的气焰让马尔考罗克愤怒地咬紧了牙关，但他还是强忍着保持静默，悄然无息地在街道中穿行。

他对加尔鲁什说过他们全都得好好盯着。加尔鲁什以为马尔考罗克的意思是部落所有种族的首领都应该监视起来，但黑石兽人所说的"盯着"的范围要广得多。他说的"全"都得盯着，意思是指整个部落。

部落的每一名成员。

因此他派出了一部分手下最得力的兽人，去监视那些在大酋长演说时竟然没有欢呼的异见分子。当然，伊崔格身为萨尔指派给加尔鲁什的顾问，并且一直以来民望甚高，他可以口无遮拦……暂时如此。

但是其他与这名老兽人为伍的人，都必须付出代价。因为在马尔考罗克与加尔鲁什的眼里，这是毫无疑问的公然忤逆。他的思绪回到了几年前，还在为雷德·黑手做事的时候。回想起那些鲁莽地冲进黑石山深处，向雷德发起挑战的冒险者们最后的结局，他感到十分满意。然而印象更为深刻的是自己处置那些抱怨雷德的人时采用的手段——他们竟然以为躲在阴暗角落里窃窃私语就很安全。

他跟踪他们，执行自己不容置疑的制裁。有一次，雷德说起了最近失踪的一个叛徒。马尔考罗克只是简单耸了耸肩，雷德便给了他一个赞许的冷笑。这件事之后再没被提起过。

现在时局不同了，不过说起来也没那么多不同。现在马尔考罗克不用再孤身走在阴影中了，四名库卡隆卫士被指派为马尔考罗克的私人部下，他的口谕有如加尔鲁什亲自下达。他们跟随着他，悄然移动，如影随形。

考苏斯住在暗影裂口，奥格瑞玛最臭名昭著的地方之一。有人会觉得，既然住在这种地方，考苏斯肯定掺和着一些地下交易。然而，他的店名"暗土"实际上只不过是指一种用于种植蘑菇的土壤，根本就没藏着什么玄机。据马尔考罗克所知，考苏斯是一个很遵纪守法的公民，不过他住在这种地方，倒让马尔考罗克这个黑石兽人的工作简单了很多。只要使点眼色，再加上几枚金币，就可以让围观群众点点头自觉走开。

考苏斯正跪在地上，用一把锋利的小刀收割着明早要出售的蘑菇。他贴着蘑菇的根部手起刀落，就成功采下一颗丢进袋里，然后继续移动到下一个。他背对着店门，那里挂着一张半掩的帘幕，还有一个写着"打烊"的字牌。尽管眼睛看不到门口，但是突然之间，他还是感觉到了不速之客的到来。他慢慢站了起来，转过身，收紧眉骨将目光聚集在门口的几个身影上，那是马尔考罗克和他的跟班。

"不识字么？"他嚷嚷道，"关门了，明天请早。"马尔考罗克有些好笑地注意到这个种蘑菇的家伙用力握紧了手中的小刀，好像那玩意儿也能起点用似的。

"我们来这可不是为了蘑菇。"马尔考罗克放低了声音。他和另外四个兽人一起走进了商店，其中一人拉上了帘幕。"我们来这是为了你。"

第 5 章

黎明的阳光穿过窗帘缝隙，轻柔但却持续地照进吉安娜的卧室。这是一贯醒来的时刻，她眨眨眼睛，睡眼惺忪地笑着，伸了个懒腰，然后把双腿伸出床外，站起身披上一件袍子，拉开暗蓝色的窗帘。

这是个灿烂的清晨，朝阳已然升起，而长夜之影尚存，玫瑰、金黄和熏衣紫的色彩在天空中交相辉映。她打开窗户，深吸了一口带着盐味的空气，任由自己尚未梳理的金色长发被晨风拨乱。大海，永远是大海。她是海军上将的女儿，她的兄长们曾经打趣地说，普罗德摩尔家族的血管里都流淌着海水。父兄的音容笑貌让她一时感伤，她在窗口徘徊了一会儿，缅怀……然后转身走开。

吉安娜梳理好自己的长发，然后在一张小桌前坐下。思绪一直在流淌着，她点燃一支蜡烛，目不转睛地盯着那摇曳的火光。如果时间允许的话，她每天都会这样做，这能让她集中精神，并且为任何可能发生的事情做好准备……

她突然瞪大了蓝色的双眼，警惕起来：似乎出事了。她想起了昨晚和金迪（一个毫无疑问还在睡觉的侏儒。她老喜欢熬到深夜，真该投胎去做个暗夜精灵）的对话，关于上次在达拉然的经历，以及带来的不安。"只是……我觉得达拉然肯定出事了，"金迪曾说，"你能从周遭中感觉出来。"

现在吉安娜也感觉到了，就像老水手总能提前闻到风暴的气息。隐约的不安在她心头浮现，看起来一贯的晨间仪式得缓一缓了。她迅速地冲了个澡，换上衣服。当她最信任的大法师特沃什前来敲门的时候，她已经冲好了一壶热茶。与金迪不同，特沃什并不受肯瑞托管辖，他和吉安娜一样，更喜欢自由自在不受拘束。现在，这两个特立独行的法师一同生活在塞拉摩，并且建立起了深厚的友谊。

"吉安娜女士，"他说，"呃，怎么说呢，有个人想要见见你。"特沃什看起来不怎么高兴，"这个家伙不肯告诉我名字，但是出示了一份罗宁给出的担保信，我检查过了，是真的。"

他递给吉安娜一份卷好的密信，封蜡上是熟悉的肯瑞托之眼标记。她将其打开然后开始阅读，立即认出这是罗宁的笔迹。

亲爱的吉安娜女士：

　　我请求你给予这个访客他所需要的任何援助。其中缘由虽然骇人，但确切可信，他需要我们这些施法者一切所能提供的支持。

——罗

吉安娜倒吸了一口凉气。到底发生了什么，能让罗宁说出这样的话？

"让他进来。"她说。特沃什点头退下，脸上的神色和吉安娜一样不安。吉安娜给自己倒上一杯热茶，轻呷一口，沉思着静待访客前来。

过了一会儿，一个男人大步走进她的客厅。他头上的兜帽压得很低，几乎看不清脸。身上穿着一件简单的旅行外套，但是历经长途跋涉依旧纤尘不染。他步履轻盈敏捷，所以突然站定的时候，那件上好面料的蓝色披风仍在微微舞动。他鞠躬行礼，然后站直身子。

"吉安娜女士，"他的声音和善可亲，"很抱歉未约而至，扰你晨休。我本也不愿这样来访。"

他一面说着，一面拉开兜帽，露出一个尴尬的笑容。他有着一张汇集了人类与精灵美好特点的面容，墨蓝色的头发垂到肩膀，坚毅的蓝色眼眸中泛着光芒。

她立即认出了他，惊得瞪大了双眼，手中茶杯也一个失手摔落地面。

"别这样，怪不好意思的。"卡雷苟斯，前任的蓝龙军团守护巨龙这样说着。然后他挥了挥手，泼洒的茶水立即消失，碎裂的茶杯自行组合完好，飘回了吉安娜手中。

"谢谢。"吉安娜哭笑不得地说，"没办法给你什么正式的欢迎了。那么，一杯茶水聊表心意吧。"

他回以苦笑。"好吧，谢谢。很遗憾我们没时间客套了。不过不管怎么说，很高兴见到你，即使是在当前的局势下。"

吉安娜斟上两杯茶，这一次端得很稳——她在第一时间就恢复了镇定。她曾在古伊尔和阿格娜的婚礼上见过卡雷苟斯，尽管没什么时间交流，但对他一直抱有好感。她递过茶杯，真诚地说："蓝龙之王卡雷苟斯，你的高尚与善良我早有耳闻。塞拉摩欢迎你的到来。你带来的密信嘱托我提供一切力所能及的协助，对此你不必担心，亦不必客气。"

她在一张舒适的小沙发上坐下，并且邀他过来身旁。出乎意料地，这只古老而强大的生物对此似乎有点……害羞。

"能与你合作，我也深感荣幸，女士。"他说，"你远播在外的声名令我仰慕多时。你在魔法上的造诣、你运用力量时的谨慎，以及在世俗方面你的外交和领导能力都值得尊敬。"

"呃……"吉安娜说，"谢谢。这话说得怪好听的，不过我想你从诺森德一路赶来不是为了跟我互相奉承吧。"

他叹了口气，然后轻抿了一口茶水。"很不幸，被你言中了，女士。"

"叫我吉安娜吧。我可不想在家里对话还这么拘谨。"

"吉安娜……"他抬起头用蓝色的眼眸盯着她，但是眼神已然暗淡，"我们有麻烦了，我们所有人。"

"你的龙群？"

"不，不止是我的族群，还包括艾泽拉斯的所有生灵。"

"我……我读书少，你可别骗我。"金迪站在门口，迷茫但却谨慎地看着两人，"或者说这至少是夸大其词了。我就不信蓝龙军团惹出的祸事能殃及艾泽拉斯所有人。"

她的头发看起来一团乱麻，吉安娜甚至怀疑她根本没有梳理就扎起了马尾。对于小侏儒的伶牙俐齿，卡雷苟斯看起来似乎是觉得有趣多过不悦，他带着疑惑的目光转向吉安娜。吉安娜想起了金迪苦恼的声明："人们总是把我当小孩子。"不过，若是卡雷苟斯的话，或许不会如此。

"卡雷苟斯，请允许我向你介绍我的学徒，金迪·火花。"

"你好呀。"金迪说着，给自己弄了杯茶，"我听到你和特沃什在外面的谈话了，这让我有点儿好奇。"

"很高兴见到你，火花学徒。我相信能被吉安娜接收的，一定是很棒的学生。"

金迪伸出小鼻子嗅了嗅，然后啜了口茶。"请原谅我，先生。"她说，"鉴于过去曾经发生过的一些事情，我和达拉然的法师们都有点……不怎么信任你的龙群。我的意思是，你懂的……什么发动战争屠杀法师之类的……"

吉安娜感觉有点儿不妙。一个二十二岁的魔法学徒正在谴责蓝龙军团的首领，曾经的守护巨龙。往轻了说，是要他为玛里苟斯犯下的过错负责；往重了说，就是质疑他的诚信。

"金迪，卡雷苟斯和玛里苟斯并不一样。他向来热爱和平，他……"

"她说得对。"卡雷苟斯抬起手，礼貌地打断了吉安娜，"我比任何人都更了解我的族人曾经对掌握奥术的法师们做过什么。我能够理解金迪会有这种想法，很多人——除了蓝龙以外的人，都可能会产生这样的想法。"他给了小侏儒一个微笑，"作为龙群领袖，作为曾经的守护巨龙，我的相当一部分职责就是要告诉世人，并非所有的蓝龙都支持魔枢战争。而且自从玛里苟斯逝去以后，我们也再没有试图要操纵任何一名施法者。"

"但这不是蓝龙一族与生俱来的职责么？"金迪问道，"这不是守护巨龙被托付的重任么？即便守护巨龙之力已然消失，但你不是仍然还扮演着那个角色么？"

卡雷苟斯悠然远眺，再次开口的时候，声音变得更加深沉而柔和。"魔法的运用应该受到规范、管理、控制，但同时也应该能被人欣赏、受人珍视、无私分享。这是所有施法者们必须要面对的矛盾。"

吉安娜只感到后背泛起一阵凉意，而金迪看起来也像是被慑服住了。卡雷苟斯看着他们俩人，双眼再次泛起光芒，有如警示。"这些都是诺甘农曾经说过的话语，也正是这位泰坦赋予了玛里苟斯守护巨龙的神力。"

"不过这也证实了我的观点。"金迪说道。

卡雷苟斯看起来情绪稳定,吉安娜也就觉得干脆闭上嘴,让他们去讨论出结果好了。于是她向后靠在沙发垫上,作壁上观了起来。

"同样的字词,可以有不同的解读。"卡雷苟斯说,"对于魔法守护者的职责,玛里苟斯的理解是——魔法只能交付于被认可的施法者。于是他将所有的魔法收归于自己和麾下的龙群所有,因为在他眼中,只有蓝龙一族才能够欣赏和珍视魔法。而我选择了将其理解为魔法的运用需要规范、管理和控制。施法者需要以身作则,并鼓励更多的人去珍惜和欣赏魔法。因为,金迪,如果你真的欣赏和珍视某样东西,那你一定会希望将它好好管理。你不会想要私藏,你希望无私分享。现在的我已不再是守护巨龙,只不过是蓝龙一族的首领而已。请相信我,在如今的身份下,我非常欢迎来自肯瑞托或是其他任何人的帮助。"

金迪沉吟着,远离地面的小短腿来回荡着。在侏儒的文化中,逻辑就是一切。她理性的大脑能够理解卡雷苟斯表达的意思。于是最终,她点了点头。

"告诉我们这件会影响到整个艾泽拉斯的事情吧。"金迪说道。她不会为刚才的态度道歉,但是显然的,她对于这位蓝龙首领已经不再怀疑。

卡雷苟斯看起来也发现了这个转变,于是向两位女士切回正题。"相信你们都很熟悉一件叫做聚焦之虹的宝物,一件一直被蓝龙军团所保管的宝物。"

"玛里苟斯正是用这件宝物造出了湍流之针,然后用后者将艾泽拉斯的所有魔网能量线引向魔枢。"金迪说道。对于这些线索的联想使得吉安娜开始害怕了起来，但直到现在，她仍旧盼望着是自己弄错了。

"是的，"他说，"而这古老的宝物被人从我们手上偷走了。"

霎时间，金迪已经被吓得面色铁青。吉安娜则惊恐地看着卡雷苟斯，无法想象他心中的感受。

"谢谢你，愿意信任我们，向我们寻求帮助。"吉安娜心中浮起的第一个念头脱口而出，同时紧紧握住了卡雷苟斯的双手。他望着那双手，又看了看她的脸庞，然后点了点头。

"当我说这会危及所有生灵的时候，并没有夸大其词。"他说，"我与罗宁交谈之后，就径直飞到了这里。而你，年轻的女士，"他看着金迪，"是除了龙族以外第三个知道此事的人。"

"这……这真是让我受宠若惊。"金迪结结巴巴地说。她对卡雷苟斯的敌意看起来已经完全消失，再也不提什么"夸大其词"了。卡雷苟斯说的一直都是实话。

"对于窃贼有什么线索了么？"吉安娜急切地问道，想要开始讨论实际的东西——哪些线索是已知的，哪些是未知的，该如何才能有所补救。

卡雷苟斯简短地说明了情况，而他的每一个字，都让吉安娜的心情更加低沉。五头巨龙陈尸荒野，而对于窃贼依旧一无所知？

"罗宁提供了什么帮助么？"她问道，并且惊讶于自己的声音竟是如此微弱和无助。而金迪已然面如纸色，半晌无言。

卡雷苟斯摇了摇头。"没，还没有。但不管怎么说，我大致能感觉到它移动的方向。虽然微弱，但足够确定区域。这也是我来到卡利姆多，来到你这儿的原因。"他伸出双手，做出恳求的姿态，"我是蓝龙一族的首领，我们深谙魔法，我们流传的书卷比你见过的任何典籍都更为古老，但是有一样东西是我们所没有的，那就是你们掌握的资源。我不会傲慢地认为我们已经通晓天地。有的法师并非龙族，但他掌控的事物甚至连龙族都无从知晓。这就是为什么我需要你的帮助，如果你愿意的话。"

"当然。"吉安娜说，"我还可以叫上大法师特沃什，大家一起集思广益。"

"先吃个早饭？"金迪终于说话了。

"当然，"卡雷苟斯说，"饿着肚子谁都无法集中精神。"

慢慢地，吉安娜的心为之复苏，至少有那么一点。卡雷苟斯可以追踪宝物的方向。他愿意，并且如此热切地希望接受帮助，而且他说的对，饿着肚子谁能集中精神呢。

他们目光交错。卡雷苟斯微笑起来，她的心情又为之复苏了一些。他们深信遗失的宝物终将被找回。而随后三人一同走进饭厅的时候，她又在心中期盼着，但愿真能如此。

他们五人：吉安娜、卡雷苟斯、特沃什、蓓恩和金迪，都全身心投入到了工作与研究中。金迪返回了达拉然，在罗宁的许可下，她可以自由出入图书馆，而这让吉安娜羡慕不已。

"我还记得我待在那里的日子。"她告诉金迪，然后给了小侏儒一个短暂的拥抱，"研读古老的典籍和卷轴，从中汲取知识，没有什么能比这更让人开心了。"她的心里微微一丝酸痛，"新达拉然"光彩照人，但她再却也不属于那里了。

"如果研究的内容和拯救世界无关，那或许还要多一点乐趣。"金迪愁眉苦脸地说。吉安娜不得不表示同意。

蓓恩是塞拉摩情报网络的负责人，她在了解了事情的缘由以后就立即动身离开。"我需要到相关的地点去查看一下。"她说，"我手下的间谍们很勤奋，但他们可能搞不清楚在现在的局势下，哪些信息才是需要的。"她看着卡雷苟斯，"跟这个'人'在一起，我想你应该会很安全，我的女士。"

"是的，蓓恩。我自己的技能加上一位曾经的守护巨龙，我想足够应付任何威胁了。"吉安娜的话语没有任何玩笑的意思，因为她知道蓓恩对于自己的职责是如何认真。暗夜精灵闪烁的双眸盯着卡雷苟斯，又转回吉安娜，最后敬了一礼。

注视着金迪和蓓恩各自朝着自己的目标启程离开，然后吉安娜把视线转回了特沃什和卡雷苟斯，向他们点了点头。"让我们开工吧。卡雷，早些时候你曾说你能够感应到聚焦之虹，那你为什么不干脆跟着呢？为什么来找我？"

他埋下头，脸色看起来有点苍白。"的确，我曾经是能追踪到它的。但是当我来到卡利姆多后没多久，那踪迹就迅速消失了。"

"什么？"特沃什显得有点激动，"它怎么会凭空消失。"

"有可能的。"吉安娜语调沉重地说，"不管是谁干的，他们都有掌握着强大的力量，足够杀死五头巨龙的力量。但最初的时候他们对于聚焦之虹还没有足够的了解，不知道如何控制和藏匿，所以卡雷苟斯才能追踪到。"

"跟我想的完全一样。"卡雷苟斯说道，"然后到了某个时刻，他们或者是对宝物有了足够的了解，或者是找到了一名足够强大的法师，从而完美地将其隐藏了起来。"

特沃什用手托着下巴想了一会儿。"这……得是非常强大的法师才行。"

"没错。"吉安娜说道，同时昂起头，在精神上蔑视这个坏消息，"他们或许有一名强大的法师，或许更多，但我们也不遑多让。而且我们还有个巨大的优势，我们这里有人对聚焦之虹无所不知。我们最好赶紧坐下来让卡雷给我们仔细讲讲。"

"你们想要知道些什么？"

"所有的一切。"她坚定地说，"不要只告诉我们一些皮毛，我们需要所有的细节。任何微不足道的信息都可能是有用的。特沃什和我需要了解你知道的一切。"

卡雷苟斯苦笑着说："那得花上一些时间了。"

确如此言。他的讲述从早上一直持续到中午，又持续到傍晚，甚至还在继续。除了进餐时稍作歇息，这几乎就占据了整整一天。即使身为龙族，到最后卡雷苟斯也变得声音沙哑。直到夜色已深，他们三人才各自带着困倦的双眼回到房间。吉安娜不知道另外两人是如何度过长夜的，但就她自己来说，梦魇挥之不去。

她在第二天清晨醒来，但浑身上下依旧疲惫而倦怠。总能使她恢复舒畅的晨间仪式这次也没能奏效。天空布满阴霾，仿佛要压下来一般。她的心也为之一沉，然后叹了口气。眼不见，心不烦，于是她降下窗帘，转身下楼。

当她走进小客厅的时候，卡雷苟斯露出一个温暖的微笑，但随即发现了她苍白的面容。

"没睡好？"

她摇了摇头。"你呢？"

"挺好的，虽然有些噩梦充斥其间。另外，咱们得好好聊聊你那可恶的大厨，昨天的晚餐美味可口，但是显然，其中混进了几块半生不熟的土豆。"

尽管局势如此这般，吉安娜发现自己还是笑了出来。"那欢迎你来用魔法为我们准备餐点。到时候你的'抱怨'技能就又可以提升了！"

她挤对着他，而他做出一副惊恐的表情。然而当他们眼神交会，一时间却都沉静了下来，然后恢复了严肃。

"看起来……这不是该开玩笑的时候。"吉安娜又叹了口气。然后她开始准备早茶，如往常一样分量精准地配好茶叶，烧起开水。

"似乎是不该。"卡雷苟斯表示赞同。他刚刚才揶揄了厨师的手艺，这时却又毫不客气的给自己盛上了鸡蛋、热粥，以及野猪香肠，"不过也没什么不好。"

"有的时候，确实不适合幽默。"吉安娜也为自己盛好早饭，然后坐到卡雷苟斯身边。

"或许吧。"他说着，同时不忘消灭香肠，"但快乐从来不会不合时宜。如果没有真正的欢乐，灵魂也就失去了光彩，生命也就难以承受重负。"他一面咀嚼和吞咽着口中的食物，一面侧身瞥了吉安娜一眼，"我并没完全告诉你和金迪，我从诺甘农那里听到……好吧，或者应该说是'接受'到的信息。"

水壶开始呜呜作响，吉安娜起身过去，为两人倒好茶水。"是吗？为什么？"

"金迪小姐的心态似乎不太适合接受这样的信息。"

她向卡雷苟斯递过茶杯，然后坐回原位。"那我呢？"

他脸上掠过一个古怪的表情。"也许。"

"那就说吧。"

他闭上双眼，然后声音再一次变得低沉，变得……不像是他。

"我相信，你会发现，我赐予你的礼物并非只是一项深远的责任……它是责任，但也是喜悦……它是责任！……愿你恪尽职守，欢乐相随。"

这些话让吉安娜心中一阵莫名刺痛。她忽然意识到自己刚才一直沉默着，盯着卡雷苟斯的双眼，直到他挑了挑蓝色的眉毛，像是在期待回应。她低头看着碗里，搅拌着她的热粥。

"我对金迪说的是实话。我喜欢学习，"她说道，言语中略有一点结巴，"准确地说，我爱学习。我爱达拉然的一切。"她怀念着昔日的时光，嘴角微微翘起，"我还记得……我做功课时哼着的小曲，"她补充着，脸上是混合着温暖与尴尬的笑意，"明媚的阳光，芬芳的气息，带着苹果、奶酪和卷轴蜷在角落里，学习和苦练，并最终掌握魔法的愉悦。"

"快乐。"卡雷苟斯轻声地说。

是的。流连在那过去的时光中是如此甜蜜，但紧接着另一段回忆开始浮现：那一天，凯尔萨斯朝着她漫步走来，而再之后……是阿尔萨斯。她的笑容消失了。

"怎么了？"卡雷苟斯温柔地问，"怎么转眼阳光就变阴霾了。"

吉安娜紧抿着双唇。"我想……每个人都有些萦绕心头的往事。也许就连巨龙也是这样。"

"呃，"他同情地看着她，"你想起了某个深爱却又失去的人？"她一勺一勺地不停往嘴里塞着热粥，但原本美味的早餐现在却味同嚼蜡。最终她点了点头。

"我猜猜……是阿尔萨斯？"

吉安娜如鲠在喉，想要说些什么来转开话题，但卡雷苟斯步步紧逼道："我们都有往事，吉安娜。龙族，甚至守护巨龙，都是如此。就连伟大的生命缚誓者——阿莱克丝塔萨——也曾经几乎被悲恸的往事吞噬。"

"考雷斯特拉兹，"她说，"克拉苏斯，我在达拉然的时候见过他很多次，但从没有真正接触，对他的真实身份也毫不知情。"

"几乎无人知晓。是的，应该叫他考雷斯特拉兹。他付出生命来拯救了我们所有人，而最初的时候，我们竟然认为他是个叛徒。"

"包括你和阿莱克丝塔萨?"

"这一切并非所愿，但怀疑爬上了我们的心房。"卡雷苟斯不得不承认，"就连我自己，心中也藏着往事。这其中就有那么一个人类女孩，她有着……"卡雷苟斯朝着吉安娜微微点头，然后继续补充，"她有着动人的长发和高尚的心灵。她美丽、深奥，拥有无法形容的强大力量。从本质上说她并不只是一名女孩，但她却为自己肩负的使命注入了少女的怜悯与爱心。"

吉安娜让自己的眼神避开了卡雷苟斯。她知道他所说的那个女孩——安薇娜，太阳之井的化身。吉安娜知道安薇娜所经历的一切。那个不是女孩的女孩，为了完成自己的使命而舍弃了人类的形态，而这也就等于牺牲了自己作为人类的生命。"

"而另一个让我不能释怀的，是一头巨龙。如冰雪与阳光般可爱，原本应该成为我伴侣的巨龙。"他似乎想起了吉安娜仍然在场，于是给了她一个简短的微笑，"我不认为你跟她能好好相处。她一直不太理解我为什么总喜欢，呃……"

"和低等种族打交道?"

"我从没用过这个称呼。"卡雷苟斯说道，这也是吉安娜第一次看到这头蓝龙脸上挂着怒色，"巨龙以外的种族并不低等，泰莉苟萨花了很久才明白这一点。你们只是……与我们不同。而某些地方或许比我们更为出色。"

吉安娜扬了扬金色的眉毛。"你这话可真是让人情何以堪。"

他笑了。"奶酪、苹果和卷轴，"他说，"这些普普通通的东西，让你在不到二十岁的时候就明白了什么是真正的、单纯的快乐。你才真的是让人……情何以堪。"

第 6 章

没过多久，进一步的指令就送来了。贝恩对此深感痛恨，但如果他拒不听命，加尔鲁什就会转过头带着部落所有还能调得动的人手来对付他，以及牛头人部族。贝恩对于被遗忘者、血精灵、地精都不抱任何幻想，他们恐怕也是自顾不暇。兽人和牛头人历来交好，但是没有几个人敢为此反抗大酋长。而巨魔，他们自己就已处在风雨飘摇之中了。所以如果牛头人真的打算违抗加尔鲁什的命令，他们将会孤立无援。

贝恩把书信撕得粉碎，然后给了哈缪尔·符文图腾一个黯淡的表情。"让我们做好准备吧。"牛头人酋长说道，"不管怎么说，加尔鲁什让我们在这场战争中参与的部分至少还是面对面，堂堂正正的。"

指令上写得很明确，贝恩需要带着"至少两打勇士"以及科多兽和武器，从西面接近北方城堡。巨魔将会与他们同行，尽管这意味着得跋山涉水先从回音群岛赶到莫高雷。兽人们则是从奥格瑞玛出发，在棘齿城捎上乘船而来的被遗忘者和血精灵，然后急速行军到北方城堡与牛头人汇合。

过去，在莫高雷和北方城堡之间，只有贫瘠之地一望无垠的干涸土地，和一个叫做陶拉祖营地的孤独小镇。那时候，最头疼的问题是没完没了地同野猪人战斗。而如今，贝恩需要带着部队经过已成废墟的陶拉祖，然后穿越那片被叫做鲜血旷野的地区。

按照那道讨厌的手令，贝恩在莫高雷巨门的一侧迅速而又安静地聚集好了人手。他们静静地等待着指示，只有轻微的盔甲摩擦声和偶尔的科多兽跺脚声传出。这让贝恩感到有点紧张，但他惊讶地发现对面的联盟似乎毫无知觉。他已经派出了几名斥候，以确保动手的时候能措不及防地做掉联盟岗哨，而他们都回报说只看到少数几个守卫还在站岗。两名牛头人小心翼翼地登上了瞭望台，从远处观察对面的情况。他们在黑夜中能比人类看得更远，而且，联盟士兵总是愚蠢地点着营火。

"酋长，"一名斥候压低了声音说道，"巨魔们来了，漫山遍野都是，只等您一声令下。"

"从营火来看，联盟士兵的数量并没有增加。"另一名斥候说，"他们没有想到会遭受攻击。"

贝恩为接下来将要发生的事感到一阵心痛。"回报沃金，他们的军队可以自由进攻，一旦他们和联盟军队接触，我们就会打开巨门，带着武器加入战斗。"

斥候点点头，然后转身顺着巨门和山坡的交界处往上攀登。贝恩面朝着聚集在此的牛头人们，他们只带了稀疏的几个火把，微弱抖动的火光映出依稀的身影。这里有数十名牛头人的精锐，有战士，也有德鲁伊、萨满、治疗者，以及其他各种将会发挥重要作用的职业。他们都将在冲突爆发之后迅速投入战场。

他举起手臂，确保可以被人群看到，然后耐心等待着。他的心跳得很快：一、二、三……

然后，令人毛骨悚然的战吼声开始响起。巨魔们发动进攻了。贝恩将手臂猛然垂下。巨门的另一面，混杂着武器的碰撞声、人类和矮人挑衅的呼喊声，以及巨大的弩箭命中目标的重击声；而门的这一面，两名牛头人战士闷哼着绷紧全身的肌肉，用力拉起绳索，庞大的身躯也因此而颤抖。巨门呻吟着缓缓打开。

牛头人勇士吼叫着冲进战场，这些来自北方城堡的士兵完全猝不及防。这些人类和矮人们已经没有任何胜算，他们已经被身上长着长毛的牛头人，以及蓝绿皮肤的巨魔团团包围。他们的武器虽然致命，但却已没有时间去做好准备。除了绝望和败北，他们已经没有时间去做任何事了。

一个愚蠢的士兵怒吼着试图挑战贝恩。"为了联盟！"贝恩将战锤挥出，联盟士兵简陋的制式长剑随即断裂。其中一块飞了出去，微弱地反射出一丝光亮后，便被黑暗吞没。贝恩再次挥舞战锤。那士兵身上的锁甲对于钝器完全无法提供有效防护，一击之下，身体就像流星一样飞了出去。

最后几声来自牛头人和巨魔的号叫划过战场，然后就再没有战斗的声响了。

"巨魔，收队。"沃金下令。

"牛头人，收队。"贝恩喊道。

战场一时沉寂，随后欢呼声爆发了出来，在夜空中久久回荡。贝恩环顾四周，战斗……结束了，尽管它才刚开始没多久。

"这场进攻看起来开了个好头。"沃金操着巨魔口音说道。

贝恩摇了摇头。"如果有联盟士兵逃脱就不好了。在夜色的掩护下，他们可以回到北方城堡发出警报。"

"那我们最好赶紧奔向北方城堡。"

他们花了点时间挑选出几名斥候负责前方查探。然后巨魔和牛头人的联军重新集结，往东朝着北方城堡进军而去。沃金骑着他的迅猛龙，贝恩也骑上科多兽，两人并肩而行。

"在我们离开奥格瑞玛以后，"沃金说，"一些在伊崔格发言时表示赞同的兽人似乎……不见了。"

贝恩虎躯一震。"加尔鲁什正在处决那些不赞同他的人？"

"还没有。不过那些库卡隆，尤其是那个灰皮肤每天都在街上闲晃，到处偷听别人的谈话。如果有人说了什么他们不喜欢的，他们会当场杀鸡儆猴，抓几个回去，剩下的就不敢再吭声了。那个蘑菇商人被抓去了好几天，回来的时候遍体鳞伤，而有些人……再也没能回来。"

"政治清洗？"

沃金点了点头。"我们巨魔现在都小心说话。"

贝恩咕哝道："或许，如果加尔鲁什知道了这些库卡隆的作为……他是个莽夫，但是……他肯定不会下达这样的命令。"

沃金轻蔑地哼了一声，带着厌恶的表情挥了挥手臂。"没有人可以接近加尔鲁什，我听说就连伊崔格都只有在加尔鲁什传召的时候才能觐见。这小子现在总是被他的大块头保镖包围着，只会说'部落应该这样，部落应该那样'，自信满满毫无根据。我不敢说他一定知道现在的情况，但也没有证据表明他一定不知道。不管怎么说，现在的奥格瑞玛比最黑暗的巫毒法术还可怕。"

"这么说……他没法接近、没法阻止，也没法理论，完全沉浸在疯狂之中？"

"差不多就是这样，朋友。"

贝恩低吼着，环顾自己的部队。一个想法在脑中浮现。一个大胆的、有风险的，可能会让他付出沉重代价的想法。

但这也许能挽救牛头人一族。

甚至于挽救部落。

"为什么我们什么都找不到？"

这句话就像有自己的意识一般从吉安娜口中蹦出，而她也立即就意识到了失态，恨不得能把话吞回去。卡雷苟斯、特沃什、还有金迪都停下了手中的工作，抬起头看着她。金迪已经从达拉然回来了，带着整整两箱卷轴、魔法物品、典籍等等一切肯瑞托认为可能会有帮助的东西。

吉安娜咬着嘴唇。"抱歉，"她说道，"我通常……不会这样。"

特沃什给了她一个友善的微笑。"当然，我的女士。"他说，"而且现在也算不上什么'通常'。"

通常情况下，她既是理想主义者又是实用主义者。阿尔萨斯就曾经用"实在"来挤对她，但也正是这两者的结合使她成为一名杰出的法师。理想主义的部分让她对世界充满好奇，实用主义的部分让她致力于解决疑惑。而这对于她的外交工作也同样裨益匪浅。她不仅关心事物的结果，还同时乐于以自己的能力去推动这个结果。她从不会跺脚、哭闹，或是说什么"妈的为什么找不到"这样的话。

"大法师是对的。"卡雷苟斯说，"我们都承受了太多压力，或许应该停下来暂时放松一下。"

"午饭的时候已经休息过了。"金迪说。

"那是四个小时之前，"卡雷苟斯提醒她，"然后从那之后到现在我们就一直不停地盯着书本，片刻都没有喘息，这样下去我们会累得连书都翻不动的。"

吉安娜揉了揉酸痛的双眼。"容我再道歉一次。为什么我们什么都找不到呢，呃，我想卡雷已经说到点子上了。"她稍微加重了一点语气，好让大家知道她完全清楚自己在说什么。

"我可不这么认为……"金迪开口了。

"你还年轻。"特沃什说道，"你的精力多到用不完，但我们这些老骨头不行，我们得休息一下了。欢迎你继续留在这里研读文档，金迪，但我得去花园里逛逛了，那里还有一些草药等着采集。"

他站起身来，双手用力撑了一下腰背，然后骨头发出"咔"的一声。吉安娜知道自己如果坐了这么久，站起来活动的时候也会这样。尽管特沃什开玩笑地说"老骨头，"但他和吉安娜当然不是。只不过，年轻时候那股似乎无穷无尽，支撑着她对抗瘟疫与恶魔的能量，已经在三十岁之后渐渐远去了。

"能带我到处走走么？"卡雷苟斯打断了她的思绪。

她立即开口道："哦！好的，当然！"然后站了起来，试图掩盖刚才的放空。"塞拉摩的秩序与融洽让我感到自豪。大地的裂变曾经破坏了这座的城市，但我们已将其完全重建。"

他们沿着漫长蜿蜒的楼梯走下高塔，外面的天气出奇的晴朗灿烂。卫兵们对着吉安娜正姿敬礼。她朝着他们，以及骑在马上的艾登中尉点头示意。卡雷苟斯则饶有兴致地看着这一切。

"那边是塞拉摩堡垒。"吉安娜说道。在他们前行方向的右侧，是一片训练区域，一些塞拉摩士兵正在其中对着训练假人"搏斗"，刀剑与木材相交的"梆梆"声此起彼伏。而在他们的左侧，年轻的新兵们正在真枪实剑地对抗，金属碰撞的声音与指挥官的号令混杂在一起。牧师们则在旁边仔细地观察着，随时准备用圣光治疗伤者。

"这看起来……非常尚武。"卡雷苟斯发现了这一点。

"我们的一面是危机四伏的沼泽，而另一面则是浩瀚汪洋。"吉安娜说道。他们继续向前走着，经过了旅店，离刚才的士兵也越来越远。"我们需要面对的危险有很多。"

"部落，很明显。"

她看了他一眼。"我们的确是这片大陆上最为军事化的联盟城市，但说实话，大多数的危险来自野生动物和各种不速之客。"

卡雷苟斯瞪大双眼，一只手捂住胸口，装出一副受伤和恐惧的模样。吉安娜笑着说："别担心，我们唯一不待见的龙族就是沼泽中的黑龙。部落看起来能够约束自己，就如同我们一直以来一样。这是一种可以接受的状态，虽然很多人并不能理解。"

"难道联盟想要战争？"卡雷苟斯平静地问。吉安娜做了个鬼脸。

"好吧，你戳到我的痛处了。"她说道，"这个我们晚点再谈。你们蓝龙一族最近如何？很多法师都会怨恨你们，如同金迪那样，但是我知道你们饱受磨难。先是魔枢战争，之后是新任的守护巨龙失去神力，然后又是现在这场盗窃……"

"现在是你在戳我的痛处了。"卡雷苟斯这样说着，但声音和善。

"抱歉。"吉安娜说道。他们沿路走向城外，脚下的道路上鹅卵石越来越少，逐渐变得泥泞起来，"我无意冒犯。只是想站在外交的角度对你们多点了解。"

"我没有感到冒犯。一名优秀的外交家通常可以清楚地看到别人的难处。"卡雷苟斯说，"我们最近的处境确实艰难。长久以来，龙族一直都是艾泽拉斯最强大的生灵。守护巨龙保卫着龙群，以及整个世界。即使是最小的幼龙，在你们看来也有着不可思议的寿命和足以心高气傲的能力。然而死亡之翼……那个词通常是怎么说的来着？……却把我们逼到了不得不低头蝎嘴的地步。"

吉安娜拼命忍住笑声说："我想你说的那个词应该是'低头谢罪'。"

他笑了。"看起来即使我比大多数同胞更为了解凡人种族，依旧也还有很多东西要学习。"

吉安娜摆了摆手。"人类的短语可不是什么值得优先学习的东西。"她说。

"真希望我能说，现在没什么紧要的事情。"卡雷苟斯回答道，然后面色又变得严肃起来。

"站住！"一个声音厉声喝道。几个卫兵带着刀剑和战斧走了过来，卡雷苟斯停下脚步，站在一旁好奇地看着吉安娜。吉安娜朝着卫兵们挥了挥手，他们立刻认出了她，然后收起武器，并鞠躬致敬。而其中一名金色头发，胡子拉碴的男人则更加严肃地立正敬礼。

"吉安娜女士，"他说，"我并未被告知您会和客人经过这里。需要我安排一名护卫吗？"

两名法师逗趣地对望了一眼。"谢谢，维摩尔上尉。感谢你的好意，不过我想这位绅士能够保护我。"吉安娜一脸严肃地说。

"如你所愿，我的女士。"

等他们走到一个不会被探听到的距离，卡雷苟斯才以一个完全严肃的口吻开口说道："吉安娜，在我们两人里，我才是处在危难之中的那个吧。"

"如果真的如此，那我会来拯救你。"吉安娜用和他一样严肃的语

70

气说道。

卡雷苟斯叹了口气。"你已经在这样做了。"他平静地说。

她望着他，眉头微皱。"我是在帮助你，"她说，"不是拯救你。"

"在某种意义上，你就是在拯救我，你们所有人都是。我的族群……已经和以前不一样了。我如此真切地想要保护我的龙群，给予他们安定。"

吉安娜突然意识到了什么。"就像你想要保护安薇娜那样。"

他脚步未停，但脸上的肌肉略微抽搐了一下。"是的。"

"卡雷，你没有辜负她。"

"不，我辜负了。"卡雷苟斯的声音听起来尖利刺耳，并且充满自厌的情绪，"她被抓获，被利用，被用来将基尔加丹带入艾泽拉斯，而我却没能救她。"

"就我所知，当时的形势根本就由不得你。"吉安娜试探性地柔声说道，她不清楚卡雷苟斯打算与她交流多少，"你被一名恐惧魔王附身，而当你将其摆脱之后，立即就奔她而去了。"

"但我什么都没能做到，我没能阻止他们伤害她。"

"不，你做到了很多。"吉安娜拉近了和他之间的距离，"你让安薇娜现出了她原本的姿态——太阳之井。也正是因为你的爱和鼓励，才让她鼓起勇气打败了基尔加丹。而更重要的是你坦然接受了她的命运，没有为了一己私欲而试图干涉和改变她。"

"每个人都有自己的命运，就好像守护巨龙的命运便是在对抗死亡之翼的时候牺牲自己的神力来换取胜利。"卡雷苟斯说道，"我知道，事情本没有对错，可这……是如此难受。看着人们满怀希望的心跌落谷底，还有……"

"自己的希望也一同破灭？"

他猛地转过头来看着她，一时间让她怀疑自己是不是说得有些过分了。然而他的眼中却没有愤怒，只有痛苦。"你……你的年龄跟我相差甚远，为什么竟能看得如此透彻？"

她伸手挽过他的胳膊，两人并肩向前走着。"因为我也在同样的事情上栽过跟头。"

"为什么你会在这里，吉安娜？"他直率地发问，而她则疑惑地扬了扬金色的眉毛，"我听闻你被认为是艾泽拉斯最杰出的法师之一。为什么你没有待在达拉然？为什么你要留在这里？留在汪洋与沼泽之隙，留在联盟与部落之间？"

"因为总得有人站在这里。"

"真的吗？"他紧锁着眉头停下脚步，然后把她转过来，两人面对着面。

"当然！"她带着怒色反驳道，"你希望见到联盟与部落之间燃起战火么，卡雷？这就是你们龙族近来打发时间的消遣活动么？四处走动挑起事端？"

话语如刀，让他蓝色的眼眸现出了受伤的神色。

于是她突然间也变得不知所措。"对不起，我不是这个意思。"

卡雷苟斯点点头。"那么，你想表达什么呢？"他诚心诚意地问询，不带一丝敌意。

她无言地望着他，脑海中理不出一丝头绪。然后不知何故，话语却突然间就自己蹦了出来。"达拉然陷落之后我就不想再回去那里了。在……安东尼达斯死后。阿尔萨斯杀死了他，卡雷，他杀了那么多……那个我曾经爱过并以为会结为伴侣的人。我变了，肯瑞托也变了，他们已不再是单纯的中立……或许连他们自己都没有意识到，他们已经开始看不起那些没有加入他们的人，但是我明白，要想促进真

72

正的和平，就得张开怀抱去拥抱所有人，每一个人。而且，容我自夸地说一句，我确实有些外交天分。"她认真地说道。

受伤的神色从他友善的脸上消散了。他抬起一只手抚过她金色的长发，就像在抚慰孩子一般。"吉安娜，"他说，"我并不是想说你错了，但如果你真的相信自己所说的一切，为什么还要如此刻意地说服自己呢？"

正中要害。他的话像一把匕首插进了她的心窝，精准、锋利，而又刺痛。她大口地喘息着，就好像身体遭受了真实的创伤一般。她抬起头望着卡雷苟斯，丝毫挪不动视线，而泪水已止不住在眼眶中打转。

"他们都不听，"她倾诉着，声音细若虫鸣，"没有一个人愿意听听我的想法。瓦里安是这样，萨尔是这样，加尔鲁什当然更是这样。我感觉自己就像是站在悬崖边上，说出的每一个字都被狂风呼啸着刮走。不论我做了什么，不论我说了什么，到头来都是……毫无意义。我做的一切都毫无意义。我的存在……也毫无意义。"

她注意到，卡雷苟斯的嘴角露出了一丝认同的苦笑。

"那么，我们可真是同病相怜，吉安娜·普罗德摩尔女士。"卡雷苟斯说道，"我们都害怕自己一无是处，害怕变得孤立无援，害怕自己所做的一切毫无意义。"

眼泪划过她的脸颊，他为她轻轻拭去。"但有一点我非常清楚：万事万物都有着一种节奏，一种循环。没有什么能一成不变，哪怕是长寿而睿智的巨龙也不行。而人类在时光面前又会产生多少改变呢？曾经，你是达拉然中一名渴望博览群书、磨炼技艺的年轻学徒。然后世界变了，把你从安乐窝中赶了出来，你也因此改变了。你生存了下来，甚至还在外交领域中大展身手。你面临过许多的挑战，你有过许多的困惑，但这就是你肩负的责任。这个世界……"他悲伤地摇了摇头，

73

然后望向天空。"这个世界已不再是从前的模样。所有的事，所有的人也都不再是从前的模样。来，让我给你看点东西。"

他举起双手，让修长灵巧的十指摆动起来。奥术能量的光芒在他的指尖显现，然后慢慢凝聚成一颗旋转的小球，悬浮在两人面前。

"看着。"他说。

吉安娜强忍住自己愚蠢的眼泪——事实上她已经忘了这些泪珠是怎么来的——专心致志地盯着那奥术魔法的小球。卡雷苟斯轻轻一碰，球体就碎裂了开来，但旋即又重组为一，只是看起来略有不同。

"这……上面有图案！"吉安娜惊叹地说道。

"继续看下去。"卡雷苟斯说道。然后他又碰了小球一下，紧接着是第三下。每一次触碰，球体的图案都会变得更加清晰。有那么一会儿，雀跃而又困惑的吉安娜甚至怀疑自己对着的是一张侏儒设计图，而不是奥术能量的球体。符号、标记和数字旋转着混杂在一起，然后又按照某种规律排列成型。

"这真是……太漂亮了。"她喃喃低语。

卡雷苟斯张开手指，伸手穿过小球。小球就像是被拍散的雾气一般碎裂开来，但马上又以另一种排列重新组合。就像是一个奇巧的魔法万花筒一样，变化无穷但又有着精确的图案和规律。

"现在明白了么，吉安娜？"他问道。而吉安娜则像是被催眠了一般死死盯住那些精美的图案，一次次看着它们形成、粉碎，又再次重组。

"这……不仅仅是个法术。"吉安娜说。

他点点头。"这是法术的本质。"

一时间，她没能跟上他的思路。法术有繁复的咒语、手势，有时还需要试剂……然后突然间，她醍醐灌顶般顿悟了，惊得连脚步都有

74

些跟跄。

"这是……数学！"

"方程、定理、法则。"卡雷苟斯愉悦地说道，"当它们按照某种方式排列组合时，它们是一件事物，但换做另一个排列，就会完全变成别的东西。就好像我们的人生一样，天命难违但又充满变数。万事万物都在变化，吉安娜，不管是由于内因还是外因。有时候极其微小的一个变化都会影响最终的结果。"

"而我们的存在……也是一种魔法。"吉安娜低声说道。她不情愿地把目光从这个由数学之美构成的妙不可言的旋转球体身上收了回来，心中酝酿着一个新的疑问。

"吉安娜女士！"

这叫喊声吓了两人一跳，他们转过身来，看见维摩尔上尉正骑着一匹栗色的骏马飞奔而来。他猛地一拉缰绳，骏马紧咬着嚼子前脚腾空而立，接着停了下来。

"维摩尔上尉，什……"吉安娜开口说道，但是军官马上打断了她。

"蓓恩带回了最新的消息。"路途虽近但却是疾奔而来，维摩尔一边大口喘着气一边继续说道，"部落……正在集结。兵源分别来自奥格瑞玛、棘齿城以及莫高雷。看起来他们是打算在北方城堡汇合！"

"不，"吉安娜深吸了一口气，前一刻她还在因卡雷苟斯分享的美妙见闻而鼓舞，后一刻就为这消息把心沉入了谷底，"拜托，不……不要这样……在这个时候……"

第 7 章

缇甘下士的远征军营地坐落在神秘的蔓生绿洲边缘，放眼望去，周遭的植被看起来就像是一夜之间生长出来的。今天晚上，老脏鬼佩蒂担任着这一轮的放哨。他平日里总热衷于捧着酒杯大喊："干了啊！"嗯，几乎每个小时都会来那么一次。但是现在，这个白胡子矮人还是能深刻认识到自己的职责，自夜幕降临以来他就滴酒未沾，而现在天已将明。

他拍了拍他的大口径火枪，他钟爱于它，尽管这些天来它的准头不怎么靠谱。也有的人说不靠谱的是老脏鬼佩蒂，而不是他的枪。这可真是不厚道，他叹了口气。这一轮的放哨马上就要结束了，到时候，就可以打开那桶他一直存着的樱桃酒……

丛林中突然一阵沙沙作响，老矮人用一种大多数人都难以置信的速度站了起来。这里所有会动的东西都可能会发动进攻，迅猛龙、陆行鸟，以及那些讨厌的大花和苔藓……

突然，一名穿着一件金色船锚纹章战袍的女性跌跌撞撞地走了过来，无助地看着他，然后连支撑身体的力量也失去了。佩蒂赶紧接住了她。

"缇甘！"佩蒂大吼道，"我们出事儿了！"

几秒钟之后，一名卫兵已经开始为受伤的年轻斥候包扎伤口，但是佩蒂悲伤地意识到这位小姐显然是撑不过去了。当汉娜·布瑞哲沃特朝她俯下身子的时候，她近乎疯狂地抓住了汉娜的手臂。

"部……部落，"斥候气若游丝，"牛……牛头人，打开了巨门。继续向东……我想……目标是北方城堡。"

她的眼睛闭上了。漆黑的长发上还带着血迹，瘫倒在佩蒂宽阔的胸膛上。佩蒂有些笨拙地拍了拍她的肩膀。

"你为我们带回了消息，小姐，"他说，"你做得很好。现在好好休息吧。"

听到呼喊的缇甘这时赶了过来，他恼怒地看了矮人一眼。"她已经死了，你这个笨蛋。"

佩蒂轻轻地回答道："我知道，老弟，我知道。"

两分钟以后，汉娜已经迈着她修长强壮的双腿，用最快的速度朝着北方城堡飞奔而去。她是他们之中跑得最快的人。圣光保佑，但愿一切没有太晚。

海军司令塔伦·奥布里像往常一样在黎明之前醒来。他迅速起身，往脸上泼了泼水，然后穿戴整齐，拿起了剃刀。精心打理的胡须一向是他对于外表引以为傲的地方，但是今天当他对着镜子准备例行修整的时候，突然发现自己的双眼上顶着两个黑眼圈，这让他皱起了眉头。在过去的几天里，残存的暴吼氏族正在重新集结，一些小规模的冲突已经爆发。据前线回报，有些兽人在战斗中大声叫嚣着诸如联盟将会付出代价这样的话，又或是在临死的时候高喊着"有人会为我复仇的"。

这看起来跟往常差不多，没什么特别的。在奥布里的印象里，几乎每个兽人都是这样的自信和傲慢，而暴吼氏族尤其如此。但是，若非对所有可能的危险都保持着警惕，他也坐不到今天这个位置。现在的疑点在于，暴吼氏族为什么在被击败之后还能重新集结反攻，他需要知道这其中的缘由。他已经派出了间谍去确认部落是否正在准备挑起战争——尤其是针对北方城堡的战争，但是现在还没有得到任何消息，对于下结论来说也就为时尚早。

奥布里迅速解决掉了他的早餐——一根香蕉和一杯浓茶，然后按着平时路线开始巡逻。尽管天色朦胧，通信官纳森·布兰恩还是潇洒地冲他敬了个礼。他点点头以示回应，然后两人一起望着大海。黎明已至，朝阳升起，浩瀚汪洋与这小小码头一同被漆上了一片玫瑰、嫣红与绯红的色调，头顶之上飘飘散散的白云也被描上一道道金边。

"朝霞一片红彤彤，水手心里紧绷绷。"奥布里若有所思地喝着茶，突然想起了这句谚语。

"晚霞一片红彤彤，水手心里乐融融。"纳森接上了下半句，"但我们今天不出海，长官。"他给了海军司令一个龇牙咧嘴却不失尊敬的笑容。

"的确，"奥布里说，"但我们总归是水手。保持警惕，纳森。"海军司令稍稍眯起了眼睛，"有些什么东西……"

他紧闭着嘴唇，摇了摇头，话语未完便迅速转身走下了楼塔。

"他现在也变得有点儿迷信了，是吧？"一个矮人卫兵对纳森说道。

"也许吧，"纳森转身面朝着海湾，"但我敢打赌，你直到现在也还是每次都先迈右脚登船，是不是？"

"唔，"矮人的脸上稍稍红了一下，"好吧，我们没必要去招惹坏运气嘛，对吧？"

纳森咧嘴笑了。

有如一片绿色与棕色的海洋，兽人军队正稳步沿着黄金之路穿过北贫瘠之地，往棘齿城而去。大部分兽人都是步行，只有大酋长、马尔考罗克，以及包括库卡隆在内的一些精英们乘骑着座狼。还有一些则坐在科多兽身上，擂打着巨大的战鼓，震天的轰隆声让大地也为之震颤。

当然，命令早已提前下达，所以沿路每一座城镇都有更多的人聚集起来加入队伍。只有少数人不会参加这次战斗——长者、小孩，以及仍在哺乳的母亲。但是他们也都跑了出来，为加尔鲁什和他不容置疑的胜利欢呼。

加尔鲁什昂首挺胸，神色高傲地坐在他那头健壮的黑色座狼上，高举起血吼，回应人群的欢呼。

部落的人潮沿着道路奔流向前，声势浩大的步伐让这支军队在足够远的地方就能被人发现，那些战士、法师、治疗者，以及萨满们也就能够提前做好准备，从而在加入队伍时不致拖慢前进的速度。当他们经过十字路口之后，人潮的数量已经大为增加。马尔考罗克骑着他的坐骑跟到了加尔鲁什身旁。他捶胸以示敬意，加尔鲁什点了点头。

"有什么要说的？"加尔鲁什问道。

"就目前来说，看起来贝恩仍然忠于我们。"马尔考罗克说道，"他和巨魔们一起做掉了莫高雷巨门外的联盟斥候，现在正朝着北方城堡进军，正如他们应许过的那样。"

加尔鲁什转头对着马尔考罗克。"我对你的尽职表示赞赏，马尔考罗克。"他说，"现在你看到了，贝恩始终在我的掌控之中。他始终把他的族人放在首位，不会为此冒任何风险。他知道，在必要时我对于做掉牛头人不会有任何犹豫。他守护族人的心意既值得钦佩又值得鄙夷。而且……"他补充道，"也值得利用。"

"即便如此……他还是太口无遮拦了。"马尔考罗克低吼着。

"确实，"加尔鲁什说道，"但他还是在需要的时候赶来了。沃金、洛瑟玛、希尔瓦娜斯也是如此。"

"还有加里维克斯。"

加尔鲁什做了个鬼脸。"这个家伙就像暴怒的科多兽一样难以琢磨。不过反正也不用跟他谈感情，谈钱就好了。只要待在部落还有利可图，他就会保持忠诚。"

"要是我们的盟友都这么简单直接就好了。"

"别管贝恩了，现在别管。"加尔鲁什说道。

"可这是你赋予我的职责，伟大的酋长。"马尔考罗克说道，"铲除那些藐视您领导，甚至于从而背叛光荣部落的人。"

"但是如果我们太过猜疑自己的盟友，他们的容忍也就会越来越少。"加尔鲁什反驳道，"不，马尔考罗克，现在不是对付自己人时候，我们的敌人是联盟，而且这将会是一场恶战。"

"但是如果贝恩或者沃金，或是其他人对您图谋不轨呢？"

"如果你已经有了证据，而不仅仅是看他们不爽，那么，就和往常一样，放手去干吧。我很清楚你在这方面的经验。"听罢，马尔考罗克灰色的嘴唇上露出了一个丑陋而恶毒的笑容。

船只——被遗忘者、血精灵和地精们的船只都已经早早地抵达，在棘齿城的海港里满满地堆积着。看到这景象，加尔鲁什也难以遏制内心的激动，但是当他意识到把军队和补给从船上全部卸载下来得花上不少时间的时候，血洗联盟的热望又逐渐冷却了下来。这是酋长工作中无聊的部分，对此他也没什么办法。

尽管港口中一片忙碌，兽人的到来还是被立刻注意到了，并且欢呼声随之而起。三个身影朝着加尔鲁什走了过来，他挥手示意，然后跳下坐骑。这三人里其中一个加尔鲁什认识——肥胖而狡诈的贸易亲王加里维克斯，而另外两人——相貌陌生的血精灵和被遗忘者——让他皱起了眉头。

"大酋长加尔鲁什！"加里维克斯热情地喊道。他贪婪的双眼闪着光芒，表示欢迎的同时张开了双臂。先祖在上，这厮该不会是想抱我吧？加尔鲁什厌恶地想。

他赶在地精走近之前转向了那名血精灵。她有着金色的头发和如雪的肌肤，而明亮照人的铠甲穿戴在身，说明她是一名辛多雷的圣骑士。"洛瑟玛在哪儿？"加尔鲁什直截了当地问。

她有些恼怒地扁了扁嘴，不过当她开口说话的时候，声音却出奇的平静和动听。"他指派我负责统帅血精灵的部队。我的名字是克兰蒂尔·血刃，我受训自女伯爵莉亚德琳，效力于哈杜伦·明翼将军麾下。"

"但他俩谁都没来，"马尔考罗克站在一个能够保护加尔鲁什的距离，口中说道，"反倒派了这么个不入流的小崽子。"

克兰蒂尔冷静地转向马尔考罗克。"以及两艘战船，满载着愿意为部落流血牺牲的血精灵勇士。"她说，"除非你们已经有了完全充足的战力和补给，使我们微薄的支持变得毫无必要。"

加尔鲁什向来不怎么关心血精灵，而这名女性正好说到了他的心里。"在今天的战斗中你将有机会证明自己族人的价值。"他说,"小心点儿,可别错过了。"

"战火、争斗与牺牲,这些都是铭刻在我族人血脉中的词汇。"克兰蒂尔厉声说道,"大酋长加尔鲁什,你将会在吾族身上看到这一切的。"然后,她便转身回往码头而去,身上的板甲随着步伐铿锵作响。如此柔弱的身姿竟能撑起这样的重负,加尔鲁什一时也为之惊讶。

"大酋长……"加里维克斯想要插话,但马尔考罗克冷眼一瞥便让这个聒噪的地精闭上了嘴。加尔鲁什将注意力转到了那名被遗忘者身上,他谄媚地将腰弯到了尽可能低的程度,与刚才高傲的血精灵形成了鲜明对比。他"骨感"的腰间挂着一把带鞘的利刃,看起来似乎应该是名战士。他没有头发(嗯……早就腐烂掉了),周身皮肤都呈现出一种淡绿的颜色(嗯……正在腐烂中)。

"在下弗兰迪斯·法雷船长,长官。以希尔瓦娜斯之名,我负责统帅此次参战的被遗忘者部队,为部落以及您本人服务。"他的声音嘶哑而低沉。虽然说话的时候看起来一切正常,可一旦停下来,他的下巴就会定格在一个目瞪口呆的表情,永远也合不上。

"那么你的黑暗女士在哪儿呢?"加尔鲁什问道。

法雷抬起头,眼中闪烁着绿色的光芒。"怎么了?"他的声音听起来有些惊讶,"她正在打理后勤,为亲自上阵指挥做好准备。北方城堡何足挂齿,她可等着在这之后与您一起去塞拉摩放烟火呢。"

这回答大胆而狡猾,加尔鲁什仰头大笑了起来。"也许我们应该派你去和吉安娜女士喝杯茶聊聊,然后她就会打开城门自愿投降了。"

"我的大酋长,这可太抬举我了,不过要真是这样,部落反而失去了一次正当而光荣的胜利,不是么?"

"如果你的刀刃和嘴皮子一样厉害,弗兰迪斯·法雷,那你的大酋长就会很高兴了。"

"我会尽力的。"一些腐烂的液体出现在他松弛的下巴一角，然后滴落到烤干的土地上，"如果您允许，现在我要去卸下那些我的黑暗女士送来的货物了。"

谐谑的对话让加尔鲁什高兴了一下，不过希尔瓦娜丝和洛瑟玛两人都没有亲自前来这件事，让他直到现在都还有些恼怒。最终，他转向了加里维克斯。这个地精正闷闷不乐地叼着雪茄，高大的帽子滑落到了眉头的位置，而通常用来取悦别人的那副嘴脸现在并没有"激活"。

"你，贸易亲王，看起来是唯一一个亲自来到棘齿城指挥族人战斗的首领。我会记住这一点的。"

那张用来取悦他人的嘴脸立刻被激活了。"与领导族人投入战斗相比，我更擅长的其实是监督他们定居下来开动工作，为您需要的各种战争物资提供充足供应。如果您能理解的话……"

加尔鲁什心不在焉地拍了拍加里维克斯的帽子，然后向下面的码头走去，以便能获得更好的视野看看那些船只和货物。

这看起来像是个奇怪的安排。除了将会投入战场的有生力量以外，船舱里被填满的不是刀剑、弓矢或护甲，而是用绳子捆绑好仔细堆叠起来的木材和装满石块的推车。

加尔鲁什对货物感到满意，但他随即不耐烦地叹了口气，然后指示一些高大强壮的兽人过去码头，帮助苗条的血精灵和"骨感"的被遗忘者们加快卸载速度。

很快，也许在几小时以内，北方城堡就会沦陷。

胜利，终究是部落的天命。

当汉娜·布瑞哲沃特被一名在西路巡逻的北方城堡卫兵拦住的时候，她的衣服已经被汗水浸透，双腿也精疲力竭地不住颤抖。她带来的消息立即被传达给了海军司令奥布里。他咒骂出一个简单而难听的词汇，然后立即恢复了镇定，对那个给他送来消息的卫兵说："通知所有人准备战斗，牛头人和巨魔正从西面接近，加强那边的防御，还有……"

"长官！"一声尖叫传来。奥布里顺着声音望去，下方的码头上，通信官布兰恩正在疯狂地挥动着信号旗，"部落的战船从棘齿城开过来了，一共六艘！全副武装！"

"六艘？"

"是的，长官。"布兰恩紧张地读取着更多消息，"船只上的标记看起来是……是地精、被遗忘者，还有血精灵！"

奥布里沉默了。先是牛头人和巨魔，现在又是被遗忘者、辛多雷以及地精，还没有出现的只有……

"兽人！"他厉声说道，"让码头管理员刘易斯派一些斥候去棘齿城，沿路得躲过暴吼氏族的残部，这是他们擅长的。"在刚刚听到"牛头人"的时候他就应该明白这些家伙不会独自前来。牛头人的部队之前也曾来犯过一次，但自从已故的霍索恩将军让陶拉祖营地的平民安全离开之后，就再也没发生过了。这不像他们的作风。

他早该明白真正的威胁是来自北方，来自奥格瑞玛。

至于其他种族的战舰……"告诉炮兵维桑恩和斯密瑟，一旦部落的船只进入射程就可以自由开火。我们必须阻止他们的军队登陆。"

"遵命，长官。"

奥布里在心里飞快地思索着。兽人们的战略是怎么样的？牛头人和巨魔从陆地上靠近，是的。其他部落种族从海上而来，是的。但成百上千的兽人可没有办法直接从北面扑过来。暴吼兽人一直以来都是北方城堡的眼中钉，但部落也从来没办法为他们投入增援。他们的据点不过是北方城堡与棘齿城之间的零星小岛，可没办法让一整支军队……

他的思绪被一阵声音打断，甚至在耳朵听到之前他就感觉到了，这不是火炮的声音。以圣光之名，他们已经连续听了好几个月的火炮轰鸣。而这个声音，并不一样……这是大地深深的震颤。一瞬间，奥布里和许多对大地的裂变心有余悸的人一样，以为这是又一场地震，但这声音太有规律，太有……节奏。

这是……鼓，战鼓！

他伸手拿起挂在身后的望远镜，冲到塔壁望向北方。在这之前，总是可以看到暴吼氏族的零散部队在附近游荡，有时甚至会鲁莽地对城堡守卫发起进攻，然后付出惨痛代价，但是现在，已经看不到他们的身影。

"不用派斥候了！"他冲布兰恩喊道，"暴吼氏族回撤是为了加入部落的兽人大军，他们将会……"

他的话音戛然而止。敌人已经出现在视野中了，越过山顶蔓延而来。这道兽人洪流的穿着完全杂乱无章，有术士与萨满样式的布甲，也有拼凑剪裁的皮甲，以及气势逼人的板甲。他们吃力地用推车运送着木材和石块，毫不意外的，暴吼氏族也混在其中。强壮的绿色蛮子怒吼着将一块块石头丢进浅滩，水花飞溅不断。地狱般的鼓点还在敲打着，敲打着……奥布里和其他人甚至可以听到不断逼近的兽人口中吟唱着激昂的战歌。跟在兽人身后的是投石车、攻城槌，以及其他巨大的战争机器。可他们难道以为这样就能……

但是当兽人们开始往石块上铺设木板的时候，奥布里突然意识到了这战术的阴险与狡黠。

"加固城门！"他高喊道。看起来情况不妙，他心想。"准备好应付三个方向的攻击，海港、北面，还有西面！"

他们能够搞定暴吼氏族，他们能够搞定鲜血旷野上零散的牛头人攻势。

但是这……

"圣光保佑。"他低声念道。

第 8 章

从深夜直到清晨，牛头人和巨魔的队伍一直向东前行。他们小心翼翼地避开了联盟的前线指挥部，所以直到目前为止还没有遇到什么抵抗。在穿过蔓生绿洲的时候，他们发现了一座营地的遗迹，篝火已经熄灭，但木炭依旧温热。他们无法判断这是谁留下的。联盟和部落都会在这一带出没，并且还总有闲杂人等游荡其间。大地的裂变破坏的不仅仅是土地，许多人的生活也因此而变得动荡起来。队伍继续谨慎地前进，但贝恩开始怀疑，他们的行踪有没有可能已经被察觉？

他们发现了一小处牛头人的圣地，于是贝恩叫停队伍。"这是一个征兆，"贝恩说，"这里是我们的兄弟姐妹们灵魂和肉体分离的地方。我们将会在这里稍作停留，让身心准备好迎接战斗，让灵魂准备好接受死亡。我的巨魔兄弟，这不是你们的仪式，但是欢迎你们也留在这里，一同思索生命与死亡，一同缅怀逝去的同胞。并且，"他补充道，

"我们将寻求先祖的指引，找到那条对于族人来说最好最正确的道路。"

鏖战将临，不安和期盼两种情感在牛头人和巨魔们的心中交织着。贝恩并没有为接下来的任务寻求祝福，因为他不确定对此先祖们是否会赞同。贝恩知道，至少老凯恩不会。忠于自己的理念，还是忠于族人的未来，贝恩能够感觉到牛头人的队伍正因此而困惑不已。事实上，就连他自己也是一样。

有的人吟唱圣歌，有的人虔诚祈祷，也有的人只是心怀敬意地站着。然而片刻之后，他们终需再度启程。这是他们苦恼旅程的最后一段。大裂谷出现在左侧，蜿蜒曲折的道路将他们带进了起伏的丘陵。

"看起来我们运气不错。"沃金说道。

"我想应该是没留下活口逃回去报信。"贝恩说。

沃金骑在迅猛龙上凝视着他。"他们摧毁了陶拉祖营地，朋友。"他说道。

"是的，"贝恩说道，"他们攻下了一座军事目标，但他们的将军释放了全部平民。他原本可以杀掉所有人的，但他没有。"

沃金眯起了眼睛。"那你想对这些联盟表示以同样的礼节？"

"我不认为北方城堡里还有任何平民。"贝恩说道。他非常清楚加尔鲁什最后会下令杀死所有俘房，但他没有说出口。是的，这是一座军事目标，并且加尔鲁什正为灭掉它而显示出良好的战术指挥能力。

但加尔鲁什并没有单纯地把北方城堡当成一个军事目标。对他来说，目的不在于毁掉此处，而是要以此作为战略上的跳板。他真正的目的是塞拉摩。一个有许多联盟士兵和水手的地方。但是那里也有一座旅店，住着商人和他们的家属。还有一个人，一个与贝恩·血蹄有着深切友谊的人。

他们沿着道路绕了一个弯。视野变得开阔了起来，贝恩已经可以看到由灰白石头堆砌的北方城堡楼塔。贝恩打算在这里做最后一次休息，然后便直奔目的地而去，但是正当他抬起一只手准备下令的时候，贫瘠之地的宁静被枪声划破了。巨魔和牛头人立即作出反应，拿起枪支和弓弩朝着山丘上的联盟士兵反击。

贝恩愤怒了。他早该料到这个局面，但却让自己被虚假的安全感蒙蔽。现在他的族人倒在了前进的道路上，为自己的愚蠢付出了代价。

"前进！"他大声喊道，声音中承载着怒火，"萨满，阻止他们射击！"

萨满们立即响应，剩下的牛头人和巨魔则以最快的速度向前冲去。联盟火枪手们发现自己有的被震倒在地，有的被突如其来的阵风击打，还有的已经因浑身着火而哭喊起来。当火枪手们正尝试着在接下来的混乱中重整队伍时，莫高雷分遣队已经越过他们踏上了去往北方城堡的道路，并将投入到接下来的激战。

"牛头人来了！"

叫喊声从攻打联盟要塞北面的兽人队伍中响起，并随即扩散开去。一时欢呼四起，就连正在挥舞着血吼带队冲锋的加尔鲁什也停了下来，冲着马尔考罗克豪爽地一笑。此时，要塞的城墙已然破损，而巨石还在不断地轰击，这声音传到了加尔鲁什耳中，于是他更加兴奋地仰头狂号。

他有点惋惜没能早点儿来到这里。大地的裂变破坏了这座要塞相当一部分的城墙，而愚蠢的联盟并没有将它完全修复。现在，他们将会深深悔恨，并为此付出血的代价。

兽人们踩着石块和木板搭乘的临时桥梁蜂拥而入。一名人类卫兵挥舞着长矛冲向加尔鲁什。他强壮、敏捷，并且熟悉自己的武器，但终究无法抵挡环绕着大酋长的库卡隆卫士。这些精锐兽人怒吼着，将利刃和战锤倾泻在他包裹金属铠甲的身躯上。致命的一击伴随着护甲被碾碎的清脆声响，甚至在厮杀、战鼓、火炮的喧嚣下依旧清晰可闻。加尔鲁什和库卡隆卫队踏过尸体继续向前，但这名人类男子的英勇还是赢得了他点头赞许。

暴吼氏族告诉了他们要塞的所有弱点。加尔鲁什很清楚应该带着部队冲向哪里。第一波进攻非常顺利，他们已经冲进了通往庭院区域的道路。加尔鲁什登上了一处视野开阔的高地，以便纵览全局。

在他的左边，血精灵、地精和被遗忘者的战船正完全按照计划的那样在海路上发动猛攻。尽管联盟的火炮声没完没了地响着，部落联军们还是有几条登陆艇冲到了岸边。上面的载员争先恐后地冲了出来，一旦接触敌人便立即手起刀落，毫不怜悯。

在他的右边，牛头人和巨魔正猛烈地冲击着西面的城墙。就在加尔鲁什的注视下，其中一段轰然倒塌，于是棕毛、绿皮、蓝皮翻滚的洪流乘势拥了进来。

而他的正前方，兽人——他的兽人，他的族人——部落真正的、最初的成员正欢笑着享受屠戮的盛筵。

只要攻入城堡深处，奥布里就再也别想用什么狡诈战略扭转战局了。这大概还要再花上一个小时，但加尔鲁什并不想等这么久。他凝视着眼前的战场，大部分兽人已经冲到了前面，只有少数还留在这里，清剿那些仍在外围顽抗的联盟卫兵。他们不再需要那座临时搭建的木桥了。

是时候发动最终一击，干净漂亮地赢得战斗了。

加尔鲁什身下几英尺的地方，马尔考罗克正在和三名卫兵战斗：

一男一女两名人类，以及一名矮人。大多数兽人钟爱于大型武器，比如双手剑、巨斧或是战锤，但这个黑石兽人选择了使用两把短小迅捷的利斧头来战斗。三名卫兵冲了上来，想要围成一圈困住他，但马尔考罗克欢快地笑了起来。"死吧，联盟！"他半蹲下身子，咧嘴笑着喊道，然后骤然暴起，速度远远超出敌人料想。两道死亡的寒光闪过，那倒霉的人类女性甚至没来得及看清斧头的样子就被斩成了两段。而马尔考罗克还不满足，暴转一圈顺着第一下的轨迹又砍出了第二斧，凶猛无情。那名矮人一击攻来，但他的剑刃哐当一声砍在了马尔考罗克的护甲之上，丝毫没起作用。马尔考罗克将一把利斧深凿进他脖子和肩膀之间，矮人随即瘫倒。兽人咆哮着转身再次旋风般挥出双斧，缺掉的两个指头丝毫不影响他的动作。那名人类男性举剑招架，但他只能阻挡住一把武器。马尔考罗克大喝一声，高举起另一把染血之刃，猛插进他胸膛。

他转过身来，眼睛飞快地扫过战场，寻找下一个目标。但当他的酋长叫到他名字时，他立即抬起头来。

"那些萨满！"加尔鲁什喊道，"让他们上来！"马尔考罗克龇牙一笑，然后举起一只拳头表示他已经听到。

加尔鲁什点了点头，然后握紧手中血吼。他仰天一啸，从瞭望点上走下来，接着跃上一块水中的巨石，再转跳到那些飘摇着的木板，然后走回到海岸。他——加尔鲁什·地狱咆哮——已经下达了这场战役中最后的命令。马尔考罗克望着他，脸上满是单纯的幸福，身旁是肩并着肩的兄弟，手中是父亲留下的战斧——他将亲赴战场，势不可当。

马尔考罗克伸出手，拦住了最近的一名库卡隆，然后将命令转述。这兽人点了点头，然后转身向北跑去。那是萨满们为了最后关头而耐心等候着的地点。

片刻之后，几名萨满快步走向了前线。他们大多数都是兽人，身上并没有穿着传统萨满的白色或土褐色布袍，而是一些看起来类似于术士的不详着装。而他们的步伐中，更是饱含着投入战场的渴望。

全副武装的重甲战士围成一圈，护送他们从激战正酣的联盟与部落之间穿过。萨满们完全没有加入战斗的打算，他们的目光聚集在前方几码之外，专注地看着那些被泥沙和水覆盖的巨石。

当萨满们靠近最终目的地时，他们放缓了脚步，调整着自己的呼吸，然后彼此目光相交，露出神秘狡黠的笑容，紧接着抬起双手，念出支配元素力量的咒语。

马尔考罗克知道接下来将会发生什么，但他还是停顿下来观摩了片刻，兽人的豪情在他心中燃烧。水中至少有二三十块巨石，它们刚才被用于架起桥梁使军队和重型武器得以通过，而现在第二个用途也即将实现。

在马尔考罗克热切的目光中，巨石们开始颤抖了起来。它们从最初的暗红与棕色逐渐变得鲜红起来，然后是斑驳的橙色，再然后，它们开始……融化。周围的水并没有冷却这一过程，相反，它们沸腾着变成了蒸气，仿佛就连水之元素也在内心深处畏惧着现在发生的一切。巨石继续颤抖着，然后彻底融成了液态，它们散发出的热量如此强烈，就连控制着它们的萨满也被迫把头转开或是向后退去。

其中一块巨石上射出了一根触须，紧接着是第二根，第三根，第四根。其他巨石也同样如此。然后射出的触须开始变短，变粗，萌生出细小的手指和脚趾。接着在巨石的顶部开始冒出头颅，头颅之上是一条裂开的大嘴和两只闪着光芒的眼睛。随后目光开始向下打量，看看自己的石头身体，又看看控制着这身躯的萨满。然后它们其中一个咆哮着向一名看起来正在操控它的黑色皮甲兽人伸出了巨手，但是转瞬之间，这个现在应该被称作熔核巨人的怪物立即畏缩着收回了巨手，嘴里发出奇怪的咕噜声，顺从地向着命令所指的方向前去。

即便是深知这一切的兽人，目光里也满是敬畏。他们理应如此，马尔考罗克心想。

"联盟们！"他高喊道，"看呐，这就是加尔鲁什·地狱咆哮掌控的力量！好好看着吧，然后颤抖吧，死去吧！"

贝恩手舞战锤，将两名联盟士兵的长矛击退。各种各样的声音环绕着他：鸟枪的射击声、箭矢的尖啸声、火炮的轰鸣声，以及在这之上更为响彻的，联盟与部落舍命相搏、哭号死去的叫喊声。一名士兵冲向了他，但贝恩速度远比这名人类所想的更快，长矛刺中的只是空气而已。贝恩趁他脚步未稳，猛然一锤砸下，一条生命瞬间陨落。另一名士兵以为他抓到了破绽，但贝恩战锤挥过，将他的长枪如同树枝一样折断，紧接着反手一击，士兵的颅骨就像榛子一样碎裂开来。

贝恩摇了摇头，心中满是悲叹，不过他至少给了对方一个痛快。

就在这时，周围的声音突然起了变化。一个新的声音混了进来，那是一种愤怒的低吼，就好像是由大地本身所发出。贝恩立刻竖起耳朵循着声音望去，接着被惊得目瞪口呆，但抢在他开口之前，另一个义愤的吼声响起。

"以大地母亲之名！"卡多尔·云歌叫喊道，"加尔鲁什！你到底做了些什么？"

"这些究竟是……什么东西？"贝恩问道。

卡多尔转向贝恩，他的毛发因愤怒而竖了起来。"它们是熔核巨人。"他说，"这些强大的元素生物不会自愿听令，必须由萨满迫使它们服从。如此利用大地母亲的子嗣只会激起她的愤怒，让大地变得更加动荡。大地之环早就禁止了这种行为。"

"如同大地的裂变那样。"贝恩低声说道。

这些熔核巨人正如其名，如铁塔一样笼罩着联盟与部落。它们迈着大步向前，挥舞手臂砸碎任何挡在路上的障碍，完全沉醉在毁灭之中。

贝恩再也看不下去了。"撤退！"他高喊道，"撤退，莫高雷的牛头人们！"他已经遵守承诺带着他的勇士投入了战斗，他们奋勇杀敌，已经履行了对加尔鲁什的义务。牛头人们不会再更进一步了。贝恩不会眼睁睁地看着他的任何一名族人因加尔鲁什那些愚蠢、危险和傲慢的名义而死在这些怪物手上。

"好好看着吧！然后死吧！"部落再次呼喊了起来，这接近眩晕的狂欢让他们重新燃起了嗜血的欲望。

正如加尔鲁什预想的那样，联盟的抵抗在这一刻宣告瓦解。将近一打熔岩构成的怪物在他们面前横冲直撞，畏惧和恐慌迅速蔓延开去。这些怪物简单地一脚踏下，就有人横尸当场；随手一击，城墙就化为了飞溅的碎石。

"稳住，联盟的士兵们！"这呼喊来自高塔之上。马尔考罗克轻笑一声，抬头向上望去，那带着司令军帽的人类正绝望而徒劳地试图重整部队。愚蠢，但是值得尊重。马尔考罗克心想，至少他会带着荣耀死去。

但是他手下的大多数士兵都在逃亡，而马尔考罗克也没法指责他们。这，毕竟正是加尔鲁什所期望的。

在超乎想象的恐惧面前，大多数人为了活命，都抛下武器直奔海滩或是山丘而去。任何地方都比留在这里，面对那由熔岩和仇恨构成的致命生物要好。但是对于守在每个出口的部落战士来说，这些逃兵就像待宰的羔羊一样，真是太容易了。要是有人能活下来，马尔考罗克心想，那他简直可以去藏宝海湾买彩票了。

这些逃跑的联盟士兵早已心惊胆寒，战意全无。马尔考罗克手起斧落，从北望海滩一直杀到了旅馆小径。几分钟后他停下来的时候，面前的区域已经没有任何可以活动的物体了，所有看得到的联盟士兵都瘫倒在血泊之中。他眯着眼睛环顾四周，想要寻找下一处能让自己加入的零星战斗，可惜没能如愿。在战线的最前方，熔核巨人仍在继续前进着，咆哮着轰击残存的城墙，将那些威猛的火炮和其他战争机械砸成一堆碎屑。

马尔考罗克发现加尔鲁什正站在一头狼人的尸体旁。狼人的脑袋滚到了几步之外，那张野兽的脸锁定在一个咆哮的表情，但眼睛却因为恐惧而瞪得老大。加尔鲁什转向黑石兽人，他的脸上和身上都溅满了鲜血，正咧开嘴露出獠牙凶狠地笑着。

"嗯？"他问道。

"我们胜利了，我的大酋长！"马尔考罗克说道，"已经没有还能动弹的联盟了。"

加尔鲁什更加狂热地笑了。他昂起头，张开双臂，然后发出一声胜利的号叫。"胜利属于部落！胜利属于部落！"

这呼喊被众人拾起，然后传递，像野火一般席卷整个部队。马尔考罗克注意到那些熔核巨人的脚步正逐渐放缓，直到完全停下。然后他反应过来这是召唤它们的黑暗萨满也听到了这胜利的呼喊，现在正在将这些元素生物送回它们本该存在的地方。

或者说……试图送回。

这些熔核巨人看起来并不想失去现在的形态，它们慢慢地转过身，嵌着两颗闪亮红眼珠的小脑袋左顾右盼，寻找着自己的"主人"。然后，似乎是找到了目标，它们咕噜着拥向前去。

马尔考罗克和加尔鲁什也望向了那些穿着黑暗服饰的萨满，他们正近乎疯狂地竭力比画着手势。一时间，元素和萨满的意志激烈对峙着。然后，有如一体同心，所有的熔核巨人都整齐地张开了嘴，发出一声挫败且愤怒的可怕凄嚎。

大地做出了回应。

马尔考罗克感觉到脚下的地面开始颤抖起来，起初还算轻微，紧接着就逐渐剧烈起来。震惊之下他四处环顾，但是并没有找到可供躲藏的地方，至少这里没有。这里曾经矗立着一座要塞，但是现在只剩下尸体、武器，以及瓦砾。四下里都是警告的呼喊，许多人已经无法立足，重重摔倒，然后紧紧攀附着地面固定自己的身体——尽管现在大地已是敌人。突然之间，乌云聚集到了头顶，闪电划破长空，震耳欲聋的雷声紧随其后。

熔核巨人们那道咧开的嘴依旧张着，并且还在变得更宽，更宽……它们的嘴开始熔化了，而头与肩膀同样如此。这些元素生灵失去了使它凝聚的力量，随后四肢也熔成一片。熔岩开始冷却，褪色，从橙黄变成暗红，然后回到棕色，元素们变回了它们最初的形态——一堆巨石，仅此而已。

大地发出了最后一次震颤，然后平静了下来。刚才的声响让马尔考罗克两耳发烫，而此刻的寂静又像是被塞上了两团棉花。摔倒在地的部落成员们爬了起来，小心翼翼地站稳，然后再次响起的欢呼声打破了沉寂。

"我们不仅击败了联盟，"加尔鲁什走到马尔考罗克的身边，拍了拍他的后背，"还展现了对这些元素的掌控！"

"你所展现的，"一个轰隆而低沉的声音传来，在怒火的燃烧下显得冰冷而浑厚，"是你的鲁莽，加尔鲁什·地狱咆哮！"

两名兽人一起转过身来，看到了贝恩·血蹄和他的一名萨满。贝恩看起来就像是刚在血海中洗了个澡。他满脸猩红，却并非涂绘的战纹，而是和铠甲一样用鲜血染就。他英姿飒爽，却丝毫没有沉醉在胜利的喜悦之中。

"卡多尔·云歌告诉我，大地之环已经明确禁止了你今天的这种作为，地狱咆哮。"

马尔考罗克皱了皱眉头。"贝恩·血蹄，你应该尊称他为'大酋长'。"这个黑石兽人低声说道。

"那好吧，大酋长。"贝恩说道，"在今天的战斗中你选择了使用这些……这些熔核巨人，这是对大地母亲的一种冒犯，也是对你声称领导的部落的冒犯！你知道自己在做些什么吗？你难道没有感受到来自大地本身的愤怒吗？你的作为可能会引发又一次大地的裂变。先祖在上，在经历了上一次灾难之后，你难道什么都没学到吗？"

"我已经让大地的力量为我们所用！这，"加尔鲁什指着曾经是北方城堡的那堆废墟喊道，"就是我们彻底征服这片大陆的第一步！而下一步就是塞拉摩，我将使用所有必要的工具来实现这些目标，牛头人！"

"你绝不会威胁到——"

马尔考罗克一把抓住了贝恩的手臂，把那张凶恶的脸逼近到牛头人的面前。"闭嘴！你效命于大酋长的意志，贝恩·血蹄！你打算侮辱他吗？若是如此的话，我向你发起生死斗的挑战！"

怒火在心中沸腾，他祈祷着牛头人接受挑战。这个血蹄和他亡故的父亲一样，都如鲠一般刺在这兽人的喉头。牛头人的族群都太过于软弱，过于热爱和平，而血蹄家族尤其如此。马尔考罗克一直都认为凯恩之死是件好事，不论这其中过程究竟是如何。而现在要是能把贝恩送去他父亲那里，让加尔鲁什再少掉一个烦恼，那就是他——马尔考罗克——莫大的荣幸。

贝恩的眼中也闪烁着怒意，他用低沉的嗓音咆哮道："为了贯彻大酋长的意志，今天我已经失去了许多勇士。我不想再看到部落的任何一名成员无谓死去。"他转向加尔鲁什，"我只是说出了对可能之事的顾虑。你是明白的，大酋长。"

加尔鲁什点了点头。"你的担忧我知道了，不过这毫无根据。我知道自己在做什么。我知道自己手下萨满的能耐。这是我的行事之道，牛头人酋长。我的下一步计划就是进军塞拉摩。在那里，我们将切断联盟到卡利姆多的补给线，并且做掉普罗德摩尔那个将外交工作和多管闲事混为一谈的婊子。而在这之后，羽月要塞、泰达希尔、月光林地、洛达内尔——它们全都在计划之中，一个都别想幸免。到时候，你会看到的，你会看到这世界真实的法则。"

他笑了起来。"到时候，我会大度地接受你的道歉，但是在那之前，"加尔鲁什的声调突然变得冷酷起来，"我不想再在听到你任何关于'担忧'的言论。贝恩·血蹄，我们达成共识了吗？"

贝恩耷拉下耳朵，鼻孔大张开来。"是的，我的大酋长。你说得非常清楚。"

马尔考罗克注视着他离开。

贝恩感觉自己的心就像是要被怒火融化一般。当马尔考罗克向他挑战的时候，他竭力克制才没有当场爆发出来。他并不害怕马尔考罗克打败自己——目睹了之前那场决斗的人都知道，在玛加萨的毒药生效之前，凯恩已经将加尔鲁什逼到了败亡的边缘。贝恩体内流淌着父亲的鲜血，而且还有着年轻这个优势，但他最终还是拒绝了决斗，因为他知道自己不可能真正获胜。毒药会被再一次使用，以更加隐秘的方式。又或者就算他真宰掉了马尔考罗克，也会有别的刺客在阴影中尾随。到时候，他的族人该何去何从？族中甚至还没有明确的继承人。加尔鲁什一定会想办法任命一个与他想法更为接近的牛头人，或者是一个容易被洗脑的单纯家伙。

这绝不能允许！

所以他的族人需要他活着。所以他将会活下去，服从大酋长的命令，但也仅限于服从命令。然后，等到一切的报应——必然来到的报应降临到加尔鲁什那张满脸横肉与刺青的脸上时，贝恩、沃金，以及其他头脑冷静的人将会站出来一同收拾残局，保护部落。至少，保护还没被加尔鲁什毁掉的那部分。

不过，贝恩·血蹄其实也并没有陷入无助的境地。在他赶来北方城堡的路上，一个念头就已经成型。而眼见加尔鲁什为了个人的权力而鲁莽、轻率、自私地控制元素生物之后，贝恩更加坚定地确认了心中那个念头才是应循之路。

他留下命令让牛头人收敛死者的遗体。他们会得到应有的葬仪。他也命令族人不得亵渎联盟的遗体。大地母亲深爱着她所有的孩子，冒犯死者只会让她感到不悦。他并没有参加葬礼，而是将这留给能干的卡多尔来负责。

他朝着自己的驻扎帐篷走去，准备将计划付诸实践。在掀开毡门之前，他小心地检查四周，以确保没有闲杂的耳目，然后对一名站在帐篷外负责警戒的年轻勇士说道："去把佩里斯·雷蹄叫来，我有一项非常重要的任务给他。"

第 9 章

我们早就该有进展的！"吉安娜的声音听起来有些恼怒——一种她很少会有的情感，"我们有一头蓝龙，两名极其出色的法师，一名天赋异禀见识过人的学徒，还有肯瑞托的支持。"她伸手拂过自己金色的长发，将那些让她思绪难以厘清的情感压了回去。她现在可没有时间去恼怒或是怄气，她必须得思考。

"我们应该把思绪理清一下。"金迪说道，"首先，假设这个蓝发的帅小伙——卡雷荀斯——比任何一名凡人种族的法师都更为强大。那么根据记载，至少在我们掌握的记载中，完全没有任何法术能把一件物品隐藏起来而不让他感应到。这是一条死路。请您原谅，女士，但是当我们这么坐着摆弄手指冥思苦想的时候，北方城堡随时都可能被部落攻陷！"

"我们从没轻视过这个威胁，金迪。"卡雷荀斯说道，"但是如果我们不夺回聚焦之虹，整个世界都可能会深受重创。与之相比，北方城

100

堡的陷落就像是在棋局中丢掉一个棋子。"

金迪的眉头皱了起来，目光向远方望去。

"我们都有些心烦意乱，"吉安娜说道，她正努力想让自己平静下来。"但卡雷说得对。越早弄清楚这些窃贼是如何隐藏聚焦之虹的，我们所有人也就都会更安全。"

金迪点点头。"我知道，我懂的。"她说，"可是……这很难。"

吉安娜注视着她的学徒，想起了最后一次见到自己的老师安东尼达斯的那个时刻。他们一同站在他杂乱而舒适的书房中，她要求，或者说……恳求，留下来帮助他保卫达拉然，帮助他对抗阿尔萨斯·米奈希尔。阿尔萨斯已经到来了，就站在城外，叫嚣着求战。他的声音就像利箭一样刺进吉安娜心口。她是如此拼命地想要保护这座美丽的法师之城；而同时又如此地苦痛，因为阿尔萨斯——她的阿尔萨斯——正是一切威胁的源头。最终，安东尼达斯还是拒绝了她的请求。"在这里多留一个人少留一个人……都没什么区别了。"他说，"你还有别的职责，吉安娜·普罗德摩尔。保护好那些你允诺要保护的人。"

吉安娜毫不怀疑她和卡雷苟斯能够扭转北方城堡的战局——如果他们能及时赶到的话，但就算他们真的成功了，接下来呢? 科尔戈黄金烈酒是奢侈品，他们有；鱼子酱是奢侈品，他们也有；但时间这种奢侈品，他们没有。直到现在他们都还不知道究竟是谁窃走了那件被诅咒的法器，更不知道他，或者她，打算用其来做些什么。所以，她不得不相信，正如离开安东尼达斯，任由达拉然陷落是正确的抉择——尽管是悲痛而正确的抉择，现在留在这里寻找聚焦之虹同样也是一个正确的抉择。

吉安娜感觉到泪水又一次在眼中泛起，即使那些往事已过去了如此之久。她伸出手捏了捏金迪柔弱的小手。"背负许多的责任，学着做出艰难的抉择，这些都是成为法师所必须经历的部分。我理解你的感受，金迪，但我们现在正处在最需要我们的位置上。"

金迪点了点头。和大家一样，这个侏儒女孩已经累了。她的头上还是那团胡乱扎起的粉红马尾，大大的眼睛外面是两个更大的黑圈。特沃什看起来比他的实际年龄又老了许多。就连卡雷苟斯也紧紧地把嘴唇抿成了一条线。而吉安娜，她现在完全不想看到自己的模样，她想着法子避开一切有镜子的地方。

她皱着眉头查看又一张卷轴。然后，突然之间，她放下卷轴望向他们所有人。"金迪是对的，记载中没有任何法术能够实现这种效果，但是显然有人想出了解决的办法，因为这已经确确实实地发生了。有人藏匿了法器，用一种连卡雷苟斯都无法感应到的方式，可我就是不信这个邪！"她双手使劲拍了桌子一下，所有人都转过头来吃惊地看着她。吉安娜从没像这样发过火。"如果我们能知道这究竟是什么法术，或者，哪怕只要是猜中类型，我们就能确定该怎么破解它。"

"但是……"金迪刚一开口就咬住嘴唇把话吞了回去，因为吉安娜用一道锐利的眼神瞪向了她。

"没有但是。没有借口。"

没人知道该怎么接话。卡雷苟斯好奇地看着她，嘴角露出一丝担忧。不过吉安娜很快就恢复了平静。"我为刚才的语调抱歉。但是肯定的，我们肯定能找到解决的方法！"

沉默中，金迪起身去为大家重新沏上新茶。最终，卡雷苟斯以一种踌躇、猜测的语调开口说话了。

"让我们先对这一点达成共识——没有任何已知的法术能够将一件强大的宝物藏得如此彻底，甚至于以我的法力都无法感应，尤其是在我和聚焦之虹之间还有着特殊羁绊的情况下。"吉安娜呷了口茶，熟悉的味道让她安下心来，点点头示意卡雷苟斯继续。"因此，合乎逻辑的是结论是，要么有个足够聪明的法师创造了一种新的法术，要么……事情并不是看起来的那样。"

"'事情不是看起来的那样'是什么意思？"金迪叫了起来，"它还能是怎么样的？"

吉安娜抬起一只手来，它微微颤抖……因为她重新拾起了希望。"等一下，"她说，"卡雷……我想我明白你的意思了。"

他笑了，双眼散发着喜悦的光芒。"我就知道你会的。"

"它并不是真得被藏起来了。"吉安娜站了起来，来回踱着步子。在卡雷苟斯的鼓励下她已经推理出了想要的结果，"我们一直这么认为只是因为感应不到它。"

"而我们感应不到它是因为……它已经不是我们感应时所具备的那个样子。"

"是的！"

"有谁能给我们这些可怜的凡人讲解一下么？"特沃什干巴巴地说道。他往后靠了下去，椅子被压出一个仰角，两条前椅腿跷离了地面，"我完全跟不上你们的节奏。"

吉安娜转向了他。"去年万圣节你变的是什么？"她问道，同时强忍着不让自己因为某个特别的万圣节而悲痛。那一年，阿尔萨斯邀请她到洛丹伦去参加点燃稻草人的传统活动。烧掉假人象征着烧掉人们心中希望摆脱的东西。吉安娜用一个法术让稻草人燃了起来，围观的人群都跟着一起乐在其中。也就是在那天的夜晚，吉安娜感觉自己和阿尔萨斯之间也像是中了魔咒一般。在稻草人燃烧的火光下，吉安娜拉着阿尔萨斯的手，把他带到了床前——那个他们第一次成为恋人的地方。

103

"我……请你再说一遍？"特沃什看着她，就像是觉得她已经完全疯了一样。吉安娜把思绪又强拉回了现在——拉回到他们手中那个很可能即将迎刃而解的问题。

"为了参加庆典你变成了什么？"她再次问道。

特沃什瞪大眼睛，突然醒悟了过来。他俯身向前，两条悬空的椅子腿也砰的一声回到了地面。"那个看起来挺普通的小魔杖施了个傻乎乎的法术，就把我变成了一个海盗。"他说道。

"我试图通过魔力去感应一样东西，但它已经被变成了别的东西。你所说的'傻乎乎的法术'制造了足够的误导，让我没法追踪聚焦之虹。"卡雷苟斯说道。他的目光向着远处，并向更远之处伸展开去，然后他笑了，"或者说……以前没法追踪。"

"而你现在可以了？"金迪兴奋地叫了起来。

他点了点头。"是的，不过也不尽然，这感应时有时无。"

"不管是谁施放了这种傻乎乎的变形法术，他，或者她，都得保持每隔一段重新变形一次，因为法术的效果总是会不断减退。"吉安娜说。

"正是！"卡雷苟斯站起身来迈着大步靠向吉安娜。吉安娜以为他会拥抱自己，不过卡雷苟斯只是紧紧握住了她的手。这手掌强壮而温暖，让她感到安心。

"吉安娜，你真是聪明。"他说道。

她感到自己脸颊微微发烫。"我只是顺着你的点子推理而已。"她说。

"我只是想到了大致的方向。"他说，"而你精确还原了事情的全貌，还找到了破解幻象的方法。我得走了，现在我知道它的方位了。"他犹豫了一下，"我知道你很担忧北方城堡，但是……请你留在这里。

我可以追踪到聚焦之虹，但是在夺回它之前，我可能还需要你的帮助。"

吉安娜悲恸地设想着那些北方城堡可能会面对，或者是已经发生的事情。她咬了咬嘴唇，最终还是下了决定。

"我会留在这儿。"她说。

"谢谢。我知道这对你来说有多不容易。"

"祝你好运，卡雷。"特沃什说道。

"我希望你能赶快找到它。"金迪说。

"谢谢。我现在有把握多了。你们都给予了我莫大的帮助，我也希望能尽快带着好消息回来。"

卡雷苟斯迈着大步走向楼下，吉安娜跟他在身后。他们顺着蜿蜒漫长的楼梯下到底层，谁都没有开口，谁都没感觉这沉默有何不适。卡雷苟斯走到了阳光里，转过身来又望了吉安娜一眼。

"你会找到它的。"吉安娜语调坚定。

卡雷苟斯温柔地笑了。"你说得这么肯定，那我想一定会顺利的。"

"小心点儿。"她说，然后觉得这话挺傻。他是一头巨龙，曾经的守护巨龙，不是什么三脚猫的小龙。这片大陆上有什么能威胁到他的吗？不过她马上又想到了聚焦之虹失窃时被杀死的五头巨龙，突然间觉得这话也没有那么傻。

"我会的。"他认真地说，然后露齿一笑，看起来心情好了很多，"为了那些美味的下午茶点心，我会回来的。"

吉安娜也笑了。

他又停留了一会儿，一小会儿。为了什么？她不知道。然后他鞠了一躬，向后远离她几步。

接下来的变化之快，让她倒吸了一口气。一名英俊的半精灵男子转瞬之间就化为了一头庞大的蓝色巨龙，依然英俊，但却是另一种不同的英俊，同时是如此的强大与威严。简单地将他称之为"蓝"龙，事实上对这绚烂繁复的色彩来说是一种侮辱。天蓝、钴蓝、蔚蓝，以及独特的冰霜之蓝，在卡雷苟斯身上勾显出了灵动的层次。他将双翼完全地伸展开来，显然是在享受这久违的身姿。美丽、致命、危险，并且辉煌。吉安娜回想起自己曾对他说过的那些过火言语，脸色突然变得苍白起来。

还好，他读不到她的思想，又或者只是不想去读。卡雷苟斯甩动着布满冰凌般钩刺的尾巴，将蜿蜒长颈项上长着龙角的巨大头颅转了过来，和她目光相交。而她，发现自己竟不能把视线移开寸许。

他冲着她眨了眨眼。是的，他是卡雷苟斯，强大的龙族，曾经的守护巨龙；但他也是卡雷，一个幽默而又见识超卓，让她认识到了奥术的宏大与美丽的朋友。

方才的敬畏有如霜雪一般在阳光的照射下消融散去。吉安娜感觉自己就像是脱掉了一件厚重的斗篷，全身都放松了下来。她笑了，朝着他挥了挥手。他点头回应，然后转身望向天空，四肢微微收拢了起来，像一只巨猫正准备凌空跃起。

然后他飞了起来，雄伟的双翼拍打出一阵轻风，往更高之处爬升。吉安娜抬起一只手为双眼遮住太阳，注视着他越飞越高，变成天空中的一个小圆点，最终消失不见。

她又在原地停留了一会儿，然后转身走回要塞。不知道为何，她心里一阵失落。

万圣节伪装……呵呵。

卡雷苟斯一面飞着，一面哼了一声，忍不住责骂自己为何早没注意到这么简单的东西。不过，吉安娜能注意到这咒语是因为这和他们的传统节日有关，而万圣节并非龙族的节日。并且龙族们并不习惯于伪装自己……好吧，人类形态除外。但严格来说这其实是他们的另一种形态，并不是用于迷惑他人的幻象或伪装。

或者也可以算是？毕竟，就曾有过一些龙族利用变换形态的能力轻易混到了凡人种族中去。因此，尽管说起来不太好听，这也可以算作是伪装的把戏，但是卡雷苟斯从没有觉得自己是伪装成卡雷。卡雷……就是卡雷苟斯，只是看起来不同而已。

年轻种族们习惯于如此轻松随意地使用魔法，这让他感到费解，但吉安娜正是因为对这些基础小法术的了解，才对这次的事件做出了最终的推断。这再一次说明了，在暮光审判已经被阻止的新世界里，龙族们需要学会去聆听那些曾经因为傲慢而忽视的声音。

现在他已经知道了一切的缘由。正如他告诉吉安娜的那样，他现在可以找到它，通过对聚焦之虹本质的感应来搜寻到它——去感受它真正的奥法精华，而不是敌人通过小把戏把它变化的模样。不过即便如此，卡雷苟斯对它的感应也没有它被盗走之前那般强烈，但它就在那里，如同一股微弱的气味萦绕心间。好几次，在挺长的一段时间里，它似乎又消失了。而在这种时候，卡雷苟斯就会拿出龙族的耐心，在天空中单纯而淡定地盘旋。他现在对于自己该寻找什么已经有了清醒的认识，他深信聚焦之虹必将对他展露身影。

但是有一点让他深为困惑和担心，那就是这件受诅咒的法器的移动速度。它看起来……在以一种凡人种族不可能达到的速度飞行着。这怎么可能？什么东西才会有这样的速度呢？如果能想出这一点的解答，那么离解开整个谜团也就更近了一步。

一个念头，既诱人又痛心的念头划过心间：如果他还拥有守护巨龙的能力，是否就能更快地找回聚焦之虹呢？

　　他有些恼怒地摇了摇头。这是个危险的想法，最后能换来的只有绝望。这个世界没有立足之地留给那个既庞大又渺小的字眼——如果。它就像是塞壬女妖的歌声，只会让你满怀希望地走到失败中去。想要避免这一切，想要阻止灾难，就要调动自己所有的智慧、冷静，以及信心，而不是去指望什么"如果"。

　　吉安娜有些惊讶地发现，自己总是怀念着卡雷苟斯还在的时候。记忆中的他才思敏捷、温柔和善，更有着超凡的洞察力。作为蓝龙一族的首领，找回聚焦之虹他责无旁贷，对此他也从不盲目乐观，但他还是为这个原本黑暗而可怕的任务注入了许多轻松的气息。他知道什么时候该休息，什么时候该寻求突破。他总是能找到新的视角，新的思路，让他们四人即使在绝望的边缘仍能坚持前行。

　　而且吉安娜不得不承认，他的半精灵姿态实在是无可挑剔的英俊。然后她突然意识到，自己已经许久未曾允许男性陪在身边，如此安静平和地交谈了。不过相比之下，能让她不设心防敞开胸怀和人共事的那些经历，则要更加久远。那些苦涩的过往让吉安娜明白，要成为一名合格的外交家，就永远不能让自己放松警惕，或是随随便便就亮出所有的底牌。这样只会暴露自己，让自己不堪一击。一名外交家当然可以做出信任的姿态，可以为了共同的利益开诚布公，但他绝不能太过放松，因为那只会导致一败涂地失去一切。当阿尔萨斯坠入黑暗的时候，吉安娜曾以为自己已经失去了一切。虽然后来发现倒也没有那么糟糕，但她还是从此保持着小心谨慎，作为外交官的时候如此，作为普通人的时候同样如此。

　　她突然意识到每当卡雷苟斯在场的时候，自己总是毫无防备，总是在不经意的交谈间就完全进入了放松的状态。这可真是奇怪，她想，这条龙竟然可以让我感到安全，她不禁翘起嘴角笑了起来。话说回来，她和古伊尔——曾经的兽人大酋长——在一起时也会感到安全，但她还是会让自己保持警惕。或许，这就是一个人内心深处觉得可以依靠和不可以依靠的区别吧。

现在卡雷苟斯已经能够再次感应到聚焦之虹，大家也都希望接下来一切顺利，但是他们也必须做好最坏的打算，为万一丢掉它的踪迹而做好下一步准备。特沃什开始研究范围抑制法术，金迪则去到了达拉然图书馆的深处寻找一箱卷轴。"你会羡慕死我的，"金迪透过魔镜对吉安娜说道，"这可是块尘封之地。"

在微弱的希望和残酷的现实面前，吉安娜、特沃什和蓓恩不得不开始探讨，如果窃贼决定使用聚焦之虹来发动进攻，那么他们应当如何去疏散那些联盟的重要城市——不管是用常规手段还是魔法手段。吉安娜还想到或许应该通知一下部落，但是蓓恩狠狠地瞪了她一眼。"我的女士，"她说，"我们必须考虑到，这事很可能一开始就是部落整出来的。"

"但是我们也必须明白，这件事联盟同样有嫌疑。"吉安娜说，"部落会魔法，联盟也会，蓓恩。克尔苏加德就曾经是肯瑞托的成员。又或者这根本就是其他种族所为，卡利姆多可大得很。"

"那我们也替部落考虑一下嘛，"特沃什说道，他长期以来都在这两个女人之间充当和事老，"想一下又不会怎么样。"

"如果遭到袭击的是部落，那我们得迅速援助他们，这能帮助我们彼此建立信任。"吉安娜站在外交官的角度说道。蓓恩做了个鄙视的表情，不过也没再说什么。

这么长一段时间以来，吉安娜都感觉自己像是在对着空气摔跤，毫无头绪、毫无目标。相比之下，规划如何疏散卡利姆多主要城市这种实质性的工作简直就是一种解脱。这种按部就班、逻辑分明的工作让她感觉如鱼得水。卡雷苟斯曾经告诉她魔法就是数学——事实上这一点她之前就已经明白，只是没有意识到而已。万事皆有其因，亦有其解。嗯……如果没有，那只是你还没有找到而已。

天色渐晚。起早贪黑了这么多天以后，吉安娜终于能够好好休息了。她差不多是在太阳刚下山的时候就钻进了被窝。卡雷苟斯现在能够定位聚焦之虹，而他们的烦恼看起来总归是能解决的。她很快就进入了梦乡。

"我的女士。"

迷迷糊糊中，吉安娜还以为这急切的声音来自梦中。她挣扎着眨眨眼睛，借着窗口透进来的微光看到一个有着尖尖耳朵的高大身影。"蓓恩？"她低声问道。

"我们截住了一名信使，"蓓恩的声音听起来有点儿疑惑，"一名部落的信使，他坚持要和您见面。"

吉安娜这下完全醒过来了。她溜下床，披上一件外衣，划了一个手势点燃灯火。蓓恩还是穿着往常的那副盔甲。"他自称是来自北方城堡，而那里……已经被部落攻陷。"

吉安娜一时间屏住了呼吸。或许，或许该在卡雷苟斯离去后就赶往北方城堡的。她苦涩地叹了口气，对蓓恩说："我很欣慰你们留了活口。"

"他大摇大摆地走近守卫，"蓓恩说道，"手里拿着这个作为信物。他向卫兵保证你会认出这东西并且接见他。卫兵觉得至少该向您确认一下。"

蓓恩递过来一个白色包裹，吉安娜接到手里。这东西着实有些分量。她轻轻地解开缠在外面的麻布，然后瞪大了眼睛。

这是一柄单手战锤，精致绝伦，显然出自矮人工匠之手。头部由白银铸就，下面缠着黄金的缎带，通体遍布着细小的宝石，并且还铭刻着符文的印记。

吉安娜盯着它仔细看了好一阵，然后才抬起头向着蓓恩。"带他来见我。"她只说了这一句。

几分钟后，这个部落的信使被卫兵们带了进来。吉安娜看起来也不再怀疑他是间谍。

他的身形异常高大，并且被一件同样异常巨大的斗篷包裹着全身，和旁边的卫兵对比起来像是铁塔一般。吉安娜心想，只要他乐意，随时都可以轻松干掉这两名卫兵，但他还是任凭卫兵粗暴地把他带到了此处。

"退下吧。"吉安娜说道。

"我的女士，"其中一名卫兵说道，"你打算单独会见这个……生物？"

她严厉地看着那卫兵。"他带着善意而来。你们不得无礼。"

那卫兵脸上略有愧色。他们两人一起向着吉安娜鞠躬示意，然后退了出去，并关上客厅的房门。

那高大的身影站起身来，从斗篷下伸出一只手揭开兜帽，于是吉安娜发现自己正凝视着一名面色镇定且自豪的牛头人。

"吉安娜·普罗德摩尔女士，"他埋下头说，"我的名字叫做佩里斯·雷蹄。我奉牛头人酋长之命前来，他让我把这战锤交付于你。他说……这东西会让你相信我所言不虚。"

吉安娜紧握着战锤。"我绝不会弄错，这是破惧者。"她说道，然后回忆起自己与贝恩和安度因·乌瑞恩在这个房间里相聚的那个时刻。当时贝恩痛失至亲，并且为自己是否能担起先父的头衔而犹豫着，安度因小王子于是冲回自己的房间，将这战锤拿来送给了贝恩。要知道，这可是麦格尼·铜须赠送给安度因的礼物，吉安娜满怀感动地目睹了男孩将它转赠给贝恩的过程。他们，一个是未来的联盟国王，一个是牛头人一族的酋长，礼物美丽而珍贵，但这情谊更是真挚与热诚。当贝恩双手将它接过的时候，破惧者在牛头人宽厚的手掌中泛起了柔和的光芒，表示着对新主人的认同。

"他知道你不会弄错的，吉安娜女士。贝恩酋长一直都对您报以尊敬和感激。也正是因为那天晚上收到破惧者的那份回忆，他才特意派我带来警告。部落已经攻陷了北方城堡。"他的声音中并没有高兴，相反，完全是阴冷和悲伤，"但更让他伤心的是，这场战役是因为投入了黑暗的萨满法术而取胜的。他唾弃这样的行为，但为了保护自己的族人，贝恩酋长不得不同意让牛头人继续为部落效命。他希望我向您强调，对于这义务他丝毫没有喜悦之情。"

吉安娜点点头。"我相信这一点，但无论如何，他还是参与了一场针对联盟的暴行。北方城堡……"

"北方城堡仅仅只是个开始，"佩里斯打断了她，"地狱咆哮想要的远不止一座城堡。"

"什么？"

"他的目标是征服整片大陆。"佩里斯说道，即便是出自这沉着的牛头人之口，这话语也让人深感冷酷且可怕，"他很快就会下令部落向塞拉摩进军。请记住我的话，他们声势浩大，以你们目前的状况必将陷落。"

这陈述并非为了恐吓，它只是简单而直率地……说出了事实。吉安娜倒吸了一口冷气。

"贝恩酋长从未忘记你的恩情，所以让我警告于你。他不希望看到你措手不及。"

吉安娜深受感动。"贝恩酋长，"她满怀感激地说道，"是一名真正值得尊敬的牛头人。我很荣幸受到他的重视。我感激他及时送来警告。请回报他，这将拯救许多无辜的生命。"

"他很遗憾自己能给的只有警告，我的女士。此外⋯⋯他希望你收下破惧者并归还给其原本的主人。贝恩酋长感觉自己已经不该再持有它了。"

吉安娜点了点头，泪水从眼眶中滑落。她多么希望那个夜晚能修补彼此的关系，能成为互相理解的开端。可最终事与愿违，贝恩用他一贯温柔而坚定的方式告诉她，他们的友谊到此为止了，他过去不是联盟的一员，并且以后也不可能是。他终究会与部落并肩战斗。她表示理解。她完全清楚如果牛头人站出来反对加尔鲁什会有什么后果，她也不想看到有人承担这样的伤害。

"我会确保破惧者物归原主的。"寥寥数语，诉说着吉安娜百转千回的忧伤。

作为经验丰富的信使，佩里斯立即心领神会，并深深鞠下一躬。吉安娜走到房间尽头的那张小桌前，找出羊皮纸、墨水、羽毛笔和封蜡，写下一封简短的手札。她撒上一些干燥粉，然后卷好信纸，滴上封蜡，并盖上自己的私人戳记。她站起身，把信交给等在一旁的牛头人。

"这封信能确保你被安全送出联盟领地⋯⋯如果你在路上被抓的话。"

牛头人笑了。"您多虑了，不过感谢您的好意。"

"也请转告贝恩酋长，从没有牛头人远行者来过我这里。我的情报都是来自一名从北方城堡侥幸逃脱的联盟斥候。你就稍作休息，然后安全返回吧。"

"愿大地母亲向您微笑，女士。"佩里斯说，"见到您之后，我更加理解贝恩酋长的决定了。"

她苦笑道："也许有一天，我们能共同战斗吧。"

"也许吧，但恐怕此刻还不行。"

吉安娜点头承认这个事实。"佩里斯·雷蹄，愿圣光与你同在。"

"愿大地母亲护佑着你。"

她看着他离去。她几乎，几乎就想把他叫回来，告诉他塞拉摩将会为他，为贝恩，为所有牛头人提供庇护，但她终究忍住了。她不想在战场上面对贝恩，不想念出咒语杀死这些善良而聪慧的生命，但牛头人是天生的猎人、战士，他们绝不会逃避自己的责任。贝恩已经尽其所能，甚至远比吉安娜所期望的更多。他很有可能会因这次警告而背上叛徒的罪名。

她希望今天的事情不会给这名牛头人酋长带来灾难。

吉安娜双手合掌，捂在面前，给自己以坚强。然后，她恢复了镇定，叫来蓓恩。

"叫醒特沃什，召回金迪，让他们到图书馆见我。"

"我能问问发生了什么吗？"

吉安娜满脸倦容，看着自己多年的侍卫及好友。"战争。"她言尽于此。

第 10 章

聚焦之虹就像是长了翅膀一样，迅速地移动着。卡雷苟斯已经花掉了大半天时间去尾随它的足迹，就像是猎犬循着猎物的气味那样追逐着。当他离开塞拉摩的时候，感应到的气息就在西北方向，于是卡雷苟斯怀疑它现在就在莫高雷，也许就在雷霆崖附近。但是当他抵达莫高雷巨门的时候，聚焦之虹原地停留了片刻，又直奔着东北方的奥格瑞玛去了。卡雷苟斯以他双翼所能达到的最快速度紧紧跟随其后，但是当他到达十字路口的时候，聚焦之虹又再一次改换了方向，朝着几乎是正南方而去。

他龙躯一震，突然明白了过来。

"你们很聪明，我的敌人。"他轻声说道。

是的，他们不傻，但卡雷苟斯却不止一次地犯傻，至少在这段旅程上如此。首先，他没能看破一个简单的咒语。然后，他又傲慢地以为窃贼们没料到会有追兵。

他们当然料到了。有胆量，并且有能力从龙群手上窃走无价法器的人，自然早就对后续事态做好了万全准备。他们知道蓝龙军团必然会派人来夺回聚焦之虹，甚至很可能就是卡雷苟斯本人。于是他们不仅转换了聚焦之虹的形态，还不停地将它从一个地方转移到另一个地方，让试图找回宝物的人在永无止境的追逐中耗尽体力。

他相信现在的状况可以用一句人类的谚语来形容——"赶野鹅"。

他有点火大了，愤怒地低吼了一声。就算是龙族也不能永不停歇地飞下去，他根本没有追上目标的希望。就在他意识到这一点的时候，那件神器又转头奔着西南方飞去了。

卡雷苟斯猛一甩尾，扑扇了两下巨翼，然后让自己冷静了下来。的确，只要窃贼们还在用这种方式戏弄他，他就永远无法靠近聚焦之虹，更不用说把它夺回来了。

但他们不可能一直这样持续下去。只要聚焦之虹还在天上这样飞来飞去，艾泽拉斯就是安全的。因为不管是谁，打算用聚焦之虹做些什么，动手之前都必须先得把它停下来。

在过去的几个小时里（虽然其间也被迫停下来休息了几次），他一路飞过了希利苏斯、安戈洛环形山、菲拉斯、莫高雷、贫瘠之地，而现在到了……

北方城堡，或者确切地说……是北方城堡的废墟。

这里曾有着引以为傲的坚壁高塔，为定居其中的军民提供安全。这里曾是一座军事要塞，斥候、攻城武器、战士，以及将军都曾从这里出发。而那支摧毁了陶拉祖营地的军队亦曾驻扎在此。但是现在，它看起来就像是被一只巨手如同蹂躏玩具那般碾压撕碎。火炮已然沉默，一道稀薄的灰黑色烟雾从火堆中冉冉升起，直入天际。这座曾经辉煌的联盟城堡如今已成碎石，而围绕着它的是成百上千簇动的身影。

部落。在这个高度上卡雷苟斯无法看清他们的种族，但他能辨认出每一张战旗的底色。部落所有的种族都来了。风向突然一转，卡雷苟斯敏锐的鼻子捕捉到了一丝刺鼻的气味，他的神情也为之苦痛起来。胜利者们正在焚烧尸体，至于这究竟是为同胞举行的葬仪，还是在清理敌人的尸体，卡雷苟斯无从分辨，也不想再去分辨。

聚焦之虹还在继续移动着，这一次又转回了莫高雷，不过卡雷苟斯已经不打算再追过去了。他强壮的翅膀向下猛地一拍，身躯在空中一转，直朝向正南方飞去。他知道现在需要做些什么了。

他可以待在塞拉摩里保持追踪聚焦之虹。他也正打算这样做。他将会耐心等待，直到盗贼厌倦这场游戏，直到它最终停下来，然后再做个了结。而在此期间，他将会陪在吉安娜身边。

因为种种迹象表明，她将会需要所有能够获取的帮助。

"部落来了多少人？"蓓恩问道。她、特沃什、金迪和吉安娜现在都在图书馆里，围着那张老长桌。他们最近已经没日没夜地在这里工作了许久，不过现在大家的焦点不再是那些书本和卷轴，而是一张摊开的卡利姆多巨幅地图。视野中唯一的几本书也被用来压住这羊皮纸的四角。

"那牛头人没说，"吉安娜说道，"至少没有明确地说。他只说部落声势浩大，以我们目前的状况必将陷落。"

"这家伙可信么？"金迪问道，"我的意思是，你懂的——他是部落的一员。这很可能是在给你下套。万一我们调集了援军来防卫塞拉摩，结果他们反而跑去攻打暴风城或是别的什么地方。"

"作为一个小姑娘，金迪，你可还真是谨慎多疑。"一个声音从他们身后传来。

卡雷苟斯迈着大步走进房间。吉安娜转过身来，看到他心里就像被电流击中一般，但是当她看清他脸上的神色时，心情像弹簧一样又失落了起来。他英俊的脸上依旧带着笑容，但却比印象中更加苍白，而眉头上更是锁着深深的皱纹。

"你没能找到它。"她语调轻柔。

卡雷苟斯摇了摇头。"他们一直在跟我玩捉迷藏。"他说，"每当我接近聚焦之虹的时候，它们就把它运到别的地方去了。"

"试着把你累垮。"蓓恩说，"听上去是个不错的策略。"

"不管听起来怎样，对我来说这就跟试图和地精讨价还价一样令人沮丧。"卡雷苟斯说，"不过我待在这里也能感应到它。我会等它慢下来停下来，然后再过去一举拿下。"

"这样等着安全么？"蓓恩问道。

吉安娜替卡雷苟斯回答道："我们不知道他们在计划着什么，但不管是打算把这件古老的法器拿来做什么用途，调校它都需要耗费许多的时间和精力。更何况他们不是蓝龙，没有那种与聚焦之虹的天然纽带。他们不可能在奔波途中完成这样复杂的工作。卡雷苟斯说得对，当聚焦之虹停下来的时候，他就可以及时赶过去。"

"但愿它停顿的时间足够让你飞过去。"金迪说道。

"那你觉得我应该在外面徒劳无功地追个不停么？"

"好吧，这么说的话……那还是就待在这里吧。"

他点点头，然后转向吉安娜。"我回来这里还有另一个原因。"他说，"看起来你已经听说了，部落攻破了北方城堡。我看到了它的废墟。"

"我们已经听说了。"她说，"从一个非常可靠的访客口中。他同时还警告我们部落正打算进攻塞拉摩。你的亲眼所见……更印证了这些。"

卡雷苟斯的脸变得更加苍白。"吉安娜……你对他们的企图根本毫无准备。"

"我们被告知部落已经聚集了庞大的军队。"吉安娜说道，"是的，直到现在我们都疏于了防备，但多亏这警告，我们现在有机会向各处发出求援。"

"我不知道这样做是否就已足够。"卡雷苟斯说道，"吉安娜，部落的所有种族都来了，他们已经把北方城堡从地图上抹去了。那里唯一还剩下的东西是瓦砾和柴堆。他们的军队———一整支大军———仍然集结在那里。我真希望我能把那景象完整地传达给你，如果你寻求的援军没到来，或是来得不够迅速，那你的命运就会和北方城堡一样。"

"然后，加尔鲁什就能轻易地摧毁掉卡利姆多上其他所有联盟据点了。"特沃什说道。卡雷苟斯点了点头，目光里满是担忧。

吉安娜看了看他们，又看了看蓓恩和金迪。"你们好像都觉得部落已经稳操胜券似的，我可不这么认为。"她眯起眼睛轻蔑地仰起头，"卡雷苟斯说部落的军队正驻扎在北方城堡，这点不假，但如果他们仍驻扎在那里，那就还没有朝塞拉摩进军。而既然没有进军，那就说明他们还没有为下一步做好准备。这就意味着我们还有时间。"

她走到长桌旁，感觉到卡雷苟斯正好奇地看着她。"看。这里是北方城堡。"她修长的手指敲了敲地图，"而这里是塞拉摩。"然后手指向右下方滑去，"这里是蕨墙村。它并不是一个军事哨岗，但确实挡在了我们和凯旋壁垒之间。"凯旋壁垒是一座新建的军事基地。如果先前得到消息的话，吉安娜想，它本该能够支援北方城堡。现在北方城堡的悲剧已经酿成，但她祈祷对于塞拉摩来说一切还不算太迟。

"我们将会得到来自凯旋壁垒的增援。如果小心一点的话，他们可以在穿越尘泥沼泽的时候避开蕨墙村。我还会向前线指挥所派出信使。"

"如果那里还有人的话。"卡雷苟斯说道，"我从那儿经过的时候，完全没有看到人烟。"

"也许大部分人都去增援北方城堡了。"金迪低声说道。

这……吉安娜心中一阵剧痛，这意味着他们大部分人都已经战死。她摇了摇头，金色的长发也跟着飘散，像是想把心中想到的景象清除出去。

"要是有人从北方城堡的战斗中逃脱，应该会赶去凯旋壁垒集结，而不是棘齿城。"她说道，"我们将会从那里开始寻找生还者。"

卡雷苟斯走到她的身边，视线紧锁在地图之上。吉安娜以询问的眼神望向他，期待着他发表看法，但他只是摇了摇头。"继续。"他说。

"塞拉摩既是一座无法撼动之城，也是一座危如累卵之城，这完全取决于援军赶来的速度。如果一切顺利，暴风城能及时派来几艘战舰，那么就能把部落战船都逼在外围，无法靠近登岸。"她伸出手指，在地图上绕着塞拉摩画了半个圆弧。

"不过要是部落先赶到港口，"蓓恩说道，"我们就没有任何获胜的机会了。"

吉安娜转过身来看着她。"的确。"她说，"那或许我们就该去港口竖起白旗，一边喝下午茶一边等着部落大驾光临，这样就可以省去许多麻烦的战斗了。"

蓓恩面色一沉，粉紫色的脸颊变得更加阴暗。"你知道我不是这个意思。"

"你当然不是这个意思，但我们得要有必胜的信心，更要有必胜的觉悟。我欢迎一切对于我计划不足之处的建议。"这是对着卡雷苟斯说的，蓓恩、金迪和特沃什都早已知道她向来虚怀若谷，"但是蓓恩，你刚才的话只会让我们自乱阵脚而已。塞拉摩过去一直屹立不倒，而这一次也必将如此。"

"目前为止你向哪些人送出求援信了？"卡雷苟斯问道。

吉安娜微微一笑。"信？用不着那东西，也用不着传送术。我有办法和瓦里安国王、安度因王子，以及三锤议会即时会话。"

"那一定很有趣。"卡雷苟斯说道，"据我所知，那三个矮人似乎很少能达成共识。"

直到不久之前，铁炉堡的首领都一直是麦格尼·铜须。不过在大地的裂变来临之际，为了更好地理解大地的不安，麦格尼举行了一场能让他"融入大地"的仪式。仪式成功了，麦格尼转变成了一块钻石，的确是成了大地的一部分——只不过跟预想有一些小小的偏差。麦格尼之女茉艾拉趁机发动了一场叛乱，试图继承王位并与黑铁矮人共同统治铁炉堡。这场叛乱只造成了一阵短暂的混乱，随即便被镇压。恢复安宁之后，矮人们组建了一个议会来取代之前的集权制度。矮人的三个氏族：铜须、蛮锤和黑铁，各自委任一名代表。这个执政机构被称之为三锤议会。只不过对于三位共事的矮人代表来说，想要在任何问题上达成一致恐怕都会是个挑战。

"看起来他们谁都不想让部落完全统治卡利姆多。"吉安娜说道，"尽管在细节上有些争执，但这一次三个矮人在大局上还是意见一致的。"

卡雷苟斯突然变得有点神色不安，对此吉安娜觉得自己能够理解。她温柔地把一只手放到他的手臂上。"你是一头巨龙，卡雷苟斯，"她说道，"你不需要卷入其中。尤其是在这个时候，你正以前任守护巨龙的身份担负着找回失窃法器的重任。"

他感激地笑了。"谢谢你的理解，吉安娜，但是……我不愿看到你们之中的任何人受到伤害。"

"吉安娜女士知道自己正在做什么。"金迪说道，"塞拉摩是联盟的一部分，联盟会来保卫她的。"

卡雷苟斯摇了摇头。"这不是一小场混战或是突袭一座村庄那么简单。如果部落获胜，加尔鲁什打算完全控制卡利姆多的想法就不再是异想天开，不过我……我还需要一点时间来考虑究竟能否提供帮助。我很抱歉，吉安娜。"

他望着她的双眼，而她完全能理解这种苦痛的抉择。他们的双手下意识地紧握在一起。吉安娜发现自己竟有些舍不得放手，但此时此刻除了守护塞拉摩以外，她已经没有时间再去想其他任何事情了。

"我们必须马上采取行动。"她说，"我会和瓦里安取得联系。蓓恩，你去巡查一下士兵，包括塞拉摩内所有可用的人手以及外面沿路驻扎的岗哨。确保每个岗哨至少拥有一匹快马，当部落接近时他们需要尽可能快地回报消息。"

暗夜精灵点头，敬了个礼便小跑着离开。"那平民们呢？"金迪问道，"要告诉他们实情吗？"

吉安娜皱着眉头，陷入了深思。"告诉他们实情。"她最终下了决定，"塞拉摩原本就是座军事重镇，选择住在这里的人都知道它的战略地位。在此之前我们一直都很幸运，但是在危难关头，他们会理解并遵从命令的。"

她转向特沃什。"你和金迪这就开始去挨家挨户地通知平民。港口从现在开始关闭，因为我们需要征调所有可用的载具。那些想要离开的平民可以从陆路疏散，不过现在部落将至，我想留在城中会比身处沼泽更加安全。城门将会在日落之后关闭，直到危险解除之前都不会再打开。并且在日落之后两个钟头，塞拉摩将会开始全面宵禁。"

"为什么不从日落开始呢执行呢？"卡雷苟斯疑惑地问。

"因为他们都是活生生的人，他们需要感觉到自己像个人，而不是被困的野兽。日落之后的两个小时能让每个人都可以和家人一起出去搓上一顿，或是和三五好友围着火炉喝上两杯。当战斗来临的时候，这些简简单单的回忆会提醒他们，自己是为何而战：不单是为了什么理想，也不单是为了活命，还为了他们的家庭、他们的亲人，以及他们的生活。"

卡雷苟斯看起来有点吃惊。"这……我倒是没想到。"

"而两小时也不至于让任何人惹上麻烦。"金迪说道，"好主意。"吉安娜困惑地看了她一眼，好奇她怎么会想到这方面去。

"感谢夸奖，悲观的小家伙。"吉安娜面带微笑地看她，小侏儒翻了翻白眼。吉安娜接着问道："还有问题吗？"

"没了。"金迪说道，"来吧，特沃什。我会从港口开始。你就先去塞拉摩堡垒，和那里的士兵们说明情况，顺便问问范沃森医生还需要些什么。我相信许多接受过急救训练的平民会乐意帮忙的。"

"是的，老大。"特沃什忍着笑回答她。金迪漫不经心地向吉安娜和卡雷苟斯挥了挥手，然后匆匆跑下楼梯。特沃什耸耸肩，也跟了下去。

"你的学徒可真够自信的。"卡雷苟斯说道。

"这是一个我不希望她失去的品质。"吉安娜说道，"对一名法师来说，没有什么比缺乏自信更加危险的了。关键时刻优柔寡断将会付出生命的代价。"

他点了点头。"的确如此。现在……有什么我能帮得上忙的吗？"

"我会告诉你的，不过现在我得和瓦里安国王联系。"她说，然后又带着歉意地补充道，"我想，他应该不太高兴看到还有位蓝龙在场。"

"呃，我懂，我完全理解的。"卡雷苟斯说道，"我会回到自己的房间，等你忙完再来叫我。"

"不，你可以跟我一起。"吉安娜说道，"只是别出现在镜子前。"

他看着她，满脸困惑。然后她笑了。

卡雷苟斯跟着吉安娜一起来到了她的客厅。刚才所在的图书馆安置着数以百计的书籍，而此处仅仅只有几十本。吉安娜在卡雷苟斯的注视下来到一个书架前，按照特定的顺序碰了碰其中三本书。书架滑向一边，露出一面未经修饰的椭圆长镜。对此卡雷苟斯倒没感到太多的惊讶。他眨了眨眼，于是镜子里那个站在吉安娜身旁的他也眨了眨眼。

"刚才你说到镜子，我就想应该不是提醒我刮胡子这么简单吧？"他开玩笑地说。

"当然没那么简单。"她说，"这东西看起来是一面镜子，但只要使用正确的操作方式，或者说正确的数学原理，它就能发挥妙用。和传送术类似，只不过更加简单也更加基础。传送门能把一个人切实地传送到另一个地方，而这面镜子是用来显现某个地方的景象，当然，如果时机合适的话，也能看到身在那里的人。接下来就是见证奇迹的时刻。希望瓦里安就在附近，否则我们还得换个时间再试。"

卡雷苟斯摇了摇头，年轻种族和他们的法术竟然如此简单有效，这让他再一次感到惊叹。"我知道这类法术，很古老，也很简单。就像那群窃贼们用来防止我追踪而使用的'伪装'魔法一样。"

"你的龙群从不用这些法术么？"

"大部分蓝龙认为使用这样简单平凡的法术是在自贬身价。"他回答她，并且赶紧又补充道，"但我认为这个法术用得非常巧妙。"

"我会尽量不把这当成是冒犯。"吉安娜低声回答,但娥眉已然轻锁。

"我,"卡雷苟斯赶紧握住她的双手,"又笨拙又粗鲁。我确实认为这个法术非常巧妙。我们龙族……"他手足无措地想要解释龙群的心态,尤其是蓝龙一族,"我们龙族似乎总觉得越复杂越精致的东西就越好。更长的准备时间,更多的材料,更多的参与者……就更好。着装、食物、法术、艺术,所有一切都是如此。他们宁愿坐下来花费好几天搞出一个无比复杂的咒语来将某个调味瓶传送到手中,也不愿站起身直接走过去拿。"

这话哄得吉安娜笑了起来,卡雷苟斯总算舒了口气。

"那么,你喜欢我的简单和平凡么?"吉安娜问道。

一瞬间,所有的幽默感都弃他而去。"我喜欢你。"他现在能说的只有这个,"我见过你的简单,也见过你的复杂,而这些都和你如此相称。你就是吉安娜,而我……喜欢吉安娜。"

她没有松开他的手,相反,她低下头将目光锁在了那里。"这可是个很高的赞赏,更何况出自龙族之口。"她说。

他用一只手指托起她的下巴,让两人眼神交汇。"如果说这是赞赏,那你也受之无愧。"

她的脸颊上红潮泛起,松开他的手向后退去,并有些多余地抚平长袍。"嗯……谢谢你。现在你先去那个角落待一会儿吧。镜子对面的人应该看不到那里。"

"遵命,我的女士。"他鞠躬示意,然后退到了她所指的那个角落。

吉安娜转身面朝长镜。她花了一小会儿时间理顺头上凌乱的头发,并且深吸了一口气让自己镇定下来。她沉着地挥动双手,低吟咒语。在卡雷苟斯的注视下,她的脸泛起光华,不过并非普通灯具或是阳光的色调，而是沐浴在一片柔和的蓝色之中。

"吉安娜！"瓦里安说道，"很高兴见到你。"

"我也是，瓦里安。我真希望这次找你只是为了讨论安度因的学业。"

"听起来有点儿不妙，发生了什么事？"

吉安娜简单地说明了情况。瓦里安直到此刻才得知北方城堡沦陷的消息，他沉默着聆听吉安娜的陈述，只有偶尔需要详细说明的时候才会打断一下。她告诉他，已经有人向她传达了警告，部落的目标远不只是北方城堡。

"加尔鲁什想要征服整个卡利姆多。"吉安娜平静地说，"先是塞拉摩，然后挥军北上登陆泰达希尔。"

"如果他能够攻下塞拉摩，那他确实就能做到接下来的一切。"瓦里安咆哮道，"该死的，吉安娜，我早就警告过你，部落就像是一条冻僵的蛇，而你一直在帮它取暖。"

卡雷苟斯眉头蹙动，不过吉安娜依旧平静如常。"我很清楚这一切都是加尔鲁什的作为。在萨尔的领导下部落绝不会如此。"

"但萨尔已经不再是部落的领袖，而现在，塞拉摩以至于整个卡利姆多都可能会为此付出代价！"

瓦里安语含嘲讽，不过吉安娜却并没有生气。"现在的情况就是这样，你也看到了，挺严峻的是吧。"

瓦里安为自己摊上了吉安娜这个盟友而发出一声叹息。"好吧，我知道你找我是为了什么，暴风城会与塞拉摩同在的。我马上就会派出第七军团的海军去增援你。"他稍微停顿了一下，"而且看起来这个世界还是有几个地方能安宁一阵子的，我会抽调几个最好的将军向你报道。他们会在城防的时候倾力相助，还可以和你一起制订战略，打得这些部落狗们夹着尾巴跑回老家。"

她感激地微笑道："瓦里安，谢谢你。"

"先别急着谢我，"暴风城国王说道，"他们还得好几天才能赶到。你需要一支规模可观的军队去迎战部落，而我想要抽调的这些将军都驻扎在很远的地方。"

卡雷苟斯心头一沉。部落的大军就驻扎在北方城堡，距离塞拉摩只有一天……最多两天的路程。瓦里安的战略听上去挺好，到目前为止挺好，但如果暴风城的战船和将军们晚到了哪怕一小时，塞拉摩都会化为废墟。他希望自己可以开口，但此时只能沮丧地握拳而立。而比这更糟的，是望着吉安娜因忧虑而呆立在那里的身影。

"好几天？瓦里安，一个牛……额，我的一个斥候告诉我，部落在北方城堡集结的人数还在不断增加。"

"如果他们仍然在集结，"瓦里安说，"那他们显然对闪电突袭没什么兴趣。他们在计划着一些别的什么。我会尽快调遣援军，吉安娜，但是没有什么能改变这个事实——集结一支足以改变战局的军队需要耗费时间。我很抱歉，但我只能做到这个地步了。"

吉安娜点点头。"我当然明白，瓦里安，你已经帮了我很多。我会继续联系其他联盟领袖。卡多雷应该能送来士兵和战船。至于矮人，应该也会送来些战士，或许还有狮鹫。我想德莱尼人也会欣然相助的。"

"我会和格雷迈恩谈谈。"瓦里安说道，"据我所知，在战场上只要有几头狼人，哪怕最凶残嗜血的部落战士也会为之战栗。"

"感激不尽。"吉安娜说，"在这样一座小岛上，有时候很容易会产生遗世独立的感觉。"

"行了，别这样。"瓦里安的声音变得和善起来，"几小时之后再联系我，我们再交换一下手中的信息。保重，吉安娜。我们会赢的。"

"是的，我们会赢的。"吉安娜说道。

柔和的蓝色光芒从魔镜中散去，吉安娜脸上的色彩也恢复如常。卡雷苟斯望着她，心意为之暗决：不管接下来的时局如何险恶，他都会竭尽所能，守护她的信仰。

第 11 章

四天了。部落集结的大军翘首盼着进攻塞拉摩的命令已经整整四天，但加尔鲁什依旧待在他的酋长帐篷里，拒绝一切觐见的请求。

"忠诚"这种东西大多数部落成员都有，但"耐心"可就未必了。喃喃自语的牢骚、交头接耳的抱怨都开始出现在军营中。从某种意义上来说，贝恩的牢骚和抱怨比谁都多——虽然是出自另一个方面，不过他还是竖起敏锐的耳朵四处偷听，并且试探性地和其他牢骚分子交谈起来，探讨驻军不动的原因。

在距离废墟不远的地方，就是因大地的裂变而留下的大裂谷，裂谷的右侧长着一棵参天大树。贝恩和哈缪尔·符文图腾就在这里召开了一次会议，并且率先抵达会场。随后，其他与会的成员也都陆续到场：弗兰迪斯·法雷船长和几名被遗忘者；克兰蒂尔·血刃；指挥一艘飞艇的齐克斯·磨轮和他的大副布拉·克西齐克；代伊崔格到场的玛戈拉格；还有贝恩自己手下的一些牛头人。最后抵达的是沃金和他的两名族人。看到老朋友的身影，贝恩感到既高兴又有些担心。

有那么一会儿，他们都只是站在那里望着贝恩。贝恩的目光缓缓扫过他们每一个人。"站在这里的每一个人都不是叛徒。"他用那深沉浑厚的嗓音说道，"我们都忠于部落，但我们也有权去质疑那些不明智的行为。不过所有聚集在这里的朋友们，我想你们都应该知道，在某些人的眼里，我们这样的集会就可以算作是谋逆。而且，马尔考罗克看我们的眼神可从来都不友善。"

四下一片沉寂，就连稍息姿势下换脚的细微声响也都清晰可闻。

贝恩继续说道："我出于对部落的热爱而诚邀你们到此，但是现在，在场的每一个人都有被指控为叛徒的危险。这是最后的机会，不愿意留在这里的人可以选择离开。不会有指责，也不会有埋怨，但是我恳请那些选择离开的朋友，忘掉此地发生的一切。而若是我们被抓捕审讯时，也会忘记你们曾经到来。请遵循自己的心意，自由地作出选择吧。"

一位牛头人转身离开，此前他站得离这微弱的营火实在太远，以至于贝恩只看到一个大概的轮廓。随后有那么一两名被遗忘者也悄然离去。其余的人则都留了下来。

"你们都很勇敢。"贝恩说道，同时示意大家坐下。

"说不定是刚才被吓傻了没来得及走掉。"齐克斯的大副说道，"谁有酒吗？"一名巨魔默默无言地递给他一个皮袋，地精敞开喉咙猛灌了一口。

"虽然听着有点别扭，但布拉确实说出几分实情。"克兰蒂尔说道，"我们都知道出言反对加尔鲁什会有什么下场。萨尔可从不会这样！而且他也绝不会把我们引上这条战争之路！联盟会……"

贝恩举起一只手打断了他。"淡定，我的朋友。这些你都说得很对，可萨尔已经不再是我们的酋长了，加尔鲁什·地狱咆哮才是。而且今晚我们到此也不是为了发动起义，我们的目的是探讨加尔鲁什的所作所为，探讨他所做出的那些抉择究竟是睿智，还是愚蠢。"他对着哈缪尔点了点头，哈缪尔递过来一根装饰着羽毛、珠子，以及碎骨的树枝。"这是发言棒，只有拿着它的人才能说话。"贝恩将那枝丫举在面前，"谁想要第一个发言？"

"尊敬的贝恩·血蹄，我有话要说。"这是弗兰迪斯·法雷的声音。贝恩转过头，将发言棒交到了这位被遗忘者远征军领袖的手上。"我为部落鞠躬尽瘁，但部落看起来似乎并不打算替我，以及我的黑暗女士着想。我的同胞都曾经是人类，并且我自己生前就居住在暴风城，一座现在随时都能调集大军扑向我们领土的雄伟城市。如今联盟显然已经知道了事态的发展，我想，像吉安娜那样聪慧的领袖，必然早已得知塞拉摩就是我们下一步进攻的目标。"

他所知不多，却推测到了许多实情。贝恩静静地听着，不做任何表示。

"尽管时局不容乐观，希尔瓦娜斯女士还是愿意为这次行动尽一己之力。可我们现在集结在这里是打算等出个什么结果？！部落有充足的食物和补给，而且就我所知，你们这些血管里仍旧流淌着鲜血的家伙都燃烧着对战斗的渴望。那加尔鲁什还在等待些什么呢？时间每流逝一点，这整支军队的前景就会变得更不明朗一些。这样的统帅毫无智慧可言，这简直就是……"他思索着合适的字眼，"不负责任。"

克兰蒂尔·血刃从他手中接过了发言棒。"我同意法雷船长的话，如果人类放弃增援塞拉摩，直接向我们发动报复，那辛多雷和被遗忘者的领地都会岌岌可危。我们越快发动进攻，就能越早定下乾坤。我无法理解加尔鲁什为何按兵不动。时间拖得越久，局势对我们就越不利。"

"我也搞不明白……"地精大副开口说道。

"请等待发言棒，我的朋友。"贝恩打断了他。布拉看起来有点尴尬，他接过发言棒双手握住，然后清了清嗓子再次开始发言。

"我想说的是，这事儿我从头到尾都整不明白。贸易亲王加里维克斯还盼着一车车的金子呢，可我只能眼睁睁地看着地精们冲上去化作炮灰，半毛钱的回报都没有。"

"麻烦你，我亲爱的绿皮朋友。"沃金从地精大副手中要来了发言棒，"你们都知道巨魔是个骄傲而古老的种族。我们加入部落，是因为森金在幻象中看到萨尔将会帮助我们，为我们带来和平与安宁，而后也确实如此。他是个好领袖，但现在他已经不再是酋长，加尔鲁什接替了他的位置。萨尔，他了解元素，了解万物之魂。他是兽人一族许久、许久以来的第一名萨满。而我们巨魔一族同样了解元素，了解灵魂，现在就让我来告诉你们真相，加尔鲁什和他的黑暗萨满们所做的事情……惹火了万物之魂。我不知道他们还能控制那些熔核巨人多久，而一旦失控……"他咯咯地笑了，"我们都曾见证过大地裂变的景象，那是大地感受到了死亡之翼带来的伤痛。那么要是元素们感受到了部落带来的伤痛又会如何呢？你觉得他们会攻击谁呢？当然是我们，老兄们。"

"对，你会感受到痛苦的，'老兄'，不过可不是来自元素。"

这低沉、粗暴的声音不知从何处传来。贝恩立即就跳了起来，与会的其他人也是一样，并且纷纷抽出武器。紧接着贝恩就意识到这声音来自何人，于是冲着大家喊道："放下你们的武器！都放下！"

"这头憨牛倒挺识相。"马尔考罗克说道。他向前走近几步，火光映出了他的脸，"你们有三次呼吸的时间放下武器，否则场面就会变得很血腥了。"

这威胁的话语并非高声呼喝，但却已足够让在场的每一个人为之胆寒。原本剑拔弩张的部落成员们纷纷放下了手中的武器。

"我真不敢相信。"另一个声音传来，显然是带着难以平息的怒火。而贝恩感觉到，其中还有因背叛而感到的伤痛。

加尔鲁什·地狱咆哮迈着大步走上前来，憎恶地看着这场集会。贝恩注意到加尔鲁什背后的黑暗中，还有一些模糊的身影正在移动。显然，来的不止他们两人。

"我听说了你们的这场小集会。"加尔鲁什说道。他的视线停在齐克斯船长身上，然后招了招手。地精立刻跑向了加尔鲁什，试图装出平静的样子，但整个人都躲在了兽人魁梧的身躯背后。兽人接着说道："我过来这里就是想亲眼看看亲耳听听，事情是不是马尔考罗克说的那样。"

贝恩正对着他。"如果你只字不漏地都听到了。"他说，"那你就该知道这不是谋反，这里没有人想要推翻你。这里没有人高呼'打到加尔鲁什'。我们只是直言对部落的担忧，我们满腔热忱，绝无二心。"

"质疑大酋长的决断，就是质疑整个部落。"马尔考罗克咆哮道。

"在你脑子里二加二一定等于五吧，回去穿两件智力装备再来跟我们讨论问题好吗？"贝恩反唇相讥，"我们的担忧都是有来由的，大酋长。我们当中的许多人都曾希望当面向你提出疑惑，寻求解答。但我们最终只能在这里集会，因为你根本不打算见我们。"

"我没必要回答你，牛头人。"加尔鲁什唾了一口，"还有你，巨魔。"他对着沃金说道，"你们不是我的主人，我也不是你们手中随笛起舞的傀儡。记住，你们是部落利刃，而我是持刃之人。我的计划你

133

们并不了解，也不需要了解，我叫你们等着，那你们就得乖乖等着。直到我认为时机成熟为止。"

"萨尔会接见我们，"哈缪尔气愤地说道，"萨尔会聆听他人的意见，他从不把自己的想法或计划过度保密。他知道尽管自己尊为领袖，但真正重要的是将部落不分彼此地凝聚在一起。"

加尔鲁什往前逼近到这个年长的牛头人面前，指着自己那张带着黑色刺青的棕色面孔。"这看起来像是萨尔的绿皮？"

"不，大酋长，"哈缪尔说道，"谁也不会把您误认为是萨尔。"

这话已说得足够尊重，但是贝恩注意到马尔考罗克的双眼还是露出了凶光。

不过加尔鲁什总算还是平静了下来。"我很惊讶，你们当中许多人都莫名地爱戴着那个向往和平的萨满。"他说道，同时走过参与集会的每一个人，打量着他们的面孔，"但你们最好记住，是萨尔让我们还得从现在这个处境开始奋斗；是萨尔放任了联盟对我们土地的蚕食；是萨尔跟那个叫做吉安娜·普罗德摩尔的人类法师眉来眼去，只差没有像狗一样拜倒在她脚下。萨尔犯下的错误，将由我——加尔鲁什·地狱咆哮——来纠正。"

克兰蒂尔·血刃开口说道："可是，大酋长……"

加尔鲁什转身向她走来，狠狠一巴掌打在她脸上。人群中传出一阵愤怒的低语，眼看骚动就要爆发，但是加尔鲁什立即握住了血吼，库卡隆卫士也纷纷拔出利刃与战锤。

"你们的大酋长很仁慈，"加尔鲁什咆哮道，"所以你才得以活命。希望你明白自己的处境，血精灵！"

血刃缓缓地点了点头，显然忍受着痛楚。

"很好。"加尔鲁什的目光紧接着又盯住了贝恩和沃金，"你们的大酋长确实非常仁慈。就牛头人一贯的作风来说，贝恩，你并没有错，你是在关心部落。作为你的领袖我不能不看重这一点，不过若是换作其他心胸狭窄的领袖，恐怕早已把你的行为看做是叛逆。我需要你，需要你们所有人为部落的荣耀同心协力，众志成城。当机会来临之时，我会把联盟的渣滓们送上来让你们杀到手软。但是现在，你们得回到自己的营地安守本分，静候大酋长的旨意。"

贝恩、沃金，以及其他人都躬下身子恭送大酋长离开。库卡隆卫士如同阴影一般尾随在其身后。

贝恩长舒了一口气。看来佩里斯·雷蹄的秘密任务并没有被加尔鲁什知晓。或许更为重要的是没有被马尔考罗克知晓，否则他早就已经被做成了牛排。不过贝恩突然意识到，其实加尔鲁什也非常需要确保他们之间的友好关系，正如贝恩一直想要维持的那样。加尔鲁什知道，有许多人并不是心甘情愿地追随他。而贝恩向来温厚之名在外，若是贝恩离去，那么许多部落成员也会跟着离去。贝恩伫立在那里，静静地思索了好一会，然后才动身回到自己的帐篷。在经历了今晚的事件之后，他非常需要鼠尾草熏香来净化自己。每一次当他对加尔鲁什曲意迎合之后，都会有一种被玷污的感觉。

"你应该让我宰掉几个的，"马尔考罗克抱怨地说，"或者至少给他们来点惩罚。"

"他们都是不错的战士，我们需要他们。"加尔鲁什回答道，"他们已经心怀畏惧，就目前来说，这就够了。"

一个年轻的兽人跑到马尔考罗克身旁，低声耳语了几句，然后黑石兽人笑了。

"在这样一次不愉快的经历之后，"他说，"我有个好消息要告诉您，我的大酋长。您这场战役的第二阶段，已经开始了。"

加尔格船长在明媚的阳光下眯起了一只眼睛,而睁开的那只则正对着望远镜。波澜不兴,一帆风顺。眼中的景象让他咧开嘴笑了起来,露出了尖利的獠牙。然后他放下望远镜,又朝着船尾看了看,大酋长远征海军里的其他战舰正稳稳跟在身后。

"鲜血与雷霆号"以及其他所有船只都满载着火炮和嗜血难耐的兽人船员。战斗即将来临,他们离目的地也越来越近。

当加尔格船长最初得知"鲜血与雷霆号"和其他兽人战舰都无法参加北方城堡战役时,他感到了莫大的侮辱。不过加尔鲁什告诉他,把北方城堡交给地精、被遗忘者、血精灵舰队来攻打,是为了让兽人舰队保存实力,去参加一场更加辉煌的战斗。随后,他就收到了来自加尔鲁什的直接命令:"你,加尔格船长,将率领部落最强的舰队,进攻塞拉摩!"

加尔格满怀骄傲地挺起胸膛。这不是加尔鲁什第一次表现出对"鲜血与雷霆号"的偏爱了。加尔格还清楚地记得,自己曾经以大副的身份参加了从诺森德运送猛犸人回来对付联盟的任务。但是在回程的途中他们遭遇了一场可怕的风暴,因此损失了两头猛犸人。船长布里宁承担起了所有责任,甚至已经做好了被处决的觉悟。然而加尔鲁什却完全没有处罚他们的意思,反而还进一步提拔了布里宁。于是,加尔格也就顺理成章成了"鲜血与雷霆号"的新船长。

"鲜血与雷霆号"是一艘幸运之船。每个人都希望被调来这里,所以加尔格也就能从足够多的后备中细细甄选出最好的海员。对接下来的战斗来说,这可是个好兆头。

当血精灵、地精和被遗忘者的战船还聚集在棘齿城的时候,兽人舰队已经奔赴塞拉摩而去了。他们在部落海域的边缘,在人类的瞭望视野之外静静地等候着，等着……等着……直到一只腿上绑着密信的雄鹰终于飞来：

> 各就各位。不要进入联盟领海。不要打草惊蛇。等候我的命令。

于是他们热切地又尽量往前靠了一点，直到可以从望远镜里看到塞拉摩的高塔。加尔格对于这里仍处在部落海域之内感到很满意，于是他下令抛锚。两名水手呼着号子将巨大的铁锚丢进海里。它响亮地划破海面激起一阵浪花，然后沉入水底。

加尔格注意到他的大副看起来有些闷闷不乐，他拍了拍这位年轻兽人的脑袋。"瞧你这表情，好好的朗姆酒都给糟蹋了。"他说。

年轻兽人立即正姿敬礼。"对不起，船长！我只是……"

"只是什么？"

"长官，我只是觉得奇怪。我们来这里到底是为了什么，如果我们不发动进攻的话？"

"我理解你的心情，不过这问题问得挺蠢。"加尔格回答道，"我们已经靠得足够接近了，一旦收到最终命令就可以立即投入战斗。但是在台面上，我们并不在联盟的领海里。他们能够看到我们，他们会忧虑地绞着双手，但只要我们不跨过边界，他们就什么都不能做。所以即使在这里，在如此远离海岸的地方，部落也能让联盟心惊胆寒。我们的职责是守在这里，洛克霍。加尔鲁什大酋长有他的计划，我们不需要知道其中详情。我们只需要等在这里，直到他告诉我们时机成熟，发动进攻。不要担心，"他的语调平和，"联盟必定血流成河，而这将会是拜你们所赐，你们所有人！"

洛克霍咧嘴笑了，欢呼声响彻"鲜血与雷霆号"。

吉安娜一度希望是码头管理员眼花了，甚至于祈祷如此，但是当她亲自登上塔顶用望远镜瞭望之后，整颗心都为之一沉。

"太多了。"她低声说道。

卡雷苟斯、金迪、蓓恩和特沃什也都接着瞭望了一番，然后所有人的神情都凝重了起来。

"看起来之前的情报都是真的。"特沃什说道。

"你不是说瓦里安的舰队要一天后才能抵达么，搞不好还得要两天。"金迪阴郁地说，"我数了数，这里至少有八艘部落战舰。如果他们抢在第七军团赶来之前发动进攻，那我们就得开始准备习惯杜隆塔尔清凉果的味道了。"

吉安娜把一只手搭在金迪的肩膀上。"你想太多了，金迪，加尔鲁什留不留活口都还是问题。"

"我的女士，"蓓恩说道，"加尔鲁什肯定不会就只投入这几艘战船的，别忘了他们在北方城堡还聚集着大队人马！让我们现在就发动突袭吧，这将会有所牺牲，但相比之下……"

"不，"吉安娜坚定地说，"他们并没有侵入联盟的领海。我会保卫塞拉摩，但我不会让自己也变成侵略者。我们只能等待。"

"并期盼。"特沃什低声说道。

卡雷苟斯始终保持着沉默。毫无疑问，他希望自己能保持中立，而当他终于打算开口的时候，金迪又抢在前面叫了起来。

"吉安娜女士……我想你应该去一趟达拉然。"

吉安娜皱起了眉头。"你的意思是？"

"那儿有你的朋友，还有你的仰慕者。"

"确实如此，但肯瑞托是由联盟与部落的法师共同组成的，他们不

138

能支持任何一方，否则就违背了中立的原则。"

"或许不能，但或许也可以。"金迪说道，"我的意思是，谁都不希望加尔鲁什的野心得逞，谁都不希望看到血流成河的景象。而且我们知道就算是在部落中，也有人愿意冒着生命危险来警告我们。所以这总归值得一试。"

"确实是这样。"卡雷苟斯看起来对这想法挺满意，"在大是大非面前，这些立场问题就变成了小节。"

吉安娜用询问的眼神望着特沃什。"我同意金迪的想法。"他答道。

"看吧，总归是有人明事理的。"小侏儒说。这一次蓓恩也跟着点了点头。

吉安娜叹了口气。"好吧，让我们看看罗宁大师会怎么说。不过……别对那家伙抱太大期望。蓓恩，你去通知士兵们。我们要时刻做好准备，谁也不知道那些部落船长们会挑在什么时候发动进攻。"

吉安娜的视线又一次和卡雷苟斯交错。他给了她一个鼓励的微笑。她也笑着回应，并且尽量不让他看到笑容背后的忧愁。然后，她回到了自己的客厅。

她轻触机关——三本书，然后书架滑向一边，露出了那面长镜。

吉安娜站在镜子前挥动双手低吟咒语。她凝视着自己的眼睛，直到泛着蓝色光芒的旋涡取代了镜中的倒影。有那么一瞬间，她担心罗宁现在不在此处，但他那张被染成蓝色的脸很快就映入了吉安娜的眼帘。他明显带着一身的疲惫，不过当他辨认出吉安娜之后，精神稍微振奋了一点儿。

"女士，"他说道，"请告诉我，你联系我是因为卡雷苟斯已经找回了聚焦之虹。"

"很不幸的是，还没有。他找到了方法来再次感应聚焦之虹，只不过持有聚焦之虹的人正片刻不停地四处移动着，让他无从下手。不过窃贼们如果想使用聚焦之虹，一定会先停下来，卡雷苟斯正在等待着那个时刻。"

罗宁点点头，然后揉了揉眼睛。"这意味着，不管窃贼们打算用聚焦之虹做些什么，他都必须赶在这段调试时间之内，从塞拉摩飞到那个最终停留地点……要是他飞慢了哪怕一点点，问题就很严重了。"

"他非常清楚这一点，"吉安娜说，"但别无他法。"

"就算是龙族，体力也是有限的。"罗宁说，"好吧，既然你不是找我聊这个，那是什么事情？"

罗宁这种直来直去的态度经常会惹恼别人，但吉安娜不会。她觉得这比别人那种沉闷的寒暄好多了。让他来领导肯瑞托似乎是一个奇怪的选择，但罗宁自己心里很清楚这是怎么回事。他明白自己被选中，是因为他一直以来看问题的方式都和之前的领袖们不一样。而此外还因为……他实在是一个实力超级强悍的法师。

"你听说北方城堡的事情了么？"吉安娜问道。

"没有。"他说，"那是一座小据点，对吧？"

"那里有……那里曾经有一支非常庞大的驻军。负责留意部落在南贫瘠之地的一举一动。"罗宁立即注意到吉安娜改用了过去时态，"四天前，部落彻底摧毁了它。据说这过程中他们使用了某种极其黑暗的元素魔法。而在这之后我还收到了某位敌方参战人员的警告，他告诉我部落的下一个目标就是塞拉摩。"

罗宁眯起了眼睛。"而你不打算说出消息的来源？"

"我不能。"她说，"他带着信义而来，我理当给予回敬。"

"哦。"罗宁若有所思地将了将自己红色的胡子，"不过……你说这发生在四天前，那为什么部落没有趁势南下，把塞拉摩从地图上抹去呢？"

"我们不知道，"吉安娜说，"但我们知道有一支部落舰队就停在非常靠近联盟海域的地方。"

罗宁没有立即回复，他略等了一下之后才非常慎重地说道："对于联盟和塞拉摩来说，这可真是个大麻烦。不过，这和我有什么关系呢？"

"加尔鲁什绝不会因此满足的，"吉安娜说道，"这只是他征服整片大陆的起点而已。你了解加尔鲁什，他就像是一头奔腾的穆山兽。"

"我也差不多。"罗宁说道。

这家伙就像个老油条一样，吉安娜不去管他的贫嘴，继续说道："以前或许是这样，但自从你成了丈夫和父亲，成了肯瑞托的领袖之后，已经变得稳健多了。"

罗宁耸耸肩，微微一笑，算是承认了这个评价。

"成千上万的人会死去，"吉安娜开始向罗宁施压，"联盟会从卡利姆多的海岸上被驱逐出去，幸存下来的人都会沦为难民。在经历了大地的裂变之后，联盟已经有很多人居无定所、食不果腹，东部王国自顾尚且不暇，当然无法负担半个卡利姆多的人口！"

"我再问你一次，吉安娜·普罗德摩尔，"罗宁平静地说，"这和我有什么关系呢？"

"肯瑞托不会站在任何一边，我明白，"吉安娜说道，"可这一次绝非寻常，就连卡雷苟斯都认为你或许会愿意伸出援手。"

"帮助一座联盟城市抵挡部落的进攻？"

吉安娜默默地点点头。罗宁眼神飘忽地望向一旁，过了好一会才开口说道："我不能独自做出这样的决定，你得说服除我之外的其他人。这是一年中景致最美的时节，没有多少人会愿意离开达拉然。"

第 12 章

安娜每一次行至达拉然，都会惊叹这座城市的迷人。即使它悬于空中，但其中浓郁的紫色尖塔仍然高耸入云霄，丝毫不受下方诺森德的干扰。街道闪烁着微光，铺满了纤尘未染的红色鹅卵石。市民们悠闲地游荡着，他们都像这座城市一样看上去安然无恙。除去此地，再也找不到任何一个地方可以贩卖如此之多的奇珍异宝。这里可以传授法术和咒语，也提供能够低声细语的宁静大厅。

达拉然曾经是另一块大陆上不可动摇的一部分。那是吉安娜记忆中最好的时光，她记得她徜徉于花园，在阳光下采摘温暖的金皮苹果。

直到阿尔萨斯到来。

达拉然虽然被摧毁了，但却未被征服。肯瑞托归来之后重建了这座法师之城，用一道紫色的魔法护罩保护着它，一直到达拉然重新变得繁华，变成一座空中城市。从玛里苟斯发起的魔枢战争开始，到之后对抗巫妖王的北极远征，达拉然都一直站在战争的风口浪尖。但是，这里找不到一丝一毫的军事化迹象，因为达拉然正值鼎盛时期，民众求知若渴，生活无忧。

吉安娜曾经在这里为安东尼达斯竖立过一座纪念碑。所以每次她来到达拉然，都会去那座纪念碑探望他，有时还会坐在这座碑的阴影之中，大声倾诉自己的想法。但这一次，她手中的任务才是重中之重。

她移行换影进入到紫罗兰城堡，映入眼帘的第一张面孔是罗宁。他微笑着欢迎他，但眼神却透露着不安。

"吉安娜女士，欢迎你。"他说，"在场的每一位我想你都认识。"

"的确。"吉安娜答道。罗宁身边站着他那位满头银发的美丽妻子——温蕾萨·风行者。她是银色盟约的创始人，也是被遗忘者首领希尔瓦娜斯，以及失踪于外域的奥蕾莉亚的妹妹。虽然风行者家族的成员在不同程度上都曾遭遇过悲剧，但温蕾萨似乎从妻子和一对美丽孩子的母亲这两个身份中寻找到了自己的幸福。她的家庭生活十分成功，但这并不意味着这位身居高位的精灵愿意屈身于阴影之中。吉安娜知道，温蕾萨作为银色盟约的首领，曾经公开地坚决反对血精灵加入肯瑞托。

然而，她的努力注定要付诸东流，站在罗宁左边的那位法师便是最好的证明。大法师艾萨斯·夺日者，这个血精灵曾经致力于在肯瑞托赢得一席之地，他的努力丝毫不比温蕾萨在反对这件事情上下的功夫小。肯瑞托的第四名成员是一位人类女性，尽管她的头发霜白如雪，但看上去不畏惧任何战斗。大法师茉德拉拥有一项特殊的荣誉，她在六人议会，也就是法师最高议会中任职最长，早在二次战争期间她就已经是其成员之一。

吉安娜向他们点头致意，随后转身面向罗宁。罗宁后退一步，挥动双手解除了一个运行已久的魔法。一扇大门出现了。吉安娜微微皱了下眉。人们通常都能从传送门瞥见即将到来的景象，但这扇大门通向的不是某间房、某个场地抑或是某片土地，它通向的是半空之中。吉安娜顿时面露疑色。

"六人议会的其他成员都在那里。"罗宁未等吉安娜表达心中的疑问便如此说道，"我们这就出发吧，好么？"

带着十分的信任，吉安娜迈出了步伐。

好在踩到的是嵌有菱形纹样的灰色坚石，似乎也只有这个看上去是稳妥的了，除了脚下，头顶和四周都是不断变换的天空。这一刻还是浮云遍布的湖蓝色天际，下一刻突然众星闪烁，藏青色夜幕浓郁得好似泼墨一般。

"吉安娜小姐，欢迎来到空之议院。"一个声音出现了，抑或是数个声音？吉安娜无从知晓，她被这房间无尽变换的景色弄得头晕目眩。她将注意力强行从这些几欲被催眠的景色中移开，然后看到六人站成一圈，将她围在中央。

她知道这些成员在过去是不能相互透露身份的，即使肯瑞托内部也不例外，但这个传统近来却被束之高阁。她毫无障碍地认出了每一个人。除了茉德拉、艾萨斯和罗宁以外，她还看到了安斯雷姆·鲁因维沃尔。他并不常在达拉然，因为最近的任务迫使他不得不频繁出行。至于究竟是何种任务，吉安娜并不了解。鲁因广场的命名正是为了向这位目光敏锐、行动果敢的男人致敬。身兼法师和炼金术士两种身份的卡莱因也在场，他曾经一度被自己的情绪所控制，但如今他已经学会自控。很少有人能够做到如他这般克制而又深思熟虑。

最后一位，但绝非是最弱的一位——卡德加，一位面容苍老的年轻人，艾泽拉斯史上最强大的法师之一。吉安娜知道眼前的这名法师

144

只比她大十岁，但看上去却像是有她三倍的年纪。他是麦迪文之徒，肯瑞托观察员，黑暗之门的关闭者；他居于外域，与纳鲁阿达尔共事。如此强大的他愿意一同讨论保卫塞拉摩事宜，这让吉安娜心生希望。

"不要站在那里发呆了。"他责备道，眼里却闪着光芒，"你再怎么看，我也不会变年轻的。"

吉安娜恭敬地颔首示意。"你们愿意站在这里倾听我的恳求，这是我莫大的荣幸。我会尽量直入重点。你们都知道我是一个主张靠外交解决问题的温和派。多年以来，我一直都致力于在部落与联盟之间建立和平。但是如今，我站在这里将真实情况转达给你们，形势已经十分严峻，并且已经出现一边倒的趋势。我恳请肯瑞托能够向联盟城市伸出援手，一同对抗部落。"

她一面说一面缓慢踱步，依次与每一个法师交汇目光，试图让他们感受到她的满腔诚挚。她注意到卡德加似乎有认同的倾向，而卡莱因和安斯雷姆则有些难以捉摸，他们都只是抱着双臂看着她，全然不动声色。

"部落已经摧毁了北方城堡。加尔鲁什·地狱咆哮利用全部的部落种族组建了一支军队，并且还让手下的萨满们用黑暗魔法控制了熔核巨人——一种性情暴虐且难以琢磨的元素生物。如果继续用魔法奴役它们，让它们积攒怒火的话，恐怕下一场大地的裂变离我们就不远了。"

茉德拉露出一丝不易察觉的微笑，而带着头盔的艾萨斯却始终像石雕般一动不动。

"如今他们把焦点放在了塞拉摩。在那里我们有坚固的防御，而且瓦里安·乌瑞恩国王也已经同意派出第七军团的海军来援助我们。"

"既然如此，"卡莱因问道，"你为何还需要我们的援助？塞拉摩是

145

一座毋庸置疑的军事重镇。而且有了军舰之后，你自然可以将部落打得落花流水，让他们失败蒙羞。"这时，血精灵大法师艾萨斯的脑袋终于动了动，却依旧沉默。

"因为部落已经集结完毕，准备大举进犯了。"吉安娜回答道，"而暴风城的舰队还要几天之后才能赶到。"她转过头面向艾萨斯说："比起兵刃相接，我更愿寻求交流，但我必须保卫那些信任我的人民。我不愿与部落刀剑相向，但若是形势逼人，我也会决然应战。塞拉摩如今兵临城下，我真挚地希望肯瑞托能够伸出援手，将这次潜在的战争转化为创造和平的契机。"

"吉安娜·普罗德摩尔，你致力外交这么多年，"艾萨斯用优雅柔和的声音说道，"却依然看不透部落的本性，你以为他们在尝到胜果之后还会收手么？"

"或许在看到肯瑞托的法师们之后，他们就会罢手。"吉安娜反驳道，"恳请你们……塞拉摩有许多平民家庭。我会不惜我的生命去保卫他们，驻扎在那里的士兵亦会如此，但胜算不容乐观。如果塞拉摩陷落，那整个卡利姆多都会遭受同样的不幸。届时，就再没有什么能阻止部落攻打灰谷或是泰达希尔，他们会一路势如破竹，将暗夜精灵们驱逐出他们古老的家园。加尔鲁什的野心在于侵占整块大陆，我无意冒犯，但我想如果肯瑞托真的奉行中立，那么这一定不会是你们希望看到的结局。"

"我们了解现在的状况。"卡莱因说，"你不必提醒我们的职责所在。"

"我无意如此。"吉安娜说道，"我只是期望以你们的睿智能够明白，这并不是想让你们选择阵营。我只是在恳请你们拯救无辜的生灵，并维持已然风雨飘摇的平衡。"

法师们集体向后退了一步，他们之间一定互相传达了某个隐藏信息。"感谢你，吉安娜女士。"罗宁的声音带着明确的送客意图，"我们会征求意见，互相讨论之后再做决定。结论达成一致之时再告知予你。"

另一个传送门倏地打开，吉安娜穿行而过，重新踏上了达拉然几乎太过洁净的红色鹅卵石街道。她觉得自己就像一个被告知需要打扫干净房间才能吃饭的小女孩一样。她并不太习惯被人下逐客令，但她能够理解，如果说这世上有人有权利这样做的话，那便是六人议会了。

她开启了一个传送术准备回到塞拉摩，但却又中途停住。来都来了，有两个人还是去拜访一下吧。

安娜离开后，肯瑞托的五名成员充满期待地看着罗宁。还未等他们发话，罗宁便挥了挥手，说："我们一小时后再议吧。"

"可我们都已经全部聚在这儿了。"茉德拉稍显疑惑地问道。

"我……需要去查阅一些先例。"罗宁回答道，"而且我建议你们也都这样做。无论我们是选择援助塞拉摩或是袖手旁观，这一步都至关重要。我不想仅凭我的一己之见就做出如此举足轻重的决定。"

其中几位的脸色有些难看，但他们还是点了点头。罗宁施法将他自己传送回房。他紧锁着火红的眉毛，在原地站了片刻后，大步走向他那张几乎每一寸都堆满了羊皮纸、卷轴和书籍的写字桌，然后挥了挥手。

桌上的堆砌物开始向上漂浮，与桌面保持着大约三英尺的距离。誊空的桌面被打开，出现了一个简单小巧的匣子。但是，匣子里装着的东西却绝不普通。

罗宁取出匣子，关上了桌面，悬浮着的羊皮纸、卷轴和书籍又恢复到了原位。他带着匣子走到一张椅子边坐下。"老朋友，此时此刻我对你的思念溢于言表。"他说道，"但我必须承认，你能够超越生死与我交谈，这让我备感宽慰——即使只能用哑谜的方式进行。"

他用戴在脖子上的钥匙打开了那只小匣子，望着里面的一小堆卷轴沉思起来。每一卷都是一个预言，来自生命缚誓者阿莱克丝塔萨已故的配偶克拉苏斯的预言。这个家伙把他看到过的那些有关未来的幻境都写在了卷轴之中。他把卷轴交予罗宁，并咧着嘴说："这些也许能够让你了解为何我总是显得如此聪明过人。"罗宁对此一直都很低调，因为克拉苏斯曾要求罗宁为预言保守秘密，一直到罗宁死掉的那一天，才可以将钥匙移交给另一个他信任的人。"绝对不能让它们落入他人之手。"克拉苏斯如此告诫他。

当晚，罗宁通读卷轴直至凌晨。其中有一条，他特别迫切地希望得到解释。

"我收回之前的话。"他大声说道，"克拉苏斯，你为什么就不能好好说话呢，非得用这些哑谜来消遣我。"

他清楚地知道，那头巨大的红龙一定正在某处窃笑着。

这只是吉安娜第二次拜访火花家族。第一次来访时，她将他们的女儿带去了一片遥远的大陆。当时他们都发自内心地为小金迪感到自豪。吉安娜一眼就能看出这一家人是如此的紧密相连。对于只有三名成员的小小家庭来说，离别难免感伤，但他们一家子都张开双臂和吉安娜热情相拥，仿佛这是一位失散多年的亲戚，而不是一个把女儿带走的外人。可是即便如此，此时的吉安娜还是呆立在门口踟蹰不前。前来这里是一个冲动的决定。吉安娜觉得自己应该让学徒的父母知情：首先，她对金迪的能力赞赏有加；其次，告诉他们这个出色又惹人怜爱的女孩即将置身险境。

在做好了会面的心理准备之后，吉安娜敲了敲门。与她记忆中一样，一扇嵌在正门上的小门吱呀一声打开了。一位身着紫袍的年迈法师向外四处探查，而后抬起了头。

"下午好，火花法师。"

他立即摘下尖帽，深深地向她鞠躬致敬。"普罗德摩尔女士！"他惊叹道，"你怎么会……"说着突然略微瞪大了双眼，"我们的小金迪还好吧？"

"非常好，而且作为学徒她在各方面都表现得非常出色。"吉安娜回答道，这两句话倒是千真万确。"我方便进来吗？"

"当然！当然！"温德尔·火花缩身退后，关上了小门，然后打开大门迎接吉安娜。

对于吉安娜来说，这间整洁精致的小公寓装修得太小巧玲珑了。天花板的高度刚好够她站直身子，但若想坐在那张精巧的小椅子上就不太可能了。所幸温德尔已经拉出来一张他口中所称的"高个椅"。

"来，挨着炉子坐。"吉安娜看了看火炉，默默无言。虽然那里堆着柴火，但却并未点燃。她忍住笑意。这是火花家的传统笑话，老得掉牙，但吉安娜无意破坏气氛。

温德尔故作惊讶地抽了一口气，惊呼道："呀，还没生火呢！"他抽出魔杖，缓缓低吟，然后用尖头朝着火炉轻轻一点。明亮的火焰立刻腾起，原本温馨的气氛似乎又增添了几分活跃。

这时，一股美妙的香气从厨房传来，一位灰发的女性侏儒探出头来，脸上还沾着面粉。"温德尔，是谁呢？天哪，吉安娜女士！"她喊道，"真是惊喜啊！等我把这些派送进烤箱就过来陪您。"

"火花夫人，慢慢来，不急。"

"上次见面的时候就跟您说过了，要叫我贾克西，否则就不给你苹果塔。"她温柔地佯骂道。吉安娜笑了，在这段倍感煎熬的日子里还是头一次。

她舒适地坐在那张尺寸正好的椅子上，感激地接受了一些茶点。温德尔和贾克西分别坐在合适他们的坐椅上，三人闲聊了一会儿家常。

终于，吉安娜放下茶杯，看着他们。"你们的女儿表现得很好……不对，"她修正道，"应该是极为出色。她每天都在让我刮目相看。我相信一旦训练结束，她就会让每个人都为之惊叹。很多学徒都有潜质，但并非每个人都能学有所获。"

这对老夫妻绽开笑容望向对方，相互紧握着双手。"你知道，她是我们唯一的女儿。"温德尔说道，"我已经老了，你肯定没有注意到这点。"他顶着雪白的长胡子说道，眼睛变得有些闪烁，"贾克西和我原本已经放弃生孩子的念头。金迪是我们的奇迹。"

"塞拉摩如此遥远，确实有些让人担心。"贾克西说，"不过我们非常感谢你时常让她回来探望我们。"

"别演了，这都是赖您的美食战术。"吉安娜说道，"每一次她休假探亲，都会带着您做的各种甜美糕点回来。要是条件允许的话，我一定让她每天都回家一次。"

他们都轻轻地笑了。挨着火炉，坐在这间惬意古旧的小房间里，一切显得如此安详。吉安娜多么希望能维持这样的简单平和，不为塞拉摩的险境而扰。

"吉安娜女士。"贾克西问道，"你脸色忧愁，是有什么烦恼吗？"

吉安娜叹了一口气。尽管她千万个不愿，但这些好心人始终有权利知道他们的女儿正身处险境。

"塞拉摩正在寻求肯瑞托的帮助。"吉安娜轻声说道，"其实我到这里来正是金迪的主意。虽然我无法向你们透露更多信息，但恐怕我要空手而归了。"

"是什么样的……"贾克西刚想发问，温德尔就伸出他布满皱纹的手捏了捏她的双手。

"嗯，现在吉安娜女士正面临许多棘手的事情。"他说，"她把能够告诉我们的那部分告诉了我们，这就很好了。"

"嗯，当然。"贾克西说，她的另一只手在丈夫的手上摩挲着，"我只是……金迪……"

"金迪目前正夜以继日地工作着，她的贡献不可磨灭。"吉安娜说道，"我向你们承诺，我会尽全力保证她的安全。毕竟……"她试着让自己的声音温柔一些，气氛轻松一些，"我已经花费了那么多时间来训练她，要是让我重新找个乳臭未干的新人做学徒，我会疯掉的。"

"不必担心肯瑞托，"温德尔试着安抚她，"那帮老头子节奏是慢了一点，但心地都挺好的。他们一定会做出正确的选择的，你会看到的！"

他们给了她满怀热情的拥抱、美好的祝愿，以及更重要的——一包各式各样的小点心。他们是如此的乐观、如此的开朗，让吉安娜也开始觉得，或许，只是或许，这次的达拉然之旅最终会开花结果。

第 13 章

" 学徒小姐，"卡雷苟斯说这话的时候正盯着桌上的小棋子，"我怀疑你早就已经苦练了十八年这个游戏。"

金迪的眼睛张得老大，装出一副无辜的神情说道："我吗？完全没有！特沃什上周才教我的。"蓝龙把目光从棋盘上抬起，挤着眉毛摆出一张苦瓜脸。小侏儒的表情立刻转化为笑容。"好吧，"她说，"不知道为什么其他人都不跟我玩了。"

"所以你就到我这里来寻开心了？"

"呃……"金迪含糊地回应道。卡雷苟斯正预备跳马强攻的时候，突然听到了传送术熟悉的声音。他立刻转身，将棋局完全被抛诸脑后。吉安娜在客厅中现出了身形，脸上还带着卡雷苟斯不常见到的微笑。无论是什么带给了她这般笑容，卡雷苟斯都默默表示感激。

"你的父母，"吉安娜对金迪说，"真是全艾泽拉斯上最善良、最慷慨的人。"她把那一整包点心从袋子里掏出来，递给了金迪。金迪打开之后发现里面丰富致极：小蛋糕、馅饼、奶油卷、泡芙，各式各样的美味全在里面。

"事情如何了？"金迪一边问，一边咬了一口闻上去香甜可口的霜糖点心。

吉安娜的表情瞬间变得严肃起来。她坐上自己的椅子，沏了杯茶。"不太顺利，"她承认道，"但我觉得我应该有改变几个人的想法，别太沮丧。"她眼见金迪低落地坐在一边，于是这样补充道，"他们还没有告诉我最终的决定，这意味着一切都还存在商谈的余地，还有力挽狂澜的机会。金迪，无论怎样，你都出了个好主意。"

"如果能让肯瑞托那些高级法师跟你一起回来，那这主意就更棒了。"金迪说道。

"这我不能否认，"吉安娜回答，"但我会尽力争取。你瞧，我还争取到了果酱甜点。"

"看到你没有就此认为世间的美好都不复存在，我很开心。"卡雷苟斯边说边给自己拿了一块点心，"但这次会议没有期望的那么顺利，还是有些遗憾的。"

吉安娜挥了挥沾满果酱的手。"在得知确切结果之前，我是不会担心的。"她说道，"不过如果我离开的时候这里有什么好消息的话，我也不妨听听。"

"真有的话就好了。"卡雷苟斯说道，同时也真心这么想，"部落仍然守在我们门口，擦着疆界的边线，十分谨慎。而且很不幸，聚焦之虹依旧还是在卡利姆多上空四处移动着，用那种让我惊讶的速度。"

金迪一边吃着甜点，一边眯着眼睛看着他们，若有所思。"我还是先上楼完成我的工作吧。"她说，"有本书我正准备开始读，兴许能从中学到点东西。"

然后她把茶和甜点放回托盘里，默不出声地缓步走了出去。

吉安娜抬了抬金色的眉毛，额头深锁，满脸困惑地问道："这是怎么回事？"

"我不知道。"卡雷苟斯说道。这回答不怎么老实。关于小侏儒为何把他们二人单独留在此地，他确实猜到了几分，但他无意深究。

吉安娜转过身，充满好奇地望着他。"蓝龙军团的卡雷苟斯，你为什么会在这里？"

不知为何，这个问题让他有些不自在。"我正在寻找……"

"聚焦之虹，我知道。你是为它而来，但是……你为何会留下？你可以在这片大陆上任选一处来等待聚焦之虹减缓速度然后停下，但你却始终留在这里。"

卡雷苟斯的脸颊有些发烫。这是个简单的问题：他为什么不在野外选择一处清净之地，而非要要在这里停留？他在别处也能轻易地感知那件法器。然而他却选择这里，跟侏儒学习棋局，与暗夜精灵商议军事策略，同特沃什讨论自然奥术，还有……吉安娜。

他选择留在这里，是因为吉安娜。

她期待地望着他，一只纤细的手正摆弄着耳后一缕金色的乱发。她带着发问的神情歪着头，好奇让她眉间生出几丝皱纹，否则以她这般年纪的人类而言，这张脸依旧是光洁无瑕。

她想知道答案，他却说不出口，至少说不出真正的答案。而当他想开口说些油嘴滑舌的俏皮话时，他却发觉自己不愿对她说谎。

"确实有几个原因。"他一边说一边看向别处。吉安娜往前探了探。"哦？"

"嗯……吉安娜，在你的族人之中，你是一位魔法大师。同你在一起我觉得很自在。也许我选择同更为年轻的种族待在一起，是因为

154

我的族人曾经迫害过你们。无论是龙族还是年轻种族，都有无数生灵在魔枢战争中逝去。他们的牺牲残忍且毫无必要。"他蓝色的眼睛与她目光交汇，这一次变成她选择躲闪，"我大概是觉得欠你这次援助，而且……"他笑了笑，至少在说出口的这些话语中，他都没有欺骗她，"你是一位好伙伴。"

"嗯？这我表示怀疑。"吉安娜说。

"我不怀疑。"他温柔地说道，同时发觉自己的声音在微微颤抖。他想握住她的手，但却没有勇气。卡雷苟斯自己也不清楚究竟是什么让他对吉安娜这位法师生出这般感情。在他斗胆询问吉安娜所想是否一样之前，他需要弄明白他自己的感受，以及为什么会有这种感受。

又或许永远都不会问出口吧，他这么想着。玛里苟斯对发动魔枢战争负有责任，他的目标是将世间所有的奥术能量据为己有。如今吉安娜愿意成为他的朋友就已经够仁慈了，他不想再冒险奢求更多，尤其是现在，一场一触即发的战争正盘踞在她城门脚下。

"好吧，萝卜青菜各有所爱。"吉安娜颇为无礼地说道。卡雷苟斯顿时心生恼怒，究竟是什么让她如此看低自己，是凯尔萨斯？阿尔萨斯？还是她的父亲？——她曾经勇敢地站出来反对他，尽管所有的理智与情感都在呼喊劝阻她不要如此。她的眼里含着哀伤，这哀伤并非因为战争迫在眉睫——从他初到此地，这哀伤就已经存在，他渴望着能将之驱散。

而此刻正值吉安娜需要他之时。肯瑞托很有可能对她置之不理，任凭塞拉摩被兽人、巨魔、牛头人、被遗忘者、地精和血精灵的洪流淹没。他仿佛看到吉安娜独自一人站在那里，操纵着惊人强大的魔法。在她坚定不移地想要保卫自己的城市时，那张笃定的脸庞显得尤为动人。

但是，即使一人能拥有世间最强的力量，单枪匹马也无法冲破如今的困境。塞拉摩会陷落，吉安娜亦会随之灰飞烟灭。

他刚想开口说些什么，可就在此时，他嗅到了空气中的魔法波动。吉安娜睁大眼睛跳了起来，迅速按着顺序触动那三本书籍。书架移开后，露出了那面吞吐着雾气的魔法镜。

"说吧。"吉安娜带着希望，用微颤的声音说道。

接到指令之后，魔法镜的迷雾显露出一张人类的脸庞。

大法师罗宁。

"你是个很有说服力的人，女士。"罗宁说道，"尽管肯瑞托极力认为我们应该保持中立，但是你的一番恳求打动了我们。就连艾萨斯·夺日者都认为我们应该伸出援手。以他的逻辑来看，若是不帮助你一同对抗这个声势浩大的敌人，就是对部落无声的支持。"

"请代我转告艾萨斯大法师，我很感激他的逻辑。"吉安娜说着，纤瘦的身体微微颤抖，但她还是努力让自己保持镇定。她看上去正极力克制着自己不要开心得跳起来。卡雷苟斯明白，若换作是他肯定也会如此。

"我和另外几位成员随后便会抵达塞拉摩，向你们提供援助，抵御敌军。我强调一下'抵御'：我们会保护你们，但决不会主动攻击。我们的存在可以形成一股遏制力量，这才是我们最大的期望。都明白了吗？"

"完全明白，大法师。我也希望可以找出某种和平解决的方式。"

罗宁叹了口气，不再是那副严厉的面孔。"我怀疑我们的人其实也就只能壮壮声势。不过也没办法，已经没有别的选择了。我们马上就到。"

画面消失了。蓝色的魔法迷雾旋转着归于平静，镜子中只剩下吉安娜和卡雷苟斯。

吉安娜整个人放松了下来。"感谢圣光。"她喃喃自语道,"他们会及时赶来,即便……"她甩了甩头,仿佛想把瓦里安的舰队也许不会及时抵达这类消极的念头驱走开来。她灿烂地笑了,卡雷苟斯也随着这个笑容而心跳加速。

他想说些什么,但是他不能。他内心的声音告诉他——究竟是理智还是恐惧,他无从分辨——不能说,现在不能说,也许永远都不能说。对于双方来说,卡雷苟斯很清楚自己该做的是什么。这一点如芒在心。

"我真的很欣慰。"他说,"他们会倾力保卫塞拉摩,就像我原本打算做的那样,也许会更好。"

她的兴奋颇有褪减。"原本?"她问道。

他点点头。"对,"他说,"你提醒了我一项必须去履行的职责。现在我知道你已有盟友,我便可以放心去重新搜寻这片大陆,看看是否能够追踪到聚焦之虹的足迹。"

"我明白了。你所言极是,这是个绝妙的主意。"她迅速做出一个笑容,但却恢复了眼中的哀伤。毫无疑问,她认为卡雷苟斯抛下了她。

的确如此,他无力地想到,但这是为了她好。他知道如果他继续留在这里,总有一天会控制不住自己的心声。如今塞拉摩兵临城下,吉安娜·普罗德摩尔女士肯定不需要这种负担。

就像他刚才对吉安娜说的一样,大法师罗宁和其他肯瑞托成员也一样能够保护她,他们之中的每一个人都不会在吉安娜最需要心无旁骛之时给她增加负担。

"那么,此刻大概就是道别了吧。"吉安娜说道。她带着真诚却又外交式的娴熟微笑,伸出了手。卡雷苟斯握住它,与她修长的手指相扣，默默感受着这简单的握手仪式……这也许是他最后一次触碰她的机会了。

"你的盟友很可靠。"他说。

"全艾泽拉斯最可靠的。"吉安娜愉悦地说，"卡雷苟斯，希望你一切顺利。我知道你会得偿所愿。为了你的群龙，为了整个世界。也许……战争结束后，如果你还没有找到它的话，或许我还能为你提供更多帮助？"

他哽咽了一下，放开了她的手。"战争结束后，如果我还没有找到它，我会让你第一个知道。"他发自内心地说道。

卡雷苟斯大步走出塔楼，假装出一副精力充沛的样子。他行至一块可以让他现出原形的空地上，一跃腾空并开始感应，希望那个该死的聚焦之虹可以变缓直至停下，这样他就能马上拿到它然后回到吉安娜身边。但他无法如愿，聚焦之虹的急速嘲弄着他。他挥舞翅膀疾速飞行，但前方的追逐很可能只是徒劳。

吉安娜对于卡雷苟斯如此突然的离开有些惊讶，这让她意识到她原本以为他会留下来帮助她。但说到底，这并非他的战斗，她可以理解。大概连他本人都没有预见自己会对这些事务介入甚深。虽然他的半精灵形态十分迷人，但他始终是一条龙。龙族是不会在年轻种族中选择阵营的。可是，她仍然有几分说不清道不明的失落。在这段形势危急的日子里，他已经成为了她的朋友，而她对他的怀念程度也令她出乎意料。

她没有闲暇再去思忖卡雷苟斯的离去。一言九鼎的罗宁与她联系后不到半小时，就移行幻影出现在了吉安娜的塔楼外。正如他所说，他并没有独自前来。

与他同行的有十来人，其中四位据吉安娜所知，如果不是议会成员，那也算是肯瑞托的名人。其他的法师吉安娜则不太了解，但她却清楚地认出了温蕾萨·风行者。显然，她不愿让自己的丈夫独自一人身赴虎穴。吉安娜面带笑容向她表示欢迎，然后转身面向其他法师。

罗宁挑选出的四名高阶法师分别为塔莉·柯格，达拉然最出众的侏儒法师之一；阿马拉·利森，有着乌黑长发的人类法师，看上去不像善类却有一副仁慈心肠；托德尔·温德米尔，他可能吉安娜所见过的最娴熟的施法者之一，可是魁梧的身材和粗犷的面容让他看上去更像一名战士；而最后一名有些出乎她意料，萨伦·织歌者，夺日者的一员，身材修长而神情敏锐，发色如同月光。

"我认识你们中的许多位，同时也很期待可以结识其他的人。"吉安娜热情地说道，"我发自内心地感谢你们能够回应我的请求。织歌者法师，我尤其要感谢你的到场。无论是对你还是对大法师艾萨斯而言，这个决定都实属不易。"

"并没有你说的那么难，"织歌者用他那沙哑的嗓音愉快地说道，"是艾萨斯大人投下了那决定性的一票。"

"即使娶了精灵，他们的逻辑也总是让我摸不着头脑。"罗宁说道。温蕾萨递给他一个调皮的眼神。罗宁向他妻子眨了眨眼睛，然后转身面向吉安娜，"吉安娜·普罗德摩尔女士，既然都来了，我想与你借一步说话，但我的同僚们都还在此等待指示。"

"不如说是请求吧。"吉安娜说完便面向特沃什，"特沃什、金迪、蓓恩，你们能带客人们熟悉一下城市布局，然后把他们介绍给维米斯队长和伊文凯恩队长认识一下么？"

蓓恩只是点了点头。特沃什说："我很荣幸。我们十分感激你们的援助。"金迪则看上去有些震惊，这还是大家第一次看到她不知所措的样子。

吉安娜目送众人离开，然后面向罗宁。

"你意识到你惹怒了很多法师吧。"罗宁直截了当地说道。

"我吗？"吉安娜颇为困惑。

"我懂，我懂。这通常是我最擅长的事情。"这位红发大法师有些自嘲地说，"有些人就是喜欢耿耿于怀。我倒不会说你在第三次大战中树敌很多，但至少你的决定不太讨人喜欢。"

"我做了什么？"

"准确地说是你没做什么。当初你自行除名离开了肯瑞托，达拉然的一些民众认为你抛弃了他们。"

"可那里并不需要我，"吉安娜回答，"我有了其他的……嗯，使命。我去了一个让我自己能够人尽其才的地方。我没有意识到自己的这个决定对其他法师来说很无礼。"

"没什么，这只是些陈年牢骚。"罗宁说，"有些人的脾气就是暴躁，而且他们至今还无法和平共处。这主要是因为有相当一部分法师认为你才是议会的未来，而不应该是某个油嘴滑舌的红毛。"看着吉安娜震惊的表情，他继续补充道："回来吧，吉安娜。我常听你说，大材小用和小材大用皆为大谬。我很优秀，相当优秀。肯瑞托的其他成员也是一样。而且有一部分这样的人今天已经来了，但是你……"他带着敬意摇了摇头，"毫无疑问，你是一名出色的外交家。你为艾泽拉斯付出过太多心血，但哪怕连我都认为，你待在塞拉摩只是浪费才能而已。"

"塞拉摩是一个国家。我创建它的初衷是为了竖立一座象征和平的希望灯塔，福泽现世。我承诺过我会全心全意地保护它，照看它。如果留在肯瑞托，我只是芸芸法师中的一个，但是在这里……"吉安娜指了指四周的景色，"我不能离开这里，现在不能，也许永远都不能。罗宁，你应该明白，塞拉摩需要我。如今，作为一名外交家，无论你说什么，我都不会相信若我成为肯瑞托的法师之一，便可以为艾泽拉斯作出更大贡献。"

他点点头，似乎对她有些惋惜。"你就是塞拉摩，"他表示认同，"但我或任何一人都不能说我就是肯瑞托。这个世界已经处在非常、非常阴郁的状态了，已经无法再变得一如往昔。先是对抗玛里苟斯和蓝龙军团的战争。接着又是因为那个浑……对不起，是巫妖王，牺牲了无数生命，艾泽拉斯也跟着一分为二。我无意冒犯你所作的努力，但我认为就算和平近在眼前，无论是联盟或部落都会依然无动于衷。"

吉安娜深知罗宁的这番话并非有意讽刺。他只是和她一样，为艾泽拉斯大陆和它的居民被迫承受重创与侵犯而感到悲痛。但是，他的话在她心中却一针见血，直击要害。她真的是在浪费时间吗？她不久前不是刚对古伊尔说过，她担心许多人会对她的话充耳不闻吗？

那些她曾经说过的话此刻又回响在耳边："我拖着身躯在泥潭中前行，想要让人听到我的呼喊。但举步尚且为艰，声音又如何传给对岸。想要成为一名外交家，想要做出一些实实在在的成效，但是当对方已经不打算讲道理时，这又谈何容易。我像是一只荒野中的乌鸦，所有的哀鸣都不过是白费唇舌。"

卡雷苟斯也曾经表达过同样的疑问。"你为何不待在达拉然？"他曾问她，"你为什么会在这里，选择站在沼泽和海洋之间，联盟和部落之间？"

"因为必须要有人这么做。"她曾经如此回答。也因为她坚信自己有能力胜任外交家一职。

"我并不是不相信你，但是……如果你真的相信自己，你为何又要这般努力地说服自己呢？"

难道她真的是在错误的地点履行错误的职责吗？

吉安娜努力将思绪拉回。现在不是在悔恨中迷惘的时候。眼前的战争一触即发，现在是需要保卫人民的时候，需要行动的时候。"我必须先保证我的人民的安全。"她对罗宁说道，"如果他们都危在旦夕，我又怎能呼吁和平。走吧。"

第 14 章

夕阳西沉，如血般殷殷红，看起来比平时胀大了许多。皮毛被夕阳染得血红的巨魔和牛头人沉默地爬上山头，朝北方城堡的废墟走去。那里再没有任何联盟了，连一具尸体都没有。加尔鲁什·地狱咆哮睡在一座曾属于海军司令的楼塔里，巨魔和牛头人正是为他而来。

加尔鲁什心情很好。夜晚用于煮饭、取暖和照明的营帐篝火已经点了起来。加尔鲁什很乐意让任何一个联盟的斥候看见他们即将面对多少敌人，因此他对生火的规模没有限制。一大块斑马的腰臀肉正在火上烤着，发出噼啪作响的声音，烤出的油脂不停地往下滴，令人垂涎。

"让他们上前来，"加尔鲁什豪爽地对马尔考罗克说，"他们是各自族人的领袖。沃金、贝恩，过来跟我一起，这肉很美味，甭跟我客气！"

牛头人和巨魔互相望了望对方，然后走向前去，各自拿出一把小刀，割下一大块还在叉子上滴油的肉。一桶樱桃烈酒被递了过来，他们都礼貌地接过来喝了几口。

"现在说吧，"加尔鲁什说，"你们过来是为了什么？"

"大酋长，"贝恩说，"你的人民们都在坐着等待你的命令，他们都兽血沸腾，求战若渴。你知道我们在这件事上的感觉。我们坦率地过来请求你，告诉你，你必须马上展开行动，否则联盟就会有时间建起防御！"

"我以为你很喜欢联盟呢，贝恩·血蹄。"加尔鲁什慢吞吞地说。他小而深邃的目光显得锐利且机警，和他此刻慵懒的姿态正好相反。

"你知道我的忠诚所在。"贝恩低沉的嗓音近乎咆哮，"但我不希望带领我勇敢的战士们投身到一场将被屠杀的战争中，特别是我本可以带领他们赢得胜利。"

"你也是这么想的么？"加尔鲁什转向沃金说。

巨魔伸开手臂。"大酋长，你之前也听我们说起过，我的族人早已准备好要品尝联盟的鲜血。如果你一再拖延行动，他们将会变得很不耐烦。被遗忘者可能很有耐心，但是我必须得问问你，你究竟在想什么？你是一个伟大的战士！你所向披靡无所畏惧！那为什么我们现在还不发起攻击？"

"说得不错。我是一个伟大的战士，但我知道自己更是一个有策略有头脑的战士。"加尔鲁什回应道，"我已经厌烦了你们一直在这个问题上质疑我的智慧。"他收起了放松愉悦的姿势，不再喝酒吃肉，一直聚精会神地盯着他们。

"我们并不是质疑你。"贝恩小心翼翼地说，"我们也都是有名望的战士，我们也明白战略的重要性。我们只是提供我们的建议，用我们族人的血所换来的昂贵的建议，为了不必要的流血牺牲，希望你能听取我们的意见。"

贝恩深深吸了一口气，大步走向加尔鲁什，向他跪下。这样的敬礼方式令他感到痛楚，但却是出自真心。他需要加尔鲁什听取意见。他的族人需要，不，整个部落都需要。

"巨魔和牛头人一直以来都是兽人的朋友，"他说，"我们敬佩、尊敬你们的种族。加尔鲁什·地狱咆哮，你是部落的大酋长，而不仅仅只是兽人的大酋长。"他的眼神移向站在加尔鲁什身边不可一世的马尔考罗克，他的双臂环抱在他健硕的灰色胸膛前，正恶毒地望着贝恩，"你领导我们，我们全部的人。你太自信以至于不肯接收我们的意见。我们不明白为什么你看上去似乎只听这个黑石兽人的话。"

马尔考罗克低吼了一声，然后踏步上前。加尔鲁什扬了扬手，迫使这个兽人在半途中停了下来。"我需要你向'鲜血与雷霆号'以及其他集结在塞拉摩海港外面的战舰发送一个消息，"加尔鲁什说，眼睛落在贝恩而不是马尔考罗克的身上，"我有新命令给他们。"

贝恩和沃金互相交换了一个充满希望的眼神。也许加尔鲁什终于决定听取他们的意见了。

加尔鲁什龇牙咧嘴地笑了笑，然后用近乎严厉的语气说道："告诉舰队撤退到离塞拉摩更远的地方。要远到连最精密的联盟装置也无法侦察到。他们已经不需要再出现在那儿了。"

"什么？"沃金不可置信地叫了起来。

"我的目的已经达到了，我只是想让联盟时刻为自己的海岸线担忧。"

贝恩慢慢地站起来。"你打算撤回舰队。"他说，声音听起来一片空洞。

"是的。"加尔鲁什回应道。他也站了起来，两个人互相盯着对方。

"你不趁塞拉摩还没有叫来援助之前攻击他们，反而……撤退？"

"是的。我们就是要这么做，牛头人。这是我们的命令，你要违抗吗？"

这一刻紧张而沉寂，仿佛时间也为之凝固，只有肉汁掉入火焰中嗞嗞作响的声音。没人移动，尽管他们看上去都一触即发。

"你是部落的大酋长，加尔鲁什·地狱咆哮。"贝恩终于发话了，"你可以做你想做的事。我只能向大地之母祈祷，当这场灾难结束的时候，部落还能存活下来。"

在加尔鲁什进一步嘲笑他之前，贝恩转身离去，沃金跟在他身边。当他们朝营地走去的时候，他们可以听见兽人们在身后的刺耳的嘲笑声。

现在塞拉摩的气氛变得阴郁而坚定。这座城市军事化的一面如今更明显地表现了出来。旅馆不再是一个围着炉火席地而坐，侃侃而谈的地方，而是一个战士们的驻扎地，有时候一个房间甚至要挤进八个士兵。简易床挤满了公共区域的楼梯。在塞拉摩堡垒的深处，满满地贮藏着豆类、谷物、熏肉和桶装的淡水。

当第七舰队出现在海平线上的时候，塞拉摩城中涌起了一丝希望。整整二十艘船，不仅载满了暴风城最好的士兵，还有几位声名远播的将军。当旗舰"蒂芬之灵号"与其余的战舰进驻塞拉摩的港口的时候，全城的空气中都充满了欢庆的气氛。

虽然局势紧急，但当海军战士们登陆时，还是进行了一个虽然精简却一丝不苟的仪式。他们随着军鼓声有节奏地移动着，在吉安娜、蓓恩、特沃什、金迪、温蕾萨和其他肯瑞托成员的面前列好队。聚集在他们身后的是塞拉摩的居民们，当他们庆祝着这些前来保护他们的勇士时，疲惫谨慎的面容终于放松了下来。

瓦里安告诉吉安娜他会派出尽可能多的人前来帮忙，但是他也说不出具体名字，因为他也不确定到时候会有哪些人及时赶到。吉安娜用手遮住刺眼的阳光，急切地看着这些来自所有联盟种族的男男女女们大步从踏板上走下。

"马库斯·乔纳森，暴风城的将军，暴风城防御最高指挥。"一名海军宣布道。一位身材魁梧、仪表堂堂的男子身穿沉重的金属盔甲，却十分轻巧地从踏板走向码头。他脸上留着络腮胡和髯胡，红棕色的头发却剪得很短。他看上去很放松，但是好像又能即刻投入到惊心动魄的战争中。吉安娜的个子不算矮，但当他站在她面前伸出一只手的时候，她还是感觉自己十分矮小。

"我是瓦里安国王第一个找的人，也是第一个接受命令的人。"他说。

接下来是两个矮人。吉安娜从没见过他们，但是她知道他们是谁，还知道为什么来的是他们，而不是另外两个矮人的悲剧原因。

"蛮锤氏族的塔达斯·烈拳。"第一个矮人粗声说，他向吉安娜举起锤子示敬，而不是跟她握手。

"第七军团的霍兰·赤髯。"第二个矮人说。

"欢迎两位的到来。"吉安娜说，"请让我向雷破将军和战石将军的逝世表示慰问。"

塔达斯·烈拳直率地点点头。"嗯，我们并不希望因为上级的去世才让我们得到晋升的命令，这是肯定的。"

"但我们会替他们报仇。"赤髯说，"很高兴可以过来帮忙，女士。杀部落就是杀部落，在哪儿杀都一样。"

尽管部落都已经打到家门口了，吉安娜还是对即将到来的战争感到遗憾，这两个矮人的嗜血誓言更让她感到痛心。但她只是点了点头，然后把注意力转向下一个将军。

　　蹄子轻轻地踏在木板上，发出嘚嘚的声音，德莱尼将军提拉萨兰大步走向她。她很高兴，但也很惊讶可以见到他，特别是在刚刚两个矮人公开地，虽说可以理解地发表了自己对部落的敌意之后。提拉萨兰将军全程见证了血骑士团的莉亚德琳女士与纳鲁阿达尔交流，并最终宣布要跟凯尔萨斯决裂并加入破碎残阳的那个历史时刻。一开始他为莉亚德琳竟敢来到沙塔斯感到出奇愤怒，但当她的族人做出这一切，当阿达尔表现出了宽恕和包容之后，提拉萨兰亲自将破碎残阳的徽章交给了莉亚德琳。

　　吉安娜热情地欢迎德莱尼的到来。他向吉安娜鞠躬的时候，身上同时散发出力量与和善，就如同他铠甲上散发出的金色光辉。

　　"我是过来保护你们，帮助你们防卫的。"他说，"你为和平所作出的伟大行为和不懈努力连沙塔斯城都知道，女士。"他的声音悦耳深沉，"塞拉摩必须顶住，屹立不倒。绝不能让部落的野心得逞。"

　　虽然没有说什么"杀部落"之类的话，但这位德莱尼对塞拉摩的支持同样坚定而真挚，一点儿也不输给矮人。

　　"你的智慧会受到最热烈的欢迎。"吉安娜说，"在战争开始前，能拥有一道由圣骑士带来的光明可真好。"

　　一名紫色皮肤、蓝色头发的暗夜精灵走了出来，在阳光下眨着眼睛。吉安娜瞪大双眼，然后笑了起来，像迎接老朋友一样欢迎这位特殊的同盟伙伴——珊蒂斯·羽月，暗夜精灵哨兵的将军。

　　"战场上的姐妹，你好。"珊蒂斯回以吉安娜一个温柔的微笑，"德鲁伊的首领和高阶女祭司都很高兴能协助你，我很荣幸我和我的哨兵能过来帮忙。"

"非常感谢你们。"吉安娜说道。她发现珊蒂斯带来了不少她的手下，那么其他将军肯定也带了不少他们的精锐下属过来。加尔鲁什带领整个部落的种族来攻打塞拉摩，那么联盟也将给他们以同样的回应。

最后一个走向塞拉摩码头的人对于吉安娜来说十分熟悉。吉安娜知道，不久前在部落铲平北方城堡的行动中他幸存了下来。当时他身负重伤，陷入无意识的昏迷，部落留下他在那儿等死。吉安娜很高兴还能再看到他，但当她看到他的容貌时，立刻感到一般震惊和悲伤。经过北方城堡的战役之后，他并不是毫发无损。他失去了一只眼睛，曾经英俊的面容上也多出了一条参差不齐的伤疤。当他走向她的时候，她注意到他其中一条腿轻微地跛了。他看见了她目光扫过的地方和她脸上浮现出的同情，然后用他那被毁容的脸尽量向她微笑。

"奥布里司令。"吉安娜一边热情地说着，一边伸出双臂走向他以示欢迎。

"普罗德摩尔女士，"他说，"我活下来了。部落没能带走我的智慧，这才是最重要的。我会尽一切努力为你效劳。"

"你的努力会让大多数人都难望其项背的。可以再次见到你，我实在是太开心了。联盟也十分高兴可以有你的智慧相助。你对部落战术的第一手情报也将对我们裨益良多。"她抓住他的手询问道，"还有其他人跟你一起么？"看到他的表情变得严肃起来，吉安娜也降低了自己的声音。

"有那么六七个身体健全的幸存者跟我一起过来了。"他说，"我还有一些部落舰队的新消息必须尽快跟大家一起分享。"

"赞成，奥布里司令说得对，"塔达斯·烈拳说，"是时候该好好谈谈了。"

"同意。"吉安娜立刻说道，"如果有举行正规仪式的时间就更好了。维米斯队长会帮助你的团队和战士们熟悉整个城市和防御工作。将军们、上尉们，请跟我来。我们还有很多事情要讨论。"

过了不久，吉安娜、五位将军、五位肯瑞托的成员、游侠将军温蕾萨和海军司令奥布里围着一张大桌子坐了下来。墨水、鹅毛笔和纸都摆在眼前，还有一个个盛满清水的杯子。连矮人们都没有要酒喝，他们都知道，现在他们的头脑必须保持清醒睿智。

"我再次向所有的人表示欢迎，"吉安娜在其他人开口前说道，"各位将军、游侠将军和海军司令们，坐在你们面前的法师都是肯瑞托值得尊敬的成员，他们前来为防御塞拉摩提供见解和才能。"

马库斯·乔纳森看着罗宁。"防御……"他重复着，"我猜你们还没在接下来要发生的战役中选定立场吧？"

"虽然不太现实，但是我还是希望接下来根本不会有战争。"罗宁带着一种少见的平静说道。席间的人们开始低声讨论和抱怨起来，他举起一只手，"如果我们的存在不足以吓退敌军的话，当然就会参与进来保卫这座城市的，我们会竭尽所能减少城市的损失。"他微笑着说，"对于杀人这种事情，我们之中许多人也挺专业的。肯瑞托会在接下来的计划中体现价值的。"

"圣光的援助自四方而来，不同的阵营，不同的族群。"提拉萨兰这话是因织歌者而说，"我仅以个人的立场欢迎你们，欢迎你们的智慧。"大家都点点头，不过有些人显得略不情愿。

"我很欣慰大家都意识到我们有共同的敌人，"吉安娜说道，"如此多深谙战争之道的面孔汇聚于此。你们每一位的到来都让我深深感激。"

奥布里俯身向前。"在我们开始讨论策略和计划之前，吉安娜女士，我需要告诉你我们在归港途中所见到的一切。"

吉安娜面无血色。"让我猜猜，"她说，"几艘部落的战舰？"

乔纳森微微皱起眉头。"你从海港看不到他们，"他说，"塞拉摩也从未派出侦查的船只，至少我们知道的情况是这样。那你是怎么获得情报的？"

"他们几天前还在这儿，小心翼翼地停靠在部落领海边缘，"蓓恩说，"看起来他们并没有真正撤离。"

"我们都已经做好了准备，只要部落有一丝挑衅就回以颜色，"乔纳森说，"但他们只是非常冷静地停在那里，就好像在观赏风景一样，一动不动。"

烈拳低声吼道："对此，我个人表示非常遗憾。"

"我们没有要挑起战争的意思，我们的目的在于结束战争。"乔纳森说，然而吉安娜注意到，他看起来也希望部落能尽快挑起事端，这样至少能打破当前紧张而被动的局面，"但奇怪的是，他们在这儿，他们全副武装，而他们只是在……等待。"

提拉萨兰清了清嗓子说："我能说句话么，吉安娜女士。你收到了关于这场袭击的警告，但你有没有想过这可能是一个诡计？或许加尔鲁什想让你相信他的目标是塞拉摩，但实际上却是别的地方？"

"但是并没有其他从陆路进攻的合适目标。"赤髯嘲笑道，"战争可是要烧钱的，把部落所有人都聚集起来没理由地待在那儿，看起来确实有点儿蠢啊。部落是很强大，但是也还没强大到那个地步。"

"我们也曾这样想过，"珊蒂斯说，"但确实找不到任何一丝证据表明部落打算声东击西。"

吉安娜仔细考量了一下，然后摇了摇她满头的金发。"我很确定他们的目标就是这里。我的……联络人冒着很大的风险警告我，我完全相信他。"当贝恩因父亲在一场叛变中被杀死而悲痛万分的时候，吉安娜就坐在他身边，看着那把被圣光祝福的武器在他宽厚的手掌中散发着认可的光芒。他不会背叛她的。

德莱尼人注视着她，然后点点头。"那么我们就相信这位不知名的联系人吧。所有的证据都印证着他所言不虚。"

珊蒂斯往前倾了倾身子。"奥布里司令，"她说，"在来这里的途中，我们已经有幸同您交谈过了，但吉安娜女士和其他人都还没有。你现在就把所有的情报都向大家细细说明吧。"她笑了笑，但这可不是什么善意的笑容——珊蒂斯·羽月是真正的掠食者，很明显她已经做好了狩猎的准备，"然后我们就可以开始制订战略。"

吉安娜的心里一时间满是感激，这是对圣光的感激，对瓦里安·乌瑞恩、阿达尔、高阶女祭司泰兰德、大德鲁伊玛法里奥、罗宁，以及三锤议会的感激，对这些久经沙场的睿智头脑们齐聚于此的感激。如果运气好的话，他们不仅能抵御住部落的进攻，还能把双方伤亡的程度降到最低。

然后，当加尔鲁什·地狱咆哮意识到暴力无论如何都无法取胜的时候，他很可能就会愿意坐下来进行和谈。

在牛头人大本营通往北方城堡的道路附近，有一块小小的追思地，这是牛头人们作为墓园的地方。大地母亲啊，请为我指明方向吧，贝恩在这里静静地祈祷着。逝者仁慈的灵魂徘徊其间，与他相伴，这让他多少感到了一些慰藉。

在部落的等待中，日子过去了一天……又一天。佩里斯回到了牛头人的营地，他告诉贝恩吉安娜已经收到了他的消息，并且回以亲善与感激之情。对此贝恩并不诧异，可即便如此，他给她的警告是为了防止部落对联盟进行大屠杀，而不是给联盟机会来屠杀部落。可现在塞拉摩的防御正变得日益强大，事情的走向正一步步接近于此。当然，这并不是由吉安娜所决定的，而是由加尔鲁什决定的。出于一些深不可测又令人担忧的原因，他只是一直和他的库卡隆卫士以及黑石兽人躲起来窝在一起，任由宝贵的时间一点一点流逝。

据说联盟那支著名的第七舰队已经抵达，旗舰的甲板上站满了联盟的将军们，他们的名字理应让加尔鲁什感到害怕才对。恰恰相反的是，当等待命令的部落士兵们交头接耳地讨论这个可怕的消息时，贝恩却只听到露骨的嘲笑和肆意的点评从大酋长的营帐中传出。

贝恩已经没心思去抗议加尔鲁什的延误了。最好的结局不过是他又会被嘲弄一番，再次被逼迫到自己的底线，然后被遣散。而最坏的结果则是他会被指控为叛徒，当即被处决。

贝恩是一个战士。他对战术和战略并不陌生，他知道看起来愚蠢的举动很可能深藏着高明，但从加尔鲁什的举动中看不出任何智慧。他率军袭击了北方城堡，取得了压倒性的胜利。只要在接下来一两天之内向塞拉摩进军，也必定能取得类似的胜利。但相反，格罗姆的儿子却选择了一直等待，让吉安娜知晓袭击的目标，等着让她储备充足的食物和武器，等着让她获取来自外部的援助。

"为什么？"贝恩大喊。他想到了他坚定而可靠的族人，想到了自己承认加尔鲁什作为部落领袖时候许下的誓言。他想到族人们将会变成一具具冰冷僵硬的尸体，杀死他们与其说是联盟的武器，不如说是加尔鲁什愚蠢而不知所谓的决定。他仰头向天，让泪水刺痛双眼。他孤身站在先祖身旁，愤怒地挥舞着拳头，带着所有的困惑、痛苦和愤怒大吼道："为什么？"

第 15 章

无所获。运气糟糕透顶。聚焦之虹就好像是被疯子牵着一般，在卡利姆多大陆上不停地曲折急转。卡雷苟斯被各种情感冲击着——忧虑、恐惧、失望、愤怒，以及最糟糕的——可怕而痛苦的无助。

他通常并不喜欢龙类所表现出的自大和傲慢，对自己的龙族尤为如此。但他毕竟是一头龙，曾经的守护巨龙，聚焦之虹的持有者。族中的法器被偷走，还一直成功躲过他的追踪，这是如何办到的？

为什么他越来越想飞回塞拉摩，为守护它尽一份力，而不是继续履行自己的职责呢？答案十分简单，只是他不肯点破。他在沮丧中甩了下尾巴，向东飞去。

部落仍旧在原地待命：许许多多细小的身影躺在那里，以及小小的行军帐篷和小小的战争机器。就算是在白天，卡雷苟斯仍能看到象征营火的数量众多的微弱光亮。

这支军队……比起之前更为庞大了？加尔鲁什一直等在这里，就是为了集结更多的增援？还是说之前他们只是分散开了？

突然间，如闪电一般，他脑中豁然开朗。在明白了自己的道路之后，他心中一片宁静。他拍打着自己巨大的双翼，一下、两下、三下，接着倾过碧蓝色的身躯，掉头转向他飞来的方向。

聚焦之虹曾经是，当然现在仍是最为重要的东西。如果窃走它的人决定用它来制造破坏的话，这个世界就会遭到惊人的伤害。但如果它一直这么无规律移动的话，追踪它的行为就都是徒劳。因此这只是个巨大的威胁，但不是紧迫的威胁。

部落才是。

他知道这不是自己应该做出的决定，换作其他的蓝龙定然不会这样。

但他是卡雷苟斯，不是别的蓝龙。他拍打着强健的双翼，内心也为之振奋。

当马库斯·乔纳森最终要求暂停休息一下时，充斥着作战地图、沙盘模型、三明治和不时爆发激烈争论的作战会议已经持续了整整四个半小时。

吉安娜得抓紧这几分钟让自己恢复精力。长久以来，她都在不断出现的危机之间疲于奔命，为需要她的人提供关注、智慧和建议。最近的一次则是对聚焦之虹的搜寻。她没敢对这次搜寻有过多的想法，她不得不一直对抗着不断滋生的恐惧，她害怕这搜寻终将一无所获，就算是蓝色守护巨龙也将无功而返。而就在这时，部落摧毁了北方城堡，紧接着又盯上了她自己的城市。

从小时候起，吉安娜就不是钟情于社交的那种姑娘，她更偏爱独享典籍与卷轴的乐趣，而不是喧嚣热闹的聚会和舞会，即使在她成年之后也依然如此。作为一名著名的外交家，她参与的外交协商远比正式聚会要多。她喜欢当面协商，如果情况允许的话，最好是一对一私下里协商。当谈判结束，条约签订完毕，举杯庆祝之后，她回到塞拉摩，回到家中，享受遗世独立而节奏舒缓的生活。但如今，塞拉摩比起吉安娜记忆中的洛丹伦更为热闹。散发着力量、权威和果敢的男男女女挤满了这座城市。吉安娜幽居的生活就像镜子一样碎裂开来，只留下混乱与紧迫的锋利碎片。

并不是每个人都喜欢塞拉摩附近沼泽的刺鼻气味，但是当她走出房外做了个深呼吸后，她发现自己笑了起来。这气味当然比不上童年时达拉然里苹果与鲜花的清香，也比不上洛丹伦里松脂的芬芳，但是对她来说，这是家的味道。

一个巨大的影子落在她头上。她用手挡住阳光，抬头向上看去。一个身影遮住了太阳，它盘旋着，伴随着下降而慢慢变大。当吉安娜向卡雷苟斯挥着手时，她发觉自己嘴角边露出了笑容。

她看到他突然转向，向着恐惧海岸的沙滩上飞去。在这么多的军队到来后，他能用来降落的地方少了许多。吉安娜走向城门，心急地挥着手，示意卫兵开门。她从小山坡上冲下来，来到海边，一路躲闪着沙滩上不断被海浪淹没又浮现的海龟。

卡雷苟斯小心翼翼降落的这个岬角并不是一个真正的沙滩，只是一个狭长的沙地。当吉安娜匆忙上前来时，他变化成了半精灵的形态。吉安娜在接近他时放缓了脚步，因为她突然意识到，以自己的年龄和地位来说，像小姑娘般冲动地小跑是不得体的。她脸颊微微发烫，却说不清是因为尴尬还是运动。他一看见她，英俊的脸上就露出了笑容。她涌起了希望，紧紧拉住他伸出的双手问："你找到它了？"

卡雷苟斯的笑容有点动摇不定。"很不幸，没有。它的行动仍是极其没有规律，这让我很难有效地追踪。"

"我很遗憾，"她有些同情地说道，"对我们俩都是。"

"我也是，但请告诉我……你看起来很忧虑，是因为会议进展不顺利吗？我相信，和这么多英明的顾问一起，你肯定能想出痛击部落的方法，把他们打回家去找妈妈，让他们从此转行织毛衣和养小猫。"

卡雷苟斯的话把她逗乐了。"有这么多经验丰富的老手确实是我们的幸运，但是……这也许是个问题。"

卡雷苟斯向着塞拉摩城门的方向回眸一望，接着问道："你急着回去吗？"

"我还有一点时间。"

他捏了捏她的双手，然后放开一只，但仍握着另一只手，指着沙滩上漫步的路径说："跟我聊聊吧。"他只说了这一句。

"他们……很好战。"

"他们都是将军。"

吉安娜失望地挥了挥手，心里想知道为何她还继续握着卡雷苟斯的手漫步。"当然，但是战争并不是只需要冷酷。对他们大多数人来说，这是私人恩怨。我知道这也应该是我所期盼的，但是……你知道我的过去，卡雷苟斯。我的父亲和哥哥都因部落而死，要是说哪个人最应该痛苦和憎恨部落，那应该就是我了，但我选择为了和平奋斗，而不是走上父兄的老路。当我听到他们用残忍的言辞侮辱部落时，我感到非常遗憾。是的，我想要保卫我的家园，我想要让部落撤退，让他们不再成为首要威胁，但是我不愿意……掏出他们的内脏或者把他们的首级挂在矛尖上。"

"就算你那么做了，也没人会说你太过分了。"卡雷苟斯说。

"但是我不会！我不会……"她突然沉默了，搜寻着正确的词汇，

"我的父亲不仅仅是想获胜。他痛恨兽人，他想把他们斩尽杀绝，把他们从艾泽拉斯表面抹去。这些将军里有很多人也想这么做。"她抬头看向卡雷苟斯。他的侧脸对着她，脸庞的线条就好像是由艺术家勾勒而出，干净而笔直。他的目光凝视着地面以免两人不慎失足，但皱起的眉毛却表明他仍在聚精会神地聆听。他感觉到了她的注视，转过来看着她。她从没意识到他的眼睛是这么的蓝。

"你深爱着他们。"卡雷苟斯温柔地说，"你的父亲、戴琳，还有你的哥哥德里克。"

"我当然爱他们。"吉安娜说。她忽然不能直视这善良的双眸，于是垂目看着自己的靴子。

"你的父亲死在了一个兽人手上，后来你与萨尔成为密友。而你的哥哥，"他说道，声音变得更柔和、更悲伤，"被一头兽人骑着的红龙杀死了。"

"而现在，我和一头龙交上了朋友。"吉安娜试图让这一刻轻松起来。卡雷苟斯稍微笑了笑，尽管他的眼里没有任何笑意。

"而你现在想知道父亲会如何看待你的抉择。"卡雷苟斯说道。吉安娜点点头，对他如此善解人意表示震惊。他又接着问道，"那你觉得他的信条有可取之处吗？"

"没有。"吉安娜摇了摇她满头的金发，"但这几天以来，我听到了许多相同的、充满恨意的言辞。就像是……往昔的回音。我不认为自己希望或者说准备好了听这样的话，但是我要如何告诉那些经历过太多，失去过太多的人们，他们的愤怒和痛苦是错误的？"

"并不是他们的愤怒和痛苦让你苦恼，"卡雷苟斯回答道，"没有谁能说你的愤怒和痛苦不够多。你不同意他们从自己的经历中得到的结论，但看法不一致并不代表有人错了。你觉得憎恨会让他们成为靠不住的指挥官吗？"

吉安娜考虑了一番，然后回答道："不。"

"所以我觉得，他们也不会因为你向往和平，就认为你缺乏斗志和保护城市的能力。"

"所以，他们的感受和我的感受都不重要吗？"

"这非常重要，但是你们都同意这座城市不能失陷。此时此刻，这才是最最重要的。"

他说出这句话的方式有点奇怪，这背后似乎藏着一些什么，藏着一种与当前话题无关的……紧迫。这让她停下来疑惑地看着他。"卡雷苟斯……我知道对你来说搜寻聚焦之虹至关重要，而且即便使命完成，我也没指望你还会回来。你为什么又回来了呢？"

她觉得这个问题简单寻常，但似乎却让卡雷苟斯紧张了起来。他没有立刻回答，也不再迎向她的目光，而是不知所措地四处张望。她耐心地等待着。最终，他转身面对她，握住她的双手。

"我同样面临选择。是继续追踪聚焦之虹，徒劳地期望它停下；还是回到这里，告诉你我已经准备好帮你保护塞拉摩。"

她嘴唇轻启，但是一时间什么话也说不出来。"卡雷……你真是太好了，但是，这不是你应该担心的事情，你需要找到聚焦之虹。"

"我没有忘记自己担负的职责。"他对她说，"我会继续搜寻，直到最后一刻。不过，吉安娜·普罗德摩尔，如果身为法师的你希望有一头蓝龙在即将到来的危难中并肩战斗的话……你会如愿的。"

感激的心情和萌生的希望让吉安娜感到一丝虚弱。当卡雷苟斯向下注视着她时，她紧紧握着他的双手。她甚至想不出什么话语来感谢他。她的心里感觉到一种熟悉的满足和快乐，但她立即打消了这个念头。卡雷苟斯是蓝龙军团的首领。从他们的话语中，她了解到，他常常说自己是"古怪的龙,"但这只是他对年轻种族的奇怪兴趣罢了。她不允许自己有别的念想。圣光在上,她对男性从没有过正确的判断。但是,为什么这时候他依然握着她的手,他温暖而又强壮的手掌为什么像是保护似的将她紧紧包裹?

"塞拉摩和联盟会永远感激你。"她不能注视他的眼睛,勉强说道。

他伸出手指托起她尖尖的下巴,让她的脸正对着他。

"我这么做不是为了联盟,或者为了塞拉摩。"卡雷苟斯温柔地说,"我这么做是为了塞拉摩的女士。"这时,就好像是觉得自己说了太多,他迅速地后退,"我必须重新开始我的搜寻,但是我不会离得太远。"他冷静地说,"我会在部落到达之前回来。这个,我可以发誓。"

他在她的掌中印下一吻,然后退开几步变成了强大的巨龙形态。这头庞大的蓝龙向着吉安娜以龙族的方式鞠躬行礼,巨大的头颅几乎就要碰到地面,就在她面前几步的地方。然后卡雷苟斯向上跃入空中。

吉安娜看着他远去,手指颤抖着弯曲。她缓缓盖住手掌,就像是想护住那离别的一吻。

总算,命令下达了。

部落开始行军。

焦躁的士兵们迅速将那些住了许久的帐篷收拾起来。为了消磨时间压制烦躁,手中的武器早已一遍遍地打磨锋利,现在这些东西装进了剑鞘、箭壶或者干脆就背在背上,准备好了品尝联盟的鲜血。而那些被朝阳和涂抹的油彩染上红光的盔甲也被穿戴起来。部落的大军开始前进了。

就像是被主人用力拉住的嗜血野兽,不同的部队都在争夺着更靠前的有利位置。加尔鲁什好像料到了这种渴望。马尔考罗克带领着库卡隆卫士，骑着他们巨大的黑色座狼在部队之间穿梭。跟在他们身后的是敲打着行军节奏的兽人鼓手。渐渐地，预料中的混乱平息了下来。所有部队也都开始步调一致：兽人在最前面，紧随其后的是牛头人，然后是巨魔、被遗忘者、血精灵，而地精和他们各种各样邪恶的装置则分散在整个部队的各个部分。

士兵们，如茫茫海洋一般的士兵们在鼓点的节奏下迈着步伐，就连大地也为之颤抖。在过去的战斗中，这些战鼓曾经让敌人还没看到部落出现就闻风丧胆。联盟几乎一想到部落就会联想到"原始，"而认为自己很"文明，"从而自鸣得意。但是，有哪个安全待在岩石大厅的矮人会了解被遗忘者尽情享用敌人尸体的快感？有哪个骄傲自大的人类能有机会体验在战斗的欲望中迷失，数分钟后，发现自己红着眼睛，站在敌人的尸体上发出嘶哑的吼叫？有哪个小侏儒会品尝到在一场真正的战斗中聆听灵魂的回音，与先祖之魂并肩战斗的喜悦？

没有。

这就是部落。这就是它的荣耀。有的赤脚，有的穿鞋，有的长着蹄子，还有的长着两个大脚趾，他们行军的时候，大地也为之屈服。绿色的、蓝色的、棕色的、苍白的和粉红色的皮肤或者皮毛下面是紧绷的肌肉。他们扯开嗓子大声高歌。长矛和利剑，弓弩和刀刃，都时刻准备着出鞘进攻。

成千上万的强壮士兵，带着同一个目的汇成滚滚洪流，直奔南边的塞拉摩而去。

去战斗，甚至去牺牲，带着荣光与辉煌。

为了部落！

这完全没有逻辑可言，以卡雷苟斯的睿智他不可能不知道这一点。

但是尽管如此，他与吉安娜的分离又使这头巨龙心中充满了新的希望。当他亲吻吉安娜的手时，他没敢再进一步行动，现在还不能，但是他能看见她脸上的惊喜和开心，这让他对世界有了新的看法。他曾经谈论过人类的欢乐，他现在也真真切切地感受到了这欢乐的滋味。

塞拉摩会站起来对抗部落，他知道。加尔鲁什会向整个部落的人民展示出他的傲慢。那些拥有更加明智头脑的人会走向谈判桌——或许是贝恩，或许是沃金。一个新的时代会从此展开。

一切皆有可能……如果吉安娜·普罗德摩尔和他有着同样的感觉。卡雷苟斯大胆地希望如此。

在这热情之下，心中的愿望似乎都正在化为现实。聚焦之虹随机运动的速度开始减慢，几乎是停了下来。卡雷苟斯停了下来，用力拍打着他的翅膀悬停在空中，扩展他的魔法感应。

它逐渐停了下来，而且……就在附近。他从未如此接近过它，就在那边——北方。他一个俯冲向下，转身朝着新感应到的方向寻着踪迹飞去。他的眼睛紧紧盯着地面，突然间，卡雷苟斯心中感到一阵令人害怕的震惊，他突然意识到自己之前对胜利的乐观预期恐怕有些太早了。

部落已经在行动了。

"他们感到很满足。"马尔考罗克骑着马，在大酋长身边说道。

"他们当然如此。"加尔鲁什骄傲地看着这支朝着塞拉摩稳步前进的庞大部队，"他们都是战士，他们渴望联盟的鲜血。我把他们的渴望拖延了下来，现在这饥渴只会更甚，我的计划也就更有保障了。"他想起了贝恩和沃金。他已经从凯恩之死中学到了教训，当巨魔和牛头人的首领徒劳地激怒他时，他知道向他们中的任何一个人发起决斗都是愚蠢的。他们都深受族人爱戴，而且，就算对加尔鲁什个人有些不敬，但他们对部落这个整体的忠诚是毋庸置疑的。很快，他们就会紧随上他的脚步，并且承认他的策略实在是太过高明，到时候，他会比其他任何部落领袖的成就都更大，包括大家崇拜的萨尔。

接着，他们便会像拥护部落一样拥护他，而他会像向对布里宁船长的那样，展示他的慷慨大度。加尔鲁什不禁高兴起来，沾沾自喜地笑了。

突然间尖叫声不断。每个人都指着天空大声叫喊。加尔鲁什对着强烈的阳光看了一眼，发现了一个黑色影子的轮廓，又长又彪壮，而且……

"龙！"他咆哮道，"把他搞下来！"

他话音未落，驭风者就已经开始进攻。部落也有一支空中部队，不仅有兽人们至爱的双足飞龙，还有蝙蝠、龙鹰，以及别的为了特殊目的而驯养的生物。巨龙向下俯冲，用不规则的飞行来避开巨大的长柄武器、标枪和箭矢，这些东西毫无疑问都对准了他敏感的双眼。他张开口，一头双足飞龙和它的骑手就停了下来，被禁锢在一片突然出现的……

"冰！"加尔鲁什大喊道。他转头向后哈哈大笑，即使那个不幸的驭风者和他的坐骑一同像石头一样重重跌落。他拍着马尔考罗克的背。"冰！"他重复着，"快看，马尔考罗克，是一头蓝龙在攻击我们！"

围在他身边的部落成员完全不知道他为何发笑，但尽管如此，这还是鼓舞了不少士气。在地上的部落成员对着在天空中整军备战的战友们欢呼，驭风者部队像麻雀骚扰老鹰一样折磨着这条巨龙。同时他们还装置好弩炮、投石车和上膛的火炮，全都指向天空。

加尔鲁什满怀欣喜地跑过人群，高喊着给他们加油鼓劲。在他的命令下，弩炮几乎是垂直地向天空中射出了一枚火矢，而后当蓝龙的古怪动作表明他已被命中时，加尔鲁什又带头欢呼了起来。

卡雷苟斯感到一阵撕裂般的痛苦。他太过全神贯注在聚焦之虹的行踪上，结果飞进了危险之中。部落的反应速度如此之快，这让他惊恐地回想起了不久之前在龙眠神殿前发生的战斗。

那支燃烧的弩箭在他肋旁烧出了一片焦黑的痕迹。这并不是致命的打击，甚至不能把他从天空中打下来。这令他想到自己虽然是一头巨龙，可好汉终究架不住人多，如果他现在傻傻地留在原地继续作战，如果他被杀死，也就无法为吉安娜提供任何帮助了。聚焦之虹已经非常接近，不过还是在朝着北方移动，而部落却是向南进军。他最担心的就是它落入了部落手中，但这看起来不太可能了。如果他们手中真的握有如此强大的武器，必然会带上它向南进军，用它在即将打响的战斗中对付他们憎恨的联盟。

他忍住肋旁的剧痛，使劲扫了一下龙尾，把一只自杀式冲过来的蝙蝠狠狠地抽飞出去，骑手掉了下去，即使对于被遗忘者来说这也是死路一条。

卡雷苟斯不停地拍打着强有力的双翼，爬升到一个地面武器攻击范围之外的安全高度。他飞得很快，蝙蝠、双足飞龙和龙鹰都被甩在身后。一旦脱离眼前的危险，卡雷苟斯便伸展开他长长的脖子，盘起他的龙爪，尽可能自己减少飞行的阻力。他朝着正南方飞去，决心要给塞拉摩和他的女士尽快带去警告，告诉他们，部落马上就要兵临城下。

第 16 章

乔纳森起身，指着桌上塞拉摩的地图说道："这场战斗，我们将三面受敌。"这时每个人都站了起来，个子不高的矮人们也使劲伸长了脖子看着，"当然，首先是港口，那里有多少船我们很清楚。"

奥布里补充道："如果我是加尔鲁什，就会留下一些后备军，在开战后四个小时左右再派出。"

乔纳森点头说："得好好琢磨下这事。另外，'星辰之剑号'什么时候能回来？"

在第七舰队抵达不久后，吉安娜就坚持派出一艘船，也就是"星辰之剑号"来护送那些希望到安全地区避难的平民。所有的孩子都上船了，还有很多陪同的家人。其余的人则选择留下来，因为这是他们的家园，他们和吉安娜一样深爱着它，他们希望能留下来捍卫它。

棘齿城本来应该是第一选择的，因为船只可以从那里驶向荆棘谷。

不幸的是，虽然掌管那里的地精们立场中立，但考虑到大批的部落军队刚从那里经过，棘齿城对于联盟的难民们来说实在是太不安全了。因此，目的地最终换成了加基森。

"德莱尼萨满曾向我保证，在水元素和风元素的帮助下，行程会快上许多。"吉安娜说道。

"或许吧，"烈拳说，"但是船才刚开走几个小时，再怎么快也没法指望在明天之前看到它回来。"

"孩子们永远不该被卷入战争，"提拉萨兰平静地说道，"就算这意味着我们将少一艘可用的战舰，把他们送去安全的地方也是正确的选择。"

"年轻的一代太过宝贵，不能拿来冒险。"珊蒂斯说道，"而且……平民在战争中只会碍手碍脚。"

这话说得有些残酷，但是吉安娜和其他人都知道这是事实。战争需要所有参加的人都全力以赴，绝不能因为担心孩子受伤与否而分心。不管是出于道德上还是战略上的考量，把孩子们转移出去都是必要而明智的选择。

"北路比西路更让我担忧。"乔纳森说道，这句话把大家的思绪拉回了当前的主题，"我们在蕨墙村还没看到军队集结。"

"暂时没有。"罗宁低声嚷道。

"虽说暂时没有，"乔纳森说，"但加尔鲁什的军队很可能会从那里经过，或者是集合增援的部队，或者是留下一部分兵力作为后备，等需要的时候再派出。这是一个可供撤退和重整的安全之处，可惜我们享用不到。"

"那我们现在沿着西路部署的攻城武器呢？"蓓恩问道，"可以把它们往回运得离城市更近一些，放在两个城门的位置。"

"那恐怖图腾怎么办？"金迪问道。

"我想我们用不着担心这个。"吉安娜说道，"我们正在同部落作战，就算恐怖图腾打算向加尔鲁什提供帮助，贝恩也不会接受的，甚至加尔鲁什本人也不会接受。在玛加萨谋害了凯恩以后就绝不可能了。"

"他们可能会趁火打劫，"温蕾萨说，"趁乱进入城市，四处劫掠或是单纯地杀戮。"

"除非我们陷落。"蓓恩直截了当地说，"否则借他们十个胆子也不敢。"

"那就这么定了。"乔纳森说，"我们先把那些攻城器械撤回来，然后……"

通往大厅的门被猛地推开，卡雷苟斯站在门口轻轻摇晃着，一只手紧紧捂在身子一侧。两名侍卫站在他的身后，他们看起来更担心蓝龙的伤势，而不是他未经允许就闯入会议室的行为。

吉安娜看见鲜血正不停地从卡雷苟斯的手指间滴落下来，只一会儿已经在地上洒下了一摊。她站起身来急忙走向他，而他急切地开口说道："部落正在行军中。他们正在南下，用不了几个小时就会抵达这里。"吉安娜用胳膊搂着他，着急又担忧地看着他。而他继续说着，像是忘掉了周围的人群，单单说给吉安娜一人："这伤势没有大碍，我回来是为了警告你，帮助你。"

"我不知道这事跟蓝龙军团有什么关系。"罗宁说道。那些没见过卡雷苟斯的人闻言都震惊地皱起了眉头。

"卡雷，让守卫先带你去我们的医生和治疗师那里，别的事都先别管。等你回来之后再给我们做简报。"吉安娜安排好卡雷苟斯的事宜，然后才对着聚集的同伴说道："我们最近曾和蓝龙军团交战，但是在场

187

的每一个人，包括肯瑞托的成员，都知道卡雷从来没有试图向年轻的种族寻衅。他是打败死亡之翼的关键，现在他愿意帮助我们保卫塞拉摩，这是我们的荣幸，也是我们的幸运。"

罗宁的目光在卡雷苟斯和吉安娜之间游走，然后他点点头。"他会派得上用场的。"只这么一句话便已足够。肯瑞托的其他成员们停止了喃喃自语，就连一些将军们也点了点头。

"说句实话，"赤髯说着，一边笑了起来，"一条飞在空中的蓝色巨兽，再加上我们这些人，肯定会让加尔鲁什压力山大的。"

事情解决了。吉安娜转向卡雷苟斯。他的伤势显然比之前口中所说要严重得多，但是大战将临，这里有许多天赋出众的治疗师，他很快就能恢复到加入战斗的程度。

"会没事的，吉安娜，"卡雷苟斯温柔地笑了笑，轻声说，"别害怕。"

吉安娜也给了他一个微笑。"我得先变成傻子才能不怕，卡雷。"她的声音同样温柔，"我曾经参与过无数的战斗，就我个人而言，那些过往的战斗远比这一次更加……艰难。所以不要担心，我会尽我一切所能去保护塞拉摩的，不会有丝毫畏惧。"

钦佩之情溢满了他蓝色的眼眸。"请原谅我。"他说，"你或许久经沙场更甚于我，吉安娜女士。"

她收起了一丝笑容。"我祈祷战争别让我变得残酷无情，"她说，"但对于战争，我绝对不陌生。现在去吧，等你处理完伤势我们再交换情报。"一个守卫陪同着卡雷苟斯去往牧师那里。吉安娜转向其他人说道："立刻给暴风城发信，瓦里安必须知道战争马上就会打响。"

在各位将军和舰队抵达之后，一直存在的紧迫感反而变得更强烈了。和吉安娜预测的一样，尽管这次的严酷考验让卡雷苟斯虚弱不堪，但是在及时的治疗之后，他现在已经得到了恢复，并且赶回会场向大家汇报情况。多亏了他，他们现在知道了部落会选择哪条路线进军。位于塞拉摩西北的凯旋壁垒也在第一时间被告知了进攻计划。凯旋壁垒在敌人的行军路线上，不过却并不在这次的进攻计划中。部落很可能不会把资源、军队和精力浪费在这里，但是凯旋壁垒中英勇的男女老少们已经做好了战斗的准备，他们很有希望能拖住部落前进的脚步并对其造成一定损伤，同时又不致让自己全军覆没。但愿如此。

计划一旦敲定，立刻就转化成了命令。弩车和其他攻城器械被转移到了塞拉摩东面的大门。一些骑兵被派驻到城市以北的警戒哨岗，一旦发现部落，他们会就立即发送警告。维摩尔上尉和他的士兵们则被派去正面阻击部落。他们得非常小心，若是落于下风就得赶紧回撤，和后备的援兵一起重新整编。

一旦进入战斗，城门就不会再打开。对此维摩尔心知肚明。

十六艘战舰转头驶出港口。"星辰之剑号"还在执行之前的任务，看起来是指望不上了。和部落的做法一样，这些战舰都停在己方水域里非常靠近边缘的地方。它们静静地等着，按照作战计划，战争一打响，它们就得要摧毁部落的所有战舰以完全消除威胁。另有三艘战舰停在港内，它们是对抗海上入侵的最后一道防线。所有人都希望它们用不着出动。

第一名骑兵回来时已是中午。

他没有穿戴盔甲，只穿着一件染满泥土和血迹的普通衣物，无疑是为了让身下的马匹省点力气。但即便如此，这匹骏马在赶到塞拉摩北门的时候也已经气喘吁吁，口吐白沫。驻守在北门的士兵扶住这位发抖的战士，他几乎就要从马上摔下来，身下的坐骑似乎也到了崩溃的边缘。士兵们尽可能柔缓地将他扶下来。这时他的斗篷落到一旁，大家才意识到血迹全部都属于这位深色头发、蓄着胡须的战士。他挣扎着开口说道："凯旋壁垒……已经……沦陷了。"之后便咽了气。

战斗打响了。

部落的部队如今又扩充了许多雕刻着雄鹰纹章的掷刀车、弩车和投石车。这些曾经都是联盟的武器，现在却对准了联盟。除此之外，许多人还带着一些更为恐怖的战利品来铭记这场行军途中的遭遇战。特别是巨魔，他们似乎很乐于用手指和耳朵来装饰自己。

凯旋壁垒……这一次没能"凯旋，"他们本打算多坚持一会儿，拖住从南面拥向塞拉摩的部落大军。然而，他们太高估了自己，也太低估了敌人。

战歌响起，战鼓奏鸣，再加上那些缴获的以及自己的巨大战争器械所发出的吱嘎声响，奏成了一曲独特的乐章。

部落的大军对北方城堡进行了突袭，以迅雷不及掩耳之势一举拿下。现在他们正朝着下一个目标进发，在如今的队伍规模下，他们的自信已然爆棚，几乎是咆哮着一路南下，生怕别人感受不到他们的存在。塞拉摩为迎接这次攻击，已经做了多日准备。塞拉摩的居民们也为此度过了无数个不眠之夜——他们做了无数次部落如潮水般攻破城门的噩梦。

恐惧，也是一种武器。

贫瘠之地的野兽们都远远地躲着他们。饥饿的大军从不挑食，那些敢于靠近的斑马和瞪羚都被切掉头就地吃掉，味道还不错。部落军队将队伍排成狭长的一列来穿过尘泥沼泽的曲折小径。即使两侧都是高大的长满苔藓的树林，炙热的阳光依旧从缝隙间照了进来。走过树荫旅店的废墟之后，他们在十字路口稍作休憩。这个十字路口的几条路分别通往塞拉摩岛、泥链镇和蕨墙村。加尔鲁什在这儿把队伍分成两半，他率领的那支将向北行军，从村子里招募新的兵力扩充队伍——更多的兽人甚至是食人魔，他们将承担起从北面攻击塞拉摩的任务。而马尔考罗克则率领剩余的部队沿路东进。

这两股攻击力量将在塞拉摩会合，他们寄希望于胜利会师，彻底粉碎被夹在中间的塞拉摩。

马尔考罗克和他的士兵们行入尘泥沼泽的腹地，他们沿途扯下联盟的旗帜，大笑着碾进泥土中。他们的道路曾一度被塞拉摩的士兵们和战争武器封锁，可现在正如他们所料——道路大开，通畅无阻。

而同样在预料之中的是完全看不到恐怖图腾出没的迹象。部落进攻塞拉摩的消息已经不胫而走，这些懦弱的、两边都不受待见的牛头人……选择了躲藏起来。

"他们显然已经知道了我们的到来。"马尔考罗克说，"我会派一些斥候到前面去，然后继续……"

他被一阵愤怒的吼声打断。十余只野兽突然从沼泽地中冲出来，它们之前都小心地潜藏在起伏的小山丘背后或是低矮的树丛之中。转瞬间，两个术士、一个法师和一个萨满已然倒下，甚至连咒语都来不及念完。其他人也都陷入了与野兽的近身苦战中，他们有的被撕扯下皮肉，有的被咬碎喉咙。事实上在这些利爪德鲁伊发动突袭之前，就已经有十几名部落战士悄然断气——阴影中的潜行者在背后手起刀落，解决了他们。紧接着藏匿在沼泽中的其他动物们也都冲了出来，这些带着极地或沙漠特征、明显不属于此处的动物们疯狂地收割着部落。

短短几秒钟之内，就有二十多人伤势惨重或者已经断气。

"有埋伏！进攻！"马尔考罗克喊道。他身先士卒，冲向一头身纹符文印记的巨大棕熊。这头棕熊正在撕咬一名试图吸取它生命的被遗忘者术士。马尔考罗克双斧迎风呼啸，以一个巧妙的角度击向棕熊皮毛保护之下的喉咙，德鲁伊的头颅几乎被整个切下。

痛苦、狂怒和嗜血的呼喊仍在持续，新的声音又加入了进来——箭矢破空的尖啸与弹丸出膛的闷响。动物军团背后的主人们——猎人——现在也亲自加入了战斗。马尔考罗克咒骂了一声，从一具和土狼抱在一起的地精尸体上跳过。这两个家伙至死都缠在一起，地精的短刀插进了土狼的眼睛，而土狼紧紧咬住了地精的喉咙。马尔考罗克目光扫过，发现几名部落正在和一个孤身的敌人缠斗。他大吼一声走上前去，周围的部落让出一条道来。然后他看到了一名健壮的暗夜精灵女性，她举着一把光彩绚烂的长剑，动作快得让人看不清身影，蓝色的长发编成一条独辫，在身后如蛇般舞动。她的脚下已经踩着两具尸体，并且面前又有一名血精灵捂着肋间倒了下去。

刚停下来的她和马尔考罗克四目相对。她注意到了这个咧嘴冷笑的灰皮兽人，而就在下一瞬，兽人大喝一声扑了过来。

部落高调得一塌糊涂，几乎是挑明了攻击目标，并且毫不掩饰自己的数量，所以当传令兵气喘吁吁地赶回，报告说部落打算拿下警戒哨岗然后去往塞拉摩北门的时候，维摩尔上尉只是点了点头。

"各就各位。"他说，然后补充道，"在今天这个将会被永世铭记的日子，我很荣幸能与诸位并肩作战。"卫兵们集体敬礼，许多年轻或者说太过年轻的身影夹在其中。他们之中大部分人都没怎么接触过部落，最多也只是两三人规模的小冲突。许多人都只和恐怖图腾的散兵或是沼泽中的野兽交过手。但是现在，他们聆听着远处传来的战鼓，即将投入一场真正的战斗。

马库斯·乔纳森将军独自一人来到警戒哨岗来讨论战术。"警戒哨岗"这个词本身就意味着它只是一个瞭望点，而不是守护塞拉摩的戍卫堡，但如果加尔鲁什决定从北面进攻，那它只能玉碎了。

"他们会来的。"乔纳森说，"他们会从北面、西面和港口三面进攻。诉诸蛮力毫无胜算，我们只能智取。"

传令兵灌了一大口水，抓紧时间缓一下气，然后再次翻身上马，向塞拉摩飞奔而去。其他卫兵在维摩尔上尉的指挥下各安其位，严阵以待。

等待并没有持续太久。孤身待在塔顶的哨兵突然打了个手势，他抬起右手然后迅速往下一挥。站在维摩尔身边的侏儒名叫阿道弗斯·爆械，他手上正拿着一个小巧的装置。就在塔顶发出信号的同时，他冷笑着戳了一下装置上的按钮。敌军的鼓点瞬间就被一阵巨大的爆破声淹没。一道浓烈的黑烟扬起，联盟的士兵们欢呼了起来。爆炸的回响渐渐消退，鼓声也不再响起。

这炸弹埋得非常专业，显然干掉了许多敌人，但远不足以消灭威胁。

"拔出武器。"维摩尔说道。在周遭可怕的寂静中，利刃出鞘的清响显得格外清晰。战士们绷紧身心，如箭在弦。时间一点一点流逝，能听到的只有昆虫的低鸣、海鸟的尖叫、海浪的冲刷，以及他们不安挪动时盔甲发出的吱嘎声。

沉寂最终被一阵震天战吼打破，那声音足以让血液凝固，寒毛直竖。战鼓声再次响起，距离已然更近，节奏也更加激昂。从沼泽迷雾的阴影中，几十也许上百人冲了出来。他们狂嚎着，手里全都拿着看起来比披甲人类还要沉重的巨大武器。

"阿道弗斯，快跑！"维摩尔朝着那个被吓得迈不动脚的侏儒大喊。爆械抬起头，手里仍然攥着那个起爆器。被喝醒的他匆匆望了维摩尔一眼，然后拼命地撒腿往塞拉摩跑去。维摩尔举起长剑，稳住阵脚准备迎战。

由部落所有种族组成的血肉洪流，在一名兽人的带领下滚滚而来。这兽人全身覆甲，手中挥舞着一把正因为渴望鲜血而吟啸的骇人巨斧。他径直向维摩尔冲来，肩上的甲胄看上去就像是用巨大的獠牙制成，在肩甲与手甲之间，露出一片刺绘文身的棕色皮肤。

维摩尔笑了笑，金色的胡须也跟着分开。

加尔鲁什·地狱咆哮。

铿的一声，维摩尔的剑刃磕上了血吼的斧柄。加尔鲁什远比这名人类强壮，他聚力一推，人类便跟跄着往后退去。巨斧紧接着力贯千钧地从上直劈而下，维摩尔举起剑身招架，但他并不打算硬拼，而是顺着这力道压低重心，然后迅速往前贴着加尔鲁什掠过，同时反手上挑一刺。加尔鲁什痛哼一声，为这人类竟然能在他手臂内侧留下伤口而感到惊奇。

"这是我在这场战斗中的第一滴血。"兽人用通用语说道，"做得不错，人类，你将带着荣耀死去。"

维摩尔向后退开几步，舞动着手中的长剑。"可你不会。"他嘲讽道。加尔鲁什低吼一声，再次冲了过来。

这正是维摩尔所期望的。

"爆械！就是现在！"维摩尔大喊，然后便听到了一阵轰隆的巨响，他感觉自己仿佛被抛到了空中，接着失去了知觉。

第 17 章

这个精灵很厉害，马尔考罗克不得不承认这点。从她脸上那条巨大的疤痕可以看出她已是久经沙场。看到自己的头领打算亲自出手，围在这里的部落成员们便都散开，寻找其他的敌人。先祖之灵告诉他们，敌人来得可不少。

尽管被手中重剑拖慢了一些，蓝发暗夜精灵的速度依然快得令人发指。在兽人之中，马尔考罗克已经算是身手相当敏捷，他的武器也比别人轻得多，但即便如此，他那两把小斧头也只能砍到空气而已。蓝发精灵上一刻还在这里，下一刻已在别处，一次又一次地突破他的防御。马尔考罗克已经被击中不止一次了，幸好沉重的盔甲救下了他，但如果这光华之剑顺着手臂和躯干之间的铠甲缝隙砍下的话……

马尔考罗克将一只手斧举过头顶挥舞着，另一只猛然劈下。暗夜精灵闪到一边，但仍被砍中了大腿。她闷哼了一声。

"哈！"马尔考罗克轻蔑地笑道，"能让你流血，也就能做掉你。"

不可思议的事情发生了，她突然纵身跃起直向他扑去，同时张开嘴咆哮着，发出如同狼人一般的吼声。马尔考罗克赶忙将双斧在身前交叉护住自己，但让他震惊的是，蓝发精灵丝毫不顾腿上的伤口，直接踩在了他的斧头之上，轻盈得就好像是他正用双手主动为她撑起一个立足点。同时，她的剑锋直接向下往他脖子刺去。

电光火石之间，马尔考罗克扭身闪开，几乎快要摔倒在地，但仍将左手的斧头挥出一道弧线，不过这时她已经移动到了他的身后。马尔考罗克转过身来准备继续开始战斗。

一声号角响起。这声音轻柔恬静，宛如乐章，显然不是来自部落——这是精灵的号角。所有交战中的联盟士兵都迅速脱身，朝着尚未关闭的城门跑去。蓝发精灵挑衅般地对着马尔考罗克咧嘴一笑，但当他猛冲过来的时候，她已经没了踪影。

马尔考罗克恼羞成怒，大吼一声朝城门追去。

虽然看上去一片混乱，但一切都在按计划进行。正如乔纳森所料的那样，部落选择了从三面同时进攻。战争的奏鸣震耳欲聋、震慑人心，并且从未止歇——近在咫尺的爆炸声，从北门传来的炮火轰鸣声，以及从西面传来的刀剑的暗哑声和嘶吼声。

吉安娜和金迪站在其中一堵城墙的过道上，望着西边。她纠结着是否应该让金迪退到更安全的地方，但她也明白这对于小侏儒来说无疑是一种伤害。金迪是过来学习的，没有什么比待在战场的最前线更能让人体会到战争的恐怖。她把侏儒留在自己能照看的范围之内，但这里也已足够近到能观看到下方的激战。

当号角声响起的时候，吉安娜跟她的学徒说："准备好，按我们约好的那样，我出手的时候你也跟上。"金迪点点头，咽了口口水。吉安娜举起手，静候时机。数十名的联盟战士们正以最快的速度鱼贯而来，塞拉摩的城门就是他们能否活命的临界线。这次突然撤退为他们争取到了宝贵的几秒钟时间，但现在部落军队已经紧随而至。

超过两打的战争器械面向部落，严阵以待。

"就是现在！"吉安娜大喊。她和金迪与其他的施法者同时出手。牛头人、兽人、地精、血精灵、被遗忘者，以及巨魔们被打得哭爹喊娘，他们或者被点燃，或者被冻结，或者好不容易躲过了法术，却被箭矢射成了刺猬。

"干得好！"吉安娜喊道，"这些战争器械足够挡住他们一会儿了，我们等会儿再过来。现在先跟我来！"

大家迅速跑下楼梯来到门口。绝大部分联盟士兵都安全撤回了城内；少数一些落在了后面，有的是因为身负伤势，有的是因为架着伤者。

"他们快赶不上了！"金迪已经瞪大了双眼。

"会的，他们会赶上的。"吉安娜说道。她祈祷自己是对的。城门的关闭只在顷刻之间，快点，再快点……

终于，最后一个人跌跌撞撞地跑了进来。砰的一声闷响，大门迅速合上。金迪和吉安娜冲向前去，对着城门施放了结界。托德尔·温德米尔也上前相助。在他们咒语的吟唱下，围绕城门的空气也泛起了淡蓝色的光芒。

"托德尔法师，你和金迪留在这里，盯好大门的情况。要是结界减弱了记得立即加强。"

"但是……"金迪试图想抗议。

吉安娜转向她，急切地说道："金迪，如果这道城门失守，将会涌进来数十……甚至数百名部落士兵。这是当前最为紧要的事情。守住这里，就等于守住了我们所有人的性命。"事实确实如此，这一道关卡不容退却。

　　金迪点点她扎着粉色马尾的头，转身看着城门。她紧闭双唇，伸出双手，加入到了肯瑞托施法者的行列中去，贡献一份力量。

　　吉安娜发现，法师们正以许多料想之外的方式发挥着重要作用。加强城门仅仅只是其中一个方面，此外每艘停在港口的战舰上都配备有至少一名精通火焰法术的法师。正如奥布里所说的那样，一个对着船帆或是甲板精确瞄准的火球术，就足以击沉一艘敌人的战船，而这也正是他们现在采用的战术。

　　吉安娜朝着蓓恩快步走去。蓓恩是最后一批撤回城内的人，现在她正在让一名女牧师为她治疗大腿上的伤口。

　　"有什么需要报告的么？"吉安娜问。

　　"他们完全猝不及防，"蓓恩的笑容直率而残忍，"正如乔纳森预料的那样。我们干掉了至少数十名敌人，自己却几乎没有损失。现在火炮正朝他们猛烈射击着呢，应该足够拖上一阵了。"

　　一阵子，吉安娜心想，但不是永远。

　　蓓恩对她的治疗师点头致谢，然后起身重整铠甲，继续说道："他们当中有一个灰皮的黑石兽人，从着装来看应该是库卡隆卫士，他非常厉害。"

　　"黑石兽人？加尔鲁什已经堕落得没有下限了么？"

　　蓓恩耸耸肩。"管他赤橙棕绿灰，我的女士，凡是攻击你家园的侵略者，我都会逮住一个宰掉一个。"

　　"暂时还不用，但恐怕你就快有这个机会了。"吉安娜说道，"接下来必定会有更多的肉搏战，但是现在，先去帮忙照看一下伤者吧，蓓恩。"

　　"遵命，我的女士。"

吉安娜将注意力转向北门。爆械——成功布置并引爆无数炸弹的侏儒爆破专家——现在正站在离城门不远的地方。吉安娜面带微笑，向他走去。

"你的努力成效显著，爆械。"她说。

他转向她，一脸哀伤的神情。"没错，"他说，"但这是因为维摩尔上尉和其他人舍身把部落引进了爆破圈内。"

吉安娜的心沉了下来。"他们……他们应该会撤回来的！他们知道安全的路线！"

那名白发的夺日者从强化城门的工作中暂停了下来，转身看着他们。"维摩尔和他的士兵们选择了坚守岗位。"他轻声说道，"这真是无比英勇的行为，他们杀死了成群的敌人，但剩下的还是会冲着我们过来的。"

"我的女士，"一名站在城墙上的哨兵喊道，"织歌者法师说得对。他们正越过尸体向我们冲来。"

"继续强化城门！"吉安娜大喊，接着冲到了最近的城墙顶上。如同黑色的潮水一般，部落大军滚滚而来。护城河上的石桥已经被炸掉，碎掉的石块和尸体漂浮在水中。一些部落已经跳到了水中想要游过河流；另一些远处的则正如哨兵提到的那样，越过同伴的尸体奔赴而来。

碎冰从天而降，一些敌人当场毙命，剩下的也身受重伤。吉安娜手腕轻舞，又有几个部落战士被冻成了冰雕，紧接着一发火球砸落，轰出一片冰碴。部落的黑潮停住了，甚至开始往后退去。吉安娜以稳定的节奏保持着刚才的套路，每一次攻击都能杀死十余名敌人。然后她注意到了一个正站在她射程之外发号施令的身影，并且认出了那一对负在肩上的恶魔獠牙。

"加尔鲁什。"她轻声说。他本该在那场爆炸中和维摩尔一同死去的，但不知为何他依旧还活着。他也不可能听到吉安娜的轻语，但就在这时他抬起头来，迎上了吉安娜的目光。他狡黠地一笑，然后举起血吼正对着她。

马尔考罗克非常生气，因为自己的失策，因为斥候的失职，还因为联盟将军的狡诈，他们竟然发动了这样的偷袭。那些盗贼、德鲁伊，以及带着宠物的猎人夺走了许多部落士兵的生命。肉搏战中部落就已经吃了大亏，现在又被火炮和弩车猛烈地压制着。

局势不妙，他吹起了撤退的号角。

治疗者们趁着这间隙抓紧时间照看伤者，马尔考罗克则大声地下达命令。"我们没办法对抗这些战争机械。"他抬起一只手，制止那些愤怒的抗议，然后继续说道，"所以我们得想点法子将其毁掉，或者是让它们为我们所用。那些擅长潜行和暗杀的人，现在该你们表现了。我们会从正面吸引他们的火力，你们就趁机潜进去，悄悄接近那些躲在安全之处的联盟虫子，把匕首插进他们的心窝，然后夺取那些武器，转过来向着塞拉摩开火！"

愤怒的抗议变成了振臂欢呼。马尔考罗克高兴地哼了一声。这个战术绝不会失败。没错，联盟的将军是挺聪明……

但他也一样。

"为了部落！"他大喊，其他人也为之响应，"为了部落！为了部落！为了部落！"

卡雷苟斯从港口上方飞过。从他所在的位置望去，那些战舰就像是玩具一般，有的开炮，有的着火，有的正在下沉。双方都损失惨重。部落也同样部署了精于纵火的法师，第七军团的战舰有好几艘都已经燃起了橙黄色的火焰。卡雷苟斯一个俯冲向下，尽可能多地用冰冷的蓝龙之息扑灭火焰。被解围的联盟船员欢呼着向他致谢，但对他来说此刻最重要的是压制敌人而不是保护友军。他扭转身躯，振翅疾飞，来到了三艘扎堆的部落舰船上空，然后收起翅膀直垂而下。他的速度之快让炮手们根本来不及调转炮口，然后直到贴近舰身的最后一刻，他才张开双翼，同时奋力将龙尾一扫。中间那艘战舰的桅杆像脆弱的枝丫一般折断，而卡雷苟斯也爬升了起来，只留下一个咒语向他们道别。那咒语引来的大块碎冰无情洒落，在甲板上留下密密麻麻的窟窿。船上的火炮这时终于响起，但卡雷苟斯早已飞出了射程。

然后他转回到了城市的上空，这里正进行的空战同样激烈无比。视线中，一群部落的空中战士正围攻着几只狮鹫，卡雷苟斯冲了上去，加入战局。

部落已经攻到了北门，战场喧闹的奏鸣中又加入了攻城槌可怕而有节奏的轰击声。在桥梁已经被炸毁的情况下，这些东西是如何抵达城门的，这简直是个谜。或许，这是一群牛头人以自己的肩膀负重涉水运过来的，吉安娜在赶往城门的时候这样想到。

她本打算顺着台阶再次登上城墙，为上面奋勇杀敌的战士添加一份力量，但有件事让她停了下来。

城门在撞击下震颤着。

这不该如此。

在肯瑞托成员强大魔法的支持下不该如此。一个可怕的念头在她心头闪过。

砰。砰。砰。

城门上的木板已在猛烈的撞击下凸起变形，而铁条和铰链……

它们早已变得扭曲不堪。

吉安娜猛然转身，汇聚全身法力，将一发奥术冲击轰在萨伦·织歌者身上。

傲慢使得他对此毫无防备。他跟跄着后退几步，不过很快就站稳了脚跟。血精灵望着吉安娜，看起来原本还想装一下无辜，但转念之间他就放弃了这个想法，挤着白眉露出一个冷笑，同时抬起了双手准备战斗。

不过就在下一秒，他就像石块一样倒了下去。蓓恩握着长剑出现在他身后的位置，刚才她正是用这把剑的剑柄粗暴而有效地击晕了敌人。

"我很惊讶你没有直接杀了他。"吉安娜说道，同时两个卫兵赶了过来，准备将这个法师五花大绑。

"留个叛徒在手上会很有用的。"蓓恩说，"运气好的话，他会在我们的'劝导'之下开口聊聊的。"

"我们不是血色先锋军，蓓恩。"吉安娜把注意力转回到城门上，看起来已经有两名法师赶来保护它了—— 一名人类和一名侏儒。

"那你该不会是打算请他喝茶吧。"蓓恩追问道。

"不，我会把他交给伊文凯恩队长，他会带队审讯他的，为我们省出一阵余暇。"她朝着刚才的士兵点点头，他们便抬着失去意识的血精灵下去了。然后她意识到罗宁已经来到了自己身旁。

"我真不敢相信，"他咕哝道，"他是在我的担保下前来的。"

"我相信他骗到的人绝不止你一个。"

"的确。"罗宁苦涩地说，"我想受伤最深的应该是艾萨斯。"

"你觉得萨伦是单独行动的么？"

"应该是，"罗宁说道，"否则的话……"

城门轰然碎裂，火光四起，部落士兵奔涌而入。

金迪发现自己已经累得浑身发抖，而这还是在一位肯瑞托法师的协助下！托德尔低下头鼓励地笑了笑。"你做得非常好。"他说，"吉安娜选了位非常出色的学徒。"

　　"如果我还有体力的话，我能做得更好。"金迪低声咕哝道。

　　"休息一下吧，"托德尔说，"吃点东西，不多久你就又会觉得精力充沛了。在那之前我先顶着。"

　　金迪感激地点点头，蹒跚着退到后面。她斜靠着石墙，大口大口地往嘴里塞着面包和水。她想着自己是不是哪天也能接近吉安娜或是托德尔的水平。他们对于魔法是那么的驾轻就熟，特别是吉安娜女士，当看到她发动咒语摧枯拉朽般杀死一波波来犯的部落时，金迪感到十分敬畏。金迪嘴里嚼着面包，但思绪却突然被城墙对面血腥残酷的厮杀声吸引住了，并且有些深陷其中。她之前太过于专注保卫城门，以至于根本没注意到这些声响。她赶紧站直身体，把这些让她心神不宁的声音赶出脑海，然后擦了擦嘴角边的面包屑，跑过去继续帮助托德尔。

　　当她回去的时候，发现大门上的木材已经凸起了很大一块，这让她顿时面无血色。城门之外，攻势越来越烈。

　　"金迪，如果这道城门失守，将会拥进来数十……甚至数百名部落士兵。这是当前最为紧要的事情。守住这里，就等于守住了我们所有人的性命。"

　　她想起了吉安娜的叮嘱，于是加快脚步跑向城门，然后伸出手念动咒语。令她感到自豪和微微松了口气的是，城门上的木板逐渐恢复了平整。

　　"部落突破城门了！部落突破城门了！"

在那疯狂的一瞬，金迪只有一个想法——不可能，城门还坚持得好好的！接着她明白了过来，据守在北门的法师们似乎没有她这么幸运。

塞拉摩从未见证过这样的暴力。部落军如破堤的洪水一般汹涌而入。

部落有可能最终通过突破城门结界攻进来，或者通过攀爬攻入，或者空降入城，这些情况都在预想之中，并且有所准备，但谁也没料到肯瑞托的高阶成员会突然叛变。战火太早燃到了城内，担任最后一道防线的联盟卫兵们还没有从先前的伤势中完全恢复过来。

有一种说法是将军们在敌后运筹帷幄，战士们在前线抛洒热血，但现在的情景却不是这样。乔纳森、赤髯、烈拳、珊蒂斯和提拉萨兰，他们每个人都全副武装，毫不迟疑地投入到了肉搏战之中，部落面对的可不是什么稚嫩的新兵，而是联盟中最优秀的斗士。

卡雷苟斯翱翔在塞拉摩上空，留心察看着，看哪里最需要他。当他看到部落军队已经涌入城内，便立即攻了过去。他从聚集的敌人头顶飞过，口中的寒雾喷出了一道冰霜之路，让其中的敌人都变得行动迟缓，然后他侧过身子让双翼垂天，急速回转发动又一次攻击。

他朝着吉安娜俯冲而去，将她握在前爪之中，然后再次爬升上天。这不是为了让她脱离战斗，而是想给她一个良好的俯瞰视野。

"哪里最需要你？你最该身在何处？"他问道。

双翼鼓动的气流让她的长发在风中凌乱飞舞，但是他前爪温柔的力道让吉安娜感到十分放松。她把手放在他巨大的龙爪上，然后向下望去。

"北门！"她大声喊道，"部落兵源充足，我们必须阻止更多的敌人涌入城内！卡雷，你能用一些大树和石块堵住入口，然后把攻击主要放在城外的敌人身上吗？把他们赶回去。"

"我会的。"卡雷苟斯承诺道，"那你呢？"

"把我放到塞拉摩堡垒的顶上。"她说，"在那儿我可以看到整个战场，还可以发动攻击，并且免受一切来自地面的还击。"

"但还有空中的敌人。"卡雷苟斯警告道。

"我知道会有风险，但也别无他法，请快点吧！"

卡雷苟斯立即转身向堡垒飞去，十分轻柔地将吉安娜放在堡顶。她微笑着向他表达由衷的感激。

然后卡雷苟斯开始起身向上，但她伸出一只手来叫住了他。

"等等，卡雷！据我所知，加尔鲁什就在北门的部落军队之中，如果我们可以抓住他……"

"那就能立刻结束这场战争。"他回答道，"我明白。"

"挡住试图涌入城内的部落洪流，试着找到加尔鲁什！"

他点点头，爬升，然后急转，对着仍在不停扑向北门的部落士兵又喷出一片冰霜，然后便一头向着沼泽冲去。

吉安娜此刻所处的位置有着绝佳的视野。她望向港口，双方的舰队看起来旗鼓相当。部落和联盟都有战船深陷火海，也都有战船沉没崩解，只留下哀怨的战旗在残骸上飘荡。西门仍然安好，这让她对金迪感到无比骄傲。几名猎人、法师、术士，以及其他适合远距离作战的士兵在城墙通道上列队成行。

她转回头来看着北门，坚毅的脸庞上带着一丝悲伤。许许多多的战士都已经投入到了近身肉搏，她必须精确瞄准，才能确保在杀敌时不误伤己方。

她的目光最先落在了贝恩身上，这让她有些感伤。贝恩正在和蓓恩酣战，而她意识到只要视野中还有其他敌人，她就没法让自己先对这位牛头人首领出手。圣光在上，还有许多其他的攻击目标——身残志坚的被遗忘者、雄武魁健的兽人、娇小敏捷的地精，以及身姿宛若战舞的辛多雷。

　　她锁定了一名兽人萨满。他身着深色的衣服，而不是古伊尔那种令人舒服的自然色衣服，这让他看起来更像个术士。吉安娜低吟咒语，锋利的冰锥齐齐飞向那个萨满，如同一把把锋利的匕首刺穿他的黑袍。他痛苦地弓起身子，然后倒下。吉安娜略感遗憾，但还是片刻不停地转向下一个目标。

　　当第一块巨石被投落在残破的北门前发出轰然巨响时，沃金警觉地意识到加尔鲁什的计划存在一个漏洞，很大的漏洞。

　　沃金正和许多同伴一起站在庭院里，利用他和洛阿神灵的联系来帮助他的兄弟姐妹们。一条蜿蜒扭动、嘶嘶作响的毒蛇守卫让好几个联盟战士无法上前攻击部落士兵。当巨石落下之时，他猛地回转身子望了过去。

　　他用巨魔语咒骂着，同时赶紧用目光扫过战场。贝恩正站在加尔鲁什身旁，和一名蓝发的暗夜精灵打得难解难分。好几名联盟守卫，包括两个穿着全副盔甲的矮人正一起围攻加尔鲁什。不久之前，那头蓝龙从他们头顶飞过，用寒霜减缓了他们的动作。而现在，这家伙似乎下定了决心要堵住城门。

　　沃金一路杀到加尔鲁什和贝恩身边。在一片喧闹中用兽人语大声喊道：“那头蓝龙想要困住我们！”

　　贝恩的长耳朵向前一转，同时娴熟地控制着自己和暗夜精灵打斗的节奏。他睁大眼睛，希望能抓住稍纵即逝的机会环顾一下战场。那精灵突然跃起向他扑来，贝恩挥出战锤把她猛拍了回去。她落下，轻巧地一滚然后又再次袭来。沃金连忙放出毒蛇守卫去攻击她，这才为牛头人赢得了些许时间。

"加尔鲁什！"贝恩大吼道，"我们要被困在里面了！"

加尔鲁什哼了一声，冒着危险飞快地向门口瞥了一眼，令人诧异的是，他对此似乎并不怎么在意。"好吧，那么……所有部落的战士，集合！然后撤出这里！"

撤退的号角吹响。这时巨石旁又被卡雷苟斯扔下了一棵大树，一名部落萨满赶忙呼唤元素的协助，让那块巨石向一侧微微滚动开一些，在大门前留出了一个空隙。部落曾经那么热切地想要攻入塞拉摩，现在却只想赶紧离开。联盟正竭尽所能想要阻止他们，他们尽力地顶住那道大门，而部落则拼命想要撕开一道口子逃走。战场，再一次陷入了白热化的肉搏战。

贝恩挡在后面，奋力地招架着那个不依不饶的暗夜精灵，试图为他的族人争取一些逃离的时间。沃金也号令着巨魔们赶紧撤退，但好些人已经杀红了双眼停不下来。而加尔鲁什出乎意料地停下了匆忙的脚步，前去招呼那些没能跟上队伍的人。

"贝恩！"他大声喊道，"立刻撤退！我可不想为了你这长毛怪去组织救援队！"

伴着一声怒吼，贝恩再次举起战锤向暗夜精灵猛击过去，把她逼到一旁，然后趁机飞快地从越变越窄的城门夹缝中冲了出去。

他们撤退了！部落低沉的号角声又一次划破战场。不仅是北门的入侵者逃回了沼泽，西面的敌人也正往安全地区退去。

吉安娜转身望向海港。她颤抖着松了口气，看起来部落的战舰也接到了同样的命令，他们正驶向远方开阔的汪洋。第七军团的舰队没有追击，这毫无疑问是奥布里司令下达的命令。

吉安娜长舒了一口气。这时，一个巨大的身影悬停在半空，遮蔽住了阳光，将阴影洒落在了她的身上。她抬起头看到了他。他缓缓降下，向她伸出一只前爪。她快活地爬了上去。

"我们赢了，卡雷！"她大喊道，"我们赢了！"

第 18 章

"他跑了！"蓓恩声色俱厉地说道，"那个该死的叛徒织歌者！他跑了！我得到报告说渗透进来的部落小队把那个叛徒救走了。"

"我会带些哨兵追上去。"珊蒂斯厉声说道，"绝不能让他们逃走。"

"是的，绝不允许。"温蕾萨说，"我们的防御布置绝不能泄露出去。你去北边的话，我就带人追去西面。"她转头对罗宁说道，"我估计很快就能回来。"

"注意安全，亲爱的，虽然这话对你来说有些多余。"罗宁说道。他们两人都已经疲态十足。温蕾萨浑身溅满了别人的鲜血，而罗宁看起来一阵风就能吹倒似的，但他们绝对不会逃避自己的职责。

她滑进他的怀里与他深情拥吻。他们亲密无间，熟知彼此，这一吻时间不久，却甜蜜非常。

"休息一下。"温蕾萨叮嘱道。罗宁轻哼了一声。她咧嘴笑道："我是说，如果你能找到机会的话。”

“我会找机会休息的，可我们的伤员太多，即便是我这样不会治疗法术的人也该去帮忙缠缠绷带。”

“所以我才这么爱你，亲爱的。”她喃喃地说，“我很快就会回来。”珊蒂斯和她的哨兵们已经从北门出发了，温蕾萨手下的战士也都全部整装待发。于是她奔向一匹健硕的战马，优雅地跃上马背。当队伍奔出西门的时候，她没有回头——她已经道过别了。罗宁也不会期望她回头——他有自己的事情要忙。

是的，他们胜利了。在意识到这一点之后，吉安娜的首要工作便是照顾好那些历经了磨难的人民。乔纳森和她进行了一次简要的交谈，告诉了她最新的城防状况。他保证第七舰队的所有水兵都会上岸来帮忙照看伤员。同时他还向她汇报了一些战后情况，比如损失最为惨重的狮鹫栖木和防空部队。

“你觉得还会有下一波进攻么？”她问道。

“很难说。他们的损失非常惨重，部队需要重新集结，部署。再说，要是他们派出空军骚扰的话，我们还有条龙呢。”

吉安娜欣慰地一笑。“那我们现在去帮助那些需要帮助的人吧。”她环视四周，将军们也出现在了照顾伤患的人群中。猎人们指挥着宠物在瓦砾中不断嗅探，搜寻着幸存者。在一大堆残壁碎石中，有两名幸存者被救了出来。虽然负了伤，但他们还活着，脸上带着微笑。

吉安娜走进急救站的时候，范沃森医生抬起头来看了看她。“吉安娜女士，”他说，“请让一让。”

她刚刚照做，两名用担架抬着伤员的士兵就从她身边跑过。这座急救站里早已人满为患。尽管抬起头就能透过头顶的大穹窿仰望天空，

210

但这栋建筑看起来暂时还算牢固。"需要些什么吗，医生？"吉安娜问道。

"我们需要征用外面的庭院，"他说，"召集那些最有经验的治疗者来见我，现在正是需要他们的时候。至于其他的人，别来碍事就好了。"

吉安娜轻快地点点头。范沃森伸出一只沾满血渍的手指指着她。"还有你们这些法师，都去喂饱自己。别让我到时候还得丢下伤员来照顾你们。"

吉安娜苍白的脸上挤出一个笑容。"明白了。"她转身往外走去，一路上留意着为那些匆匆运进伤员的人让出空间。她用一个简单的咒语制造了点面包和水，这能为她补充些许能量。尽管此刻并不感到饥饿，但她还是强迫自己吞了下去。

吉安娜扫视四周，他们胜利了，但让人难过的是这代价委实不轻。所有的狮鹫和角鹰兽，连同它们的驾驭者都已战死。它们覆满羽毛和皮毛的尸体——有的被插满箭矢，有的被咒语炸得伤痕累累——躺在坠落的地方，它们的栖木也被那些带走叛徒织歌者的部落小队毁掉了。死去的并不只是这些野兽，巨型蝙蝠、龙鹰和双足飞龙的尸体也都零落地躺在塞拉摩的地面上。

她看到一个正漫无目的游荡在旅馆附近的小小身影，于是赶紧跑了过去，为自己的学徒能活下来而感到欣慰。但是当金迪转过头来望着她时，那张脸却令她心头一阵绞痛。

金迪脸色苍白，双唇也毫无血色。她睁大的圆眼睛就像是两个无底空洞。吉安娜弯下身子，安慰地拍着她凌乱的粉色头发。

"我以为我知道……这会是什么样子。"小侏儒轻轻地说。吉安娜简直不敢相信这柔美无力的声音曾经和特沃什一起讲过荤段子，曾经对着一头龙吼来吼去。

"你可以读尽这世上所有藏书，金迪，但没有什么文字能告诉你战争真实的模样。"吉安娜说道。

"你……之前就有过这样的经历？"

吉安娜回想起自己在瘟疫之地初次遭遇亡灵时的景象。直到此刻，那些画面仍旧是如此的历历在目：她走进一间农舍，呼吸着尸体散发出的恶臭，眼见那些曾经是活人的东西咆哮着蹒跚而来，发起攻击。她丢出一记火球，在恶臭的空气里又增添了一份腐肉烧焦的气味。最后，她烧掉了整间农舍，让其中的行尸走肉全都归于真正的死亡。彼刻与此刻并不相同，但又有许多一样的地方。任何涉及暴力、涉及杀与被杀的事情对她来说都是一样。一阵寒意袭来，就像是一支瘦骨嶙峋的手拂过背脊，她不由打了个寒战。

"是的，"她说，"我曾有过一样的经历。"

"那你……对这样的景象习惯了么？"金迪伸出她的小胳膊，指着那些仍然散落在地上的尸体，"看着那些几个小时前还是活生生的人，现在变成……这样……"

说到最后，她的声音都为之嘶哑。吉安娜看着女孩眼中涌起的泪水，反而略感到一丝宽慰。感受悲伤，是从恐惧中恢复过来的第一步。

"不，不管经历多少次，你也不会习惯的。"吉安娜说道，"这让人心痛，每一次都是。但……陌生感会逐渐退去，你会知道该如何从中振作起来迈出下一步。那些逝去的人，那些你失去的一切，都会希望你振作起来。你会记起如何去欢笑，去感恩，去享受生活。但经历过的，永远不会忘记。"

"我想我再也笑不起来了。"小侏儒的话语并不现实，但却真挚得让吉安娜几乎就要信以为真，"为什么是我，女士？为什么他们全都死了，我却活了下来？"

"我们永远也没法知道这个问题的答案。我们能做的就是以充实的人生为逝者致以敬意，确保他们的牺牲不会白费。想想你的父母是如何爱你，想想他们看到你幸免于难时会有多么感恩。"吉安娜微微一笑，尽管看起来略显苦涩，"想想我看到你幸免于难时会有多么感恩。"

金迪抬起头望着她，苍白的唇边浮起一丝微弱的笑容。吉安娜感到心里又放下了一块石头。金迪是个坚强的女孩，她会没事的。

吉安娜掰下一块面包递给小侏儒。"你做得很好，金迪。你让我和你的家人都感到骄傲。"

吉安娜并不知道自己期望什么样的回应，但绝不是接下来的这一切。金迪——伶牙俐齿、特立独行的小金迪——把面包扔在血迹斑斑的地上，张开双臂扑到了吉安娜的怀里，痛哭流涕。

吉安娜跪了下来，紧紧抱住自己的学徒。她的目光扫过战斗之后留下的狼藉，蓝色的眼眸里尽是哀伤。

在所有效忠部落的种族里，牛头人毫无疑问是最热爱和平的一支。他们生性豁达、待人和蔼，他们果敢而又坚定。但是，当一个牛头人找到义愤和暴怒的理由之后，聪明人都知道最好别挡在他们的道上。

所以当贝恩经过的时候，部落士兵都赶紧退到了一边。

他摇晃着尾巴，横平着双耳，步伐沉重，怒火冲天。这一次他没有请求觐见，而是像他的父亲那样，咆哮着直呼大酋长之名。

"加尔鲁什！"一声怒吼之下，所有人都停下了交谈，沉默地望着这平日里向来冷静的公牛。贝恩一牛当先，哈缪尔·符文图腾和沃金紧随其后，一同来到了大酋长所在的桥头之处。这大桥横跨尘泥海湾两侧，加尔鲁什正环抱双臂凝望着对面的塞拉摩。当贝恩大呼其名的时候，他并没有回头。贝恩暴怒之下已不去考虑后果，一把抓住这兽人的手臂将他转了过来。以马尔考罗克为首的库卡隆卫士们立时围了上来，但就在他们打算把这头愤怒的公牛剁成肉泥的时候，加尔鲁什摇了摇头。

贝恩疯狂地咆哮着，将一块染满鲜血的破布糊到了加尔鲁什的脸上。这倒是终于让加尔鲁什有了反应，他甩开破布，冲着贝恩怒吼了一声。

"我照你脸上招呼的，加尔鲁什，是一名年轻牛头人的鲜血。他死在你的命令，你的指挥之下！而像这样毫无意义倒在泥泞中的还远不止他一人，远不止！"贝恩叫道，"比起那些刺青，这东西更适合挂在你脸上，加尔鲁什！"

马尔考罗克猛然用力一推，铁塔般的贝恩也跟跄着后退了一步。紧接着他用强有力的手掌抓住贝恩的手腕，往外侧扭转半圈，缺掉的两个指头丝毫没有影响手的力道。这时加尔鲁什擦去了脸上的血污，然后说道："放开他，马尔考罗克。"

一时之间，这个黑石兽人看起来就像是打算回绝酋长的命令。他的身体紧绷着，明显是抗拒的姿态，但最终还是松手放开了贝恩。他往地上唾了一口，退回原位。

加尔鲁什盯着贝恩，接着，令牛头人完全没想到的是，他竟然笑了起来，从缓慢低沉的窃笑逐渐演变成疯狂的大笑，那声音甚至开始在水面回荡。"你这头蠢货，"加尔鲁什仍然未能止住笑声，他面对贝恩，伸出一只手指向身后的塞拉摩，"我们胜利的时刻已经到了！"

贝恩目瞪口呆，他身后的沃金第一个回过神来，说道："你在说什么啊？我们战败了，不止是战败，简直就是灾难！"

"灾难？"加尔鲁什反复咀嚼着这个词，就像是在品尝它的味道，"不，我不这么想。你们都因为我的拖延而恼怒。你们背着我秘密集会。你们不厌其烦接二连三地向我抱怨。你们质疑我的智慧，我的计划。现在，你们谁能告诉我，这个拖延决策带给我们的是什么？"

"败北而归么？"符文图腾咬着牙尖刻地说道。

加尔鲁什再次大笑起来，这莫名其妙又不合时宜的笑声让贝恩的悲愤雪上加霜。他再次想起那些牺牲的族人，他们的死除了满足了加尔鲁什的自负以外，根本毫无意义。但贝恩还没来得及开口，加尔鲁什就收敛起那副愉悦的神情，挺直了腰杆。

"好好看看那些反抗部落大酋长意志的人都会是什么下场！"

让贝恩困惑不解的是，他再次伸手一指，所指之处却不是塞拉摩，也不是正在吞噬部落舰队残骸的港口。加尔鲁什·地狱咆哮指向天空。

贝恩沉溺在伤痛与怒火之中不能自拔，直到人们已经将谈话音量升高至近乎咆哮，他才惊觉空中传来的那阵轰鸣。那声音愈演愈烈，贝恩感觉几乎全身的骨头都在震颤。它从远处某个地方传来，并朝着码头的方向步步逼近。那并非一条巨龙——在之前的战争中他们所期望见到的生物，而是一艘巨大的地精天空飞艇。在船体下方牢牢系着一个巨大的球状物。这场景让贝恩震撼不已，一时之间他几乎都没有意识到自己所见之物究竟是什么。

旋即，他便惊恐地睁大了双眼。

加尔鲁什继续咆哮着，为了盖过飞船的嘈杂声，他几乎是在呐喊。"我们等待着。在我的命令下，一直等待着。等到了几乎整支第七舰队抵达塞拉摩港口；等到了联盟最优秀的将军马库斯·乔纳森和珊蒂斯·羽月，带着他们最精良的战士和绝妙的谋略来支援可怜的吉安娜女士；等到了蓝龙军团的卡雷苟斯；等到了五位肯瑞托成员，包括他们的首领罗宁。所有的战船、士兵、法师和将军们都在塞拉摩齐聚一堂。接着我们就把自己送到他们城门脚下，而我们的朋友萨伦·织歌者则替我们削弱了它的防御力量。他的忠心值得赞赏。当联盟一心守着门口的大军之时，一支我们的特遣小分队渗透进了塞拉摩。他们完成了两个任务——救出萨伦，同时让联盟的防空力量陷入瘫痪。终于！我们不必再等了！"

　　在卡雷苟斯看来，每一个种族似乎都有自己的方式来祭奠逝者。只是，当生者的需求成为当务之急时，现实就会变得颇为无情。这意味着那些祭奠仪式会被延期，而逝者们的遗体亦会以那些缅怀伤痛之人所不期望的方式潦草处理。但此刻的塞拉摩，却并不需要乱葬岗或焚化来免去麻烦。这里有足够的时间和空间来为死者办理后事。卡雷苟斯同塞拉摩幸存下来的民众一起搬运尸体，帮助确认死者身份，然后仔细地将他们安置到马车上。之后，这些光荣牺牲的人会得到沐浴清洁，并换上干净衣服来遮盖身上可怕的伤痕。接着会举行一场正式的祭礼，一切完毕之后才会送至城郊的墓园进行安葬。

　　他沉浸在哀思与一种肃穆的欣慰之中。他们击退了部落，他幸存了下来，吉安娜幸存了下来。这真是……

　　卡雷苟斯突然心头一紧，脚下也跟着一个踉跄，险些连手中的士兵遗体也摔出去。

　　在先前的战斗中，聚焦之虹就曾经在他的意识边缘一闪而过。他也担心它已经落入部落之手，但那时的聚焦之虹完全静止地停在了南方，所以卡雷苟斯也没有再过多地去考虑此事，转而将注意力投入到了战斗中去。

　　但现在它又开始移动了起来，并且非常迅速。

　　他小心而利索地把那具尸体安置到马车上，然后赶忙跑去寻找吉安娜。

卡雷苟斯发现吉安娜的时候，她正在塞拉摩堡垒外的广场上照顾伤员。这里曾经是士兵们在战斗大师手下受训的地方，但现在却躺着数不胜数的伤员。吉安娜走在他们中间，将他们传送到安全的地方，有几个明显不是塞拉摩守卫的人正在帮助她。卡雷苟斯也不知道这些伤者将被送至何处，可能是暴风城，也可能是铁炉堡，任何深入联盟领土的城市都比这里要安全得多。

但正当他走近时，事情开始变得有些不对劲。传送门刚一打开便立刻消散。吉安娜皱起了眉头，眉间那道独特的细纹又悄然而生。"有些什么东西正在破坏传送门的稳定。"他听到她对助手们说道。

吉安娜对着卡雷苟斯露出一个疲惫的微笑，然后伸出手来。"卡雷，我……"她看见他脸上的表情，话到一半便戛然而止，"卡雷，怎么了？出什么事了？"

"聚焦之虹，"卡雷苟斯说，"正朝这边过来，就是现在。"他感到一阵恐惧侵袭而来，但又将之强压了下去。

"这怎么可能？从部落过来的吗？卡雷，这说不通啊。如果是部落的人盗走了聚焦之虹，那他们为什么没有立即投入使用？"

他摇了摇头，墨蓝色的发梢在风中翻飞。"我不知道。"他说。他终于意识到这才是他恐惧的源头，但他不知道，也不理解这是为什么。

她的眉头变得更加紧蹙。"这应该就是传送门失灵的原因。"她一边说着，一边转向那些协助她的人，"或许是聚焦之虹造成的干扰，又或者是部落发现了一些我们不知道的花招。请……去把罗宁叫来，我和他合力的话，即便在抑制力场的干扰下应该也足以维持一道传送门。"

他们点头跑开。然后吉安娜转向卡雷苟斯，问道："它在哪儿？"

"我没法精确指出它的位置，但它正在靠近，我必须找到它。要是部落将它作为武器使用……"他已经无力言语了。他现在只想把吉安娜拥入怀中，亲吻她，但他克极力制住了自己。

他克制着没有给她临别一吻。

吉安娜很清楚接下来要发生什么，她连忙后退几步。卡雷苟斯一边小心地留意着地上的伤员，一边化成龙形奋力一跃，振翅凌空，然后他飞向港口，朝着聚焦之虹而去。

他只能希望一切还没有太迟。

罗宁正帮忙在废墟中搜寻幸存者，这里曾经是一座要塞，是他同吉安娜还有其他人为这场战役出谋划策之地。他漫不经心地听着吉安娜派来的五人的请求，随着线索的逐渐拼凑，他心中的不安也愈发强烈。如果卡雷苟斯感知到了聚焦之虹正在迫近，那情况真的会不堪设想。罗宁已经确信加尔鲁什和部落用某种手段欺骗了他们所有人，包括卡雷苟斯，还有他自己。肯定是部落盗走了法器并将之藏匿。一旦他们掌握了聚焦之虹，就能以几乎无穷无尽的方式来利用这强大的魔力。

一个声响打断了他的思绪。它起初微弱模糊，接着逐渐清晰并越来越响，那是机械不断鼓动的轰鸣声。罗宁抬头一瞥，一时间心跳为之停止。

一艘地精天空飞艇正由东南方向朝他们飞来。它的轮廓独具特色，一眼便能认出。飞船的下方似乎还绑着什么东西，但由于船身阴影的遮掩一时无法辨认。随后，飞船稍稍调整了飞行的方向。于是在一道午后阳光的折射下，罗宁看见了……

那是一枚法力炸弹。

血精灵创造了这种该死的玩意儿，它是一种完全由奥术能量驱动的炸弹，顷刻间便能取人性命。这种炸弹尺寸不等，但罗宁见过的最多也不过是一名成年男子大小。然而这枚炸弹，看起来像一件精致的玻璃品，却有整个飞船那么长。若它的能量来自于聚焦之虹的话……

温蕾萨……

恐惧笼罩着他，然而战栗中他依然还是感到一丝宽慰——温蕾萨已经往西边去了，也没有任何报告说她要回来。她不会在爆炸的伤害范围之内。他的爱妻将会安然无恙。

如果炸弹是奔着塞拉摩而来的话。

他转身面向那些还在等待着他回复的人说道："请转告吉安娜女士，我发现了一种抑制力场正在运转，这就是传送门无法生效的原因。告诉她到塔顶的房间里见我，请她尽快。"

他们带着他的口信离开。然后罗宁毫不迟疑地向约定地点奔去，同时在脑子里飞快地思索着。这座塔楼被各种防御法术保护着，它本身就是被设计来抵御这类攻击。会奏效的，只要所有事情都按部就班且不出纰漏。

好吧，他的工作不正是确保这一点么？

法力炸弹！

当卡雷苟斯认出这个外表如此可爱的球体时，心中只觉一阵天旋地转。所以这才是那些部落盗贼的计划！他从未想过可以造出如此庞大的炸弹，整个塞拉摩都会灰飞烟灭。

除非它在空中就被引爆……

这会是一次自杀式的冒险。有那么一瞬间，卡雷感到椎心般的疼痛。他再也见不到他的蓝龙伙伴们了，尤其是亲爱的克莉苟萨；他也将再也见不到吉安娜·普罗德摩尔，但这么做正是为了吉安娜和她的人民。如果这样做可以换来她的安然无恙，那这便是个简单的抉择。他曾经眼睁睁地看着安薇娜牺牲了自己，他已经无力承受所爱之人再次在他的眼前消逝。

他是一头巨龙，但面对那艘被武力和魔法全副武装的地精飞艇，他不仅需要勇猛，更需要智慧。他在半空悬停了几秒，试图估摸几分对手的实力，但他的思绪很快就被打断，因为有三门火炮已经对准了他。

吉安娜对于罗宁坚持要与她会面感到有些困惑，甚至还有些恼怒。因为需要被传送出去的伤员都在广场上，而不是塔楼里。不过尽管如此，她和助手们还是迅速赶了过去。罗宁正在法师塔顶等着她，他打开塔上其中一扇彩绘玻璃窗，指向天空。吉安娜顿时倒抽一口气。

"那就是聚焦之虹？"

"是的。"罗宁答道，"它正在给有史以来最大的一颗法力炸弹灌注能量。并且它还产生了一个抑制力场，使得没有人可以离开这里。"他转身回望吉安娜，"我可以转移它，但是首先你得帮助我。我可以暂时压制住抑制力场，争取一些时间让大家安全离开。"

"当然！"吉安娜看了一眼她身边坚毅的同伴们，如此说道。

罗宁喃喃念动咒语。他全神贯注地舞动手指，然后朝吉安娜点头示意。于是她便开始施放传送门的法咒，但紧接着出现的景象却让她有些迷茫。她原本打算将伤员直接送到暴风城，但是眼前并非是那座伟大的石砌之城，而是一座小岛——无尽之海里无数岛屿的其中一座，比一块秃石好不了多少。她满脸疑问地望向罗宁。

"你为什么重新设定了传送门的方向？"

"这样……消耗的能量更少。"罗宁艰难地吐出几个字。他的额头簇满汗水，几缕浸湿的红发贴在上面。

这完全没有道理。吉安娜正欲开口，罗宁厉声喝道："别争了，全都进去！所有人！"

吉安娜的同伴们服从了命令，大步迈入涡流般的传送门，但吉安娜落在了后面，情况有些不对劲，他为什么……

突然间她明白了。"你根本阻止不了那个炸弹，你打算牺牲自己！"

"闭嘴，赶紧进去！我必须把炸弹引到这里，法师塔里！这样才能保住温蕾萨、珊蒂斯，还有……尽可能多的人。这里的塔壁都灌入了魔力，我应该可以尽可能抑制爆炸的范围。别像个傻姑娘似的，吉安娜，快走！"

吉安娜惊恐万分地看着罗宁。"不！我不能让你这么做！你还有家人要照顾，你还肩负着领导肯瑞托的责任！"

罗宁因专注于施法而闭上的双眼猛然睁开，眼神中有愤怒，亦有恳求。他一面维持着传送门的开启，一面压制着抑制力场，身体不堪重负地颤抖着。

"而你是肯瑞托的未来！"

"不！我不是！塞拉摩是我的城市，我必须留下来保卫它！"

"吉安娜，我用尽全力就是为了把炸弹引到这里来，避免它在城市中心引爆。如果你还不快走，我们就都会死在这儿，我的努力也就全部付之一炬了。这就是你想要的结果吗？"

当然不是，可她也不能眼看着罗宁为自己牺牲。"我不会丢下你的！"吉安娜抬头望向天空的炸弹，哭喊道，"也许我们一起合作就可以转移它！"飞艇的轰鸣声震耳欲聋，为了让罗宁能够听到自己的话，吉安娜几乎是在嘶吼。飞艇越来越接近了，她看见几个小小的黑影在飞艇周围起落盘旋。

还有一个庞大的身影。

卡雷苟斯！

卡雷苟斯收起双翼，如陨石般直坠而下，密集的炮丸与他擦身而过。接着他奋力展翅，试图从飞艇下方火炮的死角攻上来。他的双眼紧锁着那枚法力炸弹。他张开嘴，试图将其冻结然后击碎。如此一来，爆炸会将他吞噬，但这艘运渡炸弹的地精飞艇也会一起崩解。空中碎落的残骸只会对塞拉摩造成轻微损伤。这座城市，还有吉安娜，都会存活下来。

突然一阵刺痛袭来。他摇晃着转过身来迎战对手——一名骑着巨型蝙蝠的被遗忘者。被遗忘者的长矛深深地刺进了卡雷苟斯前臂和躯体相连的地方，那是龙族少数没有鳞片覆盖的地方之一。卡雷苟斯猛然施力，被遗忘者便把持不住，长矛脱手而出。然后，蓝龙几乎是倚着本能，充满报复性地一甩尾，蝙蝠和它的骑手便一同被击飞了出去。

但此刻飞艇已经降下了高度，火炮齐齐瞄准了卡雷苟斯。他本想躲开，却遭到一群驭风者的突袭。紧接着一门火炮响起，这一次，他没能躲过。

吉安娜眼看着卡雷苟斯坠落，不由得大喊起来。而就在此时，飞艇卸下了它的所渡之物。

接下来发生的一切，吉安娜也许永远都不会再去回忆。罗宁将她往传送门推去，门那一头的人也用力拉扯着她。她哭喊着，抗拒着，而当她从传送门的漩涡中扭头回望时，正看到地狱般的一幕降临。

整个世界被一片纯白笼罩。塔楼支离破碎。罗宁挺拔地站在那里，伸开双臂怒目而视，仿佛在蔑视着即将到来的命运。他的身躯刹那间转为紫色，又顷刻凝固。紧接着，他爆炸了，化作一抹淡紫色的烟雾。传送门的涡流关闭了，吉安娜被那股力量牵扯着，越拖越远。她看到奥术能量如紫罗兰色的海洋般淹没了整个塞拉摩。撕心裂肺的哭喊充斥着她的耳朵，那是如临深渊般的绝望。然后，她失去了知觉。

第 19 章

贝恩是一名战士。他早已经历过太多战争所带来的近乎难以承受的恐惧。他亲眼见过城镇、堡垒，甚至是自己的城市雷霆崖深陷火海。他目睹过刀剑、火焰与拳脚的交锋，也目睹过魔法之间的较量，更深知咒语所带来的杀戮与钢铁一样真切而残忍。他曾亲口下令进攻，亦曾亲手取人性命。

但这……

之前战斗中所留下的余火仍未熄尽，但此刻夜空中闪烁的却并非是房屋与血肉被火焰吞噬的橘红色彩。相反，是一道从城中伸展出来的淡紫色绚烂光束，如雪原中倒映的月光一般皎洁。在这悦目的光芒之上，天空中风起云涌。一道闪着七彩光芒的闪电如长矛般划破天幕。锯齿状的光华形影交错，一会儿现身于此，一会儿又移到他处。轰隆的声响清晰可闻，并且不断反复，就好像世界正在经历永无止境的撕裂与愈合。这流光溢彩的景象让贝恩想起了曾与父亲一同目睹过的诺森德极光。老凯恩满怀敬畏向他讲述，而他则被惊得目瞪口呆，心中奔腾翻滚。

那柔和的紫光昭示着塞拉摩已经完全地被奥术能量所包裹。这法力炸弹想来是那个血精灵的杰作，他现在正和其他支持加尔鲁什此举的部落成员一同欢呼着。炸弹在城市上空引爆，它所带来的不是伤害，而是毁灭——每一位市民，每一栋建筑都被彻底毁灭。贝恩已经见过太多敌人和朋友死在奥能法术的攻击之下，对此他能感受到的除了愤怒，还是愤怒。爆炸范围内的每个人都已经化作飞灰，每一栋建筑都已经支离破碎，因为魔法从内到外扭曲改组了他们每一处最细微的构造。贝恩清楚每一个生灵、每一片绿叶甚至每一撮泥土已经宣告死亡，甚至，比死亡更糟。

而这可怕的魔法将会一直在这惨遭屠戮的城市残留下去。贝恩对此无能为力。他不知道这些象征着加尔鲁什蓄意暴行的恐怖紫光还会再存在多久，但是他知道在很长一段时间里，塞拉摩将会寸草不生。

眼泪淌过他的脸庞，他却无心擦拭。他被欢呼的人群包围着，但是当他环顾四周，在这鬼魅般奥术光芒的照耀之下，他也看到了许多和他一样带着震惊与厌恶的脸庞。大酋长到底怎么了？那个曾经说过"荣耀……无论战争多么可怕，都绝不能将它遗忘"的大酋长，那个因为兽人克罗姆加大王向无辜的德鲁伊投放炸弹，就将其扔下悬崖摔死的大酋长，他到底怎么了是？这两件事情间惊人的相似之处让贝恩感到痛彻心扉。加尔鲁什不再谴责这样的行为，而是身体力行地投身杀戮。

"胜利！"加尔鲁什站在海峡中小岛的至高处，大声喊道。他举起血吼，锋利的斧刃将这淡紫色的光芒折射下来，照在聚集此处的部落战士身上。"首先，我在北方城堡为你们带来了一场胜利。然后，我节

224

制着你们的耐心，以便投入到一场更为光荣的战斗，一场让联盟倾其精锐的战斗。现在，你们每个人都是一名值得自豪的老兵，因为你们对抗过吉安娜·普罗德摩尔，对抗过罗宁，对抗过马库斯·乔纳森与珊蒂斯·羽月！最后带来胜利的一击，来自于我们从这个世界最伟大的魔法守护者手中抢来的奥能法器，而这强大的力量已经摧毁了整座城市！"

他指着塞拉摩，就好像有人还没注意到这巨大灾难留下的废墟一般。"这就是我们铸就的成果！看看部落的荣耀吧！"

难道就没有人醒悟过来么？贝恩不能理解。太多，太多的人欢欣鼓舞地望着这座死城，这座堆满惨死之人的空城。他们为自己被骗来攻打塞拉摩而开心不已，而加尔鲁什明明就有不用牺牲一兵一卒而赢得胜利的方法，他却弃之不用。到底哪一种行为更让他鄙视，贝恩说不清楚。

欢呼声震耳欲聋。加尔鲁什转过身来，对上了贝恩的目光。他久久地盯着贝恩，贝恩也没有移开视线。加尔鲁什的嘴角蜷起一道冷笑，然后朝着地上啐了一口，迈着大步走开。欢呼的浪潮也跟随着他而去。

然而马尔考罗克却仍然留在原地。他开始笑了起来，一开始缓慢轻柔，之后音量逐渐上升，最后竟演变成一种近乎疯狂的大笑。这一瞬间，贝恩敏锐的双耳中充斥着疯狂的笑声，对他人灾难的欢呼声，以及想象中毁灭降临之前的遍野哀号。

贝恩再也抑制不住对自己的厌恶。尽管并不情愿，甚至毫不知情，但他终究参与了这场惨剧。于是，牛头人的酋长贝恩·血蹄捂住自己的耳朵转身离开，走进温暖湿润的沼泽中去寻找麻醉痛苦的幻象。

黎明的到来对塞拉摩废墟来说显得十分无情。

没有了温柔夜色的遮掩，这场灭顶之灾的痕迹一览无余。大部分火焰已经熄灭，但仍有烟雾从灰烬中盘桓而上。在暮色中上演的那场色彩斑斓的奥术异景，宣告着时空的连续和稳定都已经分崩离析，人们甚至可以从中瞥见来自其他世界的景象。漂浮在半空中的不仅仅只有岩石和散落的土块，还有建筑与武器的残片。尸体也在空中缓缓翻动，像浮在水中的怪诞人偶一般。头顶雷声滚滚，片刻未停。

加尔格带着得以参与此次战争的满腔骄傲搜寻着整个城市。毫无疑问，这场光荣的战役已被载入史册。他听到了一些对于加尔鲁什决策的怨言，据说主要是来自牛头人和巨魔。但不管怎么说，当他看到战船上的兽人都和他一样因胜利而喜悦时，他还是深感自豪。

当加尔鲁什大酋长的密使靠近"鲜血与雷霆号"的时候，加尔格正在舰桥上等候着。密使站在一艘小船上，沿着绳梯矫捷地向上攀爬。当加尔格注意到这并非普通的兽人，而是一名库卡隆时，他满怀骄傲地站得更加笔挺了。

库卡隆向他正姿敬礼。"加尔格船长，"她说，"在塞拉摩废墟迎来黎明之际，我有两封信函要交付于你。"当两名兽人相互敬重时，嘴角往往都会挂着微笑，"其中一封是加尔鲁什大酋长给你的密信，另一封则是你们的最新指令。你，船长，将会在部落征服卡利姆多的下一阶段中肩负重要使命。"

加尔格眼中闪着狂喜的光芒，但他还是控制着自己，只是礼貌性地鞠了一躬。"我为效忠大酋长与部落而生。"

"看得出来，而且你的忠诚绝不会被辜负。我奉命在此等候你读完信件，然后带回答复。"

加尔格一边点头一边打开了第二封信函，视线飞快地扫过，眼里的光芒也越来越盛。他几乎就要压抑不住自己的喜悦。加尔鲁什并自吹自擂，他实现了自己的承诺，以一种极其戏剧性的方式摧毁了塞拉摩。他让所有人都为之震惊，甚至包括他最忠实的追随者。部落停留在塞拉摩港口的战舰从此就可以分散开去，封锁住这片大陆上的每一个关键点。这样一来联盟再也没法增援塞拉摩，甚至也没法增援洛达内尔、羽月要塞、鲁瑟兰村和秘蓝岛。

加尔格收起卷轴，自信满满地说："请转告我们的大酋长，他的命令我已经清楚了，舰队将会立刻奉命起航。而且我很确信，当捷报传回奥格瑞玛的时候，他在这里都能够听到满城的欢呼声。"

吉安娜恢复知觉后的第一个感觉就是疼痛，尽管她完全想不起自己为什么会伤重如此。每一滴血、每一块肌肉、每一根神经、每一寸肌肤都像是被霜火无情炙烤过。她紧闭双眼，轻轻地呻吟，试着移动了一下位置，但立即便感受到成倍的痛楚。她朱唇微启，轻轻地呼吸着，但呼出的仿佛都是异样的寒气。而且，就连这轻微的动作也都伴随着剧痛。

她挣扎着睁开眼睛，然后坐了起来。她咬紧牙关对抗着痛苦，伸手抹去脸上的细沙，然后开始试着回想。似乎是发生了一些……一些难以言说的可怕遭遇，但自己的意识正极力抗拒着去回忆。

一阵微风拂过，将她的秀发吹到脸上。她本能地抬手想要拨到耳后，但当她看到夹在指间的发缕时，整个人都呆住了。

吉安娜的长发向来都金光闪耀。"阳光的颜色，"在她还是孩童的时候父亲就曾这么形容。

可现在，它透着月亮的光泽。

她站在记忆之海的岸边，绝望地想要逃走，可顷刻间浪潮已将她淹没。

我的家园……我的人民……

吉安娜摇摇晃晃地站了起来，身子却依然止不住地发抖。那些昔日相伴之人，从此再不能相见。她已是孤身一人……坚强而孤独地立于天地之间。

她举目环顾。天穹四裂。上午的时光才刚过去一半，但天穹的裂缝里已经可以看到闪耀的星光，奥术的异象时隐时现。在她朦胧的泪眼中，这漫天色彩就像是撕开的伤口和丑陋的血淤，嘲弄般地舞动在那座昔日的荣光之城上空。

一片阴影从她头顶降下，但她就像是被那骇人的景象摄去了魂魄，毫不在意是什么东西落在身旁。直到一个声音把她从恍惚的神志中拉回现实。

"吉安娜？"

这是一个虚弱的声音，同时夹杂着痛苦、忧虑和关心。然后她听到了他飞奔而来时靴子踩在沙砾中的细细声响。

她把脸转向卡雷苟斯。尽管泪水模糊了双眼，她还是可以看到他一只手紧紧捂在腰间。伤口并没有沁出血迹，但他也已是脸色苍白、筋疲力尽，正用着最后的力气一瘸一拐地向她跑来。然而等到距离渐近时，吉安娜注意到，卡雷苟斯正因为她身体的变化而显得有些惊愕。

她再也支撑不住这身躯，而他正好赶在她倒下前的一刻搂住了她。吉安娜本能地伸出手紧紧抓住卡雷苟斯，把自己的脸埋在他的肩胛。他也紧紧地抱住她，用一只手轻抚着她的后脑，脸紧紧贴着她的银发。时间一分一秒地流逝，而他们再没有诉之言语，只是紧紧地相拥在一起，给彼此以无声的安慰。

"什么都没了。"吉安娜喃喃地说道，她的声音因痛苦和惊吓而显得异常刺耳，"所有人，所有的一切，都没了……我们曾经那么艰苦地战斗，那么英勇地战斗，我们还打退了他们，卡雷，我们还打退了……"

他把她抱得更紧了，但他没有说任何安慰的话，因为此刻言语已经再起不了任何作用。

"我的王国，还有所有的将军们……烈拳、提拉萨兰、奥布里、罗宁，仁爱的圣光啊，罗宁！还有罗宁！卡雷，他为什么要这么做？为什么要救我？我才是那个该为此负责的人！"

卡雷苟斯凝神注视着吉安娜，终于开口。"不。"他的声音听起来很坚决，"不是这样的，吉安娜。这不是你的错，不要把责任怪到自己头上。如果非要有人为此承担，那肯定是我——我的龙群竟然让那该死的聚焦之虹被人窃走。那场爆炸根本就不可能对付得了，没有人可以。那是一个被聚焦之虹灌注能量的法力炸弹。我比大多数人都离得更远，也仍然被那股力量狠狠地拍到海上。你根本就无能为力，所有人都无能为力。"

他们并肩而立，卡雷苟斯用强健的臂弯牢牢扶住她。就像是绝望中遇到的最后一丝曙光，吉安娜让自己依靠着他。也许事实的确如此，可她还是意识到，有些事情在等着她去做。

"我必须得回去，那里也许还有人活着。我也许还能做点儿什么。"她用微弱的声音说道。

他瞪大了蓝色的双眸。"吉安娜，不，不要这样。那里不安全。"

"安全？"她一把推开他，怒气爆发了出来，"安全？你怎么能在这个时候跟我说安全，卡雷？我的王国已经不复存在，而那残骸之中或许还有幸存的人民。我必须得回去看看还能做些什么！"

"吉安娜，"卡雷苟斯走回到她身边，恳求地说道，"那个地方充满了奥术能量。你侥幸逃脱，但那爆炸已经让你……"

229

"那爆炸把我怎么样了，卡雷？"她只觉心中一阵苦痛，甚至肉体的伤痛更加剧烈。

他犹豫了一会儿，然后和缓地说道："你的头发已经全部化为银白，只剩一小缕金黄。你的眼睛……也同样闪着白色的寒光。"

她望着他，胸中像是有什么正在翻腾。如果看得见的影响都已经这么明显，那还有多少没能看见的呢？她用力按住自己的心脏，好像这样就可以把那撕心之痛赶走一样。

卡雷苟斯继续说道："我知道你想做些什么，你想采取些补救行动，但眼下还有许多别的事情。塞拉摩已经化为灰烬了，吉安娜。你现在赶过去也不过是让自己再次身陷险境。等那里安全了，我们可以迟点一起回去。"

"没有什么'我们'，卡雷。"她苦涩地说道。倔强的话语让卡雷苟斯英俊的面容上露出受伤的表情。她有些心疼，但现在她欢迎这样的痛苦。只有痛苦，才能让她在独活于世的绝望面前保持清醒；只有痛苦，才能让她不把塞拉摩的逝者淡忘。这感觉很好，就像是在以艰难且残酷的方式净化自己。"要回到那里的是我，我的决意，以及我对逝者的责任。我要回去看看还有没有可以做的事情，还有没有可以拯救的生命。我会独自一人去完成所有事情，就像一直以来的那样。不要跟着我。"

她迅速地发动了一个传送咒语。她任凭他在身后呼喊着自己的名字，强忍住不让眼泪落下。

然而憋在心中的泪水，使得伤痛更加深切。

吉安娜本以为自己已经做好了心理准备来面对即将看到的景象，但她错了，法力炸弹在塞拉摩造成的破坏是任何一个有血有肉的人都无法面对的。

　　第一个引起她注意的地方是法师塔，更确切地说，曾经是法师塔的地方。那座漂亮的白色石砌建筑连同她浩瀚博藏的图书馆、舒适优雅的会客厅一起消失得干干净净。一个巨大的冒着烟尘的大坑出现在它原来的位置上，这让她想起了希尔斯布莱德丘陵上的那个巨坑。区别在于，那个巨坑是由一座浮空升起并驰往战场的城市留下的，而这一个则是由于罗宁孤注一掷的尝试而留下——一个让他付出生命的尝试。

　　她被死亡所围绕，所吞噬，所淹没。死亡就存在于这一列一列排在眼前的无一完好的建筑中。死亡就在她脚下所能感知的土地里，在她头上刺耳的摇摇欲坠的天空中。而最多的死亡，就在那些倒着死去的尸群中。

　　伤员们至死都躺在治疗者怀中，骑手们则和他们的战马生死相依，死去的士兵们握着还未及出鞘的武器……灾难来得如此突然，而又是如此的无力回天。吉安娜像个梦游者一样游荡在这个她人生为之毁掉的地方，空气中弥漫着电流不时发出声响，并且让她的银发为之飞扬。

　　吉安娜以莫名的冷静注意到了法力炸弹影响下的一个奇怪现象。断臂、梳子、书页，支离破碎地四散分布着。她不由自主地把它们捡了起来，但炸弹的毁灭如此彻底，其中一页纸张在触碰到的瞬间便化为碎末。军械库旁，一名士兵躺在了血泊之中……而就在三步以外，另一名士兵漂浮在半空之中，距离地面差不多有一名成年人类的高度。凝成小球的紫色液体正从他的铠甲缝隙中渗透出来，往更高的地方漂浮而去。

　　一个柔软的东西被她踩到了，她急忙往后一跳，低头看去。那是一只发着紫光的老鼠，嘴里还叼着一片儿完全正常的奶酪。卡雷苟斯警告过她，在这样的爆炸中没有什么可以幸存，就连老鼠也不能，但看起来……

她用力摇了摇头。肯定有人还活着，肯定。不可能所有的人、所有东西都被杀死。她带着坚韧的决心继续向前，翻动着她能够移动的瓦砾，并不时停下来倾听，希望可以在天空嗡鸣声的干扰下听到求救的声音。她找到了蓓恩的尸体，倒在一个显然是被她击杀的兽人身上。吉安娜跪倒在地，手指轻抚蓓恩深蓝色的长发，但转瞬间发辫就像玻璃丝那样碎落一地，让她不由得倒吸了一口冷气。蓓恩握剑而死，脸上冷漠的表情是那么的熟悉。她为了保卫吉安娜和塞拉摩而死，正如她生前一直履行的职责那样。

先前因恐惧而麻木的心痛此刻又蠢蠢欲动地苏醒了过来。吉安娜克制着自己的情绪，继续前行。在这里死去的是亲爱的奥布里、马库斯·乔纳森、提拉萨兰以及两名矮人，而艾登中尉则倒在一座残破的屋顶之上，闪亮的铠甲在爆炸的影响下变成了黑紫色。

突然间，吉安娜恢复了神志与理性。

卡雷苟斯说得对，她必须停下来。离开吧，吉安娜。你所看到的已足以说明无人能够幸免。离开吧，赶在你尚未崩溃之前。

然而她怎能离去？她找到了蓓恩，她还得找到其他人。她的老朋友特沃什现在在哪儿？还有卫兵拜伦、牧师艾伦·布莱特，还有那个固执地想要留下来的旅店老板詹妮。他们在哪儿？到底在哪儿？

一个小小的身躯引起了吉安娜的注意，她起初以为是个孩子，可孩子们都已经被送去了安全的地方，那这会是谁……

然后她明白了。

吉安娜感觉自己已经没法呼吸，她呆立在那里，想要移开视线但终究无法做到。她不由自主地，慢慢地，拖着僵硬的双腿一步一步来到那那具尸体面前。

金迪面朝地面倒在自己的血泊之中。粉色的头发在鲜血侵染下粘成了猩红的一片。吉安娜一时间只想抱起金迪放进温暖的浴缸，只想帮她擦洗干净，然后换上一身新的长袍。

她跪倒在地，伸出手搭在小侏儒的肩膀之上，想要把她翻过身来。但就在那一瞬，金迪的身体碎裂成了一片闪亮的紫色尘埃。

吉安娜尖叫起来。

她在彻底的恐惧中尖叫着，疯狂地想把那些晶莹的粉末聚拢起来，这是那个聪明活泼的年轻女孩唯一留下的东西。她尖叫着，因为失落，因为悲伤，因为愧疚，还有最重要的，因为愤怒。

对部落的愤怒。对加尔鲁什·地狱咆哮的愤怒。对他的追随者们的愤怒。对贝恩·血蹄的愤怒——他送出了警报，但终究还是坐视着灾难降临，很可能他早就知道了这一切。她的尖叫变成了痛苦而嘶哑的呜咽，火辣辣地刺痛撕扯着喉咙。她捧起紫色的晶尘紧紧捂住，好像这样就能留住金迪，可那晶尘一点一丝地从指尖滑落，让眼泪忍不住越流越多。

这不是战争。这甚至连屠杀都不是。这就是彻底的灭绝，而凶手却还安然待在远方。这是吉安娜所能想象的最野蛮也是最怯懦的杀戮方式。

荒寂的废土上突然闪现出一道亮光，就像是某种信号。吉安娜凝望着那里，然后缓缓地，摇摇晃晃地站了起来，像是醉酒一般，蹒跚着走向那个奇怪的闪光。

这是一片和她手掌差不多大的镀银玻璃。她将它捡了起来。浑浑噩噩中她没有立刻认出这是什么，但转念之间痛苦席卷而来。如此多的记忆——安度因和她聊天时活泼的脸庞、瓦里安带着伤疤的面孔、卡雷苟斯小心翼翼躲避镜中人的那个角落，还有罗宁……

她用眼角的余光瞥见了一些正在移动的身影。她转头看过去，不切实际地盼望着能够发现幸存者。

这是一群身着甲胄、高大魁梧、绿色皮肤的部落士兵。至少有二十五人，也许超过三十，全都是兽人。他们在碎石瓦砾中搜寻着什么。其中一人把某样东西扔进口袋，又对着其他人说了些什么，随即爆发出一阵粗野而刺耳的兽人笑声，甚至盖过了一直回响在空气中的各种杂音。

吉安娜握拳而立。手掌隐隐传来一丝疼痛，但她已不去理会。她已经忘记掌中还握着那魔镜的残片，她已经忘记了锋利的裂痕将会割裂手指和掌心。

片刻之后，一名兽人发现了站在废墟中心的吉安娜。他露出黄色的獠牙咧嘴笑了，然后招呼着身旁的同伴。毫无疑问，这是一支加尔鲁什派来确认城内居民是否死绝的斥候小队。其中一个块头最大、铠甲最严整，看起来是头领的兽人开口说话了："小淑女，不知道你是怎么活下来的，但我们会修正这个失误。"

他们都各自亮出了武器——战斧、重剑，以及阴冷黯淡的淬毒之匕。吉安娜笑了——露出虎牙的冷笑。靠过来的兽人们对她的反应显得有些迷惑，但那名头领似乎明白了什么，开怀大笑了起来。"我们要干掉吉安娜·普罗德摩尔啦！"他说。

"把她的脑袋带给加尔鲁什大酋长！"另一名兽人说道。

加尔鲁什。

无须多言。吉安娜丢掉掌中的镜片，举起双手。在法力炸弹对她的影响下，这一击的威力远比先前更为强劲。奥术能量如光晕般辐射开来，根本无处可躲。兽人们全都被狠狠击中，踉跄着往后退去，心里感到既震惊又畏惧。那个似乎是盗贼的兽人被震得匕首脱手而出，好不容易才维持住平衡，但那些更强壮的兽人则很快稳住了脚步，挥起武器再度冲锋过来。

吉安娜冷冷一笑。又一道淡蓝色的光晕以她为中心辐射开来，兽人们全都被寒冰冻住双腿，禁锢在原地。紧接着她指间轻舞，唤出一个巨大的火球朝着兽人扎堆的地方轰击过去。先前那一发奥能冲击留下的法力残余让火焰烧得更为旺盛，六名兽人转瞬间便号叫着化为火人，在痛苦的抽搐中被烧成灰烬。另外十来人离得稍远，幸运地在面对法师之后还留下了全尸。霜火散去，存活的的兽人们继续前进，但明显已变得更加谨慎。

一片锥形的冰雾喷出，兽人们如入泥潭般举步维艰。紧接着四发火球射出，又是四名兽人当场毙命。然后又是一次奥术冲击，吉安娜清淡描写地让敌人一个接一个倒下。

还剩下十个。六个垂死挣扎，四个暂时还没受伤。她轻轻一挥手，这下除了她以外再没有人还能站着，但她怒吼着又释放了一次奥能的波动，让不是尸体的敌人也都全部变成了尸体。

汗珠从额头滚落，将缕缕银发贴在脸颊。当她放下双手时，视线之内已经没有可以动弹的兽人——准确地说，其实还剩下一个。那兽人残破的衣甲下胸口仍在缓缓起伏，身体则不住地抽搐和颤抖。

吉安娜弯腰捡起那块破镜的残片，但却没有再多去看它。刺骨的快意涌上心头，她缓缓地、坚决地踏过成片的尸体，来到唯一的幸存者身旁。

他咳嗽连连，暗红色的血液从长着獠牙的口中喷出。他浑身上下都是灼伤的痕迹，铠甲融化后的铁水顺着皮肤滚过，直到嵌进身体。这一定非常痛苦。

很好。

她俯下身，把自己的脸凑了过去，直到能闻到那兽人口鼻中呼出的恶臭。他抬起头看着她，小小的眼睛里满是恐惧——对吉安娜·普罗德摩尔，那个兽人之友，那个外交家的恐惧。

"兽人一族全都是卑鄙的懦夫。"她嘶吼道，"你们不过是一群该死的疯狗罢了。你们唾弃仁慈？那我就让你们如愿。你们想要杀戮？我会把超乎你们想象的杀戮送到加尔鲁什面前。"

接着，伴随着一声野蛮的叫喊，她将那块玻璃残片深深插进了兽人颈甲和肩甲的缝隙之间。鲜血喷涌出来，把她的双手和脸颊染成一片鲜红。

垂死的兽人想要挣脱，但她用双手死死按住他的脑袋，哪怕生命就要完结，也要让他看着自己的仇人而死去。等到他再也没有了呼吸，她才站起身来。而那玻璃的碎片，永远留在了兽人的喉头。

吉安娜继续阴沉地检视着部落在塞拉摩遗留的伤痕。视野所到之处，无不令她胸中冷酷的怒火愈加旺盛。港口已经彻底毁坏，但奇怪的是，此处的残骸同样骇人，但却已没有待在大坑时那么难受，那里……

她眨了下眼睛。尽管并不情愿，但她必须这么做。她转身走回曾经是法师塔的地方。她感到几分刺痛，这意味着奥术能量正在增强。整个城市都回荡着奥术能量的余威，但她明白自己正在接近这场灾难的源头。她的心跳开始加速，并加快了步伐。她闭上双眼，又再次睁开。这个巨坑令她不忍卒看，但她必须得如此。

一个看上去简约迷人的小球，如同呼吸一般闪烁着奥术的能量。它看上去脆弱不堪，但却在夷平整座城市的爆炸中毫发无损，没有一丝划痕。

卡雷苟斯没有夸大这件法器的力量。只可惜一旦落入恶人之手，这力量便成为诉诸暴力的手段。她的心头涌起一阵后知后觉的哀伤。当她靠近的时候，她能感觉到这件法器的能量就像是拥有实体一般冲击着她。她的头发直立，眼睛也迷眩了片刻，但她很快调整了过来，双目甚至变得更加有神。她果敢地滑进了巨坑。罗宁已经无迹可寻，看起来他成功地将炸弹引到了自己身边。现在，罗宁所留在世间的只剩下众人对他的记忆……以及两个孩子，和一位悲恸的遗孀——如果温蕾萨与城市之间的距离远到足够让她幸存下来的话。想到这里，吉安娜口中泛起些许苦涩。他是为了救她而牺牲，她绝不能让这牺牲白白浪费。

她抵达坑底。聚焦之虹至少有她的两倍那么大，分量自然也不轻。她可以带着这东西一起传送出去，然后将它藏匿起来，但关键是如何才能躲过卡雷苟斯的感知。她几乎立刻想到了解决的办法。卡雷苟斯已经开始了解她、关心她。吉安娜弯下身，把手放在这件法器上，感受其中的能量震颤。她冷静地计算着，用最深层的自我意识与之相连，让它烙上自己最强大的力量与最致命的弱点。从此刻开始，当卡雷苟斯搜寻聚焦之虹的时候，能感应到的却只有吉安娜。她将利用卡雷苟斯对她的感情来愚弄他。作为塞拉摩的统治者和唯一的幸存者，吉安娜·普罗德摩尔要把聚焦之虹据为己有。

部落想要战争。为了毁灭敌人，他们无所不用其极。

若他们想要战争，吉安娜便会给他们奉上战争。

乐意之至。

第 20 章

终于，治疗开始有所成效了。

在受伤的大地与锋利而愤怒的闪电之间，万物仍在颤抖。

在萨满们的日夜坚守之地，狂风依旧在哭号，汪洋依旧在咆哮，但他们一天又一天坚持付出的治疗已经开始有所成效。

有时候，海洋会平静那么一会儿。暴雨不再无止无休，天空中也能瞥见一丝湛蓝。地震也曾经终止过整整三天。

大地之环的成员们——努波顿、雷加、穆恩·大地之怒和其他人都把这些细微的征兆铭记心。如同治疗一个受伤的身体一样，治愈艾泽拉斯也需要时间。只要熬过这漫长而又苦涩的过程，坚持治疗，这些元素最终都会得以恢复。

萨尔牢牢地站立在颤抖的大地上，将自己深深扎根于此，并抽取着它的痛苦。他想象着自己的灵魂，自己与伟大生命之灵之间的联结通道正放肆地向上伸展，直破云霄。他把潮湿污浊的空气吸进自己的肺里，净化它们，然后把清洗过的空气呼出。这是一项艰巨的任务，也是一项必须要完成的任务。迄今为止，这项工作看上去似乎永无止境，但这却是他一生中做过的最有意义、最快乐的事情。

如同一个受惊的孩子终于渐入梦乡，大地的震颤逐渐减弱，直至平息。呼啸的狂风亦是如此，虽然有些不太情愿，但终究消停了下来。就连雨也停了。萨满们睁开眼睛，回到了简单的现实世界。他们彼此交换着倦怠的微笑，是时候该休息一会儿了。

阿格娜强有力的棕色手臂紧紧挽着萨尔，用赞许和钦佩的眼光望着他。"哦，我的古伊尔，你不再是一阵旋风了，你变成了一块磐石。"她说，"自从你回来之后，我们的工作已大有进展。"

他紧紧握着她的手。"如果我是磐石，那你便是撑托着它的坚实土壤，亲爱的。"

"我是你的伴侣，你是我的至爱。"她回答道，"无论时光如何变幻，我们都像元素一样，互相需要彼此。石头、风、水或是火。"她眨了眨眼。在萨尔和其他萨满产生矛盾时，是阿格娜把他拉回了自己的命运之路。她并不精明机灵，萨尔曾经为了为了这件事很生气，但最终他领悟到了她的智慧。自从他回归之后，他们便再没分开过。他们工作时如舞伴一般紧密配合，休息时又尽情地取悦着彼此。萨尔再一次想起对吉安娜说过的话，他默默地向能听见他的神灵祈祷，希望她也如同他现在一样，幸福而安宁。

当他们回到营地的时候，看见一个穿着轻皮盔甲的兽人站在那儿等候着，萨尔的好心情瞬间消退。他身上的尘土和污泥说明了他是一个信使，而脸上严酷的表情又说明……显然不是什么好消息。

他利落地敬了一个礼。"古伊尔，"他一边说一边弯下腰，"我带了奥格瑞玛以及一些……别的地方的消息。"

一阵寒意袭上萨尔的心头。加尔鲁什惹事了？其他的萨满们也都靠近过来，饶有兴趣地看着这个站在他们中间的陌生人。是私下阅读还是公开昭示呢？萨尔心中纠结了一番，最终他还是选择了后者。毕竟，消息是带给大家的，而且他也已经不再是部落的大酋长。

他一直等到其他大地之环的成员们都抵达此处，然后打了个手势示意他们都靠上前来。这个倒霉的兽人信使很紧张，重心在双脚上变来变去，正期待着萨尔给他的答复。"把你带来的消息念给大家，我年轻的朋友。"萨尔平静地说道。

这名信使平稳住自己的呼吸，开始念道："我怀着无比沉重的心情向您通报，灾难又一次降临到了这片麻烦重重的大陆，实际上，或许可以说是降临到了整个艾泽拉斯。加尔鲁尔集结了部落的所有军队，南下摧毁了北方城堡。接着他等了几天，好让联盟军队在塞拉摩建立起防御。为了对抗我们的海军和陆军，塞拉摩召集了第七舰队，以及好几位久负盛名的军事参谋，有马库斯·乔纳森将军、珊蒂斯·羽月、温蕾萨·风行者、海军司令奥布里。部落军英勇作战但还是落败了……看起来像是落败。

"为了彻底摧毁北方城堡，加尔鲁什利用了被奴役的熔核巨人。而为了夷平塞拉摩，他……"

信使停了下来，人群中发出了一阵阵喘息声。"夷平塞拉摩"这几个字眼在空气中久久回荡。这里的成员都分别来自联盟或是部落，他们为了一个更伟大的目的而暂时把对各自阵营的忠诚放到一边，但这并不等于丢下忠诚。而且对于萨满来说，奴役元素来参战……尤其还是这种元素，是何其可怕的事情。

"说下去。"萨尔严肃地说。

"为了摧毁塞拉摩，他从蓝龙军团那里窃走了一件法器，用其制造出了一个闻所未闻的法力炸弹。在奥术能量带来的毁灭中，塞拉摩彻底沦陷了。据斥候回报，城内无一人生还。"

无人生还?！吉安娜——他亲爱的朋友，永恒的和平之声——也逝去了？萨尔发觉自己呼吸困难，阿格娜紧紧握着他的手。他紧攥双拳，直到一阵疼痛传来。阿格娜依然紧紧地握着他的手，给他予爱，予支持，她明白此刻他心里是多么的刺痛。

一名德莱尼转身投向巨魔同伴的怀中寻求安慰，她低低的啜泣声刺痛人心。那名巨魔温柔地拥抱着她，但脸上却写满了狂怒。每个人都目瞪口呆，即使是平日里反对和平的人。这种肆意的杀戮对部落来说毫无荣耀可言。这种轻率莽撞的行为必定会付出惨重代价。

令人难以置信的是，后面竟然还有更多内容。萨尔一时间无法说出任何语言，他打了个手势示意信使继续。

这名年轻的兽人话语间带着沉重与悲伤。"我们的海军分散开来，在卡利姆多形成了一个包围圈，全面封锁联盟的出入。羽月要塞、泰达希尔，或者是其他任何地方都无法再获得增援。那里的居民也再没有希望逃出生天。加尔鲁什已声称将征服整片大陆，并清扫一切联盟的痕迹。我唯一能带给你的希望之光是，并非所有的部落将士都对加尔鲁什此举感到满意。已经有许多人看到了他这条道路中潜藏的危机，并为部落未来的境遇深深担忧。——汝友，伊崔格。"

萨尔点点头，对这番可悲的话语表示理解，但在他心里翻滚的却是另一番话，一位刚刚逝去的女士在不久之前对他说过的话。

"世事难两全，古伊尔。就好像你的知识和能力都是付出了代价换来的……加尔鲁什正试图在联盟与部落之间挑起争端，一些原本不该存在的争端……作为萨满，你可以驾驭风火，而如今风波已起，战火将燃，你可有看到，那些将因加尔鲁什而亡的无辜生灵。"

如今，很多人都付出了生命的代价。很长一段时间里，当其他大地之环的成员们在诉说着他们的担忧时，萨尔只是站着，痛苦着，不停拷问自己的灵魂。她曾经说的是对的么？如果他当初没有选择让加尔鲁什继位，这一切悲剧是不是都可以避免？

　　他为这个问题困扰已久，现在，在绝对的理性之下，他已经明白，吉安娜是对的。吉安娜一直都认为低估一个人和高估一个人同样愚蠢。在同死亡之翼的作战中，萨尔曾经作为大地守护者填补了另外四头守护巨龙的空缺。他很清楚自己的责任不仅仅在这里，他还有能力作出更大的贡献。

　　可是……大地之环在此地施以的治疗，毫不夸张地说，足以改变整个世界。

　　和其他萨满一样，他为奴役熔核巨人感到忧虑，同时也为发生在塞拉摩的嗜血屠戮，为窃取奥术能力制造屠杀的行为感到深深的悲伤。但他明白，他现在无法脱身离开，事实上，他们中的任何一个都不可以。

　　当萨尔回过神来时，努波顿道出了他的心事："我们刚取得进展，我们现在不能停下，谁都不能。"

　　"接下来他还会做些什么？"雷加问道，"为了一己私心继续利用熔核巨人，然后让我们现在所做的努力全都付之东流么？"

　　"我们联合塞纳里奥议会以及守护巨龙一同治愈了诺达希尔。"穆恩·大地之怒说道，"这是一次前所未有的，并且取得了圆满成功的合作。随着诺达希尔重获生机，整个世界都有机会得到治愈。但如果加尔鲁什能做出这种事，那他以后又会对世界之树做些什么呢？"

　　萨尔看着他的朋友们。他们的脸上有着同自己一样的犹豫不决。努波顿和穆恩对视了一眼，然后努波顿开口道："对于这个消息，我感到既愤怒又悲哀。不单单是滥用元素这一点，而是整个事件。毫无疑问，在遭到如此蹂躏之后，大地会燃起怒火，就连诺达希尔也会处于危险之中，但是如果我们放下这里的任务去惩戒加尔鲁什——假设我们有办法惩戒他的话——那也意味着我们在这里的工作很可能会功亏一篑。古伊尔，你曾经是部落首领，是你选择让加尔鲁什接替你的位置。我们所有人都知道你和寻求和平的吉安娜女士交情匪浅。如果你认为自己需要离开，没人会质疑你的选择。对其他人，我的想法亦是如此。我们来到这里都是出于自愿，都是为了响应心中的感召。如果此心已逝，那就带着我们的祝福离去吧。"

萨尔久久地闭上双眼。他的内心既悲痛，又震惊，更有愤怒。他现在所想的只有披上战甲，拿起毁灭之锤冲向奥格瑞玛。他要去惩罚格罗姆·地狱咆哮的儿子！为他那愚蠢、无知的毁灭行径！选择加尔鲁什掌管部落是他的错误，与其他任何人无关。萨尔一直尝试向加尔鲁什灌输兽人的荣誉，但加尔鲁什不仅没有从父亲的过错里吸取教训，而是相反，继承了他父亲身上最坏的品性。

但他不能离开，他不能放纵自己的痛苦而不顾大局，至少现在不行。即使吉安娜·普罗德摩尔的鬼魂出现在他面前哭喊着要复仇，他也只能对她说不。

他抬起自己悲伤的湛蓝色双眸，对努波顿说："我感到悲哀，还有愤怒，但我仍会听从感召留在这儿。现在，没有什么比这份使命更为重要。"

所有人都沉默不语，连阿格娜都没说一句话。他们都知道这个决定对他来说有多不容易。雷加伸出手，拍了拍萨尔的肩膀。

"不管是部落还是联盟，任何一个在这场寡廉鲜耻的恶毒袭击中死去的人都不会白白牺牲。让我们将悲恸化为动力，投入到自己的工作中去吧。"

吉安娜把自己传送到了暴风城的英雄谷，就在图拉杨将军的雕像面前。乔纳森将军曾在这里巡逻，但是现在，那些骑马列队等着迎接访客或是向国王禀报消息的士兵都再也看不到了。吉安娜抬起头，看到那座被脚手架支撑着的楼塔，自死亡之翼袭来以后它就一直处在修缮之中。

她已经把聚焦之虹安全地藏起来了，跟自己的距离足够近，以至于卡雷苟斯总是会把她和那件法宝混淆。除此之外，对于和瓦里安的会面她并没有过多"准备"。她的脸和斗篷还是很脏，身上满是细小的割痕或淤青，但她毫不在意。她不在乎有没有正式的晚宴，不在乎有没有庆祝典礼，她甚至已经不再关心是不是应该梳洗打扮，或是换一身干净衣服。吉安娜此行是为了一个残酷而冷漠的原因。她在外貌礼节上唯一的让步就是披了一袭深色的带帽斗篷，压低帽檐挡住她仅剩几缕金黄的满头白发。

看起来暴风城已经得知了关于塞拉摩命运的恐怖消息。这座城市曾经总是一片熙熙攘攘的热闹繁华景象，而现在，这热闹中多了一丝严肃。巡视街道的士兵们不再像往常那样点头像市民们致意，而是谨慎地审视着来来往往的人潮。明亮的金色和蓝色旗帜已经被降下，换成了朴素的黑色以示哀悼。

吉安娜紧了紧披在身上的斗篷，继续向前。"站住！"一个严厉的声音命令道。吉安娜转过身来，本能地举起手想要念动咒语，但她还是停住了。这不是部落的士兵要袭击她，只是一个暴风城的守卫而已。士兵拔出长剑，皱起眉头上下打量着她。当他的目光与她相遇时，士兵脸上的表情变成了震惊。

吉安娜挤出了一个微笑。"你的尽忠职守值得奖励，先生。"她说，"我是吉安娜·普罗德摩尔女士，前来会见你们的国王。"她把帽子微微向后拉了拉，好让这个士兵可以认出她来。吉安娜记得之前并没有私下见过这个士兵，但很有可能在之前无数次的正式拜访中，他曾经看见过她。再不然，就是她的形象太被大家熟知以至于他能认出她。

过了一会儿，他还剑入鞘并深深鞠躬。"我为自己的刚才的行为致歉，吉安娜女士。我们被告知除了城郊外，无一人生还。感谢圣光，您还活着。"

这和圣光一点关系也没有，吉安娜心想。她能活下来完全是因为罗宁的牺牲。她还是不明白为何罗宁要选择牺牲自己来保全她。他是一个丈夫，一对双胞胎的父亲，还是肯瑞托的领袖。与她相比，他更应该活下来。吉安娜应该同她的城市一起死去，这座她因为轻信他人而无法真正保全的城市。

尽管如此，士兵的话是出于好意。"谢谢。"她回道。

守卫士兵继续说道："如您所见，我们正在备战。我们所有人都被听到的消息震惊了……"

吉安娜心中一阵凄楚，再也不想多听。她举起一只手，示意他停下来。"谢谢你们的关心，"她说，"瓦里安还在等我。"其实并不是这样，瓦里安甚至不知道她还活着，他以为她已经和金迪、蓓恩和特沃什一起牺牲了。

"我知道该怎么走。"

"我相信您肯定知道，女士。如果您有任何需要，任何事情，暴风城所有的士兵们都乐意为您效劳。"

守卫士兵再次敬礼，接着继续他的巡逻。吉安娜向要塞走去。在要塞里，联盟的旗帜也被换成了黑色，挂在巨大的瓦里安·乌瑞恩国王的雕像前。吉安娜曾看到过这个雕像，但是却没有太在意过雕像下面的喷泉。她快步走向要塞的主入口，通报了自己的姓名，并被告知瓦里安会尽快与她见面。当然他必须与她见面。

在等待的同时，吉安娜还有一件别的事情要做。她溜进旁边的一个侧门，来到皇家画廊。

画廊，以及里面的艺术品，都因为黑龙的袭击而蒙受了许多损失。一些雕像裂碎裂开来，一些画从墙上被震了下来。那些所有已经坏到不能再复原的东西都被移走了，但剩下的画作、雕刻品、雕像仍然被留在这里，等待着被修缮。

吉安娜笔直地站着，仿佛她自己也是一尊石像。痛苦的情绪在她的身体中来回流动，现在的她多么希望自己也是一尊石像。她的膝盖的弯曲，发现自己已跪倒在了一尊巨大的石像面前。这尊石像是一个神情骄傲的男人，长长的头发在大礼帽下张扬着。他的胡须修理得整洁干净，双眼一直凝视着远方的某处。一只手——现在缺了两个石指头——按着剑柄；另一只手则紧握着腰带。一条裂缝贯穿这座雕像的全身，从右脚的靴子呈之字形向上直至胸膛。吉安娜伸出一直颤抖的手，放在那只石靴子上。

"五年……原来从我选择自己的道路以来，才不过区区五年……"她轻声道，"我选择联合陌生人，联合敌人，联合兽人而不是你——爸爸，我的至亲。我说你不够包容，我说和平才是唯一的选择。你告诉我你永远憎恨他们，你永远不会停止与他们的战斗，但我却跟你说他们也是人，他们也理应有一次机会。现在你已逝去，而我的城市也灰飞烟灭。"

泪水划过她的脸庞。在她的大脑还能理智思考的那一面，她观察到了自己的泪水是发光的淡紫色液态奥能。当泪水向下溅落到石像的底座时，它们蒸发成一阵紫罗兰色的烟雾消失了。

"爸爸，请原谅我，原谅我任由部落发展壮大。原谅我，是我给了他们机会来屠杀我们的人民。"她再次抬起眼，看见神色冷峻的石像笼罩在一片紫白色的烟雾中，"爸爸，你是对的，你说的对！我早该听从你的话语。可现在，一切都太迟了……在付出了这么大的代价之后，我才终于明白……"

她用袖子擦了擦眼泪。"但现在替你报仇还不晚，我要替金迪，替蓓恩，替特沃什、罗宁、奥布里和所有的将军，替所有昨晚在塞拉摩牺牲的人报仇。部落会为自己的所作所为付出代价。我要彻底摧毁加尔鲁什。你看着吧，如果可以，我要亲手了结他。我要杀了他，我要杀掉每一个天杀的绿皮屠夫。我向你保证，爸爸，我再也不会背叛你了。我不会再让他们杀掉任何一个我们的人民，再也不会。我发誓！我发誓！"

在回去等待被传唤前，吉安娜花了几分钟让自己平静下来。当她被传召进入瓦里安的私人会客室时，她首先见到的不是那个高大威猛、墨色头发的"角斗士，"而是一个身形苗条、金发蓬松的小男孩。她强撑着装出的冷静也随之瓦解。

"吉安娜阿姨！"安度因大喊道，他急切地奔了过来，但脸上的神情已经大为宽慰，"你还活着！"

他紧紧地抱着她。吉安娜的身体在这拥抱中一动不动，十分僵硬。他立刻察觉到了这一点，并移开身子。当他完全看清了吉安娜那被奥术能量改变的外形，不禁瞠目结舌。

"你在这儿做什么？"她问道，语气比自己原本打算的更严厉。

"我很担心你，"他说道，"但当我们得知在塞拉摩发生的一切事情之后，我就想留在这儿。我知道如果你活了下来，肯定会第一时间到暴风城来的。”

她盯着他，沉默不语。她又能说什么呢？她要如何向眼前这个涉世未深的天真少年描述她看见的真正的恐怖。对于敌人的天性他了解得太少，太无知，就如同曾经的自己一样。

“吉安娜！感谢圣光！”她转过身来，宽慰地看着这位走进房间的战争之王。瓦里安长久以来对于兽人都有一种仇恨的情结。安度因还太小，不能理解，但有一天，他会明白的。而她知道，在现在这如此关键的时刻，瓦里安能理解她。

瓦里安的着装并不正式，他看起来筋疲力尽、烦恼不堪，但还是因为吉安娜的到来而透出了一丝放松与宽慰。不过当他看清吉安娜面容的时候，这神色顿时转变为了惊诧。

吉安娜显然是对瓦里安的神色有点恼怒。“我能活下来的唯一原因，是大法师罗宁把我推进了一座通往安全地区的传送大门，但这次爆炸对我多少还是有些影响。”

在吉安娜说话的时候，瓦里安扬起了眉毛，但他还是点点头，对吉安娜的解释表示接受，并且没再将这个话题继续下去。“我想你会很高兴知道你并不是唯一的幸存者，”他说道，“温蕾萨·风行者和珊蒂斯·羽月，以及他们的斥候小队也还活着。他们当时离爆炸中心足够远，因而幸免于难。现在他们已经各自回到自己的家乡，告诉他们的人民关于这次战争的种种情况。”

吉安娜不愿再去多想失去丈夫的温蕾萨和她的两个失去父亲的孩子。“听到这个消息我很高兴，”她说，“所有的消息。瓦里安，我欠你一个道歉。一直以来，你都是对的，我却坚持告诉你某一天我们终会和兽人达成共识，找到一条和平之路。但事实上这根本不可能，这件事充分地证明了这一点。当我被所谓的和平之光蒙蔽了双眼时，你就已经看到了事实的真相。我们要向部落报复回去。现在，他们必然会返回奥格瑞玛，加尔鲁什不可能不为他战胜联盟的英勇胜利庆祝。"

听到她言辞间的苦涩，安度因不由得微微向后退了几步。她继续说着，话语滔滔不绝地喷涌而出。"整个军队都会聚集在大街上，家家户户都会用麦芽酒庆祝，没有比这更好的进攻时机了。"

"吉安娜……"瓦里安试图说话。

但她越说越快，还不停地来回踱着步子打着手势。"我们可以和卡多雷的船只一起汇合出发。我们完全可以打他们一个措手不及。我们要杀光兽人，夷平他们的城市，保证他们再也无法从这次打击中恢复过来。我们要……"

"吉安娜。"瓦里安抓住她的手腕，声音低沉。他温柔地停住了她近乎疯狂的来回踱步，"我需要你现在冷静下来。"

她把脸转向他，心中疑惑着他怎么还能说出让自己冷静的话。

"我想你并不知道现在的情况，但是部落已经围着整片大陆建立起了一圈有效的封锁，卡多雷就算想帮忙也使不上劲。我不是说我们不要回击他们，我们一定会打回去的，但是我们不能毫无理智地这么做。我们必须制定一个好的战略。我们必须首先想办法突破部落的封锁，然后重新夺回北方城堡。"

吉安娜大吼道："你难道不知道那里发生了什么吗？"

"我知道，"瓦里安说，"但那里仍然是一个我们必须拿下的战略立足点。在我们展开下一步行动之前，我们必须重建舰队。我们在塞拉摩失去了太多的好战士，重新叫回其他人来填补他们的位置需要时间。我们必须把每一步都做好，否则只会牺牲更多无辜的性命。"

吉安娜摇摇头。"不，我们已经没时间了。"

"我们不做这些事情才是真正没时间了。"瓦里安尽量把自己的声音控制得冷静节制。他不知道自己为何会惹怒吉安娜，但他必须把这一切说清道明，"我们面临着一场很可能会横跨两块大陆的战争，甚至有可能还会深入诺森德。如果要我加入这场可能会延伸到世界尽头的大战，就必须理智地做每件事。如果我们现在就冲过去，无疑是在为部落帮忙。"

吉安娜看了看安度因。他直直地站在那里，一言不发。他的脸色苍白，蓝色的大眼睛中充满着悲哀。他没有打断父亲与他的朋友关于世界大战的讨论。她把注意力又转回了瓦里安身上。

"我有些东西或许能帮上忙。"她说，"我现在手里握着一件很厉害的武器，它绝对可以像部落摧毁塞拉摩一样摧毁奥格瑞玛，但是我们必须现在马上行动，赶在部落的军队愚蠢地聚集在奥格瑞玛的时候。如果我们现在还不动手，这大好时机就会被白白浪费了！"

说到最后一个词的时候，她的音量突然变大，然后她意识到自己握紧了拳头。是的，这机会不能浪费，而且要毁灭的绝不仅仅只是加尔鲁什和奥格瑞玛。"我们要铲除掉这世界上每一个婊子养的绿皮杂碎……"

"吉安娜！"这痛苦、刺耳的惊叹发自安度因。出乎意料地，吉安娜终于安静了下来。

"发生在塞拉摩的事情不仅仅是个悲剧，"瓦里安一边说着，一边温柔地将吉安娜转过身来对着自己，"那是无法饶恕的错误，是卑鄙而又怯弱的行径，但我们不能以付出联盟士兵的生命为代价去复仇。"

"在部落内部也有一些人不赞成那样的行径，"安度因说，"比如牛头人，和绝大多数看重荣誉的兽人。"

吉安娜摇摇头。"不，不再是这样了。已经太迟了，安度因。太迟太迟了，他们所做的一切已经无法回头。你没有看见……"她的声音顿了一下，然后挣扎着继续说出下面的话，"我们必须报复他们，我们不能再等了。谁知道凶残的加尔鲁什和部落大军还会对我们做些什么？绝不能让塞拉摩的悲剧再重演了，瓦里安！你难道还不明白么？"

"我们会同他们作战，但是不能着急，我们必须一步一步来。"

她从握着她手臂的瓦里安的手里猛地挣脱出来。"我不知道你身上究竟发生了些什么，瓦里安·乌瑞恩，但你已经变成了一个彻头彻尾的懦夫。还有你，安度因，我很抱歉因为我的原因让你变成了一个容易受骗的孩子。和平再无希望，没时间再讨论什么战争策略了。他们的毁灭现在全在我掌控之中。你们这些不抓住这个机会的人都是傻子！"

他们立刻喊出了她的名字，这对完全不相似的父亲与儿子，走向前请求的方式却出乎意料的一致。

她转过身，不去看他们其中任何一人。

第 21 章

带着满是伤痕的身体和沉重的心情，卡雷苟斯回到了诺森德的魔枢。他曾死皮赖脸地跟随着吉安娜。一部分是因为他担心她的安全和她的心理状况，还有一部分是因为他感觉到了聚焦之虹仍然还在塞拉摩。跟上吉安娜花了他一些时间，战争中留下的伤痛让他体力难支，但当他赶到时，吉安娜又已经传送到了别处。

他看见了那个因为法力炸弹爆炸而在塞拉摩形成的巨坑。这范围并不大，但他还是没能找到聚焦之虹。肯定已经有人找到了它。他认为应该是被加尔鲁什拿走了，一小队士兵的生命和强大的聚焦之虹相比根本算不上什么——哪怕是无比忠诚的士兵。他肯定会派出一支队伍来取回来它的。

因此他离开了卡利姆多，冒着风吹雨打艰难地朝着北方飞去。作为蓝龙军团的代表，除了一座死城沉默地宣告着他的失败以外，他一无所有。他毫无预期，但确实是坠入了爱河，但此刻他所深爱的她也变得支离破碎，因为他所做的，或者说是他没能做到的。他很想就这么漫无目的一直飞下去，但他知道自己不能这么做。蓝龙一族把它们的命运交到了他的手里，他必须将所发生的一切都告诉他们，然后听听看他们希望他做出何种抉择。

当他从南方飞还的时候，克莉苟萨看见了他。她绕着他飞了一会儿，表现出对他安然返还的喜悦之情，然后飞到他身旁，比翼而归。

"你受伤了。"她担心地说道。卡雷苟斯天蓝色的身躯上被刮落掉了许多鳞片，露出的皮肤也到处是丑陋而肿胀的淤青。他还可以飞，但每一次扇动翅膀，都得忍受着巨大的疼痛。

"只是一点小伤。"他说道。

"这可不是小伤。"她回答道，"发生了什么？我们感知到了一些可怕的事情……而且，你没能带回聚焦之虹？"

"你能把龙群都集合起来么，亲爱的克莉？"他的话语透着他心里深深的痛楚，"这个故事我不想叙述两次。"

作为回复，她飞到他身下，用自己头蹭了蹭他的头，然后飞去执行命令。他们都在等着他。

卡雷苟斯沮丧地发现，和他离开时相比，龙群的数量更为稀少了。但他很高兴纳里苟斯、特拉苟斯、巴纳苟斯和亚拉苟萨依然留了下来。

他降落到他们中间，保持着龙形，环顾四周。"我回来了，但我带回来的消息是令人悲痛的。"他们站在那里静静地听他讲着，听他叙述罗宁、肯瑞托，以及吉安娜提供的帮助，还有他在定位聚焦之虹时遇到的种种困难。最后，在说到最终的结局时，他极力抑制着自己的情绪，因为他已经没法再承受一次那样的感受。他告诉他们，部落用龙族的法宝对联盟进行了一次毁灭性的打击。

他们默默地听着。没人发问，也没人打断。卡雷苟斯曾预想过他们会愤怒，但实际上对于这样的恶行，对于他们的奥法之能，他们的聚焦之虹竟然被用于制造这样的毁灭，族人们表现出的更多是阴郁而非愤怒。每条龙的心中都好像有些什么东西碎裂了一般。卡雷苟斯能够理解这种心情，因为他心中的感受也同样如此。

很长一段时间内都没人说话。特拉苟斯抬起头悲伤地望着卡雷苟斯。"我们失败了，"他说，"我们的职责就是管理魔法，确保对魔法力量的运用是谨慎而理智的。看看我们把这职责履行得多么糟糕。"

"这是我的失职，特拉苟斯。"卡雷苟斯说道，"我是守护巨龙，我能够感应到聚焦之虹，但我最终没能及时找到它。"

"它是从我们大家手里丢掉的，不仅仅是你，卡雷苟斯。我们全都必须为这次可怕的事件负起责任。"

"只要你们还承认我，我就是你们的领袖。"卡雷苟斯说道，尽管这话是如此虚无缥缈，"我会尽我所能去弥补。"

"在这之前你就已经迷失了。"亚拉苟萨说道。她的语气中只有遗憾，没有责问，但即便如此，这句话也刺痛了他。她说的没错。

"它之前还在塞拉摩。"卡雷苟斯说道，"袭击中它并没有被摧毁，但有人又把它移走了，我敢肯定是部落的人干的。"

"我不这么认为。我相信这东西应该还在吉安娜·普罗德摩尔手中。你说她在你之前抵达了塞拉摩，但等你到达之时，聚焦之虹便没了影踪。"

让卡雷苟斯震惊的并非是这番话，而是说出这番话的人。这番谴责从克莉苟萨的口中传出，虽然温柔，却直击要害。她此前一直在他背后徘徊、聆听，现在却突然踱步向前。

"吉安娜曾经付出很多努力来帮助我寻找它。"卡雷苟斯辩解道，

"她甚至……甚至在爆炸之前就已经知道它的破坏力究竟有多惊人。她没有理由会背着我拿走它。"

"也许她并不相信你有能力看管好它，"克莉苟萨说道，她的口吻和神情还是毫无攻击性，但卡雷苟斯仍然觉得很受伤，"又或者她想要用它来对付部落。"

"吉安娜绝对不会……"

"你不知道她会做什么，不会做什么。"克莉苟萨说，"卡雷，她是人类，而你不是。她的王国已经被人从地图上抹掉了，就像被油墨所掩盖了一样。她是个失去了王国子民的强大法师，我们必须考虑到她已经夺取了聚焦之虹的可能性，并做好万全之策。如果真在她手中，无论付出什么样的代价，我们都必须找出它并将它带回。这是属于我们的法器，它带着太多我们族人的血债。我们一定不能让之前的悲剧再次重演。"

她的逻辑无懈可击。卡雷苟斯忆起了吉安娜在传送自己离开之时的狂怒和悲痛。在那场奥能爆炸的影响之下，她的头发变得霜白，眼神变得寒光闪闪。如果连身体都已经遭受如此影响，那心灵又会发生怎样的剧变？

"我会找到聚焦之虹的。"他沉重地说道，"无论它是在加尔鲁什还是吉安娜手上。"

克莉苟萨有些犹豫地看了特拉苟斯一眼。"或许带一小队人与你同行会有莫大帮助。"

卡雷苟斯忍住不去反驳她。克莉苟萨一直以来都是他的挚友，尽管并非亲生兄妹，他们仍然情同手足。她并非想要通过中伤吉安娜来伤害他，她之所以这样做只是因为她很担心，担心他对吉安娜·普罗德摩尔的情感会影响他作为军团领袖的职责。同时她又是那么的了解他，她知道如果万一不幸言中，真的出了什么事，卡雷苟斯就永远也不会原谅自己。

"多谢你的关心。"他说，"我知道你这样说完全是在为我们的族人着想。请相信我也同你一样。我可以，我也必须让自己来处理这件事。"

他等待了片刻，如果反对的声音太多，他会选择接受蓝龙军团的意愿。至少从现在看来，他的决策都算不上尽善尽美。

幸运的是，大部分蓝龙都没有认同克莉苟萨的观点。这或许是龙群们并没有把吉安娜这个凡人当作真正的威胁。而克莉苟萨之所以有那样的想法，是因为她已经见识过吉安娜异乎寻常的能力，甚至让某些龙族都无法企及的能力。

"那这件事就这么定了。"卡雷苟斯说，"我不会再让你们失望的。"

他的语气异常笃定，内心却徒然地希望自己是正确的。这个已然千疮百孔的世界已经无法承受更多伤痛了。

不久之前，部落的前任大酋长举办了一次庆典，欢迎那些参加过魔枢战争，对抗过阿尔萨斯的老兵们从北方凯旋。加尔鲁什还清楚地记得那场他亲自提议的盛大游行。就是在那次的庆典上，萨尔为他加冕，同时还把他父亲的武器交付与他，这把武器现在正稳稳地挂在加尔鲁什宽阔的肩背上休憩。

加尔鲁什很为自己在这些战争中的作为而自豪，而更让他自豪的是他在北方城堡和塞拉摩取得的胜利。在北方大陆的时候，这胜利的果实曾有一半被联盟分享。这一直让他耿耿于怀，但现在，事情都在朝着他既定的方向发展。这场对抗联盟的战争本应由萨尔发起——因为他完全有能力这么做，但他却为了那个金发的人类法师而退却。不仅如此，萨尔还开始倡导所谓的"和平，"在兽人和曾经压迫兽人的人类之间谋求"和平"。加尔鲁什已经下定决心要追随父亲的脚步，像对抗恶魔那样来对付联盟。他的父亲通过杀死玛诺洛斯推翻了恶魔的统治和奴役，作为儿子的他自然也要打破"和平"为部落带来的束缚。他十分肯定，即使像贝恩和沃金这样固执的人最终也会理解他，然后真正的部落式和平——用鲜血换取，亦用鲜血守卫的和平——即将到来。

因此，他已经下达了命令，这一次朝着部落都城凯旋的游行一定要盛大到让萨尔颜面扫地。这不仅仅是一次游行、一场欢宴，加尔鲁什已经安排了整整六天的盛会。有赢取巨魔美人的迅猛龙决斗，也有争夺部落最伟大战士头衔的搏击比赛！伴随着史诗颂歌的奏响，街巷中觥筹交错，一场又一场的盛宴似乎永不停歇。

以至于当加尔鲁什带着他的随从们走进奥格瑞玛城门之时，他心满意足地看着这些部落成员们正忘我地欢庆，连路都没有给他让出来。他们高呼着他的名字，声音如同雷鸣一般。加尔鲁什给了马尔考罗克一个满足的眼神，并沉醉于此。

"加尔鲁什！加尔鲁什！加尔鲁什！加尔鲁什！"

"他们都不舍得让您过去，他们太爱您了。我的大酋长！"马尔考罗克扯着嗓子大声喊道，"告诉他们您的胜利吧！他们都希望听您亲口讲述！"

加尔鲁什再次看向人群，随即大喊道："你们希望听听我的想法吗？"

他本以为马尔考罗克是在奉承他，但群众却明显呼喊得更加亢奋了。

加尔鲁什顿时眉开眼笑，挥手示意让他们安静下来。

"我的人民们！能够活在兽人世界如此历史性的一刻是你们的幸

福！我——加尔鲁什·地狱咆哮——宣布，卡利姆多即将完全地归属于部落！那些像传染病一样在塞拉摩驻扎的人类如今已经被奥能魔法的精华扫荡干净！一个不剩！我们再也不会被吉安娜·普罗德摩尔那些矫揉造作的和平说辞所折磨了！再也不会有人对这些感兴趣了！如今她和她的王国都已经化为灰烬，但这还远远不够，我们的下一个目标是暗夜精灵。长久以来，他们都拒绝留给我们基本的生活空间，基本的生活需求。现在，我们要夺去他们的生命，抢占他们的城市，再把残存的活口丢去东部王国沦为难民。我要羞辱他们，消灭他们，要让他们在部落荣华富贵之时向我苦苦哀求，哀求果腹之物与栖身之所。部落强大的战舰已经完全切断了他们的补给路线，假以时日他们就会像镰刀前的麦穗一般迎风而倒！"

欢呼声和掌声变得更加震耳欲聋。人群被他的演讲激起了又一轮的呼喊。

"杀光联盟！杀光联盟！杀光联盟！杀光联盟！"

贝恩坐在剃刀岭旅店一个阴暗潮湿的角落里。阳光的照射除了显现出起舞的尘埃以外，丝毫没有让这个地方变得更加明亮。这里的啤酒十分糟糕，食物则更甚。在几里以外的北方，他本可以享受那些从未享受过的美酒盛宴，但这里却让他更为心安。

加尔鲁什曾下令禁止分散行军。所有的部落战士都必须留守在杜隆塔尔，但是大酋长却并没有下令让贝恩来参加奥格瑞玛的盛宴。贝恩很聪明，他明白这样的"疏忽"实际上是一种侮辱。他还明白自己要对此表示感激。他害怕自己若是被迫再次听到那些献给加尔鲁什的欢呼，那些为了把部落毫无必要置身险境的欢呼，那些为了赞许滥杀无辜的欢呼，自己一定会忍不住站起来向这个绿皮傻子发起挑战。如

258

果他真的这样做了，那么无论是谁从决斗中生还，整个部落都会成为输家。

黑暗中并不止他一人。他一边喝着糟糕的啤酒，一边注视着入口。越来越多的牛头人走了进来，向贝恩点头示意并坐下。过了一会，他见到了沃金。他们眼神相交，却并没有坐在一起。然后，他出乎意料地看见了辛多雷金红相间的礼服，还有衣衫褴褛的被遗忘者，这让他为之一喜。其他的人也见其所见，感其所感。也许，在部落自食恶果并付出代价之前，还是有方法阻止加尔鲁什的疯狂行径的。

咸咸的海风中吹来了嘈杂的声响。自从两天前瓦里安收到塞拉摩陷落的消息之后，这声音就从未止歇。事实上在任务完成之前它恐怕都不会止歇。这是疯狂工作的声音——切割木板，敲打铆钉，调校机械。在矮人们的叫喊与侏儒们的欢呼中，这些声响还会一直持续下去。

暴风城中没有一个人抱怨这些噪音，因为它代表着希望，代表着联盟将会在疯狂的屠杀行径面前傲立不屈。

布罗尔·熊皮、瓦里安、安度因三人站在一起，凝望着海港。天色朦胧，一艘被破晓的朝阳镀上一层花粉色的崭新战舰正在徐徐扬帆。

"我好像从没见过这么多的工匠聚集在同一个地方，即使在铁炉堡也没有过。"安度因开口道。按着他自己的要求，他会一直留在暴风城，直到舰队起航。届时他会回到德莱尼人那里继续学习。瓦里安低头冲着自己的儿子笑了笑，他很高兴这个年轻人选择留了下来。那天与吉安娜的会面让他俩都倍感惊诧与不安。尤其是安度因，他到现在都还震惊那个曾经热爱和平的"吉安娜阿姨"变得如此义愤填膺。这个曾经与仇恨相依的男人和这个畏惧仇恨的男孩，他们相谈直至深夜。他们谈及悲痛和失落可以怎样改变一个人，而战争与暴行又会如何。

安度因虽然沉浸在悲伤之中，但仍然坚定有力地看着他的父亲。"我知道这是一件可怕的事情。"他说道，"而且……我明白我们必须攻打部落。他们向我们展示了他们的意图，我们必须阻止他们将更多无辜生灵置于水火之中。但我不想变得像吉安娜一样。我们可以保卫我们的人民，但不能让心灵被憎恨占据。"

瓦里安的心中充满了自豪。他完全没有料到安度因即使毫不情愿，也能够坦然处之。老实说，他很惊讶他自己居然没有像吉安娜一样满腔仇恨，这才意识到他已经不再是从前的自己。曾经他一度被愤怒与狂暴侵蚀，不停与自己作战。他曾经一分为二，只有在战斗中才能合为一体。直到远古巨狼戈德林予他以祝福，他才学会将分裂的身心趋于一致。确实，他取得了长足的进步。

或许有一天，他甚至能像自己的儿子一样睿智。

布罗尔是通过传送术离开泰达希尔的，但大部分暗夜精灵都没法如此。与他一同抵达的是黑海岸被封锁的消息，事态严峻，但并不让人意外。

"这里热火朝天的工作景象很让人欣慰。"三人并肩站在一起，德鲁伊开口说道，"不要以为你会孤身出海，瓦里安。我们的主力的确被部落封锁住了，但并非所有的战舰都在封锁圈内。玛法里奥和泰兰德都非常乐意倾力相助。不用等太久，你就可以看见数十艘优雅的精灵战舰与你的军队一同前行。"

安度因转过身来，抬起头望着父亲以及他的这位德鲁伊好友。安度因知道布罗尔也曾经面对着失落、愤怒和憎恨。两位昔日的角斗士并肩而立，以遗憾而非愉悦的语气讨论着接下来不得不去做的事情——瓦里安相信这一定会让小王子深受鼓舞。

"你们为什么没有尝试突破封锁？"安度因问道。

"我们必须计算好为了赢得胜利得付出多少牺牲，安度因。所以现在团队协作才是最优先的事项，精诚合作将会换来更大的赢面。"

安度因把满头金发的小脑袋转回来，看着港口的船只。"部落为什么要这么做？他们并不知道塞拉摩送走了孩子和部分平民。他们……"他的话音停住了。瓦里安把手轻轻地放在儿子的肩膀上。

"最简单的回答就是，部落的成员全都是禽兽。他们所做的都是野兽行径。我还有更多的词可以用来形容加尔鲁什和他的库卡隆，但我不会在你面前说这些难听的话。"安度因笑着对他做了个鬼脸。瓦里安再度冷静下来，继续说道："我也不知道为什么，孩子。我真希望我能告诉你为什么有人会做出如此可怕的事情。我唯一能确定的是许多中立，甚至是部落自己的成员都会埋怨加尔鲁什的所作所为，但这并不会动摇我的想法。"

"但是……我们不会像加尔鲁什那样战斗吧？"

"不，"瓦里安说，"我们不会。"

"但是如果他可以毫无顾忌地使用各种手段，那些我们不会使用的手段……是不是意味着他会胜利？"

"只要我还有一口气，就不会让他得逞。"布罗尔说。

"我也是。"瓦里安说，"这个世界已经变得越来越令人难以理解。我满眼所见都是暴力、鲜血和疯狂。我只期望我不会看见吉安娜所被迫目击的那一切。"

"你觉得……她还能恢复过来么？从那一切对她心灵造成的伤害中恢复过来？"

"我希望如此。"瓦里安只能这么说道，"我希望如此。"

第 22 章

当吉安娜缓缓从大门入口走向石阶时,整个紫罗兰城堡显得一片阴森寂静。这里曾经无忧无虑,直到苦难将它吞噬。整个城市的设计和建筑物无疑还是优雅的,不仅如此,它还是一座完全由魔法构成的城市,但现在,它看起来却是前所未有的沉重。吉安娜带着她自己的重担去感受这座城市,她与那些失去了很多的人们感到同病相怜。

这里失去了几位十分强大的法师,包括肯瑞托的领袖罗宁。还有一个叛徒,他至少要为这些惨痛的代价负上一部分责任。也正因如此,此时的空气中充满了沉重与苦涩。

"普罗德摩尔女士。"一个虚弱而痛苦的声音说道。吉安娜转身,内心一阵悲悯。温蕾萨·风行者独自站在巨大的门厅处,穿着一件银色和蓝色相间的金属盔甲。她在战斗中所受的伤有些已经痊愈,有的正在痊愈,但还有一道,吉安娜知道那永远不会愈合。

罗宁的遗孀看上去面无表情，除了她那双充满怒火的蓝色双眼之外，和一尊石像并没有什么区别。吉安娜想着那愤怒究竟是出于对部落谋杀她丈夫的憎恨，还是因为她独自活了下来。

"游侠将军温蕾萨，"吉安娜说，"我……我不知道该说什么。"

温蕾萨摇摇头。"没什么可说的，"她淡淡地说，"只有行动。自从听到你还活着的消息之后，我就一直在这里等你，因为我知道你会来。我过来找你是为了恳求你在接下来的行动中相助于我。你活下来了，可我的至爱没有。现在能够向世人诉说那场发生在塞拉摩的屠杀的，只剩下你、我，还有一小部分幸免于难的暗夜精灵哨兵。吉安娜，你这次肯定是前来与肯瑞托成员会谈的，我能问问你准备跟他们说些什么吗？"

吉安娜知道温蕾萨是银色盟约的领袖。自从夺日者加入肯瑞托以来，温蕾萨就创立了这个组织以防那些血精灵背叛。温蕾萨向来敢于直言，可她在肯瑞托并没有正式的发言权。严格来说，吉安娜也一样，但她是那场灾难中唯一幸存的法师，并且是罗宁宁愿牺牲自己也想要保全的人，会有人愿意听听她的声音的。吉安娜记起了罗宁临死前他们之间的那段对话。他告诉她，肯瑞托的人希望她选择一条跟现在不同的道路，希望她能成为他们当中的一员。

吉安娜或许还不是肯瑞托的一员，但是她肯定要跟肯瑞托的成员好好谈一谈。

温蕾萨依然看着她，脸上无法和缓的神色无疑出卖了自己极度的痛苦和愤怒。吉安娜突然动了，她大步走向这个女人，脱口而出："罗宁临死之前关心着两件事：确保你能活下来，然后努力使我安全。他用生命为代价换来了我们两人的生还。"

"……什么？"

"炸弹降落在法师塔是罗宁引导的结果。他在塔中法力将炸弹引向自己，那里有坚实的防护和魔法结界，因此能将爆炸的损伤降到最低。"

温蕾萨坚强的伪装逐渐打破，她举起一只颤抖的手，捂住了自己的嘴，继续听着。

"他……他告诉我，我必须活下来，因为我是肯瑞托的未来。他拼死打开了一个传送门。他说，如果我不肯离开的话，那我和他俩人都会牺牲……他的努力就全部白费了。我拒绝了他，但他……把我硬推了进去。我不知道他为什么要这么做。塞拉摩是我的城市，我理当与它同生共死，但最终死去的却是罗宁。我永远也不会忘记，只要我还活着，就绝不会忘记，我会尽我一切所能，确保他的牺牲不会白白浪费。我就在那儿，温蕾萨，我知道他们都做了什么。我会尽力劝说议会诉诸行动，以确保部落再也不会如此强大，以确保再也不会有人遭受跟我们一样的痛苦。"

温蕾萨的嘴唇弯出了一个颤抖的微笑。接下来，吉安娜所能记得的唯一一件事情，就是一个女人紧紧抱住了她，热泪滴落到她的颈脖，一颗颗往下滑落。

一个多星期之内，吉安娜第二次来到了空之议院。它看起来还是跟以前一样，如果那持续不断的变化能称之为"跟以前一样"的话。脚下简朴的灰色石板还是那副模样；头顶从黑夜到白昼，暴雨到星月不断转换的天幕也一如从前。可物是人非，吉安娜不再为这景致神迷，也不再为可以同六人会议交谈而感到荣幸。她望着六名——现在是五名议会成员的面容，不喜不悲。

温蕾萨面无表情地站在他们身旁。她并非这里的正式成员，但却被特许列席。对此吉安娜感到了些许高兴，但可悲的是，这是以失去挚爱之人为代价才换来的。

"我们对于吉安娜女士在这种情况下第二次光临议院感到无比悲伤，但同时我们很高兴看到你安然无恙。"说话的是卡德加，这一次他的外表看上去很符合他的年龄。他的声音十分疲惫，身体沉沉地倚在拐杖上，甚至之前他那闪耀的双眼现在看上去也苍老了许多。他的同伴们看起来非常紧张。茉德拉的眼睛下方有很深的黑眼圈。自制力很强的卡莱因看上去也难以掩饰自己的悲愤与痛苦。推荐了萨伦·织歌者的夺日者领袖艾萨斯依然带着头盔，虽然看不到脸，但吉安娜还是感受到了他的局促不安。

"感谢你们的接见。"吉安娜说，"请原谅我免去了礼节。不久之前我曾经来过这里，请求肯瑞托帮助保卫塞拉摩。你们同意了，对此我深表感激。对于大法师罗宁的死，我同你们一样感到悲痛。他以英雄的姿态死去，让我得以生还。他的所作所为让我羞愧，我发誓将尽我所能不辱其志。我不会矫揉造作，我前来此地就是为了请求你们协助联盟攻打部落。部落的军队现在正集结在奥格瑞玛，为这场屠杀欢宴举杯。如果我们现在出兵，就可以趁他们齐聚之时彻底摧毁他们，让部落再没有机会犯下任何罪行。"

"达拉然是中立的。"茉德拉说，"我们派人去塞拉摩只是为了帮助保护它和提供防守的建议。"

"如果你们多尽一点力的话，后世的地图绘制者或许还能知道有塞拉摩这么个地方。"吉安娜反驳道，"罗宁牺牲了自己来阻止法力炸弹。如果当时有更多的，更多的肯瑞托的力量汇集在那儿，他现在可能还活着！"

"我……厌恶加尔鲁什的暴行。"艾萨斯说道，"我对我们其中的一名夺日者所造成的伤害负有全责，但是袭击奥格瑞玛不是我的选择。"

"你们夺日者根本就不值得信任！"温蕾萨咆哮道。她恳求地看着议会的其他成员，"他为什么还能留在这里？他们是叛徒，他们全都是！我警告过你们不要让夺日者加入肯瑞托！"

"人类里也有过叛徒，高等精灵、侏儒、兽人里都有过叛徒。"艾萨斯冷静地说道，"我会尽我所能来弥补那个织歌者所犯下的错误。我抱着善意的初衷派他过去，这实在是令人感到讽刺。我不能就此免责，但我们绝不能为了复仇而放弃中立。"

其他人都点头附和。卡德加则看上去一副若有所思的样子。吉安娜简直不敢相信他们的反应竟然是这样踟蹰不定。

"到底要怎么样才能让你们相信部落最终会把战火烧到你们身上？他们不懂什么叫'中立'，就如同他们根本不明白'外交'和'正直'一样。他们会席卷卡利姆多，紧接着攻向东部王国，然后就是这里。你们拒绝阻止他们，这意味着不久后的一天，达拉然就会成为部落的后花园！我请求你们，趁我们还有机会的时候赶紧动手吧！我们曾经让这座城市浮空而起，现在让我们再来一次，把它开往奥格瑞玛。趁他们酩酊大醉，还在做着征服世界的美梦之时，从天而降！你们已经失去了罗宁和一整座城市，当泰达希尔沦陷的时候你们会行动么？还是当他们焚烧世界之树的时候呢？"

"吉安娜女士，"茉德拉说，"你亲历了挚友为救你而死去的骇人情景。你的感受难以言喻。这里没有任何一个人赞成部落的行为，但是……我们必须开会讨论，才能决定下一步该怎么做。我们会在达成共识之后再次传召你。"

吉安娜忍住了满腹反驳的话语，点了点头。他们会做出正确的决定的。他们必须如此。

吉安娜在一个叫做英雄之家的旅店里找到了温德尔和贾克西·火花。平日里热闹而欢快的小酒馆现在变得安静肃穆，再没有了"家"的气氛。吉安娜在门口踟蹰着，不知道该不该打断他们的哀思，不知道自己能否承受他们眼神中流露的痛苦。他们把金迪托付给她，她却辜负了他们，那女孩甚至尸骨无存。

她闭上眼，强忍住刺痛的泪水，转身准备离开。这时候，一个声音叫住了她。"普罗德摩尔女士？"

她畏缩着，缓缓转过身来。两个侏儒都离开桌子向她走来。他们现在看起来是如此苍老，吉安娜心里想着。他们老来得子，所以将金迪称作小小的"奇迹"。吉安娜曾经说过的话又回响在耳际：我向你们承诺，我会尽全力保证她的安全。

她本打算滔滔不绝地夸奖金迪，给她以应得的赞赏，让痛失爱女的家庭得到些许慰藉。让他们知道金迪在战斗中如此出色而勇敢，对所有认识她的人来说，她就是一道亮光……让他们知道，她是为保护别人而献出生命。

然而吉安娜口脱口而出的却是："对不起，我很抱歉，我真的很抱歉。"过了很久，都还是这夫妇俩在安慰吉安娜。然后，他们坐回了桌旁，讨论起金迪，想让大家都能得到些许治愈。

"我已经向肯瑞托提出了恳求。"吉安娜悲痛万分地说，"我希望他们能够加入联盟的队伍，一起攻击奥格瑞玛，阻止更多人像金迪一样白白牺牲。"

有那么一会儿，温德尔的视线飘向了别处，吉安娜意识到他是在聆听报时的钟声。在她向他们道歉打扰了这么久之前，这个侏儒法师滑下椅子，说道："现在已经九点了。"

"啊，对。"吉安娜想起来了，"你要点亮达拉然所有的街灯。我就不耽误你时间了。"

这位小个子法师艰难地哽咽着，灰亮的眼中噙满了泪水。"跟我一起来吧。"他说，"我得到了特许，虽然只此一次，但总归……让我心里舒服了一些。"

贾克西朝着吉安娜嘘了一下示意她跟上，身上闪现出一丝微弱的昔日神采。"我以前跟他去过一次。"她说，"我想你也应该去看看。"

吉安娜十分困惑，但她内心的内疚和痛苦更甚，她愿意去做火花一家所要求的任何事情。于是她跟着温德尔一起走上街来，踱着细碎的脚步，以免超过他走到前面去。

他拖着步子走到外面的一盏路灯下，掏出一支小魔杖，尾部还带着一颗略显孩子气的小星星。接着，他用比吉安娜想象中还要优雅许多的姿势点亮了街灯。

一簇小火花从魔杖的顶部飘出，如萤火虫一般翩翩起舞。这闪亮的魔法火焰并没有立刻点亮街灯，而是在街灯的上方开始划出线条。吉安娜睁大了眼睛，旋即盈满了泪水。

金色的火光勾画出了一个扎着马尾辫大笑着的侏儒女孩。画像完成之后，她竟然在一瞬间活了过来，用小小的手捂住嘴咯咯地笑着。吉安娜发誓她真的听到了金迪的笑声。她向下看着温德尔，透过模糊的视线，发现这个侏儒也在哭泣，但眼中却满是慈爱。然后金色光线破碎开来，重新聚集成一个闪光的大球，飞向街灯下的阴影处。那盏街灯被点亮了。温德尔转过身来，步履沉重地向下一盏灯走去。吉安娜站在原地呆住了，她再一次看着温德尔·火花献给他死去的女儿的礼物，这个让她每天晚上都可以"活过来"一小会儿的魔法。当这场悲剧渐渐地淡出人们的视线，温德尔无疑会被要求以普通的方式点亮街灯，但至少现在，跟吉安娜还有金迪的父母一样，达拉然的每个人都有机会看到金迪，看到那闪耀而动人，总是把灿烂的笑容挂在脸上的金迪。

没过多久，空之议院的传召就送到了吉安娜手中。这是第三次吉安娜站在这个瑰丽而奇特的房间中央，同时迫使自己尽量冷静地面对与会众人。

"吉安娜·普罗德摩尔女士，"卡德加说，"在我告诉你我们最后的决定之前，请您一定明白这点：我们每一个成员，都发自心底地谴责部落袭击塞拉摩的行为。这是懦夫的行为，是被唾弃的卑鄙行为。我们将会对部落表示严正的抗议，我们将会警告他们切勿再制造类似的悲剧。但现在是一个非常时期，特别是对于我们这些使用、调节和管理魔法力量的人而言。不久之前，我们选择提供我们的专业意见和智慧，我们甚至同意帮助保卫塞拉摩，但因为这个决定，我们遭到了自己人的背叛，失去了几名出色的法师，包括我们的领袖大法师罗宁。女士，如今魔法正在这个世界中泛滥肆掠，没人知道下一步该做些什么。蓝龙一族不再拥有守护巨龙，还失去了一件珍贵的法器，这个法器又被用来制造了一场毁灭。而此刻我们甚至连一位能带领我们或是承担责任的领袖都没有。"

吉安娜感到腹中一阵冰冷正在搅动，她努力不让自己攥紧拳头。她知道他们接下来要说什么。

"如果我们自顾尚且不暇，那就更不可能照顾得了艾泽拉斯。"卡德加说，"我们必须进行一场改革，仔细检查究竟错在何处。我们不能给予你我们自己都毫无把握的帮助，吉安娜女士。我们没有把握接下来会究竟发生什么。你前来要求我们将全部的魔法师力量投入到联盟去，请求我们把达拉然传送到奥格瑞玛去，然后如一场暴雨般摧毁整个城市。我们不能那么做，吉安娜，我们不能。我们才刚刚开始变得有些成熟，可以让部落的代表夺日者加入我们，现在你又想要我们摧毁奥格瑞玛？世界之战将会爆发，我们的参与会让这座已经饱经患难的城市支离破碎。又或者就算是一切顺利，就算是达拉然和肯瑞托可以掌控战场，但那座部落都城里还有商人、渔民、酒馆老板和旅人，还有着许许多多没有参与侵犯塞拉摩的平民。发发慈悲吧，我的女士，奥格瑞玛城中还有一座孤儿院！我们不能……也不会滥杀无辜。"

吉安娜极力让自己说话的声音足够平稳。"那些孤儿院的孩子长大后还是会变成部落的人。"她说，"他们被教导要憎恨我们，对抗我们。在那座被圣光遗忘的城市，没有人是无辜的。那里再也没有无辜的人了。再也没有了。"

卡德加还未继续开口，吉安娜就念动咒语召唤出了传送门。她走入传送门之前最后瞥见的，就是卡德加那双充满伤痛的、年轻却又苍老的眼睛。

吉安娜并未走远，她的目的地是达拉然大图书馆。很久以前，在达拉然居住学习的时候，她就来过这里。当她在一名肯瑞托图书馆员的陪同下跨过图书馆门槛时，她感觉到这里的气流轻柔地掠过她的身体，旋即又平息下来。许多年前，她曾经在图书馆结界中留下了一个把她识别为有效身份的咒语，现在看起来这依然有效。

图书馆的工作人员尊重了她的要求，让她独自查阅书籍。他同卡德加一样，用悲伤、充满同情的眼睛看着她。她并不想要同情，但她愿意借此达到自己的目的。她希望在这藏满书籍与卷轴的屋子里独处，但并不是因为她口中所说的需要安静与沉思。

当图书馆员的脚步声渐渐消失，她确信自己不会被打扰之后，便把注意力转向这些书籍。无疑，这是一个令人望而却步的任务。这屋子宽阔巨大，里面放满了一个又一个高高矗立的书架。吉安娜的经验告诉她这里没有顺序可言，混乱而又不合逻辑的摆放方法可以迷惑普通窃贼，对魔法师来说却毫无障碍。

她摇动右手。一道极小的光辉出现在指端，她用发光的手指按了按自己的太阳穴，然后她伸出自己的手，那微弱的淡紫色光辉便离开手指，如轻烟一般飞向书架的顶端。当吉安娜用普通感官来查阅卷轴袋上的标签时，那团奥术烟雾正在找寻着一些其他的东西。

时间一分一秒地过去了，吉安娜发现了很多以前必定会乐此不疲翻看的书籍，可现在它们丝毫吸引不了她。她很专注，只为了达到目的。她逐一查阅着目录，又逐一排除。这是达拉然，那东西肯定在这儿。

她的眼角突然闪过一道光，接着她笑着转过身来。小小的奥术迷雾已经完成了它的任务，它在某个书架上找到了一些什么。那里堆叠着图书馆中最稀有的、最危险的，被魔法小心翼翼封印起来的藏书，甚至还有一些肉眼无从发现的隐形典籍。

吉安娜飞快地扫过书目。

《梦境之龙：艾泽拉斯守护巨龙秘史》《死，不死，介于两者之间者》《泰坦秘闻》……

然后她终于找到了：《第六元素：操控与增强奥术之秘典》。

她轻轻地把手放在书脊上，仿佛正在触碰一个活物，而它竟也报以一阵微微的抖动。她把书抽了出来，它立刻开始散发出紫罗兰色的光芒，并且伴随着保护结界嗡嗡作响的声音。一抹突然显现的淡紫色烟雾开始汇聚成影像，吉安娜紧张地屏住呼吸，差一点把书掉到地上。

大法师安东尼达斯的面容出现了，紧紧地盯着她，用严厉的口吻劝诫道："这不是闲来翻阅之书，亦不为觊觎之徒所著。"这熟悉而慈爱的声音继续说道："知识不能失传，亦不能滥用。停手吧，我的朋友。或者你可以继续——如果你知晓方法。"

吉安娜咬着嘴唇，看着安东尼达斯紫色的身影消散不见。每一个把书籍存入这座伟大的图书馆的魔法师都在上面施放了自己的守护封印。这意味着安东尼达斯早就发现了这本书——甚至很可能早在吉安娜出生之前，然后他把这本书藏匿于此。从它上面的灰尘看来，这本书从那时起就从未被发现打扰过。这是不是某种征兆呢？注定是她第一个发现此书。

这本书还在闪烁着光芒。她不知道安东尼达斯留下的暗语，因此她不得不用一种不那么令人愉快的方式打开它。她能够迫使封印被打开，但她必须行动迅速，不让它发出魔法警报。吉安娜坐到一张舒服的椅子里，把书平放在大腿上，深吸了一口气让自己平静下来。她凝视着自己的右手，低声念出了一道破魔咒，她的手瞬间发出了明亮的紫光。

现在她抬起左手并集中精神。那只手在她眼前隐去了身形，只有微弱的紫罗兰色光晕依稀可见。

肯定可以成功的，只要她的动作够快。她再次深深吸了一口气，然后把右手放在书本上。

破。

从她手中散发出的紫色亮光如闪电一般舞动起来。她可以感觉到这亮光正在粉碎安东尼达斯施下的封印，但也能感觉到那秘典的痛苦——它是那么不情愿被开启。她的眼睛一眨不眨地盯着它。就在这一瞬间，那道紫色的光线开始退散，她用左手猛地敲打着这本书。

寂。

一道闪着白色光辉的力场完全包裹住了秘典，让魔法警报的尖啸抵消在其中。慢慢地，白光和紫光都黯淡了下去，她的左手也渐渐显现出来。

她做到了。

吉安娜迅速但又异常小心地翻动着书页，她知道这秘典的年岁已非常古老。这里面有各种法器的插图和说明，其中大部分吉安娜都毫不知晓，看来许多宝物都失传已久，而且……

她找到了！聚焦之虹！她开始阅读起来，跳过了一些引人注目但是现在毫无必要了解的细节——那些关于蓝龙是如何制造出它，还有它曾被用来做过什么事情的描述。她不在意它曾经都被用来做过什么，她已经在第一时间目睹过了。她现在想要知道它可以被用来做些什么。

……增幅。只要按照正确的方法来驱使这件法器，就可以让所有的奥能法术都得到大幅增强。

为了证明"奥能本身就是一种元素"的观点，作者还谦恭地叙述了这样一件事实：在一次被正史记录的场合中，聚焦之虹就曾被用来引导、操控，和奴役各种元素。

吉安娜几欲晕眩。她站起身来，环顾四周，确认在这偌大的房间里只有她一人。然后，她小心翼翼地将这本秘典用斗篷裹住，飞快地移至门外，然后走下阶梯。在离开这座城市并踏上复仇的孤独旅程之前，她还得去拜访另一位故人。

第 23 章

是吉安娜亲自设计的这座雕像。她亲自挑选雕塑家，并支付了所有费用。如今安东尼达斯俯视着这座自己为了保护它而牺牲的城市。这座她挚友的雕像被施加了咒语，能够悬浮于草地上约六英尺高。伟人的雕像下面有一块纪念牌匾：

大法师安东尼达斯，肯瑞托大魔导师：

　　伟大的城市达拉然再次屹立——证明着它伟大子民们的坚韧意志。你不会白白牺牲，我最亲爱的朋友。

　　致以爱与敬意

吉安娜·普罗德摩尔

吉安娜现在站在柔软的青草地上，抬头看着她的朋友。这位雕刻家很有才华，他十分准确地捕捉到了安东尼达斯严厉而又仁慈的特征。

在他其中一只手上，一个小小的球体不停地旋转着，发出魔法的光芒；另一只手则紧紧攥着他的法杖——亚库斯。

吉安娜依然把秘典紧紧地藏在斗篷下，以免被一些敏锐的视线窥探。她用一只手在下面拖住它，牢固而安稳地将它裹在衣物之下。

她站在导师雕像的阴影之下，往昔的记忆如流水般涌现。这位老人对她寄予厚望，并且一直带着愉悦、热情与骄傲来教导她。她依然记得自己曾经跟他长时间地讨论失传的魔法秘术和更好的魔法技巧，比如手指的位置和身体的角度会造成什么不同的影响。那时，她和他都相信她将会在达拉然建树卓著，甚至可以在肯瑞托位居高层。这座美丽的城市会成为她的家园。

她嘴角温柔的笑意转瞬隐去。发生了这么多，这么多的事情。她多么希望她的导师可以起死回生，指导她学习这本书，让她知道精确使用聚焦之虹的方法。她希望他可以祝福她，赞同她的努力。他肯定会的，如果他目睹了她所经历的一切。

有人轻轻地拍了一下她的肩膀。她吓了一跳，那本被斗篷包裹好的魔法典籍也差点儿掉在地上。她在最后时刻抓住了书本，然后转身。

"对不起，我不是有意想要吓到你。"卡雷荀斯说。

她心中泛起了怀疑。"你怎么知道我在这里？"她问道，同时努力让自己的声音听起来轻松随意。

"在我们……在你离开后，我回了魔枢。我在那儿感觉到你抵达了达拉然。"他看上去很不开心，"我想我大概能猜到你为什么来这里。"

她将目光转向一旁。"我过来请求肯瑞托的协助，希望在部落对塞拉摩犯下这些罪行之后，他们能够帮助我一起攻打部落，但他们拒绝了我。"

他迟疑了一下，静静地说："吉安娜，我也去了塞拉摩。如果炸弹降落在城市里——我们都知道确实如此，那么聚焦之虹肯定也应该在那里，但是它不见了。"

"我猜肯定是部落的人把它拿回去了，"吉安娜说，"我跟几个部落的成员交过手了。"

"很有可能。"他赞同地说。

"你现在还能感知到它吗？"她问。

"不能，但是如果它被摧毁，我肯定可以感觉到。所以这意味着，它再一次被一个强大的法师掩藏了起来，而且做得比上次更好。我们已经见证过一次它的可怕了，如果聚焦之虹依然存在，悲剧很可能还会再次重演。"

看来……她的屏蔽咒语起效了。"那你最好赶紧找到它。"她不想对他撒谎，但她明白他不会理解自己的。或者……他可以理解？如果他也去过塞拉摩，看见了她所见到的一切，他也许能够理解她的感受。

"卡雷，肯瑞托不肯帮我。你曾经说过，你会为我而战，为了塞拉摩的女士而战。塞拉摩不复存在了，但我还在。"她冲动地伸出手来，然后在他的回应下，两人紧紧相握，"帮帮我吧，我求你了。我们必须摧毁部落。他们不会就此罢休的，你知道的。"

她可以清楚地看到他灵魂的挣扎，这些反应都写在他脸上，她明白他是多么真切地关心自己。就像她也逐渐意识到了自己有多在乎他。但眼下她根本无暇顾及这些温柔迷醉的甜蜜爱情，只要部落还在，只要他们还有能力行残暴之事，就不会有谈论爱情的余地。她需要每一件她可以找到的武器，不去理会一己私欲。她必须让自己铁石心肠。

"我不能这么做，吉安娜。"他说，声音痛苦而沙哑，"这样一意孤行的……这……充满仇恨的人，这不是你。我认识的那个吉安娜会锲而不舍地谋求和平，她会保卫自己的人民，但也会试图去理解敌人。

我无法相信你正在谋划这般恶行，就如同部落对塞拉摩所做的那样。没有哪个理智的头脑和善良的心灵会想要这么做。"

"所以，你觉得我已经疯了？"她话语虽然轻柔却充满了恼怒，并把自己的手抽了回来。

"不，"他说道，"但你让自己沉沦了，无法理智地判断自己下一步该怎么做。你现在所做的一切都是因为极度的悲愤。没人会因为你这样的感受责备你，但你不应该在完全失去理智的时候付诸行动！我了解你，我知道你最后肯定会深深为之悔恨。"

她紧锁眉头，向后退开几步。"我知道你关心我，你用最和善委婉的话语表达你的意思，但是你错了，这就是我。从部落扔下那颗该死的炸弹开始，从我的城市化为废墟开始，从我变成这幅模样开始，一切就都已经回不了头。你不肯帮我？难道你没有听见那些哭喊着要寻求正义的声音么？好，那就别帮。你去做你想做的事情吧，只是，别挡我的道。"

当她转身大步走开时，他朝她深深鞠了一躬。她手里仍旧紧紧抓着那本魔法书——那本安东尼达斯施下结界的书，那本可以令死者安息的书，那本可以赋予她力量，将心中伤痛十倍奉还给部落的书。

剃刀岭旅馆正在大发横财，作为店主的格罗斯克当然乐得如此。剃刀岭向来都是个粗野的小镇，战士也好、过客也罢，都是来去匆匆，从不在这里久留。因为奥格瑞玛的庆祝盛典，店里涌进了众多胡吃海喝的客人。格罗斯克一边如往常一样漫不经心地"洗刷"着杯子，一边心想着，好不容易沾了次都城的光，此时不捞更待何时。就算客人们讨论的并非都是真善美，那又怎么样呢？就连萨尔也是有人抱怨过的。人们就是喜欢喋喋不休地抱怨。对大酋长不满、对天气不满、对战争不满、对部落其他种族不满、对联盟不满、对自己的伴侣不满……但这对自己的生意来说倒是件好事。人们去酒吧的理由之一，不正是借酒消愁么？

因此当他那脏乱失修的小旅馆里挤满了部落的各个种族的时候，格罗斯克打心底感觉生活幸福极了。

直到库卡隆们走了进来。

他们挤在门口，如同猛犸一般庞大的身躯挡住了光线，让原本就光线暗淡的酒馆显得更加昏暗。认出来者之后，弗兰迪斯·法雷赶紧移开视线，然后编了个蹩脚的理由拉上克兰蒂尔·血刃举杯对碰。

"麻烦来了。"克兰蒂尔小声地说道。

"不用担心。"弗兰迪斯用同样轻的声音回答道。还没等他的伙伴意识到接下来该怎么做，被遗忘者已经开始挥手，然后愉快地喊道："马尔考罗克，我的朋友！你是在访问贫民窟么？夜壶里的尿都比格罗斯克这个流氓卖的酒要好喝，不过确实是便宜，而且听说相当来劲。过来，我请你们喝一轮。"

库卡隆们看向他们的领袖，马尔考罗克点了点头。"格罗斯克，"马尔考罗克用低沉的嗓音说道，"给每人都倒上一杯。"他从背后拍了弗兰迪斯一下，力道大到这个被遗忘者几乎扑倒在前面的桌子上。"在这里找到牛头人和被遗忘者倒是在我意料之中。"当格罗斯克正忙着在放下脏兮兮的玻璃杯和一大壶格罗格酒的时候，马尔考罗克冷笑道："但我不得不说，血精灵小妞和这里看起来可有些格格不入啊。"

"没这回事儿，"克兰蒂尔眯着眼睛说，"我到过比这还差劲的地方。"

"可能吧，也许吧，"马尔考罗克说，"但是你为什么不在奥格瑞玛？"

"金属过敏。"克兰蒂尔说道。马尔考罗克盯着她看了好一会儿，

278

然后仰起头发出一阵刺耳的笑声。

"看来你和其他几个人更喜欢来乡巴佬的地方。"他说，"小公牛贝恩和他的跟班沃金在哪儿？我想要跟他们谈谈。"

"我已经很久没有见过他们了。"克兰蒂尔说着把靴子抬起来放到桌上，"我和牛头人的圈子不怎么熟。"

"是么？"马尔考罗克看起来一阵错愕，"那怎么有人看见你和弗兰迪斯昨天晚上在这家小旅馆跟牛头人、巨魔还有其他人相谈甚欢呢？据我所知你还这么说过：'加尔鲁什就是一个蠢货，萨尔应该回来把他一脚踢去幽暗城'，'在塞拉摩使用法力炸弹根本就是懦夫的行为'。"

"还有元素。"另一个库卡隆抓起酒壶，一边往自己杯子里加酒，一边插嘴说道。

"对，还有元素，还说什么凯恩当初没有趁机杀掉他真是太可惜了，因为萨尔永远不会用这么残忍和无礼的方式来奴役元素。"

血精灵和被遗忘者都安静了下来。马尔考罗克继续说道："但是，如果你最近都没见过贝恩和沃金，那我想这些线人可能看错了吧。"

"很明显，"弗兰迪斯说，"你需要更好一点儿的线人。"

"必须的。"马尔考罗克赞同地说道，"在我看来，你们俩谁都显然不会说出这种反对加尔鲁什和他的领导的话。"

"很高兴你明白这点。"弗兰迪斯说，"谢谢你的酒，下轮我请？"

"不了，我们现在最好得回去了。看看我们能不能找到沃金和贝恩。因为看起来很不幸，他们不在这里。"马尔考罗克站起身来点点头，"好好享受你的酒。"

两人目送他们离开。直到库卡隆们的身影逐渐消失，克兰蒂尔才闭上眼睛，长舒了一口气。

"这实在太煎熬了。"她说。

"的确。"弗兰迪斯说，"有那么一会儿，我以为我们会被逮捕，如果没有被就地处决的话。"

血精灵转过身来做了个再要点酒的手势，然后皱皱眉。"奇怪，格罗斯克不见了。"

"什么？丢下这么一个拥挤的旅馆不管了？他应该多请些人手，而不是就这么丢下口干舌燥的顾客自己溜走。"

他们俩目光相遇，瞬间明白过来发生了什么。两人不约而同地站起身，立即往门口冲去。

他们几乎就要走出门口了，然而一颗冰霜手雷将他们冻在了原地。接着三颗破片手雷完成了任务——剃刀岭旅馆爆炸了。

瓦里安·乌瑞恩国王和安度因王子站在暴风要塞里一个巨大而开旷的房间中。这个房间被称作地图室，因为其中大部分空间都被一幅巨大的地图占去了。两个火盆燃烧着，让这间石室温暖了不少。作战所用的武器悬挂在墙上，从大口径短枪到剑，甚至还有三门火炮。还有几个区域专门堆放着关于军事策略的书籍，但现在，瓦里安和其他人聚集在这里的人都将注意力都集中在了地图上。

聚在这里的是联盟各个种族的代表。代表德莱尼人的是塔卢恩大使，代表暗夜精灵的布罗尔，代表吉尔尼斯狼人们的吉恩·格雷迈恩，代表侏儒的大工匠吉尔宾·梅卡托克，以及三位矮人——代表铜须氏族的和蔼的萨尔加斯·安威玛尔，代表黑铁氏族的阴郁的德鲁坎，代表蛮锤氏族的愉悦的库德兰·蛮锤。各个族群的争议被暂时搁置到了一边，就连德鲁坎这一次也显得乐于发言，安于聆听。

部落对卡利姆多的封锁引起了所有人的注意，包括那些来自东部大陆的居民们。对于征服整个大陆这样的威胁，谁都不敢轻视。

瓦里安站在那里，仿佛陷入了沉思之中。布罗尔清了清嗓子。瓦里安抬起头来用手势示意布罗尔应该开口说话，随后又独自回到了思绪中。

"我代表我的人民发言，而且我非常确定自己可以代表所有在这次部落袭击中受到伤害的联盟人民。"布罗尔说，"我有一个提议，或者说是一个请求，虽然看起来有些私心，但我希望将黑海岸作为第一个破除封锁的地方。我们有好几艘舰船以及随时可以动身的精灵船员。尽管有大地的裂变所造成的破坏，但那里始终是一个重要的枢纽中心。在那儿我们有将我们同鲁瑟兰村和羽月要塞联系起来的航线。一旦我们破除了黑海岸的封锁，我们便会占尽优势。"

"据我们的间谍报告，部落似乎认为我们选择了羽月要塞作为突破点。"格雷迈恩说道，微微咧嘴一笑，"我们会将计就计。而且据说菲拉斯的恐怖图腾正在策划一起对部落的袭击，他们想要趁部落无暇顾及的时候浑水摸鱼。部落真是要倒大霉了！"

笑声顿时充满了整个房间。瓦里安却还是望着地图，轻轻皱眉。

"就我们所知，他们以为珊蒂斯·羽月已经牺牲了。"布罗尔继续说道，"他们不仅仅把羽月要塞当做一个军事目标，更多地，他们还希望自己的征服行动成为一个象征。想想看，当他们发现羽月将军正带领着部队冲锋陷阵奋勇杀敌之时，会有多么的惊讶？"

气氛瞬间严肃了起来。在所有被派去支援塞拉摩的众多优秀的战士和将军之中，只有珊蒂斯和温蕾萨活了下来，联盟失去了众多的人手。房间里除了想要反击回去阻止部落继续前进的热情之外，还弥漫着无限的悲伤。

"有……有人……去过塞拉摩吗？"吉尔宾小声地问道。

一阵尴尬的沉默。"吉安娜女士去过。"安度因说。

"实际上，"吉尔宾说，"她能活下来真是谢天谢地。说起吉安娜女士，为什么她今天没有跟我们一起在这里制订计划？"

"吉安娜女士正忙于筹划自己的事务。"瓦里安终于加入到了谈话中，所有的眼睛都望向他，"她有些操之过急，无法同我们一起合作。我也无法判断她即将面对的究竟是什么，即使是我自己也无法确切体会她此刻的感受，尽管我曾经有过相似的痛苦。"

"在塞拉摩发生的一切不能再重演了，"塔卢恩说，"不能以任何方式重新上演。所有理智清醒的人都必须抵制这样的行为，发誓完全唾弃它，否则我们都会有被圣光抛弃的危险。"

房间里发出不少赞同的低语声。瓦里安看着安度因点点头，动作细微到几乎不能被察觉。当谈论起吉安娜时，这男孩的蓝色的眼睛中闪现出一丝悲哀，但现在他的眼角微微皱起，嘴边浮起一丝苍白无力的微笑。

"我同意。"瓦里安说，"但是吉安娜女士有一件事情可能说对了。我花了很长时间一直在思索这件事，嗯……我觉得我们现在还不能打破部落的封锁，暂时还不能。"

顿时各类抗议充斥整个房间。这些抗议有些态度谦和，有些则愤怒不已。瓦里安抬起手。"请听我说。"他提高音量说道，让整个房间的人都能听见他的声音，但又不至于觉得他是在咆哮。众人虽然安静了下来，但看起来并不高兴。

他继续说道："聪明的做法应该是像布罗尔和吉恩建议的那样，误导部落让他们以为我们想要突破羽月要塞的封锁线，然后我们转攻向黑海岸，打破封锁，救出被困的精灵舰队，接着从那里带着更多的船只和战士继续出发。"

"这确实是明智之举。"德鲁坎悻悻地表示赞同。

"但我觉得我们应该'泄露'出联盟将会攻打黑海岸的消息，而不是羽月要塞。因为之前我们已经发布了一条假消息，现在这样会更加令人容易相信。加尔鲁什肯定会集结大批部队在那儿，而我们就在同一时间直接冲向奥格瑞玛，袭击加尔鲁什的老巢。我也派出了一些间谍，吉恩，他们告诉我很多人对地狱咆哮的领导并不满意。尽管对我来说难以置信，他们还报告说有些部落成员对发生在塞拉摩的一切同我们一样震惊。如果我们拿下加尔鲁什，占领奥格瑞玛，就会爆发一场混乱。如果我们幸运的话，部落中的反对派会将此看做他们起来反抗的好机会。就算不是这样，我们依然可以趁着混乱控制住他们的都城。"瓦里安补充道。

"我们的人民正在受难，瓦里安。"布罗尔轻轻地说。

瓦里安的语气缓和了下来。"我知道，我亲爱的朋友，"他说，"但这是砍下猛兽头颅的好机会。而且你大可放心，部落的船只必定会在第一时间离开黑海岸，前来支援奥格瑞玛。"

"听起来很疯狂，"吉恩低吼一声，然后眯起双眼看着瓦里安，"不过，这样的胆识，再加上出其不意，很有可能会奏效。"

"这样还能节省时间，"塔卢恩说，"从这儿出发去奥格瑞玛比去黑海岸要快。"

瓦里安环顾四周，仍然有一小部分人看起来不是很乐意，但是已经没人再反对了。他希望自己是正确的。如果加尔鲁什发现了他们的计划，或者如果因为一些其他的原因，这次袭击失败了，那么他几乎会失去所有的联盟战舰。唯一有可能被保留下来的只有被困在黑海岸以及其他地方的精灵船只。

他心存忧虑，但绝不会动摇。这便是成就一位国王的品质——勇于做出决断，然后承担责任，无论成功或是失败。

位于海港的战舰终于准备就绪了。越来越多的船只加入了他们，这些精灵和德莱尼人的战舰幸运地在封锁令颁布之前就航行至别处。它们精致而优雅，但坚固程度却丝毫不输给那些注重实用的人类、矮人，以及侏儒战舰。壮阔如暴风城也塞不下如此多让人引以为傲的战舰，它们从港口满溢出去，一直伸展到海天相接之际。

码头上聚满了平民。他们大部分都来自暴风城，但也有许多是从别的地方赶来见证这一历史时刻。紧邻着大海的就是漫漫人海。瓦里安心想着，也好奇着，那些泪别挚爱的战士，又有多少能够安然返还呢。

天气也十分配合。万里碧空，风力足以鼓动船帆，但又不致激起汹涌浪涛。一支乐队正愉悦地演奏着激励人心的行军曲，以及各个王国和种族的传统颂歌，这些都在提醒着每一个人他们属于哪里。

在一片欢庆的气氛中，他扫视着人群中的一张张脸庞，这其中有的肃穆，有的垂泪。这是一场战争，不是什么结束了就能马上回家吃晚饭的小规模冲突。他已经尽可能周详地制订了作战计划，并且将身先士卒亲自上阵，尽管王国的贵族们一直在劝说让他留下来。把英勇的战士送上前线，自己却躲在安全的后方，这种事情，他——瓦里安·乌瑞恩——做不到。当他走到港口的第三层阶梯，来到象征着暴风的雄伟狮像下面时，聚集的人群欢呼起来，他们知道国王将与他们同在。

他举起双臂大步向前，布罗尔、格雷迈恩、梅卡托克、塔卢恩，还有三个来自铁炉堡的矮人紧随其后。五颜六色的旗帜涌动着，欢呼声震耳欲聋。瓦里安放低手臂，示意大家安静下来。

"联盟的公民们。"他此时的声音震彻心扉，"几天前，部落犯下了一场精心策划、令人发指的恶行，对此，我们只能用战争来予以回应。现在你们响应了我的动员，你们站在我的面前，为了守护这个世界的正义与良善，你们愿意献出自己的热情、力量，甚至于生命。圣光在上，部落挑起了战争，但我们会将它结束！"

人群中发出一阵山呼海啸。他们的脸上泪光闪烁，但同时也挂着笑容。

"言语已不足以形容他们犯下的罪行。这世上有对手，亦有仇敌；有教化之人，亦有残暴之兽。过去，我们曾希望和这世上的生灵安然相处，但现在却不得不划清界限。而摆在面前的道路，也为之清晰明澈起来。选择在人口密集的城市投掷法力炸弹，是完完全全令人憎恶的懦夫行为，加尔鲁什·地狱咆哮的所作所为彻底证明了他的本质。既然他和那些追随者选择成为野蛮之兽，那我们就要像对待野兽一样对待他们。"

他继续说道："我们不会以同样的方式进行报复，因为我们的选择不同，但是我们会选择战斗。我们会阻止他们继续实行计划大肆进犯。我们会代表联盟所有美好品质，我们会团结奋战。我并非孤身一人，我的身边还有吉恩·格雷迈恩国王，他的人民已将长久以来对他们的诅咒转化成了一种馈赠。狼人们会带着你们从未见过的伟大心灵去战斗，证明他们同我们的敌人不同，证明他们并非野蛮怪兽。此外，如果没有我们亲爱的矮人和侏儒兄弟们的帮助，这些用来拯救落入部落魔爪的同胞的上等舰艇就不会及时建好。

"卡多雷，我们一直以来的亲密盟友，也是我们正要去拯救的朋友，一旦等他们突破封锁获得自由，他们那许许多多的战船便会加入我们的队伍。还有德莱尼人，自从他们来到我们的世界，便无疑是你们所能想到的所有正义行为的指南针。他们今天也站在这儿，随时准

285

备为他人抛洒热血。"

他退后几步，伸出双手，指示人群应该向他们表示出自己的感激之情。他自己已经表现得再真诚不过了。他从未像现在这样感激过这些真挚的朋友和各个种族的领袖们。很久很久，除了人群感恩的欢呼，几乎听不到别的声音。

瓦里安回到原来的位置上，继续道："众所周知，我会跟这些勇敢的水兵们一起出发。我留下了一个在需要的时候能领导你们的人，他在过去已经证明了自己的能力。"

瓦里安点点头，一直站在其中一个巨大的火炮旁边的安度因向前走来。这位王子穿着蓝金相间的联盟制服，一个简单的小银圈戴在他满是金发的头上。站在他左右两边的德莱尼圣骑士身着银光闪耀的盔甲。尽管他的个头比这两名侍卫小了许多，但所有人的目光都聚集在了他身上。人们欢呼鼓掌向他致敬。他稍稍有些脸红——他还不习惯在公开场合露面。他举起手臂，希望人群安静下来，然后说："即使有着无比正当的理由，我想我也永远没法满怀欣喜地将联盟的英雄儿女们送上战场，但是现在，部落并没有给我们留下别的选择，他们用一种可怕到令人发指的手段来对付我们。他们逼得所有正直善良的人都必须站出来，为塞拉摩发生的恐怖屠杀伸张正义。"瓦里安专注地听着，回想起人们对于这事件的种种描述，以及它是如何让吉安娜从一个理智而心怀怜悯的女人变成一个想要……不，是渴望着暴力和复仇的人。

"如果我们现在不行动起来，如果这些勇敢的联盟战士和水兵们不立刻出发的话，那就表示我们默许了这般可憎的行径。那就意味着我们鼓励甚至欢迎更多的暴力、更多的屠杀。加尔鲁什·地狱咆哮曾经放言要把所有的联盟成员驱逐出卡利姆多大陆。我们绝不能逆来顺受，绝不能纵容这种行为。总有那么一个时刻，就连心地最善良的人也必须站出来说'不，够了'。而现在，就是这样的一个时刻。"

他闭上眼睛，举起双手，说道："为了证明公平与正义与我们同在，为了证明这次行动心无私念、纯净无暇，我祈求圣光庇佑，赐福于那些将要赌上性命去守护无辜人民的将士。"

一道柔和的光芒在他扬起的手边闪耀。它流动着，包裹住他的身躯，然后缓缓升起散布开来，让那些准备奔赴战场的战士和爱着他们的人都沐浴其中。

"我祈祷你们会带着勇气、正义和荣誉去战斗！我祈祷你们手中的武器亦被正义所引导！我希望你们能记住，当你们置身于激烈的战场之时，别让仇恨吞噬你们的心灵。让你们的心成为一座圣殿，成为一座缅怀逝者的庙宇。你们必须时时刻刻记住，你们是为了正义而战，而非杀戮；你们是为了胜利而战，而非复仇。而我知道，你们将会把这些牢记心间。没有任何愤怒，没有任何痛楚可以动摇你们。圣光与你们同在，联盟的伟大勇士们！你们必将凯旋！"

瓦里安感到圣光真切地抚慰着他，拥抱着他，直入心底。就好像安度因所说的那样，他感到更加镇静、更加坚强、更加平静。

他聆听着他的孩子发自肺腑的纯真演讲，看着圣光轻快柔和地庇佑着他，看着他的人民是多么地爱戴他。

哦，我的孩子，你已经成长为我们当中最优秀的一员了。你将会成为一位伟大的国王。

号角吹响，是时候上船了。到处都是家人们在诉说着离别的衷肠。年长的夫妻向还没成年的孩子告别；稚气未脱的青年们向自己的爱人告别。接着人群缓缓地朝着船舶拥去。到处都在挥动着手帕，传递着飞吻。

瓦里安在旗舰的登船口等待着。当安度因在两名骑士朋友的陪伴下走过来时，他微微一笑。

"你演讲得很棒，我的孩子。"瓦里安说。

"我很高兴你这么想。"安度因回答道，"我只是说出了我心中所想。"

瓦里安伸出一只手放在他的肩上。"你的内心完美无瑕。无论从前还是现在，我都以你为傲，安度因。"

王子的脸上露出一个顽皮的微笑。"你不再认为我是一个只知道哭闹的和平主义者了么？"

"别这么挤对你老爹。"瓦里安说，"我早已丢掉了过去的偏见，而且我很高兴你能明白我们这么做的必要性。"

安度因严肃地说道："我知道，我也希望可以有别的方法，但是这是不可能的。我……我很高兴你没有变得和吉安娜一样。我曾经为她祈祷过，现在我也会为你祈祷。"

他当然会。

"安度因，你和我都清楚这是一场无法避免的战争，而且你也知道我很可能无法安然返还。"

他点点头。"父亲，我知道。"

"如果我没能回来……我知道你早已能胜任这个位置。我以你为荣，我知道你会公正贤明地治理这个国家，你就是暴风城最好的继承人。"

安度因的眼中盈满了泪水。"父亲，谢谢你。我会尽我最大的努力来成为一位贤明的君王，但我由衷地希望你此去不会太久。"

"我也是。"瓦里安说道。他把他的小男孩拉入怀中，略显笨拙地紧紧拥抱着他。他把自己的额头抵在安度因的额头上……然后转身融入水兵的人流中，向着旗舰走去。

也向着战争走去。

第 24 章

卡雷苟斯忧心忡忡飞行着。他非常害怕克莉苟萨对于吉安娜的猜想成真。龙族没有读心术，但是当他们谈论到聚焦之虹的时候，吉安娜的神色着实令人生疑。他几乎可以确认，吉安娜带着聚焦之虹逃走了，并打算利用这件武器来对敌人进行以牙还牙的复仇。在这之前，聚焦之虹曾经被人藏匿过，并且这一次隐蔽的手法比之前更加巧妙。这更让卡雷苟斯不得不正视这无奈而苦涩的猜想。他想让自己相信，他深深爱着的女人变得如此让人不可接受都是受了法力炸弹的影响，但他知道这只是自欺欺人。虽然这是事实，但这个理由解释不了所有的事情。

无奈之下，他踏上了回家的路，他想回到魔枢和族人们谈谈，他真的想家了。

卡雷苟斯到达魔枢的时候，发现亘古至今在天空盘旋护卫的龙群消失了。这个发现让他更加伤感难受。他打消了降落的念头，决定去别处找人排解心中的郁闷，并且希望得到一些正确的建议，虽然那些建议未必悦耳。

卡雷苟斯在冥思之地找到了克莉苟萨。曾经就是在这里和克莉苟萨交谈的时候，他第一次听到聚焦之虹被盗的消息。克莉苟萨对卡雷苟斯的到来并不惊讶，如同往常一样，她化作人形，倚靠着一颗荧光之树。虽然穿着一件轻薄的无袖蓝色连衣裙，但是她看上去并不觉得寒冷。

卡雷苟斯降落在露台上，化做半精灵的形态。他轻轻握住克莉苟萨伸过来的小手，在她身边坐下。

他们默然无言了很久，终于，卡雷苟斯说道："我没有看到巡逻的龙群。"

克莉苟萨轻轻点头。"大多数人都走了。每天都有人不少人离开，他们没有归属感，觉得这里不再是他们的家园。"

卡雷苟斯痛苦地闭上了眼睛，轻声说："克莉，我觉得我是一个失败者。几乎没有一件事情处理得当。作为一个领导者，我没有保护好聚焦之虹。作为爱人，我没有保护好吉安娜，我甚至没有意识到塞拉摩发生的事情对她造成了多么可怕的伤害。"

她看着他，蓝色的眼睛里平静如水，无一丝欢愉。"她拿走了聚焦之虹，是么？"

"我不知道，但是我再也感应不到它了，真的感应不到……我想应该是她拿走了。"

她知道承认这些对卡雷苟斯来说是多么大的痛苦和打击。她捏了捏他的手，安慰道："其实你对她的爱……直到现在仍未放弃的爱，并不是一件错误的事。这是值得的。你很善良，但你得明白，只有强者才有资格展露善良，否则只会让自己身陷险境。"

"你知道的，"他有些急切地打断了她，"很多人都说我们是天生一对儿。其实这样也好，可以让我避免许多的错误，比如选错伴侣。"

克莉苟萨听到这里笑了起来，并轻轻靠在他的肩上。"我承认，你将来会成为某个人的理想伴侣，但是，那个人不会是我。"

"那么，我成为一条正常蓝龙的最后希望也破灭了么？"

"我很高兴你能如此与众不同。"她的眼中洋溢着深情，这让他感到踏实。他爱着她，只是并非情侣之爱。

他叹了口气，又忧郁起来。"唉，克莉，我迷失了，我不知道该怎么办。"

"我想你很清楚你该怎么做，你明白你的路在哪里。"她说，"你站在一个十字路口，亲爱的，我们都是。不管蓝龙们是需要你英明睿智的领导，还是他们想要自由地选择自己的道路，成为命运的主宰。我们真的需要一个崇高的目标么？一个甚至高于自我价值的目标。也许，年轻种族的成员们也一样拥有选择自己道路的权利。做出自己的抉择……并承担后果。"

就像加尔鲁什所做那样，卡雷苟斯心想，就像吉安娜将要去做的那样。

"变革。"他喃喃自语。他想起他曾经对吉安娜说过，万事万物都有着一种节奏、一种循环。没有什么能一成不变，哪怕是长寿而睿智的巨龙也不行。

事物的发展理应如此吧。

"你要去哪儿？"他轻声问道，短短几个字表明了他的选择。

"我还没有像你那样探索过这个世界。"她说，"我听说有一片温暖的海洋，那里没有被冰雪覆盖，也没有凛冽刺骨的寒风，而是充满着芬芳。我想去看看这样的地方，寻找另外一块冥思之地。"

两个人都沉默了。她起身望着他，仿佛在等着他的回应。他也站起来，他们紧紧相拥。

"就此告别吧，亲爱的卡雷。"她说，"如果你有什么需要我的，就来南方找我。"

"如果你想要找我，就去那些龙族最不可能出现的地方，我一定在那里。"

当他看到她现出本体，御风而上的时候，感到一阵阵心痛。她在空中回旋，向他做了最后的告别，然后朝南飞去。

半个小时之后，卡雷苟斯独自站立在魔枢之巅。

年长的特拉苟斯——他曾经的敌人，现在的朋友——是最后一个离开的。特拉苟斯没有像克莉苟萨那样选择温暖的南方，而是朝着东北方飞去，那里的大陆依然被冰雪覆盖着，那是蓝龙的故乡，年迈龙族们心的归宿。

蓝龙们没有对卡雷苟斯的决定感到惊讶，也没有人去苛责他。变革已经到来，所有的挣扎和抵抗都只是徒劳。改变迟早都会发生，但是对于他来说，又该做怎样的变化呢，作为这个王国最后的公民，他的路又在何方？

卡雷苟斯想了起来，他曾经对他深爱的女人说过："万事万物都在变化，吉安娜，不管是由于内因还是外因。有时候极其微小的一个变化都会影响最终的结果。"

"而我们的存在……也是一种魔法。"她曾这么回答。

"是的，"他低语道，"我们都是！"

他明白了，有些事情是他不得不去做的。

吉安娜选择了以正常人的方式旅行，而不是简单地把自己传送到棘齿城。她需要尽可能地隐匿行踪。赶到棘齿城之后，她从一个落魄的旅行者那里买了一头狮鹫，继续朝南飞去。她清楚地意识到，自己飞行的路线恰好是部落攻占北方城堡的行军路线，苦涩的感觉瞬间点燃了她的怒火。

当北方城堡的废墟映入眼帘的时候，她哽咽了。红黑相间的部落旗帜、用于封锁航路的战船，都让她痛苦不堪。

她驾驶着狮鹫慢慢降落，小心翼翼地握着那个片刻不离身的小包裹跳下地面。然后她回头朝着狮鹫屁股狠狠拍了一巴掌，受惊的狮鹫拍打着翅膀冲上天空。这只狮鹫会很快回到棘齿城然后再找到一个新主人吧，新主人一定会喜欢它的，吉安娜想。她已经不需要这头狮鹫了。她转身朝东走去，念着传送咒语，片刻之后，她出现在勇士岛。

"啊哈，那边的小姑娘。"一个敞着衬衫，裸露着胸膛的汉子粗鲁地叫着，他下身穿着半截马裤，腰间别着一把弯刀，"和我们一起玩海盗游戏吧，怎么样？"

她银色的眼眸瞥了他一眼。"我没空。"她极随意地向他扔出一个火球。火球点燃了恶棍的衣物，他尖叫着试图跑开，但是踉跄了几步便倒下了，在地上痛苦地翻滚着。

吉安娜对此无动于衷，她盯着他的那些同伙，他们嚷嚷着愤怒地冲了上来。虽然这些人并不都是部落种族，但是在吉安娜心中，他们都是帮凶和刽子手，他们死有余辜。吉安娜冷漠地穿过营地，轻启朱唇不停地催动咒语，火焰、冰霜，以及奥能的法术接连发动，轰击在那些想要找她麻烦的人身上。死在她法术下的有人类、巨魔、矮人，还有一个滑稽的食人魔，他那光秃秃的头上戴着一顶很小的帽子。

为了保险起见，吉安娜将地面上的建筑也都摧毁了。随后她转身向北走去，接着从一直不离身的布袋子里将聚焦之虹取了出来。通过从达拉然图书馆窃取的这本秘典上获取的信息，她已经完美地将聚焦之虹缩小到这个袖珍的尺寸，开始了她的计划。

大地之环的成员们已经心力交瘁，没有人大声说话。元素们看上去比往常还要愤怒。萨尔开始怀疑，他们的努力正在变得徒劳无功，而他并不是唯一一个有这种想法的人。

这根本没有道理。虽然进展确实是存在的，而且是可见和持续的，但是这进度委实太过缓慢。疲惫的萨满们返回营地，他们需要补充食物并且好好休息。穆恩·大地之怒——大地之环的前任领袖——看上去情绪尤为低落。

阿格娜皱着眉头望着眼前的这位牛头人，然后说："古伊尔，你的沉默让我感到不安，我们都有一样的想法，但是没有人说出来，我觉得我们还是找穆恩谈谈吧。"

萨尔微笑着摇摇头。"亲爱的，我们想法一样，但是每次你都要比我更雷厉风行。"

她耸耸肩，说："如果你在纳格兰长大，你也会学会对于麻烦要尽快处理。"她紧握着萨尔的手，和他并肩而行。

穆恩看着两人，叹口气道："我知道你们过来找我要说什么，我也不清楚为何我们的努力收效甚微。这种情况已经持续了很长时间，元素们十分紧张和痛苦，沟通变得格外艰难。"

萨尔说："我想我们应该……"

他突然感到痛苦难耐，双手抱头跪了下去。

阿格娜急忙蹲下来，双手扶着萨尔的肩膀，大喊道："古伊尔，你怎么了？"

他嘴唇在抖动，却说不出话来。阿格娜在面前渐渐消失了，他一时间什么都看不见了。突然，很多东西涌现在他眼前。

水，冰冷的水，碧蓝的怒涛向他冲过来。水灌进他的耳鼻，他大口地喘着气，挣扎着想要呼吸。

巨浪时而将他托起，时而将他拍入水底，他在波涛中翻滚挣扎。他看到在巨浪中到处是愤怒的小眼睛，有双臂和头颅的轮廓，还有闪着微光的镣铐。这不是简单的巨浪，萨尔被奴役的元素掳走了。

除了他，还有成百上千的兽人也在巨浪中挣扎着想要逃生。除了水以外，水中的残骸也有致命的危险。

一只由浪花组成的巨手将萨尔压到水下，他突然看到，他的顶上竟然是奥格瑞玛的屋顶！这怎么可能！但是他看到了奥格瑞玛的大门，看见了钢铁铁脚手架的碎片——他曾经听到过加尔鲁什建造钢铁脚手架的事情。

"帮帮我们。"一个声音在他耳边低语道。

萨尔感觉自己不能呼吸了，肺部满是积水。

"帮帮我们，我们不想这样。"呢喃的低语环绕在他耳边。

他感觉到压着他的巨手在颤抖，仿佛在和什么东西抗争着。最终，大手溃散了。萨尔猛地浮出水面，不停咳嗽，大口呼吸着新鲜空气。

"快阻止这一切，不然你的子民会被身不由己的我们屠戮，我们会因此而悲伤，并且永远活在奴役中。"低语再次在他脑中响起。

萨尔然仍在不停地咳嗽，他努力集中注意力，问道："在哪里？"

没有声音回应他，但是在他脑中却出现了一幅画面：一座远离贫瘠之地北部海岸的小岛。小岛离奥格瑞玛很远，但是对于围绕着大陆的海洋来说，从哪里出发并不重要。

"古伊尔，"这是他的爱人在呼唤他，"古伊尔！"

那个遍布死尸的可怖幻象渐渐消失了。萨尔眨了眨眼睛，当看到眼前是阿格娜的面庞时，他终于松了一口气。她正微笑着抚摸着他的脸庞。

"我亲爱的朋友，你看到了什么？"穆恩问道，其他人也围拢过来。萨尔挣扎着想要站起来，但是穆恩将他按着坐下，"先歇歇再说，一会儿再去吃点东西。"

萨尔点点头道："你是对的，穆恩。元素让我看到了一幅幻象。这可能就是他们变得痛苦紧张的原因。"萨尔简单地快速描述了他所看到的幻象，没有遗漏下任何重要的细节。

"你认识那座岛屿么？"诺邦多问。

"认识。"他说，"那是勇士岛，位于杜隆塔尔正南方。"

萨满们交换了下眼神。"如果元素这么强烈地求助，我们应该响应。"穆恩说道。

但努波顿摇摇头。"不，"他说，"如果它们希望得到我们所有人的帮助，我们应该都会看见那副景象。它们知道我们现在不能离开这里，但是他们确实需要帮助。"

萨尔缓缓点头。阿格娜看上去有些痛苦，但还是显得善解人意。"他们告诉了我，"萨尔说道，"仅仅告诉了我一个人，所以需要响应召唤，去阻止这场屠杀的人，应该是我。阿格娜，我知道我应该和你在一起，但是……"

她咧嘴笑了笑，然后说："古伊尔，这是你的使命，有谁敢说你不能胜任，我都会狠狠揍他。"

他无力地笑了笑。"胜任这个使命？"解救成百上千个被奴役的水元素，免于城市被水元素摧毁？他希望自己能够做到。元素都是智慧的，他应该相信它们。萨尔站起来抱了抱他的爱人，然后回到帐篷去收拾行李。

沃金受够了。

当他听说剃刀岭旅店发生的那场"意外"之后，便决定以此为界限。他不会再冒险让族人发生什么意外了。他一直信任和爱戴萨尔，并且应他之邀留在部落。这决定是出于冷静的思考。所以当加尔鲁什为了羞辱他，把他的族人赶到贫民窟去居住时，他都隐忍了下来。但是，在现在这个非常时期，巨魔们定居的回音群岛距离加尔鲁什的势力范围实在是近得让人不安。

或许是时候撤离了，至少应该准备起来。加尔鲁什"忠实的"的爪牙们——那些在奥格瑞玛酒馆中开怀畅赢的人，此刻就正在为他们清洗剃刀岭的卑鄙行径自鸣得意。库卡隆卫士，至少那个卑劣的马尔考罗克已经明确表示了，他们将会消灭所有敢于反对加尔鲁什的人，他们将会在肃清行动中赢得最终的胜利。

在萨尔统治的时候，部落曾经有恩于巨魔，但是最近以来——在上两次战争中，沃金已经失去了很多优秀的战士，但是他得到了什么？不，家乡近在咫尺，现在是时候回去了。他现在应该去冥想，听听洛阿神灵会说些什么。他回想起他不久前对加尔鲁什说过的话，他应该时刻回头看看身后，这样在他死去的最后一刻，至少会清楚到底是谁杀了他。

他的决定看起来是对的。还没到回音岛，他便迎面碰上一条独木船。站在船尾的萨满扬起手臂，水流比平时要快很多——他正在利用元素的力量让自己尽快赶到领袖的身边。

沃金来不及等独木舟到他身边，他请求洛阿神灵将自己的声音传递出去，他喊道："伙计，出什么事儿了？"

萨满焦虑的声音伴随着海风传到沃金的长耳朵中。"联盟！他们攻过来了！一大帮联盟的舰队！"

加尔鲁什愤怒地咆哮着，把酒杯狠狠地摔到桌上。"联盟？到这儿了？可我们的探子回报说他们都在黑海岸集结！"

那个向大酋长报信的倒霉巨魔有些害怕，虽然那个杯子没有朝他扔过来。"我不知道为什么，但是大酋长，他们确实正在向刃拳湾靠近。一共有几十艘战船，我们该怎么办？"

加尔鲁什从暴怒中略微清醒了过来。"告诉贝恩，让他派遣德鲁伊们飞去各个我们封锁的港口。我们的舰队必须改变航向。让北方城堡的战舰全都过来，现在就过来。"

接着，令这名巨魔信使不解的是，加尔鲁什脸上露出了一个狡猾的微笑。"让所有的法师都到我这里来，我的计划在黑海岸可以奏效，在刃拳湾一样可以奏效。"

当联盟的舰队逐渐逼近卡利姆多的时候，瓦里安正站在"海狮号"的甲板上。靠着德莱尼萨满们请求风和海浪的帮助，他们的舰队才能一路顺风顺水，以最快的速度穿越海洋。他们目前离刃拳湾的海岸只有几公里而已。瓦里安是联盟军的领袖，但并不是"海狮号"的船长，他并没有干涉船上事务，而是让泰尔达·石拳做好她的本职工作。实际上，这是个轻松的活儿，泰尔达·石拳知道该怎么做。虽然她身材矮小不易发现，但当她高声下令时，所有的水手都会唯命是从。

瓦里安大步走到她身旁，风吹起的水雾打湿了他们俩的头发，她递给他一个望远镜。"这是你看这个海湾的第一眼。"她说。

瓦里安把望远镜放在右眼。码头里只有一艘船，尽管他知道通向奥格瑞玛的道路定会有一场苦战。"看上去这海港里唯一的船只是地精建造的。"

"这意味只要射得准，一炮就能把这玩意儿炸上天。"泰尔达冷笑起来。

瓦里安感到一阵不安的刺痛。那是拉喀什留下的遗产，能增强所有感官的感知能力，包括正常五感之外的第六感。他转身把脸迎向轻轻吹着的海风，嗅着它的味道，然后把望远镜举到眼前，却只能看见天空和海洋呈现出不一样的蓝色。

他慢慢地转向不同的方向。蓝色的海，蓝色的天。

终于，他发现了有些不是蓝色的东西，水平线上出现了一小块斑点。

"那儿，"瓦里安大叫着指着南面，"舰队！"

不知什么时候，加尔鲁什竟然预料到了他的行动。

"所有人，进入战斗状态！"泰尔达大喊道，这声音和她那矮小的身躯根本不成正比。每个人都跳起来开始行动。训练有素的炮手们迅速跑到大炮旁边。法师们则爬上绳索，这样可以更方便地瞄准，致命的火球也更容易命中还在航行中的木船。萨满们比任何人都更加勇敢地冲向船舷，英勇地请求元素的帮助。

号角声响起，正在朝着东方前进的船舰一只接一只地调转航向，准备面对来自南方的威胁。瓦里安自己也爬上了绳索，一只手抓着绳子，一只手举着望远镜。

几艘部落的舰船平稳地向他们驶来，兵力明显处于劣势。瓦里安点了点头。他不知道加尔鲁什是如何发现他们的，或许是一艘深海渔船发现了联盟舰队，便匆忙赶回去报信。但现在这都不重要了，重要的是部落实际上把重心都放在封锁线上，他们能够用来对付联盟舰队的兵力并不算多。

"吉安娜，"他喃喃自语，并迅速回到甲板上，"至少有一件事你说对了。或许我们现在就能做个了断。"

起初，周围的气氛有些浮躁。很明显，部落落入了联盟的陷阱，他们相信了联盟间谍散布的假消息，他们的海军现在正在守卫那些并不会遭受袭击的海岸。现在，几艘从北方城堡过来的战船几乎成了活靶子。以往平静到有些无聊的刃拳湾，现在成了一片激烈的战场。

瓦里安不顾个人安危，再次爬上绳索，凝视着海面。他可以看见只有三四艘船正朝他的位置全力奔来。部落的船只乘风破浪，速度极快——部落拥有萨满的时间要长于联盟，无疑部落的萨满也会竭尽全力。

"左满舵！"泰尔达大声喊道。战舰向左急转，应对来自南面的威胁。瓦里安紧紧握着被打湿的绳子。有那么一瞬间，他几乎，几乎有些为那些即将被打得落花流水的部落船员感到遗憾。

"开火！"

一时间炮火齐发，轰隆声震得"海狮号"吱嘎作响。虽然有些炮弹落入水中，溅起水花，但大多数都命中了敌舰。看到一艘部落战船的侧板被打得几乎凹陷下去，大家不禁欢呼起来。

但是那些木料却开始自我修复。看来船上除了有经验丰富的萨满，还有技巧熟练的德鲁伊。瓦里安一边咒骂，一边快速地从绳索上下来，直接跳到了甲板上。

"术士们，就位！"他大喊。同这些与恶魔为伍的人并肩作战令人有些不安，但是他们独特的咒语，还有他们奴役的生物，其攻击效果无可否认。术士们赶忙跑到船舷旁，他们黑色、紫色还有其他深色的袍子随风飘荡。他们召唤出各自的亡灵仆从，动作一致地举起手来开始吟诵刺耳的咒语。

火焰如雨点般降落到那艘已经被毁坏的船只上。那些个头小小，正咯咯咯发笑的小恶魔们被派到敌人的船上，到处扔着火球。他们正在享受那种破坏的感觉，将这当成是一份额外的奖赏。

"法师们！"瓦里安大声叫道，他的眼睛死死盯着部落的船只。巨大的火球加入到一直持续的火雨中。火炮再次轰鸣，敌船终于断成了两截，瓦里安满意地看到许多部落士兵疯狂地跳入海水中，但是，依旧有许多士兵同与舰船一起被淹没。

胜利的"海狮号"慢慢调转航向。萨满重新定位风向，向着下一个目标驶进。"干掉一艘船了，还有三艘。"泰尔达开心地说，"姑娘们，小伙子们，加把劲，争取赶在日落之前到奥格瑞玛吃个晚饭。"

正在这时，一片灰蒙蒙的雾如同斗篷一般覆盖住了联盟的战船。

瓦里安咒骂了一声，这显然是部落的萨满们所为。联盟的术士们立刻做出了反应，他们将发光的绿色魔眼送到迷雾之外侦察情况。其中有一个人类的女孩，看上去很年轻，却有一头银色的长发垂到肩头，她朝瓦里安呼喊道："陛下，他们正在大海里捣鼓着什么东西。海洋剧烈翻滚着，我不清楚到底将发生什么。"

更多的炮声响起，但这次，瓦里安无法得知是哪些船只在开火，哪些船只被击中。随后传来了恐怖的破裂声——并不是船只被炮弹击中的声音，而是某种尚未看见的可怕事物。瓦里安突然明白了过来，尽管联盟在数量上大大超过了部落，但部落的武装力量远比他所预料的更加危险。

第 25 章

这需要时间，比吉安娜的预想要长，但她必须谨慎周密。安东尼达斯曾教过她，如果在学习法术和使用法术的过程中急于求成，就会有功亏一篑的危险。这还是比较乐观的状况，更糟糕的情况是，你将造成一场灾难。"这就好比用一种你还没有熟练掌握的武器去参加战斗一样危险。"他曾经这么警告过她。

因此她坐在勇士岛的小山丘上，再一次仔细研读这本偷来的秘典里关于聚焦之虹的一切内容。她想起卡雷苟斯曾经向她演示过这种魔法是多么地符合逻辑而且精确。根据这本书所说，奥术能量从魔法的意义和用途上来说和元素非常相近，甚至可以算是其中的一种。吉安娜一边看书，一边不在焉地伸出手触摸着聚焦之虹的表面。即使在阳光下，这东西也冰冷异常。

她已经用这件魔法道具做了几项实验，而且都获得了成功。它缩小的新外形已经证明了这一点。她把聚焦之虹恢复到原来的尺寸，开始另外的实验。她几乎不眠不休，只吃一些用魔法制造的食物。在耐着性子忍了两天后，实验终于成功了。吉安娜欢欣鼓舞，她认为自己终于准备好了。她眯眼看着部落把大部分的战舰调出北方城堡，猜想他们会去奥格瑞玛。这个想法让她感到兴奋。

对，滚回你们的老窝就对了，她想。

她转过脸来面向大海，腥咸的海风吹动着她银色的长发。她集中精神，把手放在聚焦之虹上，感受着它的刺骨冰凉。如果她理解无误的话，这件法器就是奥术能量的一个导体，并且还能把奥术能量增幅放大。突然间，它的表面出现了一条细长的裂缝，如同慢慢睁开的眼睛一般。

她叹了口气，但并没有中断跟它的精神联系。只要她还在指引着魔法的流动，它就会服从她。一阵炽热的光芒闪过，一束光线从聚焦之虹射向海面。

一只手放在聚焦之虹上，吉安娜举起另外一只手，熟练地吟诵出一个特定的咒语。

之前，这个法术只能召唤出一个水元素。但现在，转瞬之间，就出现了十个水元素。十个辐射着微光的、被奴役的水元素出现在海面上。他们的眼睛闪闪发亮，他们的双手都被镣铐束缚着。

吉安娜大笑起来，紧接着创造出了更多的元素，以及更多更多，直到已经看不见未被操控的海水。一般来说，这早已超出了她的能力范围，即使勉力为之，也必定是精疲力竭。可现在，她却感觉自己仍然充满力量——聚焦之虹替她做到了所有的事。怪不得部落对聚焦之虹垂涎已久，也难怪在它被偷走之后卡雷荀斯会如此紧张。

吉安娜产生了片刻的恍惚。蓝龙的形象出现在她的脑海中，无论人形还是龙形在她看来都是那么的俊美。她回想起他的善良、他的笑容，以及被他亲吻手心时心中的震颤。

但那仅仅是一瞬间。吉安娜旋即冷静了下来，把注意力转回到水元素身上。现在她的世界已经没有了笑容和善良，只要还有一个兽人活着就不行。

她心念转动，手随之舞动，之前因为她分神而开始涣散的水元素又重新凝聚起来。现在应该开始融合它们了。

其实她并没有能够奴役水元素并结合他们的法术。据她所知，这种法术并不存在，但聚焦之虹仿佛并不被这样琐碎的东西所限制。吉安娜更加努力地集中自己的精神，无师自通般舞动着自己的手指。

聚焦之虹和元素们都服从了她的命令。

成千上万的水元素们开始融合，在没有失去他们原本形态的前提下，渐渐地变成一个整体，变成更大更强的聚合体。吉安娜笑了，她心潮澎湃地注视着即将到来的成功，并把更多的水元素聚结到一起。成千上万个曾经独立的水元素在海面上不停地舞动着，形成了一道巨大的海浪。

一道巨大的海潮。

海浪越来越高，越来越宽。吉安娜仅仅做一个向上的手势，海浪便会不断上升。在巨大的水墙中，她还能看见每个水元素的眼睛和他们手臂上的镣铐。它们不会散开，只要她还控制他们聚在一起，它们就不会分散。

她需要慢慢来。从这里到最终目的地还有一段不小的距离。她想要成功的话，就必须召唤更多的水元素，并且熟练地控制住它们。

终于，她就要成功了，只要再来十个左右的水元素，就可以再让浪潮再抬高二十尺。

"吉安娜！"一个低沉浑厚，夹杂着痛苦和愉悦的声音喊道。

海潮不安地晃动了一下。吉安娜转过身来，但仍然把手稳稳地放在聚焦之虹上。

"萨尔！"吉安娜叫道，她故意没有用他现在的名字，"你在那儿做什么？"

他脸上高兴的神情渐渐黯淡下来。"我很高兴你还活着，我的老朋友，但我被元素召唤到这里，来阻止你。"

老朋友，他这么称呼她。他们曾经确实是老朋友，难道不是么？他们曾经是并肩作战，阻止战争，拯救生灵的老朋友。

但现在，他们已经不可能做朋友了。

萨尔大步走向她，恳求般地伸开双臂，毁灭之锤依然绑在他背后。"我看到了一场海啸席卷了奥格瑞玛的幻象，而这场海啸的源头就在这里，所以我过来了，因为元素一直哀求我阻止这一幕的发生。我从没想到能发现你还活着，并且还是这场可怕灾难的制造者。求求你，吉安娜，释放这些元素，让他们走吧。"

"我不能，"她用近乎嘶哑的声音吼道，"我不得不这么做，萨尔。"

"我知道在塞拉摩发生的一切。"萨尔一边说，一边慢慢接近她，"我对以这样一种残忍野蛮的方式夺去那么多生命感到悲痛，但对奥格瑞玛做同样的事，也挽回不了任何人的生命。吉安娜，这只会夺去更多无辜的生命。"

"你感到悲痛？"她咆哮着说，"塞拉摩的毁灭你也脱不了干系，萨尔！是你让加尔鲁什掌管部落的！我曾经祈求你回来解除他的权力。我知道他有一天会做出可怕的事情，他真这么做了。加尔鲁什是做了这件事的人，但这都是因为你给了他权力！"

萨尔停下了脚步，因吉安娜的话而震惊。

"那就把这一切都怪到我头上吧，吉安娜。先祖为证，我来承担这一切，但请不要以屠戮无辜人民的方式来为塞拉摩的毁灭复仇！"

"人民，"吉安娜重复着，"我不可能这么叫他们。他们不是人，他们都是怪物。你也是怪物！我的父亲是对的，在经历塞拉摩的毁灭之后我才明白这一点。之前我对部落盲目的认识都是因为你。你诱使我相信会有和平的可能，你诱使我相信兽人们不是嗜血的动物，但是你撒谎。这是战争，萨尔，战争就会带来伤亡。战争是丑陋的。是你点燃了战争！你的部落包围了塞拉摩，封锁了联盟在卡利姆多所有的城市，让所有的人都沦为部落的人质，让所有的无辜人民都面临着危险。此刻，瓦里安正带领联盟想要突破封锁。当我完成了我的计划后，我就会去帮助他。到时候让我们看看谁才是谁的人质！但首先，我要毁灭奥格瑞玛，这个以毁灭之锤命名的城市，这片以你父亲的名字命名的土地！"

"吉安娜！不，请不要！"

随着一阵得意的笑声，吉安娜的手腕快速一挥。她放出了整个海啸。

成千上万个被奴役的水元素发出划破空气的啸声，随着海浪向南奔涌而去。

"不！"萨尔大叫道。他绝望地伸出双臂，默默地哀求着。空气之灵啊，阻挡住它们吧！不要让它们屠杀无辜的生灵。

他把手伸进口袋中，触摸着代表元素的小雕像。它们的精华显示出一幅发亮的、正在脉动的影像，化成图腾出现在他的脚下。空气之灵响应了他的召唤，突然间狂风大作，汇成一道气压的铁壁覆盖在这道翻滚的浪潮上，想要阻止这场海啸。

吉安娜咆哮着，不停地变换着手势。水元素们痛苦不堪地奔腾着，被迫对抗风元素的束缚。萨尔轻哼了一声，发现自己正在重压之下不停地颤抖。吉安娜是一名法力强横的法师，但是她应该还没有强大到可以跟他对抗的地步，特别是在这个元素意志也在对抗她的时刻。萨尔没见过聚焦之虹，但是他知道它是什么模样。它曾经被用来引导强大的湍流之针，将艾泽拉斯的奥术能量全部引向魔枢，还曾经被用来为一条五头的彩色巨龙赋予生命。

现在则是被一位强大的法师控制着。

萨尔无力地意识到他把情况估计错了。现在的问题并不是吉安娜与他执强执弱，而在于他能不能抵挡住聚焦之虹的力量。

"吉安娜，"萨尔紧绷着身体，字句从他紧闭的牙关里艰难地蹦出来，"你有理由痛苦，塞拉摩发生的是一场野蛮的暴行，但不该用鲜活的生命去为加尔鲁什所做的一切赎罪！"

她转头对着他，满头的银发中只剩下一缕金黄。她用可怕的目光紧紧盯着他，伸出手掌决然地向前推进。萨尔向后退开几步，但仍然还是被紫白色的光芒击中。眼前的世界一瞬间没了色彩，他摔在后面的沙滩上，不停地喘气。整个身体都在战栗，但他强迫着让自己站起身来，他必须引导能量阻止这股浪潮。

吉安娜不仅想要解除他对元素的控制，也想要他的命。但他却不能这么做……不能，不能对吉安娜，不能对他曾经珍视的朋友那么做。他因此缩手缩脚，但是吉安娜并没有这种负担。

萨尔继续向空气之灵请求援助。一阵飓风猛烈地向吉安娜攻去，她跟跄着向后摔倒在沙滩上。她的手被迫从聚焦之虹上移开了，咒语也被狂风阻断。

萨尔抓住这宝贵的几秒时间，将所有的注意力都集中在这高耸的水墙上。"水之灵，挣扎反抗奴役你们的符咒吧。带着我的力量，用它来……"

他突然感受到一阵热量从背后袭来。他悲哀地将恳求的对象从水元素换成了火元素。萨尔转过身，举起双手尽可能保护自己不被朝他飞来的巨大的火球所伤害。火之灵感到痛苦而愤怒，一时间，萨尔恐怕他们不会聆听自己的请求。他释放出三个围绕着他快速旋转的水球，这能提供些许防护并加强自己的力量。他苦苦地支撑着，灼热和刺痛让他睁不开眼睛。在最后的时刻，旋转着的巨大火球破裂了，火焰四射到周围，只有一小部分击中了萨满，但也烧焦了他的袍子，让他感到灼热的疼痛。

"我不会让你阻止我的！"吉安娜人喊道，然后朝着聚焦之虹爬去。萨尔还没来得及解散水墙中被奴役的水元素，吉安娜的手已经重新放了在聚焦之虹上。她加强了她的法术，另一只手挥动着手指发布命令。萨尔震惊地看到，围绕在自己身边的余下的两个水球被拉出了他的防护轨道。他们越变越大，突然长出的两个手臂上被铐上了魔法锁，它们加入到自己的同类中去——为吉安娜服务。他意识到这件法器不仅可以增强吉安娜的法术，同时也可以控制他的法术。

"你看见了吗，萨尔？你难道还不明白你在和什么对抗么？"

"我看见了，吉安娜！"萨尔大声地回应道。他加强着图腾，集中精神阻止水墙的释放。他希望可以感化她……"我知道你悲伤欲绝，别让你自己也成为加尔鲁什恶行的牺牲品。我能帮你！"

"帮我？我看你是在帮加尔鲁什吧！我怎么知道你跟他是不是一伙儿的？或许这是你早就计划好了的！"

吉安娜的控诉令萨尔震惊，以至于他无法维持咒语，这让翻滚的水元素墙向前前进了几码的距离。他不得不集中全部意志才能勉强控制住情况。

一道巨大的火柱突然出现，愤怒地旋转着，搅动起黄沙向萨尔涌来。他知道自己无力驱散火柱，他所有的能量都用于阻挡那道汹涌的海浪。

"水之灵，请让我在你之上行走吧，拥抱我吧！"

他转过身子迅速冲向水面，动作敏捷、如履平地。这位兽人首领向巨大的高耸的海浪奔去，他想要用吉安娜自己的力量来对付她，就好像她刚刚对他所做的那样。他冲到那道正在颤抖的水墙面前，请求元素们的帮助。元素回应了他，他像一块石头一样沉入海中。就在这时，在他的头顶之上，吉安娜的火柱撞向了自己发起的浪潮。

火焰立刻熄灭了，潮水也因此被严重削弱。萨尔潜入海中，躲过了水面翻滚混乱的碰撞，然后奋力游回海岸。当他在海面上浮起的时候，看到吉安娜正疯狂地修护着海浪，制造出更多的水元素并强迫它们聚集起来。

萨尔向生命之灵恳求，召唤出两头幽灵狼——它们身体透明，模糊地闪动着，但是远比那些拥有实体的同类更为危险。他以前曾经这么做过，但这次在生命之灵的帮助下，幽灵狼变得比以前更强大。幽灵狼的怒吼声让周围的空气都战栗起来，它们猛然跃起扑向吉安娜，让她不得不分散出注意力来应付突如其来的攻击。

"你不过是在拖延时间，这是不可避免的事情。"吉安娜唾骂着催动咒语，一团紫白色的能量便在她周围爆炸开来。带着痛苦的怒嚎，幽灵狼被召唤回了之前的位面。"只要我还有聚焦之虹，你就不可能打败我。"她的愤怒突然间变成了痛苦，"你不会明白的，你没有亲眼看见过。你不知道，不知道它对塞拉摩做了些什么，不知道它对我……"

她的痛苦比愤怒更让萨尔难受。在她的内心，有着一道巨大的、无法愈合的伤口。她伤害着那些曾经伤害过她的人，不仅如此，也伤害着每一个给过她希望的人。萨尔深深地同情着她，但他的决心绝不能动摇。

"你是对的。"他说，这句话让她面带惊讶地看着他，"我不在场，但我看得出这都给你带来了什么，看得出来加尔鲁什对你造成了多大的伤害。去和加尔鲁什作战吧，我绝不阻拦你，但是千万别让无辜者——别让那些孩子们，吉安娜，别让他们来替加尔鲁什偿还血债！你不仅仅是在屠杀他们，你是在扼杀整个未来。"

"塞拉摩痛苦死去的人没有未来。"吉安娜反驳道，"为什么他们没有而兽人可以有？为什么金迪没有，特沃什没有，那些善良正直的人没有未来？"接着，她几乎是自言自语地说道："为什么每个人都该有未来呢？"

海浪奔涌而出。

萨尔弯起脊背，将双手在空中高高举起，用尽他全部的力量想要阻止浪潮。他紧绷着肌肉，吃力地呼吸着。

潮水在他们中间停了下来，在巨大的压力下颤抖着。海浪不停地战栗翻滚，空气元素和水元素在进行着一场他们两方都不希望参加的角力。萨尔的大脑一片空白，他无法开口，甚至无法动弹，他没有任何办法来保证自己的安全。他可以感觉到潮水挣扎着想要挣脱束缚，风却努力阻拦着它们。

他现在距离吉安娜只剩下几步之遥，并且已经再没有反抗的能力。这个他曾经的"挚友，"现在已经成为了死神的化身。

"把风放开，萨尔！"吉安娜大叫道。她一只手仍然停在聚焦之虹上，另一只手抽了回来。奥术能量在她周围不停旋转，卷起她的长袍和银发，"否则我会杀了你，到时候你还是无法阻止这一切！"

"那你杀了我吧！"萨尔气喘吁吁地说，"杀了我，抛弃一切曾经给你正直和慈悲的东西！只要我还有一口气在，我就不会让这道海浪摧毁奥格瑞玛！"

一瞬间，他察觉到吉安娜的决心有些动摇，但马上她的表情又变得冷酷起来。

　　"那你去死吧。"她喃喃地说着，在手中聚集了所有的能量。

　　一道阴影笼罩在他们两人的头上，还没等他们反应过来，巨龙便从天而降，庞大的蓝色的身体直接插入到兽人和人类的对峙中。巨龙大声喊道："吉安娜！不要！"

　　萨尔简直无法相信。卡雷苟斯竟然出现在这里！他是怎么找到他们的？但他马上便明白了。蓝龙一直在寻找聚焦之虹的下落，现在他终于找到了，不仅找到了它，还找到它残忍的女主人。萨尔现在有了帮手，于是继续用自己全部的力量阻止这道汹涌的海浪。

　　当卡雷苟斯出现在她面前时，吉安娜愣了一下。"卡雷，到一边去"她咆哮着，试图恢复镇定，"这不是你的战斗！"

　　卡雷苟斯化为半精灵的形态，仍然挡在她和萨尔之间。"这是我的战争。"他说，"聚焦之虹不是你的，它属于蓝龙军团。它被偷走了，被用来投入一场残忍而怯懦的屠杀。我不可能，也不会让这样的惨剧再次发生。"

　　"这不是懦弱！"吉安娜大喊道，"这是正义！你去过塞拉摩的废墟，卡雷。你知道那里的惨相。你不像我，你不认识他们，但蓓恩、特沃什，还有金迪，他们都是你的朋友！那里除了沙砾什么都没留下，卡雷。只有沙砾而已！"她的嗓音沙哑无比。

　　他没有准备跟她战斗，即使她摆出了攻击的姿势，即使她还把手放在聚焦之虹上。

　　"我也曾经失去过这些我爱的东西。"卡雷苟斯说道，"我至少能知道一些你的痛苦。"他朝着她向前走了一步，伸出一只手恳求着。

"停下来！不要动！"奥术能量在她身边噼啪作响，"你根本就不了解我的感受！"

"你真的这么肯定么？"卡雷苟斯停了下来但并没有退回去，"那你告诉我这话是不是听着很熟悉：从最初的缺乏理解，到自责，到再次猜测，然后麻木，因为你不可能马上接受所有的事实。你只能一次接受一点点，就像把黑暗的灯罩拉开一条小缝。每一次你都会异常震惊，一次一次又一次，你意识到再也见不到那些挚爱之人了。然后你开始愤怒，愤怒充满你的胸膛，你想要报复所有伤害过你的人，想要去杀死所有杀死他们的人。但是你知道吗，吉安娜，这样做于事无补。即使你淹没奥格瑞玛，金迪也不会再站在塞拉摩等你。特沃什也不能再照料他的香草花园。蓓恩也不可能再快活地打磨她的利剑。他们没有一个人可以再回来。"

吉安娜的心因痛苦而紧缩起来。她不想听，因为他所说的全部是事实。她不想去赞同，因为这样意味着她的愤怒多么可笑。

"我会把那些绿皮的怪物送去陪伴他们。"她争辩道。

"那你最好有跟他们一起去的觉悟，"卡雷苟斯不容置疑地继续说道，"因为你如果真的这么做了，就不可能独活。因为，吉安娜，我所描述的所有的事情，我都感同身受。这种感受那么强烈，我根本无法想象为什么我们的心在承受了这一切后还能继续跳动。我明白这种感受，而且，我还知道你心底的伤口可以慢慢愈合，只是会很缓慢，而且要慢慢来，但是最终伤口会愈合的。除非你做出一些让你自己无法回头的事情，如果你把这股浪潮冲向奥格瑞玛，你就会和你所怀念的人一样死去。"

"我是在哀悼他们！"吉安娜尖叫道，"我根本无法呼吸，卡雷，我睡不着。每天晚上我都会想起他们的脸庞，然后是他们的尸体。部落必须付出代价!"

"但不是在你手中,吉安娜,更不是通过这样的方式。"出声的并不是卡雷苟斯,而是萨尔。

吉安娜转过身,愤怒地看着他。"正义和复仇是不同的,你必须看清两者的区别,不然你就是在背叛那些爱你的人们。"萨尔说。

"加尔鲁什……"

"加尔鲁什是个小偷,是个懦夫,是个屠夫,"萨尔冷静地说道,"但是你现在正在用毁灭塞拉摩的那件魔法道具做跟他一模一样的事情。这就是你所希望的么?真的么?想要以这样的方式被你的人民记住么?"

吉安娜如同遭受了重重一击,蹒跚着向后退了几步。不,他是个兽人,他和他们其他人一样,她父亲是对的。他只是试图想让她感到困惑。她猛地摇摇头。

"我在做我认为正确的事情!"她大叫道。

"就好像阿尔萨斯对斯坦索姆所做的那样么,杀光每一个人?"卡雷苟斯说道。吉安娜惊骇地盯着他,满是不可置信的神情,他却当做没注意到一样继续说着,"至少他那么做的时候,心中对这些人没有恨意。这是你想要的结果么,吉安娜·普罗德摩尔?成为另一个加尔鲁什,或者另一个阿尔萨斯?"

吉安娜双腿瘫软,跌坐在沙滩上,但手仍然放在聚焦之虹上。她大脑一片茫然,异常痛苦。

阿尔萨斯……

我不能看着你这么做。

在乞求他回心转意之后,她曾经这么对他说过。后来她和乌瑟尔一起离开了,为阿尔萨斯的改变而哭泣。慢慢地,仿佛她的头有千斤重一般，她转头看向手中的聚焦之虹。这么简单的一个东西，竟然有这么大的能量可以引起那么多的痛苦。她想起它曾经被用来激活一只五头的怪兽——克洛玛图斯。曾经被用来将所有的奥术能量导向魔枢，被用来制造了一个法力炸弹，夺去了那么多无辜的年轻少女的生命。

被用来毁灭整个奥格瑞玛……

她想起阿尔萨斯在阿克蒙德摧毁达拉然之前对安东尼达斯的嘲笑。她那年长的导师的面孔在紫色的烟雾中浮现。"这不是闲来翻阅之书，亦不为觊觎之徒所著。知识不能失传，亦不能被滥用。停手吧，我的朋友。或者你可以继续——如果你知晓方法。"

她太过于渴望得到正当的理由，以至于把他的出现当做一种邀请，虽然她是被迫打破了魔法封印，但事实却并非如此。

或者你可以继续——如果你知晓方法。

但是她却并不知道方向。她已经迷失了，浮躁而盲目。其实他短暂的出现是为了警告她，而不是赞同她的行为。其实她心底清楚安东尼达斯如果知道了她要做这些事情之后的反应，这让她心如刀绞。

她放在聚焦之虹上的那只手紧攥成了拳头。

吉安娜慢慢地站起来，抬起她满是泪痕的脸望向卡雷苟斯，然后再望着萨尔。

"加尔鲁什的所作所为让我只能选择与他势不两立。而只要他还是部落的大酋长，那整个部落对我来说亦是如此。我有成千上万的元素可供役使，在必要的时候，我将会毫不犹豫地用上它们。"

萨尔和卡雷苟斯都心头一紧。

吉安娜使劲咽了咽口水，从喉咙中艰难地挤出几句话："我会运用他们来帮助联盟，保护我的同胞。我不会用它们摧毁整座奥格瑞玛。

我不是加尔鲁什，我不会屠杀无辜平民。我不是阿尔萨斯，我是我自己的主人。"

话音落下，那道浪潮便散去了。它不再是一道汹涌耸立的水墙，而是变回了几百个彼此独立的水元素。它们浮在海浪上，等待吉安娜的命令。

"你有理由向部落发起战争，吉安娜。"萨尔说，"你手上的血会是那些战士而不是孩子们的。总有一天，你会为今天的选择感到欣慰。"

"你不再了解我了，萨尔。"她说，"我不是一个屠夫，但我再也不会不计代价地号召和平。没有你领导的部落是危险的，我必须打败他们。在那之后，或许会有和平的希望。但在这之前，我绝不会心怀仁慈。"

尽管说出了心里的想法，但当她看见萨尔脸上悲伤的神情时，还是感到一阵难受。在塞拉摩和北方城堡中死去的生命并不是唯一的祭品，他们彼此珍惜并且维系了多年的深厚友谊就此画上了句号。在很长很长一段时间内，她都不会再把萨尔称作"朋友"了。她明白，他的心里也清楚这一点。

"接下来的战争会像大地的裂变一样撼动整个世界，但会是以一种不同的方式。"萨尔说道，"我曾经承诺过要治愈这个世界，现在我要回大漩涡了。吉安娜女士，我真希望我们不会以这种方式告别。"

"我也是，"吉安娜真诚地说道，"但心中的愿望往往改变不了任何事情。"

萨尔深深鞠躬。他召唤出一只幽灵狼，然后爬上它的背脊。萨满和这只神秘的生灵离开了，他们在海面上奔走有如在平地一般。吉安娜和卡雷苟斯目送着他离去的身影，久久沉默。最终，吉安娜转身面向蓝龙。

"你接下来要怎么做，蓝龙军团的卡雷苟斯？"她轻声地问。

"我要把吉安娜女士送到任何她想去的地方。"他回答道。

"我要赶去联盟舰队战斗的地方，"她说，"但首先，我……我想去奥格瑞玛看看。"

第 26 章

听完巨魔的汇报后，加尔鲁什骑着恐狼以最快的速度赶到了刃拳海岸。他等不及舰队到达，便从身材矮小的绿皮地精船长那里征用了一艘船舰，这让那个地精又惊又喜。这船似乎从没开动过，吱嘎作响地载着加尔鲁什、马尔考罗克和其他人，与从北方城堡过来的船只一起前往集结地点。

联盟注意到了部落的行动，但幸运的是，加尔鲁什他们在联盟的射程范围之外。"加速前进！"加尔鲁什要求道，但是这艘船上并没有能让海洋顺服的萨满。加尔鲁什恨不得立刻追上联盟的船只，跳上敌人的甲板，痛快地屠戮联盟船员，但是他不能，起码现在还不能。当联盟的舰队快速而蛮横地摧毁了第一艘部落战舰时，加尔鲁什发出了沮丧的咆哮。他眼睁睁看着它裂成两半，在火焰的舔舐下渐渐下沉。他感觉自己就快要被怒火点燃。

但他很快就从这令人措手不及的打击中恢复了过来。部落舰队虽然分散在卡利姆多的各个地方，但是他们的秘密武器却可以在任何地方使用。敌我数量悬殊，但他知道，复仇只是早晚的事情。

当那只吱嘎作响的地精船只一往无前地向冲向联盟舰队的时候，几艘联盟战舰突然被浓雾笼罩住了。"让他们瑟瑟发抖吧。"加尔鲁什大笑着对马尔考罗克说道："让他们在未知的危险面前恐惧吧，直到他们体会到部落真正的力量。"

"要是能有机会和瓦里安一较高下就好了。"马尔考罗克叫道，"我不会让他舒服体面地死去的。"

"他只配眼睁睁看着他的追随者因绝望而死掉，自己却苟延残喘。"加尔鲁什点头赞同。有些联盟战舰并没有被浓雾笼罩，它们有的是刚逃脱出来，有的则本来就在浓雾范围之外。此刻，它们正逼近部落剩下的三艘战舰，对敌人施加压力。

终于，地精船舰靠上了"碎骨者号"，加尔鲁什和其他部落成员轻易地跳上了它的甲板上。大酋长异常平静，一副理所当然的样子。

"召唤它们。"他对船长下达了指示。那个巨魔立刻呼喊道："召唤它们！召唤它们！"战斗仍在继续，空气里弥漫着硝烟的味道。在甲板上，到处都有被木头碎片残忍刺穿的部落战士，他们不是伤重流血就是已经殒命。治疗者来回奔走，竭尽所能地照料着伤员，同时极力保护自己不被炮火伤到。

散落的炮弹、萨满的法术和船只的残骸早就搅乱了这片海域。而此时更是突然如煮沸了一般冒起了白色的泡沫，海底深渊中某种东西突然爆裂了开来。

当怪物袭击这艘不幸的联盟舰船时，船上的船员们只来得及发出一声惨呼。战舰周围，巨大的触手像鞭子一样挥舞着，而后战舰被触手捆住，仿佛是一个拙劣的拥抱。海怪——这头名副其实的怪物——

收紧了触手，将舰船挤压撕裂成一块块碎片。

加尔鲁什仰头大笑起来。

其他海怪陆续从冰冷的海底升起，它们对奴役自己的人充满了恨意和愤怒，但却无法报之以怒火，于是便把联盟战舰拿来发泄。绵延不断的触手不停地抓住猎物并摇动它们，还时不时将扯下来的碎片抛出。联盟的水兵翻滚着、尖叫着从破碎的船上跌落，然后葬身海怪腹中。

"上吧，马尔考罗克！"加尔鲁什喊道，"让我们亲手收割几条联盟的生命吧。海怪确实强大，但是我不想让敌人全都那么简简单单地变成饵食。"

"我一如既往地追随着您，酋长大人。"马尔考罗克说道。在他们的前方有一艘联盟战船，它是目前为止唯一一艘躲过了海怪的战船。它四处穿行，把全部精力都放在了炮轰海怪上，无暇顾及剩余的部落舰船。

"船长，带我们去那儿！"他高喊道，"我要痛饮联盟的鲜血！"

船长乐意之至，他不安地瞥了一眼正在水中搅动的发着蓝黑色光泽的怪物，然后靠近"海狮号"的左舷。"海狮号"的船员大叫着发出警报，但是大多数船员的注意力都还在右舷上。两个身材魁梧、肌肉发达的兽人从容地跳过两船之间的间隙，为激烈的肉搏战拉开序幕。

马尔考罗克一跃跳上了"海狮号"的甲板，然后立刻进入了兴奋状态。一个专注于治疗船员的德莱尼牧师还没来得及在危险前做出反应，就被砍翻在地。

另一处，血吼高唱着恐怖的杀戮战歌，砍下了一颗毛茸茸的狼人头颅，宣示着加尔鲁什的到来。紧接着他突然感觉到背后的异动，立即转身招架，用血吼顶住了身形渐显的恶魔手中硕大的战斧。恶魔守卫苍白恐怖的脸上咧开了一道笑容，露出了满嘴的黄牙。

加尔鲁什大笑着嘲弄道："我父亲宰掉的那头恶魔可比你大多了。"

恶魔守卫回以黑暗阴险的一笑，嗡嗡地说："趁你还活着，好好享受吧。"

这是战斧与战斧的对决。恶魔卫士身形巨大、力量十足，加尔鲁什则被家族的荣耀所激励着。他想起了自己的父亲曾经与玛诺洛斯——有史以来最强大的深渊领主交战，他想起了自己肩上用来纪念那场战斗的恶魔獠牙。当血吼命中恶魔苍白身躯上的要害时，恶魔守卫簇紧了眉头，笑声也猛然停住。但加尔鲁什攻势未减，第二击、第三击接连落下，将恶魔守卫砍成数段，一块块散落在甲板之上。

"大酋长！"马尔考罗克大喊道，他的武器滴着猩红色的液体，脚边躺着不下四具尸体，"小心身后！"

加尔鲁什快速转身，举起血吼刚好挡住对手的攻击。这个头发乌黑的人类挥动着巨剑萨拉迈尼，以人类几乎不可能达到的速度来到了他背后。瓦里安发出响亮的狂啸，那吼声更像是由他继承名号的远古狼魂所发出，而不是源自一个人类。加尔鲁什闷哼一声，鲜血从他胳膊上流了下来。那柄巨剑击中了他，亏得他反应迅速，才没有受到更重的伤害。他猛地发力，向前一推。瓦里安跟跄后退，但萨拉迈尼随即便再次攻了过来。

"先祖确实在护佑着我们！"加尔鲁什大喊道，"我知道你今天会死在这里，但我没想到会有机亲手解决你！"

"我很惊奇，你居然还有勇气面对我。"瓦里安咆哮着，"在上次见面之后，你就变得懦弱了。一开始是猛犸人，然后是元素，现在又是海怪，你总是驱使着这些奇怪的东西来替你干脏活儿。你扔下法力炸弹后，是不是跑得远远的藏起来了？我打赌你当时肯定躲在安全距离之外！"

血吼再次鸣唱，直向奔瓦里安的双腿扫去。瓦里安高跃而起，在空中转过身来，但加尔鲁什变换轨迹的血吼险些直接削掉他的脑袋。

"你的动作比我们上次见面时慢多了。"加尔鲁什嘲笑道，"你老了，瓦里安。也许你该让位给那个流着鼻涕的儿子了。等你强大的舰队被海怪砸成一堆废柴后，我就会向暴风城进军！我会让你那个宝贝儿子带上镣铐，在奥格瑞玛游街示众。"

他本以为暴风城的国王会怒火中烧，在狂怒中失去理智，方寸大乱。但令他惊讶的是，瓦里安仅仅只是笑笑，避开了斧子的横扫，心里算计着下一步的行动。"安度因的气度会让你吃惊的！"瓦里安说道，"就算是和平爱好者也会鄙视你这种懦夫。"

加尔鲁什突然间厌烦了唇枪舌剑。"我们以前打过三次。"他咆哮道，"次数太多了，瓦里安。今天，你我就会分出胜负，而你所爱的一切也都会随之完蛋。"血吼猛攻向前，瓦里安不断躲闪，但加尔鲁什就像是已将所有理智抛到脑后，死死紧追不放。他的世界里渐渐只剩下了眼前这个男人和杀死他的意念。当他们的脸庞仅仅只隔数寸，已是贴身肉搏之时，两人突然被抛向空中。

加尔鲁什四肢乱晃，凭借本能紧紧握着血吼，接着他狠狠地摔在甲板上，然后开始下滑。他听到了巨大的碎裂声，随即便坠入了大海。铠甲这时成了累赘，他像石头一样往下沉去，"海狮号"的残骸碎片很可能把他压入海底。

加尔鲁什倔强地拒绝接受死亡，他仍旧抓着他父亲的武器，利用随着波浪逐渐下沉的残骸，一点一点地爬了上去。他的肺像着火一样难受，但他坚持了下来，继续向着有亮光的地方爬升，直到最后冲出海面，开始猛烈地咳嗽，以及呼吸着新鲜空气。

一双手伸入水中把他拉了上去，他爬上了某艘舰船扔下来的绳梯。当他攀上舰船，蹒跚地站在甲板上之时，手中仍旧紧握着血吼。

"大酋长！"是马尔考罗克，他还活着。两人紧紧握住对方的手臂。

"瓦——瓦里安，"加尔鲁什喘着粗气问道，"他怎么样了。"

"我不知道。"马尔考罗克说，"你快看。"

仍然咳着海水的加尔鲁什转身凝视着马尔考罗克指的方向，并立刻充满了骄傲。目力所及之处，联盟舰船不是正在燃烧就是已被损毁，或者在绝望地应对着海怪的攻击。水面上布满了数十艘舰船的残骸。加尔鲁什猛地仰头发出胜利的嗥叫。

"看着部落的力量吧！"他大叫道，"四艘对抗数十艘！赢得胜利的是我们！为了部落！为了部落！"

卡雷苟斯轻轻地把吉安娜放到自己的右前爪上，她怀里紧抱着聚焦之虹。他们向北飞去。吉安娜不知道自己为什么那么强烈地想要看看部落的都城，但卡雷相信她，没有说一句劝阻的话。她是不是想要亲眼看看那里有多少无辜的平民，好让自己坚定自己的选择？她是否想看看自己能不能找到加尔鲁什，然后亲自将他撕成碎片？她自己也不确定。

在他们下面是受奴役的水元素，它们十分顺服地紧跟着巨龙。她可以由自己的意愿将他们召唤或解散开来，卡雷也没有向吉安娜索要聚焦之虹。他一言不发，但他很明显一如既往地相信着吉安娜，这让吉安娜备受感动。

他们一直飞行，经过了回音群岛和确如其名的流浪海岸，在那里吉安娜又召唤了一些桀骜不驯的元素加入到元素大军之中。那些废墟虽然老旧，但却依然让她感到悲伤和愤怒，她希望自己能知道瓦里安选择在哪儿指挥联盟发起对部落的攻击。

他们到达刃拳湾时，吉安娜倒吸一口凉气。震惊和恐惧让她瞪圆了双眼。她本以为瓦里安会袭击羽月要塞或者是黑海岸的舰队，但他们竟然在这里，而且正遭到部落的袭击。

我差点就毁了整个联盟舰队，吉安娜心想。如果发动了那场海啸……就会把整个联盟舰队连同奥格瑞玛一起摧毁。

她感到一阵眩晕，对萨尔和卡雷苟斯无比感激。但现在却不是显露虚弱和疲惫的时候，她必须行动起来。因为联盟舰队并非仅仅只受到了部落的攻击，看起来加尔鲁什还召唤出了海怪投入战斗。继他利用熔核巨人赢得北方城堡战役和对塞拉摩投放法力炸弹之后，他再一次做出了这种懦夫式的残暴行径——不是扭曲自然就是利用魔法道具。

"飞近一点儿！"她对卡雷苟斯说。卡雷苟斯收起双翼向下俯冲，他快速而轻盈地掠过海浪，几乎是在要擦着海水表面时及时张开了翅膀。吉安娜喃喃地动咒语，一只手紧紧地抱住聚焦之虹，另一只手不停地轻舞飞扬。

瓦里安撑开额前被海水浸湿的头发，试图弄清现在的状况。他紧贴着一艘船只的残骸，眼睛被海水刺得生痛，他甚至不清楚这是那一艘舰船。

在海怪愤怒的攻势下，许多舰船都沉没了。他无力地看着水手们浮出海面，试图游向没有沉没的战舰或海岸，却总是被黏滑发光的触角抓住，然后葬身海怪之腹。

他不知道泰尔达怎么样了，白发术士是不是还活着，实际上"海狮号"上每一个勇敢的船员都生死未卜。他苦涩地感到一阵悔意，但这并不是全部。他知道——就如他看到的——他们中有些人已经牺牲了，他只能希望加尔鲁什和他那丑陋的黑石跟班也与那些联盟勇士一样，被海怪吞噬。

有一些还完好无损的船舰正在对着那些海怪开火。但圣光啊，这该死的海怪太多了，每一头都散发着恐怖的气息。到处都是尖叫和木材断裂的声响，恐慌和绝望几乎让他窒息。他冷静地摒弃掉这些无用的感情。恐惧和绝望没有任何用处，愤怒也同样只是徒劳。

瓦里安跃到另一艘船只的残骸上，他的眼睛紧紧盯着那些所剩不多的幸存战舰。他很有可能被自己船队的炮火误伤，或者是被海怪一口吞掉，但孤身一人的他此刻反而没有引起海怪们的注意。凭着坚强的毅力，他向一艘名为"海洋女士号"的战舰游去。他把双手环在嘴边，大声呼喊着。

一个在甲板上奔跑的狼人听到了他的呼喊。他扭动着灵敏的耳朵，大步跑向船舷，俯身向前挥舞着一只强有力的狼爪。"陛下，我们会派人……"

"撤退！现在！"瓦里安大喊道。如果他们留下来继续同海怪作战，那么曾经实力强盛的联盟舰队只会剩下一张列有阵亡士兵的名单和那些悲痛万分的家属。"这是我的命令！撤退，快！你们每一个人都撤退！"

"我们会派……"

"不！我会尽力游到海岸，你们其他人也这么做。"瓦里安大喊道，"带上船只尽量撤离到安全的地方！"

那狼人看上去有些挫败，没精打采地耷拉着耳朵，但他还是点点头。过了不多久，"海洋女士号"开始慢慢向海岸驶去，朝着东面暴风城的方向驶去。

但是海怪却不打算放过他们。瓦里安只能眼睁睁地看着，却无法阻止海怪一直紧跟着逃离的船只。胜利，归属于部落。

瓦里安弓起背，发出一阵阵饱含愤怒和悲痛的号叫。这不可能，这不该发生！这里本来只有四艘敌舰！但是加尔鲁什还是获胜了。

瓦里安不会按照他向那个狼人保证的那样悄悄地游回岸上，活下来，然后再策划另一场战争。如果舰队能够幸存的话，他或许会那样做，但是现在……现在什么都没有了。没有任何希望，只有光荣一死，并且在死之前杀掉尽可能多的敌人。海怪的盛筵不应该只有联盟战士的血肉。

他仍然把萨拉迈尼带在身上。他握剑在手，环顾四周，搜寻着任何一个如同他一般靠着船只残骸苟延残喘的部落士兵。那儿，在那儿，有一个湿透的牛头人正靠在一块弧形的木块上，试图爬上木块但是没有成功。瓦里安咆哮一声，迅速跃起，像一只猫一样灵巧地落在漂浮的碎片上，挥剑向下刺去。鲜血溅到了他身上，他口中海水的腥咸味里又多增加了几分鲜血的味道。

他干掉了一个。

暴风城的国王正搜寻着下一个目标。正在此时，一个巨大的阴影笼罩在他头顶。他抬起头来，那轮廓是……一条龙？

只见他周围的海水开始向上翻涌，变化成一定的形状，形成一个个蓝绿色的小东西，有着小小的脑袋、恶狠狠的眼睛和两只带着镣铐的手臂。他们随着海浪上下起伏。一个水元素，不，成千上万的水元素突然舞动着出现在海面。

他们冲向正在袭击联盟舰队的海怪。一只海怪露出了海面，能够看见它巨大而又单调的眼睛。当几十个牢固的水元素向他进攻时，它发出一声怪异而又恐怖的号叫。海怪的一只触角发狂似的不停拍打着水面，发出震耳欲聋的声响。瓦里安突然清醒地意识到，水里要比水面上更安全，他赶忙深憋了一口气向水下潜去。

这真是令人惊骇的情景，体形更小的水元素们把海怪们团团围住，身形庞大的海怪们胡乱地用触角不停地拍打着它们。元素们把海怪撕成了碎片，海面被染成了一种不和谐的妖艳的暗红色。瓦里安从残骸旁游开，往更深处潜去。

一头海怪正在挣扎求生，它迟缓的大脑中此刻仍是惊讶多过于恐惧——竟然还有东西胆敢攻击它们。而另一头海怪则已经浮出了水面，两条触手在身旁不停地抽搐。

瓦里安感到肺部烧灼似的疼痛，他挣扎着向上浮起。当他冲出水面，呼吸到空气的时候，突然被一个东西抓起带到了空中。他挣扎着，但一个熟悉的声音在他耳边响起。

"瓦里安！"

那些水元素，原来如此……他转过身来，看见吉安娜正在蓝龙的另一只前爪中。她的白发迎风飞舞，眼中闪烁着奇异的奥术光芒。除了悲伤和无奈，她的脸上还多了一丝之前不曾有过的平静。

她向下指了指，瓦里安面对眼前的场景摇摇头。没有一艘部落的战舰，尽管他可以看见相当数量的战舰正在岸边聚集——他们准备再度攻击幸存者。海怪，足足八只海怪漂浮在那里，再也构不成任何威胁。它们巨大的尸体浮在海面上，在阳光下闪闪发光。一想到麾下战舰都已被这些怪物毁掉，瓦里安感到一阵刺痛，但毕竟还是有许多人活了下来。

从高处望去，那些水元素显得更小了，但它们仍然服从于吉安娜，等待着她的新指令。

"你的目标是海怪，"瓦里安说，"而不是奥格瑞玛吧。"

"是的，"吉安娜说，"不是奥格瑞玛。"

他微微一笑，接着说道："你拯救了整个舰队，吉安娜，谢谢你。现在，如果这头善良的巨龙愿意的话，请让他把我送到我的一艘战舰上去，我们要去北方城堡！"

第 27 章

幸存的联盟舰队顺利驶入了商旅海岸，看来对刃拳湾的进攻打了加尔鲁什一个措手不及，与舰队战斗的四艘部落船舰看起来都是从北方城堡临时抽调的。没有了海怪的帮助，部落连已经遭受重创的联盟舰队都无法阻挡。

然而这并不意味着部落会轻易放弃，北方城堡的部落守卫显然收到了命令，他们用雷鸣般的炮声和飞射而来的石弹迎接瓦里安的舰船。

"还击！"瓦里安下令。

一时间，联盟舰队对海岸守卫进行反击，双方的炮火你来我往。

瓦里安看到卡雷苟斯从空中逐渐逼近。当巨龙俯冲时，他看到吉安娜正坐在蓝龙宽大的后背上。从卡雷苟斯的巨口中喷出一道蓝色的烟雾，正在猛烈射击的大炮便突然哑火了。

投石机和弩炮还在不停地攻击着。瓦里安冲到船边，透过望远镜观察战场。他笑了，加尔鲁什自大而傲慢，他在这个要塞只驻扎了极少的兵力，以为仅凭对卡利姆多各个港口的封锁就能击溃联盟。

瓦里安眨了眨眼，看到几个部落士兵把一艘小艇推离岸边，向海上划去。

瓦里安开始以为他们这是想要逃跑，不久后他就觉察到这艘小艇正笔直地向他冲来。

"圣光啊，"瓦里安嘟哝道，"他们打算登船。"

这简直就是自杀。

当这些巨魔、兽人和牛头人挥舞着武器，用兽人语大声挑衅时，瓦里安禁不住钦佩他们的勇气。他们的弓弩和咒语也不是摆设，几个水手喉咙上钉着箭矢倒在了瓦里安眼前，另外几个瞬间变成了火人。一名被烧死的暗夜精灵水手身上的火焰引燃了船帆，但蓝龙冰冷的龙息熄灭了大火。

这时，突然出现了成片的水元素。部落的小艇被冲过去的水元素轻易地掀翻，它们用戴着镣铐的手臂抓住敌人，欢快地将苦苦挣扎的部落成员溺死在水底。其余的水元素们围攻着岸上的入侵者。在惊恐的号叫声中，一些兽人和巨魔逃走了。瓦里安发现，大多数部落士兵仍在坚守阵地，不屈不挠地怒吼着。很快，他们便都死在了弓箭、大炮和咒语之下。

久久的沉静后，联盟战舰上的欢呼声直冲云霄。瓦里安也咧嘴而笑，任由他们享受胜利的喜悦。

他大喊道："登陆！联盟的旗帜将再次飘扬在北方城堡的上空！"

小艇被放入水中，坐上小艇的人们欢欣鼓舞。瓦里安皱了皱眉，抬头看去，卡雷苟斯正在他头顶盘旋。看到瓦里安挥舞着双臂指向岸边，巨龙点头示意。瓦里安跳上一艘小艇，这突如其来的荣耀让船员把小艇划得飞快。

一到岸边，瓦里安便轻快地跳出小艇。卡雷苟斯降落后变化为半精灵，吉安娜陪伴在他身边。瓦里安快步走向他们，与他们依次握手。

"你们两次拯救了联盟。"他说道，"我们重新夺回了卡利姆多的失地。"

"我很高兴能帮上忙。"吉安娜简单地回应道，"现在怎么办？"

"加尔鲁什明白将会发生什么。"瓦里安向她露出一个狡黠的笑容，她则一脸困惑，"我计划率领舰队以浩大声势突破部落的封锁线。当吃了败仗，又丢掉北方城堡的消息传到加尔鲁什耳朵里，他应该会收紧防线。这样我们夺回港口就不用付出太大代价，但我们毕竟伤亡惨重。"他表情凝重，继续说道，"要是没有你们及时赶到，海怪将会毁掉舰队。要是塞拉摩、北方城堡和舰队统统覆灭的话……"他摇了摇头，"我不敢想象联盟的未来将会怎样。"

吉安娜看起来有些不安。"我对你和安度因说过一些……"她还没说完，瓦里安便举起一只手打断了她。

他苦笑道："我也曾被愤怒的情绪和复仇的欲望所吞噬。安度因一直在为你祈祷，我很高兴能告诉他，他的祈祷应验了。"

"谢谢你。"吉安娜真诚地说。

"那你们呢，接下来怎么打算？"瓦里安看着他们问道。卡雷苟斯把目光转向了吉安娜。

"塞拉摩。"她轻轻地说。

瓦里安点点头。"等把这边的烂摊子收拾完，我会派艘船去塞拉摩，去……善后。"

吉安娜点点头。"我很感激，他们应得的不止这些。"

接着她望向了卡雷苟斯，说："我们走。"

330

当加尔鲁什看到北方城堡上空飘着的联盟旗帜时，他猛地拽停了一路狂奔的坐骑。怒气冲天的他仰头发出刺耳的吼叫。马尔考罗克、贝恩和沃金没有一个敢上前劝他冷静。

"怎么可能发生这种事情？"加尔鲁什棕黄色的眼睛死死盯着他们每一个人，质问道，"塞拉摩的毁灭挫败了他们的斗志，部落的封锁让他们陷入困境。我出动了熔核巨人甚至是深海怪物来对付他们！如此煞费苦心，怎么会得到这样的结果？！"

贝恩手下的一名远行者向他们跑来，他故意放慢了脚步，很显然并不情愿前来通报那众所周知的坏消息。贝恩点头示意让他上前汇报，这个牛头人跪在加尔鲁什面前，但很谨慎地保持了一段距离。

"大酋长，我带来了北方城堡的消息。"这个远行者说道。

"我能看到北方城堡的状况。"加尔鲁什指着远处蓝白相间的旗帜厉声喝道。

牛头人继续说道："还有别的消息。"加尔鲁什让自己冷静下来，挥挥手示意信使继续说下去，"瓦里安计划率领舰队突破封锁线，联盟还剩下不少战舰，足以威胁我们占据的各处港口。我们得到的情报印证了这个猜测。"

加尔鲁什跳下坐骑，那头狼牵拉着耳朵快速退了几步。他伸手拽住远行者的胳膊，质问道："什么情报？"

"加尔鲁什，"贝恩的声音里充满着警告的意味，"放开我的远行者。如果说出真相不会导致遭到攻击的话，那他说起话来会容易得多。"

加尔鲁什的目光能刺穿铠甲。他死死盯着牛头人，但最后还是屈服了。

"什么情报？"他放开远行者的胳膊，又问了一遍。

"从刃拳湾飞来的德鲁伊报告说，准备突破封锁线的联盟舰队已经出发了。"

有一那么瞬间，贝恩几乎都要同情加尔鲁什了。兽人的满腔怒火被一盆冷水浇灭了，他所有的生命力和激情都像被榨干了一样。最终，他垂头丧气地对马尔考罗克说："下令全线撤退。目前的情形不允许我们冒险多线作战。"

"如您所愿。"马尔考罗克面无表情地答道，然后踢了踢坐骑，匆忙离开。当马尔考罗克向其他库卡隆卫士传达命令的时候，他们不时向身后瞥去。

"对你带来的消息，我很感激。"贝恩对远行者说道，"去吃点东西吧，把你的伤口包扎好。"那牛头人听从了贝恩的指示，怀着感激躬身而去。贝恩转向加尔鲁什说道："我得称赞您，大酋长。"

加尔鲁什斜眼看着他。"为什么？"

"因为你意识到了之前的做法是愚蠢的，这场战争欠缺考虑。我很高兴你回心转意了……"

"我没对任何事回心转意，牛头人。注意你的言辞！"加尔鲁什警告道，"你白长了这么大的耳朵，却总是听不懂话。我要让战争升级，而不是结束它。这次撤退是为了重整旗鼓，是为了重新制定战略，而不是屈服于联盟的力量。"

贝恩和他身边的沃金都强装着镇定，以掩饰自己的惊愕。

"我们还有很多准备工作要做。"加尔鲁什说道。他厌恶地转过身子，不愿面对贝恩。他来回踱步，攥成拳头的手开开合合。传令回来的马尔考罗克恭敬地聆听加尔鲁什接下来的话。

"我们需要更多的战舰和武器。需要奴役更多的元素、怪兽和恶魔。还需要征召更多的士兵。男男女女、老老少少，通通要为部落的荣耀献身。"

他的精神明显振奋了起来。他遥望远方，显然把刚才那可怕的消息抛在了脑后，心思飘向了未来。"我太目光短浅了，这才是问题所在。我们的目标是彻底打垮联盟，而不仅仅是夺取卡利姆多。将污渍般的联盟从艾泽拉斯的地图上抹去！把暴风城夷为平地，让瓦里安跟着一起完蛋。这是场征服整个世界的战争，而不只是占领一块大陆。我们是部落！我们能做到，只要我们计划周全、意志坚定、内心强大且矢志不渝，胜利便必将属于我们！"

"加尔鲁什·地狱咆哮，"贝恩平静地说，"我和我的勇士们要返回莫高雷了。我的勇士们与我响应部落大酋长的号召出发时相比已经少了很多。你无法否认我对部落的耿耿忠心，但是你应该知道，我只为真正的部落而战，而不是为了随随便便利用下三烂的手段取胜的人而战。如果你还期望得到贝恩·血蹄的支持，就别再搞出第二次塞拉摩事件！"

加尔鲁什眯缝着眼睛盯着贝恩，微微露出一丝贝恩无法理解的微笑。"知道了。"

当贝恩拉紧科多兽缰绳时，他瞥了沃金一眼，巨魔悲哀地看着他，难以觉察地摇了摇头。贝恩微微点头，他明白沃金的想法，他要保护自己的人民不被加尔鲁什的怒火波及。

一场世界大战。

一路向西，贝恩朝着他的家园——他挚爱的莫高雷平原——那静谧的、连绵起伏的平原飞驰而去。他不知道加尔鲁什是为了权力疯狂，还是说他只是单纯地疯了。

自从对于她个人的那场大灾难到现在，过去了多久呢？吉安娜想。

她已经忘记了计算时日，但肯定没过多久，差不多两个星期吧。不到两周前，她还在为萨尔不愿意废黜加尔鲁什而烦躁。不到两周前，她还在和金迪一起吃着美味的糕点，而那时她最大烦恼就是她的学徒用糖渍弄脏了书籍。

她就像淬火的刀剑一样——从痛苦的火焰中取出，投入憎恨与复仇的寒潭，周而复始。她被改变，被重新铸造，被重新锻打。现在，她如同钢铁一般坚韧，不会因悲伤、痛苦或是狂怒而破碎断裂。再也不会。

她没有传送自己，而是坐在蓝色巨龙宽阔的脊背上一同回到了塞拉摩。蓝龙降落在城外那片他们曾经手拉手一起散步、交谈的沙地上。他低下身子，好让她更容易滑到地面。

接着，他化做半精灵来到她的身边。"吉安娜，"他说，"现在改变心意还来得及。"

她摇摇头。"不，我很好，卡雷。我只是……要看看，用我自己的眼睛——它们现在可以看得更清楚了。"

不管是比喻上还是从字面意思理解，它们确实更清楚了。损害吉安娜身体的奥术能量已经消失，但她仍旧是一头白发嵌着一缕金丝。塞拉摩的奥术能量也已经消逝，这座城市对回归的吉安娜已经不会造成伤害，但也仅仅是对身体无害罢了。

他们翻过小丘来到一条小路。这里没有尸体，人们有足够的时间赶在炸弹落下前走海路取回维摩尔以及其他英勇的保卫者的遗骸，虽说还没来得及安葬他们。看起来部落也来这里收回了他们阵亡的将士。尽管发光的奥术能量已经散去，天空依然是破碎的，充斥着扭曲的魔法光带。即便在白天，裂隙间也依稀能看到其他世界的景象。吉安娜抬头望了望遍布伤痕的天空，又看看敞开着的大门，艰难地咽了口唾沫。

　　卡雷苟斯试探地握住吉安娜的手，如果她稍有不愿，他就会缩回去，但是她没有。他们缓缓而行，进入了这座死城。

　　吉安娜对即将映入眼帘的景象多少有点心理准备，因为她见到过毁灭的惨状。这是一场相当恐怖的惨剧，尽管眼前的景象并不陌生，但再次看到那些死去的人们，吉安娜还是觉得自己的心一次次被撕成两半。被奥术扭曲破坏的建筑物依然伫立着，但是，至少大地已经开始复苏了——她没有感觉到脚下的大地传来异常。

　　一阵冷风吹来，她打了个寒战。她转向卡雷苟斯，有点好奇他为何召唤这阵冷风。很快她便明白了，心中更是涌起了悲伤的感激，清冷的寒风将满城尸体散发的恶臭尽数吹散了。

　　"他们不……不能就这么躺着。"吉安娜意识到自己的声音在颤抖。

　　"他们不会的。"卡雷苟斯急忙安慰她道，"我们会给他们一个合适的告别仪式。现在这里很安全。"他没说"葬礼，"并不是所有的死者都有可供安葬的躯体。这些在地心引力作用下躺在地上的尸身，在不久前还浮在空中。

　　她初次回来时注意到的那些撒落在地上的杂乱无章的物品大多已经被收走了。她的心里涌起一阵怒潮，却又立刻消退。部落失败了，虽然只是暂时的。加尔鲁什不得不应付这让他颜面尽失、难以平复的打击。她来这里是为了视察和哀悼，而不是为了怒火和憎恨。

　　她脚下微微一滑，踩到了一个半掩在土里的东西——一件在太阳下闪闪发光的银质器物。怀揣着惊奇和敬畏之心，吉安娜俯身从土里把那件武器挖了出来。她举起它，泥土像是自认卑贱，羞于玷污这古老而美丽的武器一样纷纷落下。它看起来就像是刚刚铸造出来一样。她虔诚地握着它，虽然这件武器先后在人类王子和牛头人酋长手中闪耀过光辉，但是它却没有回应吉安娜。

"破惧者。"她震惊地喃喃低语道，"真不敢相信。"

"它很精致。"卡雷苟斯注视着这把战锤说，"要是我没弄错的话，这看起来像是矮人的作品。"

"你没弄错。"吉安娜回答道，"安度因从麦格尼·铜须那里得到了它，又将它转赠给了……贝恩·血蹄。"

卡雷苟斯扬起了蓝色的眉毛。"总有一天，你得给我讲讲这里面的来龙去脉。"

"总有一天。"但不是今天。

"奇怪的是，我居然无意中发现了它。"

"没什么奇怪的。"卡雷苟斯说，"这显然是把魔法武器。它想让你找到它。"

这件事的结局让她感到悲伤。她说道："结果就是我要把它还给安度因了。"

曾经，他们三个人心中怀揣着希望，而这希望却像是暴风雨中触礁的沉船——地狱咆哮和恐怖的奥术炸弹彻底将其摧毁了。

"这给了我一个向他道歉的机会。在和他最后一次交谈中，我说了很多不中听的话。我很后悔，非常后悔。"她把这件华丽的武器牢牢拴在腰带上，向卡雷苟斯点点头，表明可以继续前行。

他们手牵着手走着，安详而静谧。然后，吉安娜的心再次收紧了——是蓓恩的尸体，仍然在之前吉安娜找到她的地方，还有奥布里、马库斯……

"他们的身体，"她说，"看起来……"

"没什么变化。"卡雷苟斯接道，"奥术能量已经消失了。"他没有继续说下去，也没必要多说什么。吉安娜已经明白了，这一次，蓓恩蓝黑色的长发不会在吉安娜的轻触下像玻璃那样碎掉了。

悲痛笼罩着她。"哦，卡雷……要是我没有碰金迪的话……"

"吉安娜，我们会带着爱意温柔地收敛她。"卡雷苟斯打断了她的自责，"我听说，她的双亲已经找到了一个悼念她的方式，非常温馨的方式。"

吉安娜陷入了无助而哀痛的哭嚎，哀伤击垮了她。然而不等她反应过来，卡雷苟斯便用温暖而有力双臂将她紧紧搂入了怀中。吉安娜靠在卡雷的胸膛上痛哭着。他轻摇着她，像是安慰一个孩童。当吉安娜从痛哭变为啜泣时，她发现自己听到了两个声音：他心脏规律的搏动，和他口中低沉而轻柔的——歌谣。

这是吉安娜从未听过的语言，她也不需要知道这是什么意思。曲调悦耳而悲伤，像是用来缅怀死者的挽歌。或许在卡雷苟斯出生之前，在守护巨龙都不存在的时候，这首歌谣便已存在。每一天都始于破晓，每一天又都在落日西沉中落幕。没有什么比死亡更加古老……除了生命。

卡雷苟斯的嗓音与他英俊的外貌不相伯仲，他的歌声抚平了她灵魂深处的伤痕，让她感到宁静。她发觉他吻住了自己的白发，这吻温文尔雅又充满了爱意，这安慰不求回报。虽然这是个充满了悲伤的地方，吉安娜的心却在此时泛起了涟漪。这如同永恒的一吻过后，她那颗早已沉寂，变得像钻石一样冰冷、坚硬的心终于被唤醒了。现在，它就像是冲破了冰雪寒冬，努力向着春天的阳光和温暖萌发的种子。

感受着安心和甜美，吉安娜想起了和还是朋友的萨尔的最后一次谈话。

吉安娜曾这么问过萨尔："你是否……需要治疗？"

"我们都需要，无论我们是否觉察得到。"萨尔如此回答，"即使没有过任何生理创伤，只要我们活着，就会承受伤痛。如果你的伴侣能够以你最真实的样子来看待你，完完全全毫无保留……那么，这就算得上天赐予的礼物了，吉安娜·普罗德摩尔……无论你将踏上何种旅程，无论你前方的道路将是怎样，若身旁有人相伴，便会幸福许多。"

卡雷苟斯并不只是帮她治愈了生活带来的伤痛，她最好的一面和最坏的一面，他都见过。在吉安娜迷失在痛苦与狂怒中时，他帮她找回了自我。他会像阿格娜成为萨尔的伴侣那样，成为她的人生侣伴吗？她没办法知道答案。她确信的是：没有什么是确定不变的，就像风一样。

但此时此刻，她感到满足。她退后一点看着他，而他也凝视着她，一只手抚过她那缕仅存的金发。

"罗宁。"吉安娜说道。

他点点头，当他们分开的时候，吹过的寒风让吉安娜感到有点冷，但是她感到卡雷苟斯的手依旧温暖。

他们缓慢而虔诚地走向那个巨坑，吉安娜不禁回想起大法师最后的时刻，心里不由得有点畏缩。在高塔坍塌前，她被推进了传送门，而他被炸成紫色的齑粉，随风散落到了艾泽拉斯的每一个角落。

"他没有白白牺牲。"卡雷提醒吉安娜，"高塔的魔法结界抵消了一部分炸弹的威力，否则后果会更加严重。"

"他想救温蕾萨。"吉安娜说，"他不希望自己的孩子失去母亲，尽管他们失去了自己的……"一时间，吉安娜说不出剩下几个字来，然后她说，"他……是我叫来的。"她转身面对卡雷苟斯，"不久前，在所有人都嗤之以鼻的时候，我艰难地奋斗着，试着推动和平，我感到自己与这世界如此的格格不入。"

"你还在乎吗？"卡雷苟斯问。

她把头转向一边，紧皱眉头，思考了片刻。"并不是我再也不在乎了。我很在乎它。我已经不再是曾经的我了——我不再渴望复仇，卡雷，但是……我也不是强烈渴望着联盟和部落和睦共处的那个女人了。在加尔鲁什犯下如此罪行之后，只要加尔鲁什还领导着部落，就不可能和谐共处。我不再相信和平是最后的答案。这意味着……我不知道自己属于哪里。"

他皱起了眉头。"我觉得，其实你知道。"

吉安娜向他投去疑惑的目光，然后意识到他是对的。她想回家，回到那个哺育她知识的圣地，回到她服从自己的命运的时候不情愿离开的地方。她回忆起了卡雷苟斯曾说过的话——万物有律，万事有规。也许她只是兜了个圈子回到了原地。

"达拉然。"她说道，"肯瑞托。从前，我在那里刻苦学习。如今，我将以一种全新的方式回到那里。"她又望向废墟，"罗宁也是那样认为的。他坚信我应该活着，他认为我是肯瑞托的未来。我至少应该给他们一个婉拒的机会。"

"就算没有他们，通过自身的努力你已经变得极为强大了。"卡雷苟斯说，"我认为拥有你是他们的幸运，而且我确信他们也是这么想的，不只是罗宁一个人有这个想法。"

"你呢，卡雷？"她为那个答案做好了心理准备——离开她，回到魔枢。他毕竟是蓝龙的首领，那里不会为一个年轻的种族留下席位。

"我想……要是你不介意的话……我想陪你去达拉然。"她毫不掩饰自己的惊喜，而他也因为这个反应笑了起来，眼中充满了爱的温暖，"我就当做是你不反对了。"

"当然……我非常愿意，可是蓝龙军团怎么办？"

他的笑容消退了。"龙群已经解散了，我们现在各自独立了。我觉得我们糟糕的守护工作欠了肯瑞托一大笔债。至少，我想做一个肯还债的人。"他咧嘴一笑，"尽管许多人对克拉苏斯的真实身份并不知情，但已经有了巨龙加入肯瑞托的先例。你觉得我有这样的机会吗？"他问道，然后他又用不怎么肯定的语气道，"和你一起，与他们共事。"

改变，吉安娜心想。它带来痛苦，它带来欣喜，它完全不可避免。如果我们选择改变，那我们便是自己心中那只凤凰——前尘尽洗，浴火重生。

她走上前去，仰起脸作为回答。蓝龙军团的卡雷荀斯用温暖的双手捧起她的脸，探询地看着她的双眼，然后俯身下去，亲吻着魔法师吉安娜·普罗德摩尔。

尾声

吉安娜和卡雷苟斯抵达达拉然并请求会见议会时,她本以为会遭到拒绝,或是得等上一段时间。然而接待他们的法师向吉安娜和卡雷苟斯保证,议会将会接见他们——立刻。不一会儿之后,吉安娜和卡雷苟斯就来到了美丽的瞬息万变的空之议院。眼前的景致让卡雷苟斯忍不住四处张望,并深深为之惊叹。

"议院欢迎你们的到来,吉安娜·普罗德摩尔女士与蓝龙军团的卡雷苟斯。"卡德加的嗓音苍老而洪亮,"自我们上次相见以来,世界已变得大为不同,女士。你和你朋友今天到来又是所为何事呢?"

"一言难尽。"吉安娜说道,"首先……我向你们所有人道歉。这件东西不属于我。"她拿出了那本可以让她操纵聚焦之虹的典籍,"我没有征得你们同意……"她摇了摇头,"用不着狡辩了。我偷了它,并且强行打开了上面的封印,以便制造一件可怕的武器来对付我的敌人。"

"但你并没有使用这件武器,对吧?"卡德加问道,"除非我们的情报网络不寻常地开起了小差。就我们所知，奥格瑞玛依然健在，而加尔鲁什·地狱咆哮也还是躲在格罗玛什要塞里羞愧地生着闷气。"

"我并没有用它来对付奥格瑞玛，这倒是真的。"吉安娜说道，"卡雷苟斯和萨尔让我恢复了理智，但我确实还是动用了它，用它来保护联盟的舰队。现在我把这本书物归原主，并且我也把聚焦之虹交还给了卡雷苟斯。"

"而我，"卡雷苟斯出乎意料地说道，"希望把聚焦之虹捐赠予肯瑞托。"

房间中传来一阵窃窃低语，即使是吉安娜也大为吃惊。"卡雷，这可是蓝龙军团世代守护的至宝。"

"蓝龙军团已经散了。"卡雷苟斯说道，"现在已经没有人可以护卫这件至宝了。对于它的丢失我们深感惭愧，并且我也因此认识到自己并不是一名合格的守护者。我请求你们……收下它。我知道达拉然原本就掌管着许多珍贵的法器。我想没有地方会比这里更为安全。"

茉德拉走上前来，接过了聚焦之虹与被盗的典籍，并且向卡雷苟斯微鞠一躬。"你将他人的安全置于自己的尊严之上，卡雷苟斯。我们会引起重视的。"

卡莱因站直了身子，抱臂而立注视着吉安娜。"吉安娜·普罗德摩尔女士，"他说，"你到这里来应该不只是为了还本书吧。"

"不，"她答道，"我……谦卑地请求成为一名肯瑞托见习成员。"

议院本该会感到惊讶，毕竟她已经离开这么多年，但他们却并没有如此。卡德加做了个手势，其余四名议院成员便走到他身旁低声讨论了起来。吉安娜礼貌地背过身去，尽可能尊重他们的隐私，而卡雷苟斯则伸出手拉住了她。

"我想要叫你别担心，但这对你恐怕没什么帮助。"他说。

她微微一笑，然后说："我……不知道如果他们拒绝了我该怎么办。我很庆幸自己已经恢复了理智，不再执迷于摧毁奥格瑞玛，但我仍然认为必须废除加尔鲁什的大酋长之位。这算不上是真正的中立。"

"你技艺精湛、冰雪聪明，并且胸怀过人，吉安娜。"卡雷苟斯温柔地说，"这世上总会有一个位置留给如此优秀的你。"

"普罗德摩尔女士？"

这声音来自卡德加。吉安娜转回身来，一时惴惴不安。"我们必须拒绝你成为这一庄严组织的见习成员的要求。"卡德加说道。

失望刺进了她的心窝，甚至比预想的还要难受。"我明白了，"她平静地说，"我的作为的确无法原谅。"

卡德加继续说道："但是……可以被弥补。而且，如果你是肯瑞托的领袖，也就没法当好一名学徒了，不是么？"

"什么？"震惊的呼喊脱口而出，这举动倒像是个豆蔻少女，而不是她如今这般稳重的女士，"但是我……我甚至不是……"她哽咽地望着他们，再也说不出话语来。

"罗宁牺牲了自己的性命来救你，吉安娜女士。他告诉过你，你是肯瑞托的未来。"

她点点头。"可我不明白这是为什么，我甚至还不是肯瑞托的成员。"

"他曾经反复提起这一点，那时我们也不明所以。"茉德拉说道，"直到温蕾萨在他的桌上找到了一只暗匣，里面装着许多考雷斯特拉兹本人交给他的预言卷轴。"

吉安娜与卡雷苟斯对视了一眼。"而我……被其中一张卷轴所提及？"

"并没有明示姓名。"卡德加从他的口袋里掏出一张卷轴，递给吉安娜，"请大声地念出来吧。"

吉安娜颤抖着接过卷轴，用发抖的声音读到：

　　她曾光彩照人，发如金缕

　　她曾君临一国，端庄威仪

　　她眼见故土崩塌，满目疮痍

　　她质问主，带着谦恭与悲戚

　　你可看到，生灵涂炭流离

　　你可听到，战鼓响彻天际

　　你可感受到，我的决意

　　肯瑞托之志，薪火相继

　　火树燃尽时，银花如雪立

　　世人啊，请你谨记

　　战火汹涌如潮，堤溃一泻千里

　　一切确如其言。火红色头发的罗宁去了，吉安娜·普罗德摩尔女士来了，而她金色的长发业已化为银白。她确实曾谦恭与悲戚，而后又以自己的方式进入了战争的姿态。她抬起头，震惊地望着他们。

　　"但是……因为这个就让我担任……"

　　"不止是这一点，我的女士。你向来强大，不单是你的力量，还体现在你的个性。"艾萨斯·夺日者出乎意料地说道，"即便在经受考验时也是如此。当你面临着难以想象的恐怖和不可思议的诱惑时，当你被法力炸弹所影响时，你依旧选择了一条公平与公正的道路，而没有坠入黑暗与复仇的深渊。因此，你必须承认，再没有什么东西能够诱惑到你了。并且我也不认为在场的任何一个人置身于你的处境之中时，可以做得比你更好。事实上……我们可能连一半都无法做到。"

"你误会了。"她说，"我是在别人的帮助之下才没有……化身恐怖。如果没有卡雷苟斯，我绝不能做到这一切。"

"那么，我们最好确保他能陪在你的身旁。"卡德加转过身来对着蓝龙说道，"你已经向我们表明了对于聚焦之虹的态度，你希望我们能照看好它。那你有没有想过让自己成为肯瑞托的一员呢，卡雷苟斯？看起来你的存对大法师普罗德摩尔裨益良多。当然，如果她接受我们的邀请的话。"

就这样，肯瑞托拥有了第二名龙族成员，以及一位名叫吉安娜·普罗德摩尔的领袖。

当继位典礼完成之后，吉安娜以新晋大法师及肯瑞托领袖的身份来到了塞拉摩。正如瓦里安承诺的那样，他从北方城堡派来了一艘舰船，恭敬地收殓着死者的遗体，甚至包括那些已化为紫色沙砾的部分。城区之外现在建起了一座宏大而庄严的陵墓，观者无不为之动容。站在这里对吉安娜来说有些艰难，但也并没有她所担心的那么难。她已经同卡雷苟斯一起，向他们做过了告别。

现在，她主持着另一个仪式，为一场她由衷希望未曾发生的惨剧。可爱的夕阳缓缓落下，但黑暗尚未来临，达拉然的天空被涂满了斑斓的色彩，一声凄美的回响像是在诉说衷肠。

今天，他们在向罗宁道别。

他的孩子也在这里，陪伴在母亲左右。这对孪生兄弟继承了父亲的火红头发、母亲的明澈双眸与纤瘦身材。吉安娜知道他们才刚庆祝过生日不久。她很高兴罗宁那时还活着，还与他们分享了那一刻。弟弟加拉丁的下唇止不住颤抖着，而早出生几分钟的哥哥吉拉玛尔则显得更加冷峻。两个半精灵的眼中都闪烁着泪光，但他们都忍住不让它流下。他们都穿着正式场合的华美长袍，但款式却并不一样。吉拉玛尔的是靛蓝底色配上银白镶边，而加拉丁则是暗绿与金黄交错。

他们的母亲穿着一身礼服而非平常的铠甲。有的人会惊讶于这服饰并非黑色，甚至于完全不合传统。温蕾萨·风行者是一位骄傲而美丽的女性，她与那位脾气火暴但性格和善的大法师相识相守，他们的婚姻充满了热情与奉献。此刻，她选择了颂赞他充满活力的人生，而不是哀悼其终结。所以她穿着一袭火红的长裙，倒像是参加宴会而不是一场葬礼。她不再哭泣，她已诉过离殇。她的身姿让吉安娜为之心痛，但又钦佩异常。罗宁的孩子失去了他们的父亲，但却有一位坚强的女性会守护着他们成长。

这么多人聚集在紫罗兰城堡，吉安娜怀疑几乎每一名能够出席的肯瑞托成员都已经身在此处。为什么不呢？罗宁当享此荣光。

"说起来并不算久远，"吉安娜说道，"肯瑞托做了一个大胆的决定，选择罗宁作为它的领导。他不守成规、直言不讳、冲动而又倔强。他为人幽默、热爱家人、关心朋友。"她冲着那对同胞兄弟颔首一笑，他们都还在抽噎中，但还是颤抖着予以回应。然后她又转向了六人议会，继续说道："他将达拉然引向了一个新的方向。他带领肯瑞托直面了一场艰苦卓绝的战争，在身为魔法守护者的守护巨龙面前毫不退让。他为了帮助和保护他人而逝，而事实上他生前也一直这样。"

说到这里她一时哽咽，再吐不出只言片语。她停下来好一会儿，平复着自己的情绪，然后才继续开口说道："在他生命中最后的时刻，他把我强推进了一个传送门。他拯救了我的性命，却为此牺牲了自己。他相信我会成为肯瑞托的未来，而我站在这里，也正是因为你们都认同了这一点，但我必须要说，我可以继承他的职责，但却绝不能替代他的存在。"

她望着面前紫色长袍的海洋，当她发现火花一家的时候，心中的痛楚又增添了几分。"变革的风潮愈演愈烈，艾泽拉斯已处在战争的边缘。当世界陷入癫狂的风暴之中时，肯瑞托可以选择置身事外，如身处宁静的风眼，但也可以选择向世界传达理性，为促成和平尽一份绵薄之力。我们可以记起自己的知识和技能，其他人也同样可以。尽管路途曲折而离奇，但我最终还是回到了家园，回到了达拉然。我已经离开了太久，而我很高兴能带着从爱与痛中吸取的教训归来。我对自己最近的一些作为深感遗憾，但我却并不后悔它对我带来的改变。我会尽我所能领导你们。我将会从善如流，聆听你们的意见。我将会满怀骄傲，沿着罗宁的足迹前行。我将会如此，但我也会继续提防着战争的浪潮。因为正如我和在座许多人所知的那样，只要加尔鲁什·地狱咆哮还是部落的大酋长，这个世界就不会有真正的安全。至于如何调和这些职责与信念之间的冲突，此刻我并不清楚，但我相信自己一定能找到答案。"她想起了那个预言，于是微微一笑，"某个非常睿智的人似乎也这样认为。"

　　她抬起双臂伸向天空。"这里没有骨灰可以抛洒，我的朋友，但你的精神永远长存，存于你勇敢妻子的心间，存于你俊秀孩子的双眸，还存于肯瑞托浩瀚的智慧之中。"

　　吉安娜开始舞动起她的手指。在她身旁，六人议会的其他成员与卡雷苟斯也跟着动了起来，台下聚集法师们也同样如此。吉安娜眼见着奥术能量在手中凝聚成一颗紫色的小球，不由得轻笑了一下，想起了之前那场与卡雷苟斯之间的对话，而从此刻看来，这竟如隔世般遥远。

　　"这是一种节奏，一种周期，这是……一种模式。"她将手指划过那奥能魔法的小球，球体随即碎裂开来，化为一片旋转着的符号、标记和数字，而后又重组为一。"所有的事物都在变化，不管是由于内因还是外因。这就是魔法的本质。而我们的存在同样也是魔法。"

她抬起手掌将那小球托起。小球缓缓浮上天空，加入到数十颗同伴中去，它们紧接着又汇聚成百，以至上千。那些挤不进城堡的达拉然居民也都参与了进来，一起加入到这场告别的仪式。光点持续着向上升起，就像是苍茫暮色中舞动的淡紫色萤火虫一般。尽管经历了这一切，尽管发生了塞拉摩的惨剧，尽管她差一点就要引发又一场灾难，尽管沉浸在失去罗宁的悲伤之中，吉安娜仍旧感觉自己的心正与它们一同飞扬。

世事无常，她心想……我、萨尔、加尔鲁什、瓦里安，甚至于艾泽拉斯，都不再是原来的模样。

一只温暖的手掌拉住了她的小手，她看着卡雷荀斯笑了起来。她已经为即将到来的变化做好了充分准备。

叮、叮、叮、滋……

一名矮人赤裸着上身站在铁炉堡的大熔炉前工作着，大汗淋漓的身躯折射着熊熊火光。大熔炉一直以来都燃烧着，但却极少被这般紧张地使用——不分昼夜，片刻不歇，在地下没有止尽地投入工作。风，带来了战争的气息，联盟必须得为此做好准备。矮人将完工的武器放在一旁，双手撑住自己的后腰用力舒展了一下，咔嚓一声清响之后，他把腰身蜷了回来，拿起一个水袋猛灌两口，然后擦了一把火红色的胡子，又开始继续工作。

在暴风城中，船匠们正在日夜赶造战船。随着设计师们不断优化建造流程，每一艘战舰的工期都在变得更短。圣光在上，他们已经刻不容缓。虽然加尔鲁什一时疏忽，但不能指望他下一次还会如此。部落的舰队虽已撤退，但仍然完好无损，而联盟的境况则全然不同。瓦里安在海港之上伫立良久，注视着施工的状况，然后转身返回要塞。

他还有一场战争需要谋划。

加尔鲁什在格罗玛什要塞中来回踱着步子。他的命令已经被张贴到了告示板上：

> 所有身体健全的部落成员注意！大酋长加尔鲁什·地狱咆哮向所有公民发出动员令！成年的男性及女性，你们将会接受针对联盟的格斗训练，以便投入到一场我们必将胜利的战争！儿童和其他不能使用武器的人，你们将协助制造武器，以满足勇士们的需求！任何逃避职责的人将会被库卡隆以叛国罪逮捕，无一例外。
>
> 为了部落！

过去几个月以来，奥格瑞玛的活动比以往多上了千倍。火炬不分昼夜地燃烧着，而库卡隆正不停地整编入伍的新丁。

加尔鲁什·地狱咆哮独自站在格罗玛什要塞中。他低头盯着置于面前桌上的东部王国地图，闪烁的烛火正为他提供光亮。他手里把玩着一把匕首，用手指轻抚过刀尖，目光则锁定在那个地图上的名字：

暴风城。

然后他将匕首举过头顶用力甩下，匕首深至没柄地插在了"风"字之上。

"我将会看着你在自己的城市中深陷火海，瓦里安·乌瑞恩。"他低声说着，然后露出獠牙咧嘴一笑，"毕竟……这场战争只能有一个胜者。"

349

致　谢

在此我想对埃德·施莱辛格、詹姆斯·沃、米奇·尼尔之子，以及罗素·布劳尔表示特别的感谢。谢谢他们一直以来对我的鼓励和支持。谢谢你们。同样，我还要感谢帕克特家族的罗布、贝威、克里斯和莱恩。愿所有作者都能被提供这样一个可以安心写作的避风港。

——克里斯蒂·高登

后　记

您刚刚读到的故事，其中大部分人物、情节和设定均基于《魔兽世界》。这款大型多人线上角色扮演游戏，由屡获殊荣的即时战略游戏《魔兽争霸》改编而来。在《魔兽世界》里，玩家们创建属于自己的英雄角色，与数以万计的其他玩家们一同进行探索和冒险。这个丰富而广阔的游戏世界还允许玩家们相互配合，携手并肩一同对抗那些出现在这部小说里的许多强大而有趣的人物。自 2004 年 11 月该游戏推出以来，《魔兽世界》已经成为世界上最受欢迎的一款大型多人线上角色扮演游戏。其资料片"大地的裂变"首日销量就超过了 330 万份拷贝，成为了有史以来最畅销的电脑游戏（之前的记录则是魔兽世界的第二部资料片"巫妖王之怒"）。你可以登录游戏官网：http://www.battlenet.com.cn/wow/zh/ 找到最新资料片"熊猫人之谜"的更多资料。

风波已起，战火将燃！

《战争之潮》中的故事标志着艾泽拉斯历史上一个黑暗时代的开始。部落和联盟在世界范围内爆发的冲突，破坏了双方之间仅有的一点平衡。刚刚才从大地的裂变所带来的毁灭中开始恢复的世界，会因为双方手中掌握的力量而变得更加动荡么？答案也许就在潘达利亚——一座被迷雾笼罩了千年的神秘岛屿。

在《魔兽世界》的第四部资料片"熊猫人之迷"里，你将扮演第一个进入这片奇异土地的联盟／部落英雄。你将发展新的盟友，对抗残暴的敌人。或者你也可以创建一个高尚的熊猫人（《魔兽世界》的最新种族），遵循自己的理念自由选择加入联盟或者部落。不管你身在哪个阵营，你的冒险都将对艾泽拉斯的命运产生至关重要的影响。在潘达利亚这个岛屿上，古老的邪恶力量正在崛起，这个世界将被黑暗吞噬——除非你将其阻止。

如果想要加入这个给世界各地数百万玩家带来欢乐，并且还在不断拓展的世界，请前往官方网站 http://www.battlenet.com.cn/wow/zh/ 下载最新版本，用生活书写传奇。

图书在版编目（CIP）数据

战争之潮：吉安娜·普罗德摩尔／（美）高登著；江流译 .

—北京：新星出版社，2013.6（2016.7 重印）

ISBN 978-7-5133-1206-6

Ⅰ . ①战… Ⅱ . ①高… ②江… Ⅲ . ①长篇小说－美国－现代 Ⅳ . ① I712.45

中国版本图书馆 CIP 数据核字（2013）第 083964 号

幻象文库

战争之潮：吉安娜·普罗德摩尔

[美]克里斯蒂·高登 著 江流 译

策划编辑：贾 骥 陈 曦
责任编辑：高微茗
责任印制：韦 舰
插画作者：格伦·拉内
美术编辑：九 一

出版发行：新星出版社
出 版 人：谢 刚
社 址：北京市西城区车公庄大街丙3号楼 100044
网 址：www.newstarpress.com
电 话：010-88310888
传 真：010-65270449
法律顾问：北京市大成律师事务所

读者服务：010-88310811 service@newstarpress.com
邮购地址：北京市西城区车公庄大街丙 3 号楼 100044

印 刷：北京鹏润伟业印刷有限公司
开 本：910mm×1230mm 1/32
印 张：11.25
字 数：210千字
版 次：2013年6月第一版 2016年7月第十五次印刷
书 号：ISBN 978-7-5133-1206-6
定 价：28.00元

版权专有，侵权必究；如有质量问题，请与印刷厂联系调换。